SANDRA BROWN

Vertrau ihm nicht

AF184969

Sandra Brown

Vertrau ihm nicht

Thriller

Deutsch von Christoph Göhler

blanvalet

Die Originalausgabe erschien 2020 unter dem Titel »Thick As Thieves«
bei Grand Central Publishing, New York.

MIX
Papier | Fördert
gute Waldnutzung
FSC® C014496

Penguin Random House Verlagsgruppe FSC® N001967

2. Auflage
Copyright © 2020 by Sandra Brown Management
© 2022 der deutschen Ausgabe by Blanvalet
in der Penguin Random House Verlagsgruppe GmbH,
Neumarkter Straße 28, 81673 München
produktsicherheit@penguinrandomhouse.de
(Vorstehende Angaben sind zugleich
Pflichtinformationen nach GPSR.)

Redaktion: René Stein
Umschlaggestaltung: www.buerosued.de
Umschlagmotive: Westend61 / Getty Images, www.buerosued.de
BSt · Herstellung: DiMo
Satz, Druck und Bindung: GGP Media GmbH, Pößneck
Printed in Germany
ISBN 978-3-7341-1340-6

www.blanvalet.de

Prolog

Eine Nacht im Jahr 2000

»Quatschen ist die sicherste Methode, geschnappt zu werden.«

Er ließ die Worte sacken und sah den drei anderen nacheinander in die Augen, denn ein bedeutungsschwangeres Schweigen war eine eindringlichere Warnung als jede weitere Erklärung.

Das Quartett, das hier die Köpfe zusammensteckte, hatte gerade einen Adrenalin-Höhenflug hinter sich, der jedoch nicht mit einem Absturz, sondern eher im Sinkflug geendet hatte. Inzwischen waren sie nicht mehr in unmittelbarer Gefahr, auf frischer Tat gefasst zu werden, darum klopften ihre Herzen zwar immer noch heftiger als sonst, aber der Rhythmus hatte sich auf ein erträgliches Tempo verlangsamt. Der in der feuchtwarmen Luft aufsteigende Atem war zwar noch genauso heiß, aber kam nicht mehr so hektisch wie zuvor.

Eines allerdings hatte bisher nicht nachgelassen, absolut nicht, und das war die Spannung innerhalb der kleinen Gruppe.

Man durfte sie heute Abend nicht zusammen sehen, doch bevor sich ihre Wege trennten, musste noch ein Pakt geschmiedet werden. Falls eine unterschwellige Drohung das Band zusätzlich verstärkte, war das umso besser. Das würde jeden Einzelnen davon abhalten, den Schwur zu brechen und den Mund aufzumachen. Wehe, jemand brach sein Schweigegelübde.

»Keiner macht das Maul auf.« Der das sagte, hatte paprikarotes Haar, das aus seinem Schädel spross wie Unkraut aus einer Gartenmauer. Sommersprossen leuchteten durch die Stoppeln. »Niemand sagt auch nur ein verdammtes Wort.« Dabei stach er zur Bekräftigung mehrmals mit dem Finger in Richtung Boden.

Leicht ungeduldig erklärte das älteste Mitglied der Gruppe: »Ist doch klar.«

Der andere, der hektisch an seinen Fingernägeln kaute, spuckte einen Span aus und nickte heftig.

Das vierte und jüngste Mitglied der Gruppe hatte während des gesamten Unterfangens seine kühle, scheinbar ungerührte Aura bewahrt und bemerkenswerte Ruhe ausgestrahlt. Mit seinem lakonischen Schulterzucken teilte er den anderen unausgesprochen mit: *Versteht sich von selbst.*

»Wenn irgendwer prahlt oder auch nur eine Andeutung fallen lässt, selbst als Witz, dann hätte das einen Dominoeffekt, der uns …«

»Spar dir das Gelaber«, fiel ihm das älteste Mitglied ins Wort. »Wir haben dich schon beim ersten Mal verstanden und hätten deine Ansprache sowieso nicht gebraucht.«

Der Graben, in dem sie kauerten, war mit Unkraut zugewachsen, das teils wild die Böschung überwucherte, teils während des letzten schweren Regens überschwemmt worden war und jetzt abgestorben im Schlamm lag. Der Einschnitt war gut einen Meter tief und trennte wie eine hässliche Narbe die schmale Landstraße von dem durchhängenden Stacheldrahtzaun, hinter dem eine nach Dung riechende

Kuhweide lag. Kein Luftzug vertrieb den in der schwülen Atmosphäre hängenden Gestank.

Inmitten des Kreises, den die vier bildeten, befand sich der Anlass für die unerwünschte Ansprache: eine Leinentasche mit gestohlenem Bargeld.

Die Beute war viel größer, als sie alle vorausgesehen hatten, und dieser unerwartete Gewinn wirkte ebenso berauschend wie ernüchternd. Auf einmal stand erheblich mehr auf dem Spiel als gedacht, und die Anspannung war entsprechend größer.

Nach dem Protest gegen die überflüssige Lektion sprach und bewegte sich keiner mehr, bis schließlich der Jüngste im Quartett mit einem schnellen Schlag einen Moskito an seinem Hals zerquetschte, wobei ein blutiger Streifen zurückblieb. »Von mir erfährt keiner was. Ich steh nicht so auf Knast. Da war ich schon.«

»Du warst im Jugendarrest«, korrigierte ihn der Rotschopf.

»Zählt trotzdem.«

Das älteste Mitglied ihrer Runde sagte: »Nur ein Idiot würde quatschen. Und ich bin kein Idiot.«

Der Rotschopf dachte kurz nach und nickte dann, als würde ihn das beruhigen. »Na gut. Noch was. Wenn wir uns auf der Straße begegnen, verhalten wir uns wie immer. Wir gehen uns nicht absichtlich aus dem Weg, aber wir fallen uns auch nicht um den Hals. Wir grüßen uns, vielleicht kennen wir uns sogar so gut, dass wir ein paar Worte wechseln, aber das ist alles. Darum wird das klappen. Wir haben nichts gemeinsam außer dem hier.« Er stupste mit der stahlkappenbewehrten Spitze seines Cowboystiefels gegen die Leinentasche.

Das zweite Paar Cowboystiefel in der Runde hatte keine

silbernen Spitzen. Diese Stiefel wurden nicht zum Protzen getragen, sondern hatten schon so manches mitgemacht. Sie waren heute nicht zum ersten Mal mit Schlamm bespritzt worden.

Die zwei braunen Budapester hatten frisch poliert geglänzt, bis sie in den Graben geschlittert waren.

Die dunkelblauen Joggingschuhe hatten schon einige Meilen hinter sich.

»Sechs Monate, bevor wir das Geld verteilen, sind verflucht lang«, sagte das älteste Mitglied mit Blick auf den Karottenkopf. »Warum willst ausgerechnet du bis dahin darauf aufpassen? Das war so nicht ausgemacht.«

»Vertraust du mir nicht?«

»Was glaubst du denn?«

Falls sich der Rothaarige an der Gegenfrage störte, ließ er es sich nicht anmerken. »Also, sieh es mal so. Ich trage das ganze Risiko. Falls einer von euch was durchsickern lässt, jemand mit einer *Polizeimarke* Wind davon bekommt und rumzuschnüffeln beginnt, dann wird er die Tasche bei mir finden.«

Den anderen drei war nicht entgangen, wie er das Wort *Polizeimarke* betont hatte. Sie fixierten den selbst ernannten Hüter des Geldes mit zutiefst misstrauischen Blicken, aber keiner widersprach. Der Jüngste zog wieder eine Schulter hoch, was der Rothaarige als Zustimmung nahm.

»Auch nachdem ihr euren Anteil bekommen habt«, fuhr er fort, »dürft ihr auf keinen Fall mit Geld um euch werfen. Keine neuen Autos, nichts Auffälliges, nichts...«

Wieder wurde ihm das Wort abgeschnitten, diesmal hörbar gehässig. »Glaub mir, wir können gut auf deine Belehrungen verzichten.«

»Kein Grund, gleich biestig zu werden. Was ich euch sage, gilt genauso für mich selbst.« Das besänftigende Lächeln, das der Rothaarige dazu aufsetzte, spiegelte sich nicht in seinen Augen, die das fahle Mondlicht reflektierten wie zwei geschliffene Rasierklingen. Dann wandte er sich an den Nagelkauer, dem allmählich die noch nicht angenagten Finger ausgingen. »Was ist mit dir?«

»Nichts.«

»Dann hör auf, so herumzuzappeln. Du ziehst die Blicke auf dich wie mit eine Neonpfeil-Reklame.«

Das älteste Mitglied ihrer Bande pflichtete ihm bei. »Er hat recht. Wenn du weiterhin so hibbelig bist, kannst du gleich zur Polizei rennen.«

Der Nagelkauer nahm die Hand vom Mund. »Ich schaffe das schon.« Sein Adamsapfel hüpfte unter einem schweren Schlucken. »Es ist nur … ihr wisst schon.« Er sah auf die Tasche. »Ich kann immer noch nicht glauben, dass wir das wirklich getan haben.«

»Haben wir aber«, sagte der Rothaarige. »Und wenn du am Montagmorgen zur Arbeit erscheinst und erzählt bekommst, dass übers Wochenende der Safe ausgeräumt wurde, wirst du genauso schockiert reagieren wie alle andere. Aber ohne ein Drama daraus zu machen«, mahnte er und hob dabei bekräftigend den Zeigefinger. »Ein ehrfürchtiges ›heilige Scheiße‹ reicht schon. Irgendwas in der Art, um zu zeigen, dass du das kaum glauben kannst, und danach hältst du die Klappe. Du tust nichts, womit du Aufmerksamkeit auf dich ziehen könntest, und schon gar nicht, wenn die Detectives die Angestellten befragen, was sie mit Sicherheit tun werden. Wenn du an der Reihe bist, bist du ahnungslos und harmlos. Kapiert?«

»Klar.«

»*Kapiert?*«, bohrte eine zweite Stimme nach.

»Sicher. Ich weiß, was ich zu tun habe.« Aber noch während er seine Rolle gut zu spielen versprach, wischte er beide Handflächen an den Hosenbeinen ab, eine Geste, die auf die anderen drei nicht eben vertrauenerweckend wirkte.

Der Rothaarige seufzte. »Jesus.«

Der Nervöse versicherte den anderen eilig: »Macht euch meinetwegen keine Sorgen. Ich habe meinen Teil getan und tue das auch weiterhin. Ich bin nur ein bisschen flatterig. Hier so im Freien zu hocken.« Er schwenkte den Arm über die Weide und die verlassene Landstraße. »Warum haben wir überhaupt hier angehalten?«

»Weil ich der Meinung war, wir sollten eine Übereinkunft schließen«, sagte der Rothaarige.

»Und das haben wir.« Das älteste Mitglied kletterte die Böschung hinauf und warf dem Nervösen einen warnenden Blick zu. »Bau bloß keinen Mist.«

»Tue ich nicht. Bis Montag bin ich wieder ganz der Alte.« Er fuhr sich mit der Zunge über die Lippen und lächelte zittrig. »Und in sechs Monaten haben wir für alle Zeiten ausgesorgt.«

Gemeinsam kletterten sie aus dem Graben, doch die optimistische Vorhersage sollte nicht eintreffen.

Schon am nächsten Morgen war ihr Plan Makulatur.

Einer von ihnen war im Krankenhaus.

Einer im Gefängnis.

Einer im Leichenschauhaus.

Und einer mit der Beute durchgebrannt.

Kapitel 1

»Mein Gott, Arden. Ich hatte ja erwartet, dass es herunter-
gekommen ist, aber...«

Lisa schauderte entsetzt, als sie durch die Hintertür in die
Küche trat und sah, wie Arden in den letzten fünf Monaten
gelebt hatte.

Arden folgte ihrer Schwester ins Haus und zog einen Stuhl
unter dem Esstisch hervor. Der Tischplatte war nicht anzusehen, dass sie erst vor Kurzem poliert worden war, stellte
Arden fest, während sie sich setzte. Vor dem gestrigen Tag
hatte sie sich über die vielen Kratzer und Kerben geärgert.
Heute konnte sie sich nicht vorstellen, dass sie irgendwie
von Bedeutung sein könnten.

Lisa redete immer noch, und Arden hörte wieder zu.

»Hast du den Ofen auf Gaslecks prüfen lassen? Das
könnte sonst gefährlich werden. Gibt es einen funktionie-
renden Rauch- oder Feuermelder?«

*»So etwas nennt man Vorwehen. Als wollte Ihr Körper
schon zu üben beginnen. Aber die werden Sie erst in etwa
einem Monat spüren. Und auch dann ist das kein Grund
zur Aufregung.«*

Das hatte ihr die Frauenärztin bei der letzten Vorsorgeun-
tersuchung erklärt.

Aber das gestern waren keine Vorwehen gewesen. Es war keineswegs nur eine Übung ihres Körpers gewesen, und in der Obstabteilung des Supermarkts hatte helle Aufregung geherrscht.

Angestrengt lenkte sie ihre Gedanken davon weg und auf Lisa, die in der Küchenmitte stand, mit angezogenen Ellbogen, als hätte sie Angst, sie könnte eine kontaminierte Oberfläche berühren.

»Du hast mir erzählt, dass du nur ein paar Zimmer im Erdgeschoss bewohnst. Was ist dadrin?«

Lisa trat an die offene Tür und schaute durch das Speisezimmer in das Wohnzimmer dahinter. Zwei Jahrzehnte zuvor waren alle Möbel daraus entfernt worden, abgesehen von dem Klavier, das immer noch an seinem angestammten Platz stand. Arden war überrascht gewesen, als sie es hier entdeckt hatte, aber wahrscheinlich stand es aus genau dem Grund noch hier, aus dem Lisa es nicht mitgenommen hatte, als sie ausgezogen waren. Wie soll man ein solch klobiges Musikinstrument auch fortschaffen?

»Die Zimmer oben sind genauso leer, nehme ich an«, bemerkte Lisa. »Sieht nicht so aus, als wärst du auch nur einmal hier drin gewesen.« Sie schaute kurz die Treppe hinauf und drehte sich dann wieder der Küche zu. »Und wo schläfst du?«

Arden nickte zu dem kleinen Zimmer hin, das von der Küche abging. Lisa stieß mit dem Fingerknöchel die halb offene Tür auf.

Es war ein rechteckiger, nichtssagender Raum mit einem rechteckigen, nichtssagenden Fenster. Ihre Mutter Marjory hatte ihn damals als Lagerraum genutzt, für Weihnachtsdekorationen, Sachen für die Altkleidersammlung, die selten gebrauchten Golfschläger ihres Mannes, eine tragbare Näh-maschine und Ähnliches.

Bei ihrem Einzug hatte Arden beschlossen, ihr proviso-risches Schlafzimmer lieber dort einzurichten, als in ihrem alten Zimmer im Obergeschoss zu schlafen, denn auf diese Weise musste sie während der fortschreitenden Schwanger-schaft nicht ständig die Treppe hinauf und hinunter.

Dieses Thema hatte sich erledigt.

Als der erste Schmerz sie durchschoss, ließ Arden den Apfel fallen, den sie gerade in die Hand genommen hatte, und breitete die Hände über den gedehnten Bauch. Die scharfe, unerwartete Kontraktion verschlug ihr kurz den Atem, doch dann stieß sie einen Angstschrei aus.

»Was ist denn, Liebes?«

Sie wandte sich der besorgten Stimme zu. Sie registrierte ein nettes, von grauen Haaren eingerahmtes Gesicht, eine weiß-blau gestreifte Bluse und gütige Augen. Dann durch-schoss sie der nächste Schmerz, noch schlimmer als der erste. Ihre Knie knickten ein.

»Ach du meine Güte. Ihre Fruchtblase ist geplatzt. Sie haben Wehen.«

»Nein! Das ist unmöglich. Es ist noch zu früh!«

»Wie weit sind Sie?«

»Es ist noch zu früh!« Ihre Stimme wurde schrill. »Rufen Sie einen Rettungswagen. Bitte!«

Lisa kommentierte währenddessen ihr freudloses Schlaf-zimmer. »Ich verstehe beim besten Willen nicht, warum du unbedingt zurückkommen wolltest und so leben willst.«

Arden hatte das Zimmer mit einem Doppelbett, einem Nachttisch mit Lampe und einer Kommode ausgestattet, die sie während der letzten zwei Tage aufgebaut hatte. Sie musste daran denken, wie stolz sie sich danach gefühlt hatte und wie sie sich ausgemalt hatte, bald auch eine Wiege zusammenzuschrauben.

Im Spiegel, den Arden über der Kommode aufgehängt hatte, zeigte sich Lisas fassungslose Miene; dann drehte sich ihre Schwester um, schüttelte langsam den Kopf und studierte Arden wie ein nicht zu entzifferndes uraltes Manuskript.

»Hast du irgendwas zu trinken hier?«

Ohne eine Antwort abzuwarten, kehrte Lisa in die Küche zurück und schaute in den Kühlschrank. »Gut. Cola light. Oder hättest du lieber was anderes? Funktioniert die Eiswürfelmaschine?«

Arden versuchte, mit Lisas forschem Gedankengang Schritt zu halten, aber die lebhaften Erinnerungen hielten ihren Geist gefangen.

»Sie schaffen das schon. Legen Sie sich hin. Atmen Sie tief durch.«

Eine junge Frau im Yoga-Outfit hatte auf den Hilferuf der alten Dame reagiert. Sie half Arden, sich auf den Boden zu setzen, und bettete sie in die ausgebreiteten Arme eines weiteren Fremden, der hinter ihr Position bezogen hatte. Die junge Frau ging neben ihr in die Hocke und sprach beruhigend und besänftigend auf sie ein. Aber nichts, was sie sagte, konnte etwas ausrichten – weder gegen die Schmerzen, die Arden peinigten, noch gegen die genauso peinigende Verzweiflung.

Verzweifelt schob Arden die Hände zwischen ihre Schenkel, um das Leben festzuhalten, das ihr Körper auszutreiben versuchte.

Lisa fand die Gläser in dem Küchenschrank, in dem sie

schon immer gestanden hatten, und schenkte zwei davon voll. Sie brachte sie an den Tisch und setzte sich Arden gegenüber.

Sie nahm einen Schluck, beugte sich dann vor und deckte Ardens Hand mit ihrer zu. »Schwesterherz.«

Lisa flüsterte den Kosenamen voller Zuneigung, Fürsorge und Besorgnis. Alles davon empfand sie wirklich, das wusste Arden. Lisa ärgerte sich zwar über Ardens Lebensführung, vor allem aber war sie einfach nur fassungslos.

»Seit du mich gestern angerufen hast, hatte ich keine ruhige Sekunde mehr. Ich weiß nicht, wie viel dir vom gestrigen Abend im Gedächtnis geblieben ist, aber als ich ins Krankenhaus kam, warst du abwechselnd hysterisch und im nächsten Moment halb im Koma. Ich war völlig überfordert. Und als ich dich heute Morgen abholen wollte...«

»Wie heißen Sie?«

Der Notarzt hatte den Platz der Frau im Yoga-Outfit eingenommen und beugte sich jetzt über sie. Er war jung und hatte ein freundliches Gesicht.

»Arden Maxwell.«

»Arden, wir kümmern uns um Sie, okay? Wie weit sind Sie?«

»In der dreiundzwanzigsten Woche.«

Sein Partner, der wie ein Profi-Bodybuilder aussah, maß ihren Puls und Blutdruck. Die beiden baten die Umstehenden zurückzutreten, dann hoben sie Arden auf die Trage und rollten sie aus dem Supermarkt.

Die Mittagssonne stand direkt über ihnen. Arden war praktisch blind. Ihr Blickfeld verschwamm.

Jetzt tupfte sie sich die Tränen aus den Augen.

Offenbar hatte Lisa es gemerkt, denn sie hörte auf, all

die Hürden aufzuzählen, die sich vor Ardens Entlassung aus dem Krankenhaus aufgetürmt hatten. »Eigentlich will ich nur sagen, dass ich bis jetzt gar keine Gelegenheit hatte, dir zu versichern, wie leid mir das alles tut. Wie schrecklich leid, Arden.« Sie streichelte Ardens Hand.

Erneut schossen Arden Tränen in die Augen. Sie schaute in ihr noch unberührtes Glas, in dem die Bläschen der Oberfläche entgegeneilten, nur um dort zu zerplatzen. So vital und lebendig und im nächsten Moment ausgelöscht.

Im Rettungswagen wurde ihr die Jeans vom Leib geschnitten. Sie wurde zugedeckt. Als der jung aussehende Notarzt sie untersuchte, legte sich seine glatte Stirn in Falten.

Sie wollte sich aufrichten, wollte sehen, warum er so konsterniert blickte, aber der Bodybuilder drückte sie an den Schultern freundlich, aber energisch auf die Trage zurück.

»Meine Tochter kommt doch durch, oder?« Arden schluchzte. *»Bitte. Sagen Sie mir, dass sie durchkommt.«*

Doch wenn sie sich jetzt daran erinnerte, meinte sie schon in diesem Moment instinktiv und tief im Herzen gespürt zu haben, dass ihr Baby nie einen Atemzug tun würde.

»Wahrscheinlich wirst du es nicht glauben«, fuhr Lisa fort und massierte mit dem Daumen Ardens Fingerknöchel. »Aber ich habe dich dafür bewundert, dass du dich entschieden hattest, das Baby zu bekommen. Versteh mich nicht falsch. Ich war entsetzt, als du mir von dem Kind und von deinen Plänen erzählt hast. Hierher zurückzukehren und es allein großzuziehen? Ausgerechnet *hier*?«

Sie sah sich um, als hoffte sie, auf der ausgeblichenen Tapete eine Erklärung für das Unerklärliche zu finden. »Das ist purer Masochismus. Hat diese Art von Selbstbestrafung etwas mit dem Vater des Babys zu tun?«

Arden griff nach ihrem Glas und versuchte, es ruhig zu halten, während sie einen Schluck Cola nahm. Das Glas klickerte gegen ihre unteren Schneidezähne. Sie stellte es wieder ab.

»Ist er verheiratet?«, fragte Lisa leise.

Arden senkte den Blick.

Lisa seufzte. »Dachte ich mir. Wusste er überhaupt, dass du schwanger warst?«

Sie nahm Ardens Schweigen als Nein.

»Auch gut«, sagte Lisa. »Dann brauchst du es ihm auch nicht zu erzählen. Wenn er nichts von dem Kind wusste, braucht er auch nicht zu wissen, was daraus wurde. Diese Episode liegt hinter dir. Du kannst von vorn anfangen. Völlig unbelastet.« Wieder legte sie ihre Hand auf Ardens und drückte sie liebevoll. »Zuallererst müssen wir dich von hier wegbringen. Ich möchte, dass du bei mir einziehst, bis du dir überlegt hast, was du mit deinem Leben anstellen willst.« Sie wartete stumm auf Ardens Antwort und erklärte, als keine kam: »Seit Wallaces Tod fühlt sich das Haus so leer an.«

Lisas Mann war deutlich älter gewesen als sie und vor zwei Jahren gestorben. Zweifellos fühlte sich das riesige, weitläufige Haus in einem Nobelviertel von Dallas leer an.

»Ich lasse dir natürlich so viel Privatsphäre, wie du dir wünschst, aber Helena wird sich schrecklich freuen, wenn sie dich umsorgen kann. Sie und ich werden dich verwöhnen, bis du dich vollkommen erholt hast.« Sie lächelte und tätschelte noch einmal Ardens Hand, dann sah sie auf ihre Uhr.

»Du hast bestimmt nicht viel zu packen. Wenn wir bald losfahren, sind wir gegen Abend zu Hause. Helena wird das Essen schon fertig haben.« Sie wollte aus ihrem Stuhl aufstehen, hielt aber noch einmal inne. »Und du stehst nicht unter Zeitdruck, Arden. Denk alles in Ruhe durch. Und wenn du einen Plan gefasst hast, dann überdenke ihn gründlich, bevor du handelst. Überstürz nichts. Ganz ehrlich, ich hatte schon kein gutes Gefühl, als du damals nach Houston gezogen bist, und bis eben wusste ich noch nicht mal, dass du eine Beziehung mit einem verheirateten Mann hattest. Gut, der Job klang vielversprechend, aber dass du alle Zelte abbrichst und umziehst, erschien mir von Anfang an überstürzt und wie eine Totgeburt.«

Die Ärztin in der Notaufnahme drückte ihre Hand. »Es tut mir so leid, Miss Maxwell.«

»Nein!«

»Ihre Tochter hat es nicht geschafft.«

»Nein!«

»Geben Sie sich nicht selbst die Schuld. Sie können absolut nichts dafür. Die Natur wollte es so.«

Von Anfang an eine Totgeburt.

Arden hatte das Gefühl, ihre Brust würde gleich platzen. Sie schob ihren Stuhl zurück und trat ans Spülbecken. Dann öffnete sie die Jalousie vor dem Fenster darüber und blickte in den Garten, in dem Lisa und sie gespielt hatten.

Im Zaun fehlten Latten. Der Rasen war von Unkraut überwuchert. Das Rosenbeet, das ihre Mutter so liebevoll gehegt und gepflegt hatte, war nur noch ein unfruchtbarer Fleck Erde.

Sie spürte, dass Lisa hinter sie trat, noch ehe ihre Schwester die Arme um ihre Taille schlang und das Kinn auf Ardens Schulter legte, um mit ihr den Blick aus dem Fenster zu teilen. »Ich weiß noch, wie Dad damals die Schaukel für dich nach Hause gebracht hat.«

Sie war immer noch mit Betonfundamenten im Boden verankert, aber inzwischen war sie verrostet, und an einer der Schaukeln war die Kette gerissen.

»Ich war damals zwölf, also musst du zwei gewesen sein. Du hattest deinen eigenen Schaukelsitz mit einer Stange vor dem Bauch.« Lisa drückte mit dem Kinn gegen Ardens Schultergelenk. »Du warst zu jung, um dich daran zu erinnern, aber dafür weißt du bestimmt noch, wie ich dir den Felgaufschwung beigebracht habe.«

Lisa war damals schon fast zu groß für die Schaukel gewesen, aber athletisch genug, um Arden zu demonstrieren, wie leicht ein Felgaufschwung war. Sie hatte Arden bei ihren ersten ängstlichen Versuchen unterstützt und sie dann ermuntert, es allein zu probieren.

Mit schwitzigen Händen hatte Arden sich an der Stange abgestützt, tief durchgeatmet und sich dann nach vorn abrollen lassen. Aber sie hatte keine ganze Umdrehung geschafft. Ihre Hände waren abgerutscht, und sie war unsanft auf dem Hintern gelandet.

Sie hatte gegen ihre Tränen ankämpfen müssen, denn der verletzte Stolz hatte mindestens so geschmerzt wie ihr Gesäß. Doch Lisa hatte sie gedrängt, es noch mal zu probieren.

»Morgen«, hatte Arden gejammert.

»Nein. Jetzt.«

Beim zweiten Versuch hatte sie es geschafft. Lisa hatte sie in ihrer Umarmung fast erdrückt. Jetzt musste sie daran denken, wie viel ihr Lisas Lob und ihre Umarmung damals bedeutet hatten.

Die Familie hatte Ardens Großtat mit einem Besuch in einem Restaurant ihrer Wahl gefeiert: natürlich McDonald's.

Es war ein glücklicher Tag gewesen, eines der letzten

glücklichen Familienerlebnisse, an die sich Arden erinnerte. Nur wenige Monate danach war ihre Mutter tödlich verunglückt.

Aber dieser Verlust war nicht so plötzlich und unerwartet gekommen wie das Verschwinden ihres Vaters.

Seit vergangenen März war es zwanzig Jahre her, dass Joe Maxwell seine beiden Töchter verlassen hatte und nie wieder gesehen ward – doppelt so viele, wie Arden damals alt gewesen war. Sein unerklärtes Verschwinden war der Wende- und Angelpunkt, um den sich ihr Leben seither drehte.

Es nutzte nichts, darüber zu spekulieren, was aus Lisa und ihr geworden wäre und welche Zukunft ihnen offengestanden hätte, wenn er sie nicht im Stich gelassen hätte. Er hatte es getan.

Leise und mitfühlend sagte Lisa: »Du hast Schreckliches durchgemacht, und ich will dich nicht unter Druck setzen, weil du gerade so verletzlich bist. Aber hier wirst du dich bestimmt nicht erholen, Arden. Glaub mir, hier nicht. Du warst damals noch klein. Du kannst nicht wirklich erfassen, wie schlimm es nach Mutters Tod war. Oder vielleicht kannst du es und hast es nur aus deiner Erinnerung gestrichen. Ich nicht. Ich weiß es noch wie heute. Als Dad verschwand und ich mit dir aus dieser Stadt wegzog, schwor ich, dass wir nie zurückkehren würden. Die Menschen, die damals schon hier lebten, erinnern sich bestimmt noch an uns. Willst du, dass alle über dich reden und herziehen? Ganz zu schweigen davon, dass dieses Haus im wahrsten Sinn des Wortes über dir zusammenbricht.« Sie fuhr mit dem Finger über eine Macke im Kunststofffurnier der Küchentheke.

»Ich habe oft mit dem Gedanken gespielt, alles hier zu verkaufen, doch jedes Mal wurde ich sentimental, weil ich dann vor mir sah, wie Mutter in dieser Küche kochte oder summend die Wäsche zusammenlegte, und jedes Mal brach mir dabei das Herz. Das hätte die endgültige Trennung von ihr bedeutet, dabei hätten wir das Geld weiß Gott brauchen können. Außerdem gehört das Haus auch dir. Es zu verkaufen wollte ich ungern für uns beide entscheiden.«

Sie holte tief Luft. »Aber jetzt wünschte ich, ich hätte es abgestoßen, denn das hätte dich vor dem schrecklichen Fehler bewahrt, hierher zurückzuziehen. Du gaukelst dir vor, dieses Haus wäre dein *Heim*. Das ist es nicht. Das ist es seit zwanzig Jahren nicht mehr, und ohne dein Kind wird es auch nie dein Heim werden. Du hast niemanden mehr außer mir. Ich werde für dich sorgen, bis du entschieden hast, was du aus deinem Leben machen willst.«

Sie schloss Arden schnell und fest in die Arme und drückte sie kurz, bevor sie sich wieder löste.

Arden drehte sich zu ihr um. Sie gab ihrer Schwester einen Kuss auf die Wange, krümmte den kleinen Finger, und Lisa hakte ihren ein. Nachdem ihr Vater sie verlassen hatte, war das zu ihrem Ritual geworden. Das symbolisierte, dass sie nur einander hatten und dass ihr Band niemals reißen würde.

Die Finger ineinander gehakt, lächelten sie sich wehmütig an, dann zog Arden ihre Hand zurück. »Bist du jetzt fertig, Lisa?«

»Fertig?«

»Fertig damit, mir zu erzählen, wo ich wohnen und was ich mit meinem Leben anstellen soll? Wenn du damit durch bist, dann geh bitte.« Sie holte Luft, um sich Mut zu machen. »Und wenn nicht, dann geh trotzdem.«

Arden lag immer noch wach, als sie den Wagen auf der Straße hörte.

Sie schaute auf die Nachttischuhr. Es war kurz nach ein Uhr morgens. Heute Nacht war er später dran als sonst.

Als sie erfahren hatte, dass sie schwanger war, hatte sie auf der Stelle Pläne geschmiedet, Houston zu verlassen. Innerhalb einer Woche hatte sie ihren Job aufgegeben, ihre Wohnung gekündigt, ihr Apartment ausgeräumt und den Umzug in ihre Heimatstadt in Angriff genommen.

Penton war zwar Verwaltungssitz eines Countys, aber das County war ländlich, und so war der Hauptort klein und die Gerüchteküche aktiv. Jeder, der mit der Familiengeschichte der Maxwells vertraut war, wollte natürlich wissen, wer in das Haus gezogen war, das so lange leer gestanden hatte, und schon nach kurzer Zeit hatte sich herumgesprochen, wer die neue Bewohnerin war.

Sie hatte sich inzwischen daran gewöhnt, dass Autos abbremsten und langsam am Haus vorbeirollten.

Tagsüber waren ihr die Gaffer egal.

Aber ein Wagen kam nachts. Jede Nacht. Inzwischen erkannte sie ihn am Motorengeräusch. Sie merkte, dass sie schon darauf wartete. Allzu oft schlief sie erst ein, nachdem der oder die Unbekannte vorbeigefahren war. Es war nicht die Art von Einschlafritual, die sie sich gewünscht hatte. Es fühlte sich nicht nach einem Gutenachtgruß an.

Natürlich hatte sie kein Wort darüber zu Lisa gesagt, die von Anfang an prophezeit hatte, dass all die Gerüchte, Verdächtigungen und Spekulationen rund um ihren Vater und die angeblich von ihm begangenen Verbrechen wieder aufleben würden, falls Arden nach Penton zog.

Wie üblich hatte Lisa recht behalten, aber Arden hatte das

starke Gefühl, dass dieser spezielle Zaungast nicht nur von Neugier und der Hoffnung auf einen Blick auf die jüngste Tochter des verrufenen Joe Maxwell getrieben wurde. Diese nächtlichen Runden hatten etwas Raubtierhaftes, bei dem ihr mulmig wurde.

Doch hatte sie nicht erst heute beschlossen, dass sie sich nicht mehr einschüchtern lassen würde?

Sie warf die Decke zurück, stand auf und ging zum Fenster, blieb aber hinter der Wand stehen, sodass sie nicht gesehen werden konnte. Es erschien nur vernünftig, den Menschen im Wagen nicht wissen zu lassen, dass sie ihn bemerkt hatte.

Das Haus stand zu weit von der Straße weg, sodass sie nicht mehr als nur die Scheinwerfer ausmachen konnte. Als der Wagen auf einer Höhe mit dem Haus war, bremste er auf Schritttempo ab, rollte wie jeden Abend vorüber und beschleunigte, sobald er am Haus vorbei war.

Während sie den Heckleuchten nachsah, bis sie hinter der nächsten Kurve aus ihrem Blickfeld verschwanden, sagte sie sich, dass ihre Fantasie womöglich etwas ganz Harmloses zu etwas Unheilvollem aufbauschte. Dieser schnurrende Motor konnte auch jemandem gehören, der nach der Spätschicht auf dem Heimweg war.

Aber sie wusste von keinem Betrieb hier draußen, und in welchem Job musste man sieben Tage die Woche arbeiten? Der Wagen fuhr auch am Wochenende vorbei. Seit Monaten hatte er nicht eine Nacht ausgesetzt.

Dieser feste Rhythmus hatte etwas Zwanghaftes und Unheimliches.

Sie versuchte, ihr Unbehagen abzuschütteln, sagte sich, dass sie albern reagierte, und legte sich wieder ins Bett. Aber die in ihrem Kopf kreisenden Gedanken hielten sie wach.

Lisa war nicht still und leise abgezogen.

Nachdem Arden ihre »Unabhängigkeitserklärung« ausgesprochen hatte, hatte ihre Schwester eine halbe Stunde auf sie eingeredet. »Wenn Wallace noch am Leben wäre, wäre er meiner Meinung.«

Arden bezweifelte das nicht. Sie hatte ihren Schwager gemocht, der ihr ein guter Ersatzvater – oder eher Ersatzgroßvater – gewesen war. Als erfolgreicher Immobilienunternehmer hatte der ausgeglichene Wallace regelmäßig Deals ausgehandelt, bei denen beide Seiten das Gefühl hatten, gut abgeschlossen zu haben. Er hatte bei zahlreichen Meinungsverschiedenheiten zwischen beiden Schwestern vermittelt, aber um den ehelichen Frieden zu wahren, hatte er dabei meist für Lisa Partei ergriffen.

Doch selbst nachdem Lisa seinen Namen heraufbeschworen hatte, hatte Arden ihren Entschluss verteidigt, bis Lisa schließlich nichts anderes übriggeblieben war, als nachzugeben. Im Gehen hatte sie noch gesagt: »Ich will nur, dass du glücklich wirst, Arden.«

»Das will ich auch.«

Als sie jetzt im Dunkeln lag und an die Decke starrte, musste sie ihrer Schwester in einem Punkt recht geben: Seit sie erwachsen war, hatte sie sich die meiste Zeit abgestrampelt, ohne wirklich vom Fleck zu kommen. Sie hatte ihren Weg noch nicht gefunden. Sie war orientierungslos und ziellos gewesen.

In einem Reflex strich sie über ihren Bauch und sehnte sich nach dem kleinen Hügel zurück, der so wunderbar neu gewesen war und doch so schnell unglaublich vertraut geworden war.

Das Baby hatte ihrem Leben Sinn gegeben.

»Und jetzt ...«, flüsterte sie.

Traurigkeit überschwemmte sie, aber sie ließ sie nicht einsickern. Sie durfte nicht zulassen, dass sich ihr Geist, ihr Herz auf das verlorene Kind konzentrierte. Sonst würde die Trauer sie lähmen.

Sie musste an ihrem ursprünglichen Plan festhalten. Und genau wie damals beim Felgaufschwung musste sie ihn sofort und aus eigener Kraft angehen.

Ihr Körper mochte erschöpft sein, doch ihr Geist arbeitete unermüdlich weiter daran, einen Plan für das zwanzig Jahre vernachlässigte Haus zu entwerfen.

Bis zu ihrem Todestag würde sie die Tochter betrauern, die sie verloren hatte, aber gleichzeitig hatte sie das dringende Gefühl, handeln, zur Tat schreiten, *leben* zu müssen, bevor es zu spät war.

Der letzte Gedanke ließ sie stutzen.

Zu spät *wofür*?

Kapitel 2

Der Name *L. Burnet* stand in Schablonenbuchstaben auf dem Blechbriefkasten am Anfang einer geschotterten Zufahrt. Die Straße hierher war schmal, kurvig und voller Schlaglöcher gewesen, doch endlich hatte Arden ihr Ziel erreicht.

Bis zu diesem Punkt waren die zwei Monate seit ihrer Fehlgeburt sowohl anstrengend als auch entmutigend unproduktiv gewesen. Sie hoffte, dass dieser Besuch bei L. Burnet das ändern würde.

Sie bog in die Zufahrt, hielt hinter einem Pick-up mit Zwillingshinterreifen und betrachtete bei laufendem Motor das Haus. Der Bayou-Baustil war naheliegend, da die Staatsgrenze zu Louisiana quer durch den Caddo Lake verlief und der See in Rufweite lag.

Das einstöckige weiße Holzhaus hatte dunkelgrüne Fensterläden und trug ein dazu passendes Blechdach. Es wirkte sehr gepflegt und ästhetisch ansprechend. Über die gesamte Front zog sich eine Veranda mit tiefem Dach. Auf der Veranda stand nichts als ein verwitterter Schaukelstuhl mit hohem Rücken und breiten Armlehnen. Die Bepflanzung beschränkte sich auf mehrere Blumentöpfe mit kleinen immergrünen Büschen, die am Rand der Veranda links und rechts neben einer Treppe aus recycelten Backsteinen standen.

Sie schaltete den Motor aus. Als sie ausstieg, bohrte sich von der Rückseite des Hauses her ein hohes Jaulen in ihr Ohr. Sie ging um den riesigen Pick-up herum und folgte einem Trampelpfad durchs Gras. Er führte sie links am Haus vorbei in den Hof, in dem hohe Kiefern standen.

Dort gab es ein ziemlich großes Nebengebäude mit weißem Anstrich und grünem Blechdach, passend zum Haus. Das Doppelgaragentor war hochgefahren. Sie ging an die Öffnung und schaute hinein. Das Kreischen kam von einer Handkreissäge. Der Mann stand mit dem Rücken zu ihr. Der Lärm schnitt ihr in die Gehörgänge.

»Verzeihung?«

Er ließ nicht erkennen, dass er sie gehört hatte, sondern blieb über die Werkbank gebeugt, auf der er geschickt eine Holzbohle in zwei Bretter zersägte.

Sie versuchte es lauter: »Mr. Burnet?«

Als er immer noch nicht reagierte, beschloss sie zu warten, bis er fertig war. Danach richtete er sich auf, begutachtete sein Werk und schaltete zu Ardens großer Erleichterung die Säge ab.

»Mr. Burnet?«

Er drehte sich um und schob seine Schutzbrille in die Stirn. Er reagierte zwar auf ihren Anblick, aber wie, war schwer einzuordnen, außerdem war seine Reaktion so flüchtig gewesen, dass sie ihr entgangen wäre, wenn sie auch nur geblinzelt hätte.

»Ich habe Sie hoffentlich nicht erschreckt. Ich habe gerufen, aber Sie haben mich über dem Lärm nicht gehört.«

Er sah ihr erst in die Augen, musterte sie dann nachdenklich und wandte sich wieder ab, um die Säge auf der Werkbank abzulegen. Schließlich zog er die Schutzbrille und seine

Wildlederhandschuhe ab und legte alles neben die Säge, ehe er sich wieder umdrehte. »Ich habe Sie gehört.«

Sie wusste nicht, was sie darauf sagen sollte. Warum hatte er nicht reagiert, wenn er sie gehört hatte?

»Ich heiße Arden Maxwell.« Sie ging auf ihn zu und streckte ihm die Hand hin.

Er schaute auf ihre Finger, als wäre ein Handschlag eine völlig neue Erfahrung für ihn, dann griff er nach einem ausgeblichenen roten Werkstattlumpen und wischte damit das Sägemehl von seinen Unterarmen, bevor er ihre Hand ergriff. Er schüttelte sie kurz, fast kühl. »Was kann ich für Sie tun?«

Sie lachte nervös. »Eine Menge, hoffe ich.«

Er erwiderte ihr Lächeln nicht, sondern zog stumm eine Braue hoch.

Und irgendwie verlieh das ihrer unschuldigen Bemerkung einen unbeabsichtigten Unterton. Sie beeilte sich zu erklären: »Ich habe Ihre Anzeige gesehen. Im Internet. Ich habe nach Bauunternehmern gegoogelt, und dabei bin ich auf Ihren Namen gestoßen.«

»M-hm.«

Mehr sagte er nicht, so als hätte er kein besonderes Interesse daran, sie als Kundin zu gewinnen. Sie ließ sich davon nicht beirren. »Ich habe gestern angerufen und eine Nachricht hinterlassen, dass Sie mich bitte zurückrufen sollen. Wahrscheinlich haben Sie die nicht abgehört.«

»Ich habe sie abgehört. Ich hatte zu tun.«

Sie sah an ihm vorbei auf das frisch gesägte Brett. »Ja, das sehe ich. Also, da ich sowieso etwas in der Stadt zu erledigen hatte, dachte ich, ich schaue auf gut Glück bei Ihnen vorbei, wo Ihr Haus praktisch auf dem Weg liegt.«

»Auf dem Weg?«

Sie lachte wieder nervös. »Einem *sehr gewundenen* Weg. Zugegeben, Sie wohnen ziemlich abgelegen, und fast hätte ich die Abzweigung verfehlt. Aber ich habe Sie gefunden.«

»Sie hatten Glück, dass ich hier war, sonst wären Sie umsonst so weit gefahren.«

»Ich halte das auch für einen Glücksfall, ja.«

»Also, jetzt sind Sie hier. Was brauchen Sie?«

»Ich plane einen Umbau, und zwar einen ziemlich umfangreichen. Das Projekt wird viel Zeit und sehr viel Arbeit erfordern.«

Er brauchte den Lumpen nicht mehr und warf ihn auf die Werkbank. »Wie viele Baufirmen haben Sie vor mir angerufen?«

Ertappt senkte sie den Blick. Dann begriff sie, dass sie ihm keine Erklärung schuldig war, und sah ihm wieder in die kobaltblauen Augen, die sie, ohne zu blinzeln, unter den abweisend zusammengezogenen Brauen fixierten. Er war jünger als das Bild, das sie sich im Geist von ihm gemacht hatte, aber sie schätzte, dass ihn die grauen Strähnen in den dunklen Haaren, die Augenfalten und der ernste Mund älter aussehen ließen, als er tatsächlich war.

Sein Körperbau war jedenfalls nicht der eines Mannes, der sich in seinen besten Jahren eingerichtet hatte. Sie sah keine Wampe über den Bund seiner Jeans hängen. Muskulöse Oberarme dehnten die kurzen Ärmel seines schwarzen T-Shirts. Er war groß und schlank und wirkte alles in allem zäh wie Stiefelleder und so verschmust wie eine Klapperschlange.

»Er war Soldat, wussten Sie das?«

»Nein, wusste ich nicht.«

»In Afghanistan. Und davor im Irak.«

»Er war im Kampfeinsatz?«

»O ja. Er hat einiges zu sehen bekommen. War vielleicht ein bisschen zu lang im Krieg, verstehen Sie? Aber er ist in Ordnung. Nicht gefährlich oder verrückt oder so.«

In der Anzeige hatte ein ehemaliger Kunde von Mr. Burnet seinen Namen und seine Telefonnummer als Referenz angegeben. Arden hatte ihn angerufen. Er hatte nicht nur Burnets handwerkliche Fähigkeiten und seine Zuverlässigkeit hervorgehoben, sondern auch ausgeplaudert, dass er beim Militär gewesen war.

Tatsächlich hatte sie *nicht* verstanden, was er mit seinem Kommentar gemeint hatte, dass Burnet zu lang im Krieg gewesen sei. Jetzt wünschte sie, sie hätte sich das ausführlicher erklären lassen.

Vielleicht hatte der Krieg L. Burnet so schweigsam und barsch werden lassen. Oder vielleicht war er schon immer so reserviert gewesen. Aber solange er den Auftrag übernahm, war es ihr egal, ob er ein einnehmendes Wesen hatte oder nicht. Sie stellte ihn nicht ein, damit er nett mit ihr plauderte.

Sein Blick war bohrend, aber sie entdeckte nichts Wahnsinniges darin. Ganz im Gegenteil. Sie erahnte Intelligenz, extreme Wachsamkeit und ein ausgeprägt scharfes Auge. Ihm würde kaum etwas entgehen, und dieser Gedanke verunsicherte sie kurz. Sie würde dennoch das Risiko eingehen und darauf setzen, dass er halbwegs berechenbar war.

Doch – und das war das entscheidende Argument – sprach vor allem für ihn, dass sie in den vergangenen beiden Monaten mit vielen Bauunternehmern gesprochen hatte und er der letzte Name auf ihrer Kandidatenliste war.

Dank des Treuhandfonds, den ihr verstorbener Schwager für sie eingerichtet hatte, konnte sie es sich leisten, jeden zu beauftragen. Doch aus Prinzip wollte sie dieses Projekt nur mit ihrem selbst verdienten Geld finanzieren, und damit war der Betrag, den sie ausgeben konnte, überschaubar.

Sie beantwortete seine Frage: »Ehrlich gesagt habe ich mit einigen gesprochen, die qualifiziert waren, Mr. Burnet.«

»Doch der Termin hat keinem gepasst?«

»Mein Budget hat keinem gepasst.«

»Also haben Sie bei mir angerufen.«

»Bitte nehmen Sie das nicht persönlich. In den Kommentaren im Netz stand, dass Sie gute Arbeit leisten, dass Sie zuverlässig sind und alleine arbeiten. Anfangs hielt ich das nicht für einen Vorteil.«

»Aber jetzt schon?«

»Ja. Ich dachte, vielleicht sind Sie der Richtige, gerade weil Sie keinen ganzen Bautrupp bezahlen müssen.«

Er lehnte sich mit dem Hintern an die Werkbank und hakte die Finger in die Taschen seiner Jeans. »Sie dachten, ich würde Sie billiger kommen.«

Diplomatisch war er definitiv nicht. Seine Körperhaltung war provokant, wenn nicht sogar streitlustig. Die Haltung seiner Hände war eine nicht allzu subtile Männlichkeitsgeste. Er schien es darauf anzulegen, Klartext zu reden. *Na schön,* zu allen genannten Punkten. »Also gut, es stimmt, Mr. Burnet. Ich dachte, Sie würden mich billiger kommen.«

»Das würde ich mit Sicherheit. Aber ich bin nicht der Mann für diesen Job.«

Sie lachte kurz. »Könnten Sie mich nicht wenigstens ausreden lassen, bevor Sie zu diesem Urteil kommen?«

»Zeitverschwendung.«

»Woher wissen Sie das?«

»Ein ziemlich umfangreicher Umbau, der viel Zeit erfordern wird? Und sehr viel Arbeit? Für mich klingt das, als wollten Sie Ihr Haus komplett sanieren.«

»Mehr oder weniger.«

»Ich mache keine Komplettsanierungen.«

»Würden Sie wenigstens vorbeikommen und sich ein Bild machen...«

»Ich habe mir schon ein Bild gemacht.«

Ihr Herz setzte erschrocken einen Schlag aus. Sie hatte auf seiner Mailbox ihren Namen genannt, aber nicht die Adresse des Hauses. Sie dachte an das Fahrzeug, das jede Nacht an ihrem Haus vorbeifuhr. »Sie wissen, wo ich wohne?«

Sein kantiges Kinn nickte knapp.

Sie studierte ihn kurz und sagte dann langsam: »Als Sie sich umgedreht und mich hier stehen sahen, haben Sie mich wiedererkannt, nicht wahr?«

Ein weiteres barsches Nicken.

»Woher?«

»Jemand hat mich auf Sie aufmerksam gemacht.«

»Wo?«

»Ich glaube, im Fried Pie Shop.«

»Ich wusste nicht mal, dass es hier einen Fried Pie Shop gibt.«

»Hm. Mögen Sie keine gebackenen Obsttaschen? Dann muss es wohl woanders gewesen sein.«

»Warum hat man Sie auf mich aufmerksam gemacht?«

Er zog die Daumen aus den Taschen, löste sich von der Werkbank und schaute sekundenlang an ihr vorbei, ehe er sie wieder ansah. »Sie sind die Lady, die den... Notfall... im Supermarkt hatte.«

Ihr Atem stockte, und sie trat instinktiv einen Schritt zurück. »Oh.«

Augenblicklich umschwärmten sie die dunklen Erinnerungen, machten sie blind und taub gegenüber ihrer Umgebung. Ihr Geist spulte die Bilder in rasender Geschwindigkeit ab und gleichzeitig in solcher Klarheit, als wäre alles gestern und nicht vor zwei Monaten passiert.

Sie erinnerte sich an die rumpelnde Fahrt im Krankenwagen zur Notaufnahme, an die maschinengewehrschnellen Fragen während der medizinischen Aufnahme, an den alles durchdringenden antiseptischen Geruch, die beißende Kälte der eisernen Fußhalterungen unter ihren nackten Waden, die freundliche Stimme der Krankenschwester, die sie fragte, ob sie ihre Tochter in den Arm nehmen wollte. Ihre leblose Tochter.

Sie hätte nicht sagen können, wie lange sie dort stand und sich in ihren Erinnerungen verlor, aber als das Kaleidoskop sich langsam wieder auflöste, merkte sie, dass sie in sich zusammengesunken war und sich an ihren Ellbogen festhielt. Ihre Haut war klamm. Unsicher richtete sie sich auf und wischte mit dem Handrücken eine Strähne aus ihrer schwitzigen Stirn.

Sie spürte unangenehm seine Nähe, reglos und stumm stand er vor ihr und beobachtete sie. Um ihm nicht in die Augen sehen zu müssen, schaute sie sich um und inspizierte die Werkstatt. Neonleuchten verstärkten das natürliche Licht, das durch vier Dachluken hereinfiel. Zwei Deckenventilatoren, groß wie Flugzeugpropeller, kreisten am Ende langer Befestigungsstangen. Sie konnte ein paar typische Werkzeuge identifizieren, andere Geräte und Maschinen hingegen waren ihr völlig unbekannt.

In der hinteren Ecke stand ein großer Zeichentisch. Darüber hing eine Lampe mit perforiertem Metallschirm. Direkt daneben stand ein Schreibtisch mit Computer. Bis auf das Sägemehl unter der Werkbank, an der er gearbeitet hatte, war die Werkstatt aufgeräumt und gepflegt.

Schließlich blickte sie ihn wieder an.

Er verlagerte dezent das Gewicht, wobei die Stiefelsohlen über den Boden scharrten und Sägemehl aufwirbelten. »Tut mir leid wegen ...«

Er deutete vage und unauffällig in Richtung ihres Bauches.

»Danke.« Sie wollte das Thema wechseln. »Darum haben Sie meinen Namen wiedererkannt, als Sie gestern die Mailbox abhörten.«

»Genau. Seit Monaten gingen Gerüchte um, dass die jüngste Maxwell-Tochter wieder im Ort sei. Dass sie ganz allein da draußen wohnen würde. Und dass sie ein Baby erwarte.«

Seit sie zurückgekehrt war, hatte sie sich bisher noch nie dem Gerede über ihre Rückkehr stellen müssen. »Wissen Sie auch alles andere?«

»Wer oder wo der Vater des Kindes ist, weiß ich nicht.«

Sie ignorierte die implizierte Frage. »Sind Sie vertraut mit der Geschichte meiner Familie?«

»Ich bin hier groß geworden.« Er sagte das so, als würde das alles erklären, und das tat es auch. Jeder kannte ihre Familiengeschichte.

»Haben Sie je erfahren, wo Ihr Dad hin ist, was aus ihm wurde?«, fragte er. »Ist das Geld je aufgetaucht?«

Sie beantwortete diese Fragen genauso wenig. »Wären Sie bereit, mit mir über mein Projekt zu sprechen, Mr. Burnet?«

»Sie kennen meine Antwort. Reine Zeitverschwendung.«

»Sie ziehen es nicht einmal in Erwägung?«

»Ich weiß nicht, wie ich es noch deutlicher ausdrücken soll.«

»Haben Sie Angst, dass Ihr Ruf Schaden nehmen könnte, wenn Sie für die jüngste Maxwell-Tochter arbeiten?«

Der strenge Mundwinkel zuckte kurz hoch, doch als Lächeln konnte man das nicht zählen. »Mein Ruf ist schon beschädigt. Aber Ihr Projekt bedeutet mehr Arbeit, als ich annehmen kann. Ich habe mich auf Kleinaufträge spezialisiert. Kurzfristige Arbeiten. Auf diese Weise bin ich nicht zu fest und zu lang gebunden. Ich mag es nicht, wenn ich gebunden bin. Ich bleibe lieber flexibel.«

Sie verschränkte die Arme und betrachtete ihn von Kopf bis Fuß. »Das hört sich nach Bullshit an.«

»Ist es auch.«

Kapitel 3

Als das Baseballspiel im zehnten Inning durch einen Tiebreak entschieden wurde, hatte sich das Gedränge in Burnet's Bar and Billiards bereits gelichtet. Es waren nur noch wenige Gäste in der beliebten Tränke am Seeufer, die scheinbar jeden Augenblick in die dunklen Wasser des Caddo Lake abzukippen drohte. Doch nachdem sie in den vierzig Jahren, die sie mittlerweile hier stand, noch nicht von ihren Pfählen gerutscht war, machte sich diesbezüglich niemand mehr große Sorgen.

Von den acht Pooltischen war im Augenblick nur einer besetzt. Eine heiß umkämpfte Partie unter einer Gruppe lautstarker Jugendlicher neigte sich dem Ende zu.

An einem schummrigen, abgeschiedenen Tisch saßen ein Mann und eine Frau, die sich in der vergangenen Stunde leise, aber hitzig gestritten hatten. Nachdem sie sich offenbar auf eine brüchige Waffenruhe geeinigt hatten, verließen sie ihren Tisch und gingen zum Ausgang. Die Frau stolzierte vor dem Mann her, der ihr folgte und beim Hinausgehen wütend mit dem Handballen gegen die Ausgangstür boxte.

»Punktsieg für sie, würde ich tippen, und er hat eine harte Nacht vor sich«, bemerkte der Barkeeper zu dem letzten Gast an der Bar.

Ohne großes Interesse kommentierte Ledge: »Sieht so aus.« Er blieb über sein fast leeres Bourbonglas gebeugt. Die

Farbe des Whiskys erinnerte ihn an etwas, an das er lieber nicht erinnert werden wollte.

Arden Maxwells Augen hatten dieselbe Farbe.

»Du bekommst einen Nachschlag umsonst, weißt du das?«

Ledge sah von seinem Glas auf und den Barkeeper an. »Wieso das?«

»Der letzte Gast an der Theke bekommt ein Getränk aufs Haus.«

»Ach ja?«

»Neue Regel.«

»Seit wann?«

»Willst du jetzt einen oder nicht?«

Ledge deutete auf sein Glas. »Aber nur einen Kurzen.«

Der Barkeeper schenkte Whisky nach, ohne Eis oder Wasser. Er stellte die Flasche ab, drapierte das Handtuch über seine Schulter, stützte die Ellbogen auf die Theke und beugte sich vor, bis sein Gesicht auf einer Höhe mit dem von Ledge war. »Sonst bleibst du nie so lang. Übler Tag?«

»War schon okay.«

»Wer's glaubt.«

Ledge nippte an seinem aufgefüllten Glas. Der Whisky hatte gerade die richtige Schärfe und wärmte angenehm die Kehle. Richtig angenehm. Viel zu angenehm. Darum zahlte er immer für seine Drinks, obwohl der Burnet, dem das Lokal gehörte, sein Onkel Henry war, bei dem er aufgewachsen war.

Solange er seine Drinks bezahlte, wusste er genau, wie viel er trank. Er hatte sich diesen Kontrollmechanismus selbst auferlegt und wollte ihn keinesfalls aufgeben. Und er nahm nie eine Flasche mit nach Hause.

»Warst du heute bei Henry?«

Ledge schüttelte den Kopf.

»Ich weiß, dass es beim letzten Mal übel war.«

»Genau wie beim vorletzten Mal.«

Die Billardkugeln klackerten. Die eine Hälfte der jungen Männer am Pooltisch reagierte mit verzweifeltem Stöhnen und derben Flüchen, die andere Hälfte mit Jubelschreien und derben Flüchen.

Nachdem sie sich beruhigt hatten, fuhr der Barkeeper fort: »Es mag nicht so aussehen, Ledge, aber irgendwo dadrin steckt immer noch der alte Henry. Eines Tages könnte er dich überraschen und dich wiedererkennen.«

Ledge war anderer Meinung, aber er nickte trotzdem. Er wollte Don nicht die Hoffnung nehmen.

Seit Ledge denken konnte, hatte Don White zusammen mit seinem Onkel in der Bar gearbeitet. Aber Don war weit mehr als nur der Bartender, er hatte die Bücher geführt und andere Bereiche des Geschäfts geleitet.

Als Henrys Alzheimer so weit fortgeschritten war, dass er nicht einmal mehr die einfachsten Aufgaben erledigen konnte, hatte Ledge Don angeboten, er könne seinem Onkel die Bar abkaufen. Don wollte davon nichts hören.

Jetzt fragte Ledge: »Hast du es dir inzwischen anders überlegt?«

»Seit gestern?«

»Und?«

»Nein. Hör auf zu fragen.«

»Du kannst ihn über vier Jahre auszahlen. Fünf, wenn du mehr Zeit brauchst.«

»Ich werde die Bar weiter so führen, als wäre es meine eigene, das weißt du. Aber das Burnet's wird Henry Burnet bis zu seinem letzten Atemzug gehören. Wenn er irgendwann nicht mehr unter uns ist ...«

»Er *ist* nicht mehr unter uns, Don.«

»Dann frag mich noch mal. Dann werden wir ja sehen.«

Don war um die sechzig. Jeder wusste, dass seine Freundin aus der Highschool wenige Tage vor ihrer Hochzeit auf einem Bahnübergang ums Leben gekommen war.

Ledge kannte keine Einzelheiten, denn er kannte Don zwar sein ganzes Leben, doch Don hatte nie von ihr oder von der Tragödie gesprochen, durch die er sie verloren hatte. Trotzdem war die Lady offenbar etwas ganz Besonderes und Dons große Liebe gewesen. Er war immer freundlich zu den Kundinnen, und im Lauf der Jahre war ihm oft mehr als nur Freundschaft angeboten worden. Aber falls Don je ein Date oder sogar eine Affäre gehabt hatte, dann wusste Ledge nichts davon. Dons Leben war die Bar. Er hatte Henry und Ledge als seine Familie adoptiert.

In den Augen eines unbeteiligten Beobachters wirkten sie bestimmt wie ein trauriges, mitleiderregendes Trio.

So wirkten sie sogar in Ledges Augen.

»Mir fehlt der alte Knacker«, sagte Don über Henry. »Mit seinen unterirdischen Witzen.«

»Mir auch.«

Don drehte sich um und blickte auf ein gerahmtes Foto an der Rückwand. »Ich weiß noch, wie er das Bild aufgehängt hat. Er war so verflucht stolz auf dich.«

Henry hatte das Foto zwar an prominenter Stelle aufgehängt, doch Ledge hasste das verdammte Bild. Ein Kamerad hatte es mit seinem Handy geschossen, während sie sich auf einen Einsatz vorbereitet hatten. Ledge war darauf in voller Montur zu sehen, mit Tarnfarbe im Gesicht, bis an die

Zähne bewaffnet. In der Aufmachung glich er fast einem postapokalyptischen Krieger.

Sein Kamerad hatte ihm das Bild per E-Mail geschickt und gesagt, er solle es an seinen Onkel weiterleiten. *Vielleicht hängt er es in seiner Bar auf. Und prahlt dann vor seinen Gästen mit seinem Neffen, dem Schrecken der Taliban.*

Ledge setzte das Glas an und murmelte in seinen Drink: »Er hat es nicht nach Hause geschafft.«

Don drehte sich wieder um. »Verzeihung?«

»Der Typ, der das Bild gemacht hat. Er hat es nicht nach Hause geschafft.« Ledge kippte den Rest seines Bourbons hinunter.

Damit war das Thema erledigt, und beide verloren sich in ihren Gedanken, bis Don murmelte: »Ach du Scheiße. Sieh mal, wer da anspaziert kommt.«

Ehe Ledge sich umdrehen und nachsehen konnte, wer in die Bar gekommen war, rutschte der neue Gast schon auf den Hocker neben seinem. »Hallo, Don. Ledge. Alles fit im Schritt?«

Ledges Miene blieb ausdruckslos, aber im Geist stieß er eine Litanei von Flüchen aus. Heute war definitiv nicht sein Tag. Erst tauchte diese Arden Maxwell unangekündigt bei ihm auf. Und jetzt musste er noch diesen Hurensohn ertragen.

Dass Rusty Dyle ihn derart überrumpelte, erinnerte grotesk an einen Samstagvormittag vor zwanzig Jahren.

Am Freitagabend war es in Burnet's Bar and Billiards hoch hergegangen. Bis nach drei Uhr hatten Ledge und sein Onkel Henry den Laden geputzt und waren dann ins Bett gefallen.

Es war ein regnerischer Vormittag, wie geschaffen, um im Bett zu bleiben, aber Ledges siebzehnjähriger Magen hatte ihn wach geknurrt. Statt in der Küche herumzuhantieren und dabei seinen Onkel aufzuwecken, der seinen Schlaf dringend brauchte, fuhr Ledge in die Stadt, um im Diner an der Main Street zu frühstücken.

Er genoss sein Essen und die Einsamkeit, bis Rusty Dyle uneingeladen auf die Bank ihm gegenüber rutschte, einen Speckstreifen von seinem Teller zupfte, hineinbiss und ihn geräuschvoll zermalmte.

Am liebsten wäre Ledge sofort auf ihn losgegangen, verbal und mit Fäusten. Aber im Jugendarrest lernte man, nicht zu reagieren, ganz gleich, was sich um einen herum abspielte. Man ergriff keine Partei in einem Streit, der einen nichts anging. Man provozierte keinen Schließer, der nur auf einen Vorwand lauerte, dich niederzumachen. Man reagierte nicht, wenn der Psychodoktor wissen wollte, ob du deiner Meinung nach ein gutes Blatt ausgeteilt bekommen hattest oder über den Tisch gezogen worden warst.

Als ihn der Psychologe das erste Mal gefragt hatte, hatte Ledge ihm erklärt, dass ihn nichts an seiner unorthodoxen Kindheit gestört hatte. Eltern, an die er sich nicht einmal erinnerte, konnte er schwerlich vermissen. Er liebte seinen Onkel, der ihn aufgenommen und ihn als seinen eigenen Sohn großgezogen hatte. Er hatte höchsten Respekt vor Henry Burnet.

Der Psychologe hatte ihn stirnrunzelnd angesehen, als würde er ihm kein Wort glauben. Ledge hatte nicht eingesehen, warum er ihn überzeugen sollte, dass es die reine Wahrheit war, und so hatte er den Mund gehalten und von da an auf keine einzige Frage mehr geantwortet, was die folgenden Sitzungen extrem frustrierend für den Psychologen gemacht hatte. Ledge hatte mit diesem Idioten rein gar nichts mehr »geteilt«.

Er war von Natur aus schweigsam und seit dem Aufenthalt im Jugendarrest noch weniger geneigt, anderen Einblick in seine Gedankenwelt zu gewähren. Das traf ganz besonders auf Rusty Dyle zu. Nichts hätte diesem Trottel besser gefallen, als zu erfahren, wie sehr Ledge ihn und sein gegeltes, hochstehendes rotes Haar tatsächlich verabscheute.

»Du haust mächtig rein, Ledge! Dein Katerfrühstück?«

»Ich bin nicht verkatert.« Ledge starrte stur auf seine zwei Pfannkuchen und die Spiegeleier.

»Na sicher. Wäre auch blöd, wenn sie dich auch noch beim Trinken erwischen würden, bevor du volljährig bist.« Er lachte blökend und schluckte den letzten Speck hinunter. »Trotzdem siehst du heute Morgen ein bisschen abgefrühstückt aus. Muss wohl wegen Crystal sein. Hat sie dich gestern Nacht so hart rangenommen?«

In seiner Fantasie rammte Ledge die Gabel in Rustys Hals, direkt in die Schlagader.

»Die Kleine geht höllisch ran«, raunte Rusty vertraulich. »Die kann dich richtig aussaugen, wenn sie in Fahrt kommt, stimmt's?«

Ledge wusste mit Sicherheit, dass Crystal Ivers noch nie etwas mit Rusty Dyle gehabt hatte, und das würde Rusty nie verwinden. Er wollte Ledge provozieren und ihn dazu bringen, Crystals Ehre zu verteidigen. Da konnte er lang warten. Ihre Ehre war unangreifbar.

»Verpiss dich, Rusty.«

»Das wirst du nicht mehr sagen, wenn ich dir erst verraten habe, warum ich hier bin.«

»Interessiert mich doch nicht, warum du hier bist.«

»Das wird es aber. Iss auf.«

Ledge war zwar der Appetit vergangen, aber er würde Rusty nicht die Befriedigung gönnen, ihm das Frühstück vermiest zu haben. Also aß er weiter. Rusty plapperte vor sich hin. Als Ledge den leeren Teller zur Seite schob, stellte Rusty eine scheinbar zusammenhanglose Frage.

»Was meinst du, wie viel Bargeld sie bei Welch's jede Woche machen?«

Ledge schaute durch das Fenster nach draußen in den stetigen Regen. »Keine Ahnung.«

»Eine Viertelmillion.«

»Schön für Welch's.«

»Weißt du, wie viel sie in einer Woche vor einem Feiertag einnehmen?« Er beugte sich vor und flüsterte Ledge zu: »Mindestens das Doppelte.«

Welch's war ein großes Kaufhaus in Familienbesitz, das dank seiner treuen Kunden der Invasion der riesigen Supermarktketten getrotzt hatte. Außerdem versorgte es die Touristen auf dem Weg zum See mit allem, was sie dort brauchten. Der Markt führte alles, von Zeltheringen bis zu Dosenheringen, von der Nugatcreme bis zur Sonnencreme.

»Und das werde ich abgreifen.«

Ledge hatte gerade überlegt, wie nass er wohl werden würde, wenn er jetzt zu seinem Auto rannte, und darum nicht zugehört. »Was denn?«

»Die Einnahmen von Welch's.«

Er drehte sich gerade rechtzeitig zu Rusty um, um ihn zwinkern zu sehen. »Du hast richtig gehört. Und dabei könnte ich jemanden wie dich brauchen.«

Ledge hörte sich den Rest von Rustys haarsträubendem Plan nur an, weil er überzeugt war, dass ihm ein ausgefeilter Streich gespielt werden sollte. Er sah sich sogar im Diner um und hielt Ausschau nach einem von Rustys Kumpeln, der in den Streich eingeweiht war und nur auf Rustys Signal wartete, um die Falle zuschnappen zu lassen.

Aber er konnte nirgendwo ein bekanntes Gesicht entdecken, und als Rusty schließlich eine kurze Pause machte und fragte: »Was hältst du davon? Bist du dabei?«, begriff Ledge, dass der Vorschlag tatsächlich ernst gemeint war.

»Bist du übergeschnappt?«

»Hör zu.« Rusty rutschte an die Sitzkante. »Die Woche vor Ostern ist immer ein Riesengeschäft für Welch's. Mega. Die ganze Woche gibt's Sonderangebote und Schlussverkäufe. Mal abgesehen von den Kreditkartenumsätzen und Schecks scheffeln sie säckeweise Bargeld.«

»Das von einem gepanzerten Geldtransporter abgeholt wird.«

»Am Montag. Frag deinen Onkel Henry. Ich wette, sein Laden liegt auf derselben Route.«

Ledge brauchte nicht zu fragen. Er wusste das.

»Und somit liegt alles, was der Laden in dieser Woche eingenommen hat, über den Ostersonntag im Safe. Gelobt sei der Herr!« Rusty lachte leise. »Und du brauchst gar nicht zu fragen – sie markieren die Scheine nicht und stecken sie auch nicht in Beutel mit explodierenden Farbpatronen. Sie werden nur gebündelt, sonst nichts.«

»Woher weißt du das alles?«

»Von meinem Informanten. Brian Foster.« Rusty beschrieb ihm den Mann.

Ledge schnaubte. »Dem Erbsenzähler bei Welch's? Der Mann ist ein Totalausfall.«

»Ist er auch. Er macht nur mit, weil ihm sein fieser Boss ständig im Genick sitzt und er es ihm heimzahlen will. Und um zu beweisen, dass er eben doch Eier hat.«

Ledge schnaubte wieder skeptisch, aber Rusty ließ sich nicht abbringen. »Ohne Foster läuft die Sache nicht. Er wird uns in den Laden lassen und den Safe öffnen.«

»Es gibt kein *uns*, Rusty. Vergiss es.«

»Sag das nicht, bevor du alles angehört hast.«

»Ich habe schon Nein gesagt.«

»Okay.« Rusty tätschelte besänftigend die Luft. »Du machst dir Gedanken, ob wir uns auf Foster verlassen können. Verständlich. Stimmt schon, der Typ hat Schiss vor seinem eigenen Schatten. Aber verstehst du? Deshalb lässt er sich umso leichter einschüchtern. Kontrollieren. Dazu bringen, nach unserer Pfeife zu tanzen.«

»Und deshalb wird die ganze Sache auch auffliegen.«

»Er kann den Tresor öffnen.«

»Während du vor den Überwachungskameras posierst.«

»Die Kameras im Laden sind nur Attrappen.« Er grinste. »Foster hat mir erzählt, dass der alte Welch zu geizig ist, um echte installieren zu lassen.«

»Ich würde mich nicht auf Fosters Wort verlassen.«

Rusty zielte mit einer imaginären Pistole auf ihn. »Ich auch nicht. Darum habe ich mir alles von einer anderen Quelle bestätigen lassen.«

»Von wem?«

»Jemandem, der sich dort auskennt. Du kennst doch die Maxwells? Lisa war immer und überall Klassenbeste. Sie hat die Schule vor ein paar Jahren abgeschlossen. Dann ist da noch ihre Schwester. Viel jünger. Die Mutter starb bei einem Autounfall.«

»Ich kenne die Familie.«

»Also, ihr Daddy, der arme alte Joe, verliert aus heiterem Himmel seine Frau«, er schnippte mit den Fingern, »und sitzt allein mit zwei Töchtern da. Was jeden in den Suff treiben würde. Joe hat es jedenfalls dort hingetrieben, und inzwischen ist er ein unverbesserlicher Säufer. Ein wohlgehütetes Geheimnis, das die ganze Stadt kennt.«

»Ich nicht.« Ledge hatte in der Bar seines Onkels Billardkugeln aufgebaut, seit er groß genug war, über den Pooltisch zu schauen. Soweit er wusste, hatte sich Joe Maxwells Silhouette kein einziges Mal in der Tür abgezeichnet.

»Er trinkt heimlich«, fuhr Rusty fort, als hätte er Ledges Gedanken gelesen. »In der Öffentlichkeit trinkt er nie, um seine Töchter zu schonen. Seine Versicherungsagentur ist dabei den Bach runtergegangen. Seither wechselt er von einem Job zum nächsten. Rate mal, wo er zuletzt gearbeitet hat.«

Ledge brauchte nicht zu raten. Es war offensichtlich. Bei Welch's.

»Regale einräumen. Toiletten putzen. Lauter Drecksarbeiten«, sagte Rusty. »Vor ein paar Monaten wurde er wieder gefeuert, weil er sich mit einem Kunden angelegt und ihn beschimpft hatte. Also, man sollte doch meinen, dass Joe auf Rache aus ist, oder?«

»Ich kenne den Mann nicht, und ich kann nicht in seinen Kopf hineinschauen.«

»Also, ich schon«, prahlte Rusty und ließ sein durchtriebenes Lächeln erstrahlen. »Joe hat sich in einen streitsüchtigen Säufer verwandelt, aber er hat durchaus noch Skrupel. Ich hatte Angst, dass es gegen seine Moral gehen könnte, seinen ehemaligen Arbeitgeber zu beklauen.«

Rusty erläuterte, wie er Maxwells Gewissen ausgespielt hatte. Ledge fand seine Erpressungsmethoden widerlich und abstoßend.

»Letztendlich ging es wie immer ums Geld«, erklärte Rusty. »Ich habe mit den Rechnungen gewedelt, die er offenstehen hat, von der Stromgesellschaft bis zu einem schäbigen Schnapsladen drüben in Louisiana. Diese überfälligen Rechnungen haben gewirkt wie eine ganze Handvoll Zauberstäbe. Wenn jemand verzweifelt genug ist, ist er mit allem einverstanden. Jedenfalls habe ich seit gestern die Bestätigung, dass alles wahr ist, was Foster mir über den Laden und die miesen Sicherheitsmaßnahmen erzählt hat. Wir können sofort loslegen.«

»Mit den beiden als deinen Komplizen?« Nackte Verzweiflung war ein genauso schlechtes Motiv wie der Drang, seinen Mut unter Beweis stellen zu wollen. »Du bist doch verrückt.«

»Ich bin raffiniert.« Rusty tippte sich gegen die Schläfe.

»Du hast mir erklärt, warum die anderen beiden es durchziehen wollen. Aber warum du? Hat dir dein Daddy das Taschengeld gekürzt?«

Rusty war der Sohn von Sheriff Mervin Dyle, dem korruptesten Gesetzeshüter, den es für Geld zu kaufen gab. Er hatte die Einnahme von Schmiergeldern zu einem äußerst einträglichen Nebengeschäft entwickelt. Er sammelte schmutzige Informationen über alles und jeden, hielt sie unter Verschluss und nutzte sie, um bei Gelegenheit Lokalpolitiker, Richter, Polizisten, Mitglieder der Schulverwaltung, Priester und Prediger, Geschäftsinhaber und jeden anderen zu beugen oder zu brechen, der seiner Meinung nach einen Dämpfer brauchte. Und nachdem Mervin an gleiches Recht für alle glaubte, schröpfte er auch jene, die überhaupt keinen Einfluss hatten.

Jeder wusste, dass er korrupt war, aber niemand unternahm etwas, aus Angst vor seinen machiavellistischen und oft mittelalterlichen Vergeltungsmaßnahmen. Rusty, Mervins einziges Kind, hielt die Familientradition aufrecht. Andere einzuschüchtern war für ihn so selbstverständlich wie zu atmen.

Statt sich an Ledges Bemerkung über sein gekürztes Taschengeld zu stören, grinste er nur. »Warum ich mitmache? Einfach so. Nur um zu sehen, ob ich damit durchkommen kann.«

Es war eine so eiskalte, amoralische Antwort, dass Ledge sie ihm sofort glaubte. »Also, zähl nicht auf mich. Ich will nichts mit eurem dämlichen Plan zu tun haben. Oder mit dir.«

»Du würdest ein Viertel von einer Million in den Wind schießen?«

»Ich *schieße* ein Viertel von einer Million in den Wind.«

»Mir ist klar, dass das nur kleine Brötchen sind. Keine fünf Millionen oder so. Aber ein netter Nebenverdienst, stimmt's? Leicht zu transportieren. Ideal für ein paar nette Anschaffungen, immer hübsch nacheinander, damit keinem auffällt, dass du plötzlich ständig flüssig bist.« Rusty war jetzt in Fahrt und beugte sich vor. »Es wäre ein guter Anfang. Ein Probelauf. Wir sehen ja, ob's hinhaut. Und später …?« Er zog die Brauen hoch. »Können wir uns größere Ziele setzen.«

»Ich würde für kein Geld der Welt mit dir gemeinsame Sache machen.«

»Du bist ein sturer Hund, Ledge. Denk doch nur mal daran, wie viel Dope du dafür kaufen könntest.«

Ledge fixierte ihn mit einem Gewitterblick.

»Mann, mit dem Geld könntest du dein eigenes Meth-Labor aufziehen.«

»Fick dich.« Scheiß auf den Regen; er griff nach seinen Autoschlüsseln und rutschte ans Ende der Bank.

Rusty war noch nicht fertig. »Du glaubst doch nicht ernsthaft, dass ich dich einfach so gehen lassen, nachdem ich dich in meinen Plan eingeweiht habe, oder?«

»Du wirst schon sehen.« Er stand auf.

»Du machst mit, oder ich fackele die bekackte Redneck-Bar von deinem Onkel ab.«

Ledge erstarrte und drehte sich um. Rusty sah selbstzufrieden lächelnd zu ihm auf. »Natürlich nicht ich persönlich. Aber ich kenne ein paar Latinos, die das für fünfzig Mäuse und eine Flasche Mescal übernehmen würden.« Er lehnte sich an die Vinylverkleidung der Sitzecke und schaute gedankenversunken ins Leere. »Das wäre doch jammerschade, oder? Dein Onkel Henry hat Herz und Seele in diesen Laden gesteckt, um dir, seinem armen, verwaisten Neffen, ein besseres Leben zu ermöglichen. Es ist ein Rattenloch, trotzdem würde es ihn wahrscheinlich umbringen, wenn er es verlieren würde.«

Er richtete den Blick wieder auf Ledge. Der spürte, wie sich die Haut auf seinem Gesicht spannte, während er Rusty voller Hass anstarrte. »Er wird nicht jünger, das ist dir doch klar.« Nach einer winzigen Pause befahl Rusty: »Und jetzt hock dich wieder hin, verdammt noch mal.«

Ledge rutschte wieder in die Bank und beugte sich über den Tisch. »Warum ausgerechnet ich?«

»Ich habe meine Gründe.«

»Crystal? Geht es um sie?«

Rusty schnaubte. »Diese Nutte? Die kannst du haben. Die hat weiß Gott schon jeder gehabt.«

Keine Sekunde nahm Ledge ihm die lässige Gleichgültigkeit ab, mit der er das behauptete. Aber diesmal ließ Ledge ihn damit durchkommen. »Du hast zwei Insider an deiner Seite. Ich habe nichts beizutragen. Du brauchst mich nicht.«

Rusty deckte beide Hände auf sein Herz. »Aber ja doch, Rusty, ich brauche dich sehr wohl. Falls irgendwas schiefgeht und wir geschnappt werden, wirst du uns äußerst nützlich sein.« Er grinste breit. »Vielleicht brauchen wir dann einen Sündenbock, und du bist ein vorbestrafter Krimineller.«

Kapitel 4

Während Rusty es sich auf dem Barhocker bequem machte, begrüßte Ledge ihn mit einem knappen Nicken.

Don wischte kurz vor Rustys Hocker über die Theke und rang sich ein Lächeln ab. »Was darf's sein?«

»Nichts, danke. Ich muss noch fahren.« Sein Ton war salbungsvoll.

»Du hast heute Abend noch zu tun?«, fragte Don.

»Ich habe jeden Abend zu tun. Und jeden Tag.« Er ergänzte das mit einem Zwinkern und lächelte Ledge gedankenversunken zu. »Jedenfalls habe ich draußen Ledges Truck stehen sehen. Ist schon eine Weile her. Ich dachte, ich schau kurz rein, sag Hallo, höre mal, was er so treibt.«

Don verstand den Wink. »Gib Bescheid, falls du doch was trinken willst.« Er warf Ledge einen mitleidigen Blick zu, zog sich ans andere Ende der Bar zurück und tat beschäftigt.

»Wie geht's so, Ledge?«

»Gut.«

»Geht's deinem Onkel wieder besser?«

»Jedenfalls nicht schlechter.«

»Ich schätze, das ist gut.«

»Nein.«

Rustys rotes Haar war an den Schläfen etwas ausgeblichen, doch seine hochnäsige Art war noch genauso unerträglich wie früher. Ledge hielt es kaum in seiner Nähe aus.

Er stand auf und zog die Geldbörse aus der hinteren Hosentasche. »Ich muss los.«

»Wieso die Eile?«

»Ist schon spät.«

»So spät auch wieder nicht. Bleib doch noch.« Rusty nickte zu Ledges Hocker hin. »Ich hab was mit dir zu bereden.«

Er brauchte Rusty nicht zu fragen, was er bereden wollte, denn das wusste er bereits. Dieses Zusammentreffen war unausweichlich gewesen, seit Arden Maxwell in Penton aufgetaucht war. Eigentlich war er überrascht, dass Rusty ihm nicht früher aufgelauert hatte. Jetzt brauchte er das wenigstens nicht mehr zu fürchten. Ledge setzte sich wieder, nicht weil er sich Rusty fügte, sondern weil er dieses Gespräch so schnell wie möglich hinter sich bringen wollte.

Aber Rusty schien es nicht eilig zu haben. Er drehte sich zu der Gruppe von Jugendlichen um, die ihr Turnier beendet hatten und jetzt den Sieger auszahlten.

Rusty rief ihnen zu: »Habt ihr Spaß da drüben?«

Sie hörten mit dem Geldzählen auf, aber keiner sagte etwas.

Rusty pickte sich einen in der Gruppe heraus. »Wen haben wir denn da? Hawkins. Ich dachte, du wärst in Huntsville. Hundekämpfe, richtig?«

»Das System hat mich gefickt.«

»Das System, wie?«

»Mein lausiger Pflichtverteidiger hat mir einen Deal aufgedrückt. Ich hab zwei Jahre gekriegt.«

»Und du bist schon wieder draußen?«

»Begnadigt wegen guter Führung.«

»Gute Führung, wer's glaubt«, sagte Rusty. »Das hält nicht vor. Du fährst wieder ein.«

Ehe der junge Mann etwas erwidern konnte, packte ihn einer seiner Kumpane am Arm und schleifte ihn nach draußen, dicht gefolgt von den übrigen.

Nachdem die Tür hinter ihnen zugefallen war, drehte sich Rusty leise lachend auf seinem Hocker um. »Er hatte in einer alten Scheune, die seinen Zwillingsbrüdern gehört, einen Amateur-Kampfring eingerichtet. Die ganze Sippe ist Abschaum. Ein Hawkins ist schlimmer als der andere. Kennst du die Familie?«

»Nein.«

»Also, jedenfalls ist Dwayne ein ganz Wilder. Erinnert mich an jemanden.«

Ledge sagte nichts, sondern starrte weiter geradeaus, doch aus dem Augenwinkel sah er das absichtlich provozierende Grinsen, mit dem Rusty Don zurief: »Vielleicht nehme ich doch ein Dr Pepper. Und spar nicht mit dem Eis.«

Überheblich lächelnd fixierte er Ledges erstarrtes Profil, während sein Drink eingeschenkt wurde. Don stellte das Glas vor ihm ab und verschwand wieder. Rusty zog den Strohhalm aus dem Dr Pepper und trank direkt aus dem Glas.

Er rülpste lautstark, ohne die Hand vor den Mund zu heben. »Also? Wie stehst du dazu?«

Ledge sagte nichts.

»Stell dich nicht dumm. Du weißt genau, von was oder eher von *wem* ich rede.« Er beugte sich zu Ledge und senkte die Stimme. »Sie sind wieder dahaa. Wenigstens eine von ihnen. Leider nicht der alte Herr.«

Rusty beugte sich weiter vor. Ledge erkannte den durchsichtigen Einschüchterungsversuch und rührte keinen Muskel. »Was sagst du dazu, dass sie zurückgekommen ist und sich hier ein Nest bauen will?«

»Gar nichts.«

»Ach nein?« Rusty lehnte sich zurück, trank von seiner Cola und beäugte Ledge über den Glasrand hinweg. Als er das Glas wieder senkte, sagte er: »Kann ich irgendwie kaum glauben.«

»Du kannst glauben, was du willst. Es ist ein freies Land.«

Rusty lachte zynisch auf. »Trotzdem gibt's hier nichts geschenkt. Wer wüsste das besser als ein ehemaliger Kriegsheld?«

Ledge sah an der Theke entlang zu Don, der seit Minuten dasselbe Whiskyglas polierte und verstohlen immer wieder besorgte Blicke in ihre Richtung warf.

»Muss schon sagen«, Rustys Finger zog eine Spur durch das Kondenswasser an seinem Glas, »im Supermarkt hat sie eine ganz schöne Szene hingelegt.«

Ledge sah Rusty angewidert an. »*Hingelegt?* Sie hat weder den Zeitpunkt noch den Ort ausgewählt, an dem sie ihr Baby verlor.«

»Du weißt, wie ich es meine. Es war eine *Szene.*« Er beschrieb sie Ledge in allen Details. Als er fertig war, stieß er gegen Ledges Ellbogen. »Ich weiß alles, *jede Einzelheit* aus zuverlässiger Quelle. Aber selbst, wenn ich es nicht direkt erfahren hätte, hat es schneller die Runde gemacht als der Tripper.«

»Du musst es ja wissen«, murmelte Ledge.

Rusty grinste, nahm wieder einen Schluck und inspizierte mit aufgesetzter Lässigkeit ein loses Häutchen an seinem Daumen. »Später am Abend ist ihre große Schwester im Krankenhaus aufgetaucht. Wusstest du das?«

»Nein.«

»O ja. Und hat alle rumkommandiert. Eine Superschnepfe. Genau wie damals.«

»Ich kenne sie kaum.«

»Wahrscheinlich nicht. Ihr habt nicht in denselben Kreisen verkehrt.« Rusty sah sich betont lässig in der Bar um und fasste zuletzt eine nicht abgehängte Weihnachtslichterkette hinter der Theke ins Auge. »Lisa Maxwell war immer das Goldmädchen hier im Ort.« Er machte eine Kunstpause. »Wohingegen *du* im Hinterzimmer dieses Schuppens aufgewachsen bist.«

Genau diese Art von Stichelei war Rusty Dyles Spezialität. Ledge hatte damit gerechnet, aber er würde eher sterben, als sich von Rusty provozieren zu lassen. Stattdessen sah er auf seine Uhr. »Ich muss los.«

»Moment noch.« Rusty schloss die Finger kraftvoll um Ledges Unterarm. Ledge senkte den Blick auf die Hand, die ihn festhielt, und hielt ihn darauf gerichtet, bis sie zurückgezogen wurde. Doch seine stille Warnung konnte Rusty nicht abschrecken. »Wir müssen darüber reden.«

»Nein. Müssen wir nicht.«

»Was meinst du, wieso ist sie wieder hergekommen? Wieso jetzt?«

»Keine Ahnung.«

»Kommt mir nur eigenartig vor«, sagte Rusty. »Findest du es nicht eigenartig, dass sie sich in unserem riesigen *freien Land* ausgerechnet unser Kaff ausgesucht hat, um sich ein Nest zu bauen?«

»Sie wollte, dass ihr Kind in demselben Haus aufwächst wie sie. Was ist daran so eigenartig?«

»Nichts. Nur dass sie kein Kind mehr hat. Was will sie jetzt noch hier?«

»Sieht so aus, als würde es ihr hier gefallen.«

»Sieht wirklich so aus. Sie will das Haus instand setzen lassen.«

Obwohl Ledge sich fest vorgenommen hatte, nicht zu reagieren, beschleunigte sein Puls. »Woher weißt du das?«

»Sie hat überall angerufen. Sich Angebote machen lassen.« Rusty zwinkerte. »Ich behalte sie im Auge.«

Ledge überlief ein eisiger Schauer bei der Vorstellung, dass Rusty Arden Maxwell im Auge behielt. Heute Nachmittag hatte sie sich nicht einschüchtern lassen, obwohl er so abweisend wie nur möglich reagiert hatte. Sie ließ sich nicht leicht abschrecken. Aber er kannte Rustys Charakter. Oder eher seinen fehlenden Charakter. Er wusste, wozu Rusty fähig war.

»Vor zwanzig Jahren ging sie noch in die Grundschule«, sagte Ledge. »Wenn du glaubst, sie würde wissen, wohin ihr Daddy mit dem ganzen Geld verschwunden ist, dann täuschst du dich.«

»Wirklich?« Rusty beugte sich wieder vor. »Überleg doch mal. Die Frau hat nicht mehr gearbeitet, seit sie – vor sechs, sieben Monaten – Houston verlassen hat und hierhergezogen ist. Sie bekommt keine finanzielle Unterstützung, soweit man erkennen kann, aber sie will diesen alten Riesenkasten renovieren, was eine schöne Stange kosten wird. Ich frage mich, wie sie die Finanzierung stemmen will.«

»Über ihre Schwester.«

»Möglich. Die hat sich nach oben geheiratet. Ganz nach oben. Ein hohes Tier aus Dallas. Vor ein paar Jahren ist er abgekratzt und hat ihr nicht nur sein Vermögen, sondern auch die Zügel seines Unternehmens überlassen. Und darum kann ich mir kaum vorstellen, dass sie eine Rückkehr in unser kleines Städtchen im Sumpf gutheißt.«

Um Rustys Interesse an Arden und deren unerwartete Rückkehr in die Stadt zu dämpfen, suchte Ledge fieberhaft nach anderen Erklärungen. »Vielleicht hat sich Arden in ihrem Job so gut geschlagen, dass sie nicht zu arbeiten braucht. Wenigstens einstweilen.«

Rusty schüttelte den Kopf. »Unwahrscheinlich. Sie hat bei Neiman Marcus in Houston Edelklamotten verkauft. Sündteure Sachen zwar, aber sie hat auf Kommission gearbeitet. Es war nicht so, als hätte sie eine Abfindung als ausscheidende CEO kassiert.«

»Großzügige Unterhaltszahlungen.«

»Sie war nie verheiratet.«

»Bist du dir da sicher?«

»Scheiße, ja. Ich habe das nachgeprüft.«

Arden war seinen Fragen, wer und wo der Vater ihres Kindes war, geschickt ausgewichen. Zugegeben, er war neugierig, aber in Rustys Gegenwart gab er sich gleichgültig. »Dann hat sie vielleicht einen betuchten Lover.«

»Seit sie hier ist, war kein Mann in ihrem Haus.«

»Du hast sie beobachtet?«, fragte Ledge betont beiläufig.

Rusty ließ das unbeantwortet, aber er kratzte sich nachdenklich die Wange. »Vielleicht hat er sie abserviert, als er von dem Kind erfahren hat. Er hat sie ausgezahlt, ihr ein schönes Leben gewünscht und sie in die Wüste geschickt.«

»Oder vielleicht war er ein Loser, und sie hat ihn abserviert.«

»Vielleicht. Aber das erklärt nicht die unbekannte Geldquelle.« Rusty flüsterte feixend. »Wie wär's mit einer wilden Vermutung?«

»Die wilden Vermutungen überlasse ich dir.«

»Okay, wie wäre es damit? Daddy hatte die Kohle die ganzen Jahre gehortet und sie vor Kurzem aufgeteilt.«

»Wenn dem so wäre«, wandte Ledge ein, »dann wäre sie bestimmt nicht so dumm, ausgerechnet hierherzukommen.«

»Das Geld reicht nicht mehr so weit wie damals.« Rusty schüttelte einen Eiswürfel aus dem Glas in seinen Mund und zermalmte ihn geräuschvoll. »Ich werde Miss Arden Maxwell und ihre Ausgaben jedenfalls genau im Auge behalten.« Er stupste verspielt Ledges Arm an. »So wie ich dich im Auge behalten habe, Kumpel.«

Allein für diese vertrauliche Berührung hätte Ledge ihn am liebsten vom Hocker gehauen, aber er beschränkte sich auf einen eisigen Blick. »Und ich *dich. Kumpel.*«

Die beiden alten Feinde starrten sich aus nächster Nähe an und kamen in diesem Moment zu einem übereinstimmenden Urteil: Es war Zeit, die Samthandschuhe auszuziehen. Über all die Jahre hatten die beiden einen kalten Krieg geführt. Hiermit war er offiziell erklärt.

Don schien die in der Luft liegende Spannung zu spüren, kam herangeschlendert und fragte Rusty, ob er noch etwas trinken wolle.

»Nein danke.« Ohne den Blick von Ledge zu nehmen, rutschte Rusty von seinem Hocker. »Wie gesagt, ich wollte nur mal sehen, was Ledge so treibt.« Dann ließ er sein Krokodilslächeln aufblitzen und schlenderte nach draußen.

Erst als die Tür hinter ihm zugefallen war, stieß Don den angehaltenen Atem aus. »Ihr beide seht euch an, und aus allen vier Ohren zischt Dampf. Wirst du mir je erzählen, woher diese uralte Feindschaft rührt?«

»Nein. Aber du hättest nicht ständig die abgesägte Flinte unter der Theke befingern müssen.«

Don lächelte spröde. »Woher hast du das gewusst?«

»Ich hab's eben gewusst.«

»Wahrscheinlich werde ich sie nie abfeuern«, sagte Don, »aber als mir dieser Drecksack den Rücken zugedreht hat, kam mir tatsächlich in den Sinn, dass er ein erstklassiges Ziel abgeben würde, und ich glaube, nicht viele im County würden das Ableben unseres schillernden Staatsanwalts betrauern.«

Ledge starrte weiter auf die Tür, durch die District Attorney Rusty Dyle abgegangen war. »Irgendwann werde ich ihn wahrscheinlich umbringen müssen.« Dann wandte er sich wieder Don zu. »Aber dann werde ich ihm dabei in die Augen schauen.«

Kapitel 5

Arden hatte gerade geduscht und sich angezogen, als jemand an die Haustür klopfte. Sie schaute aus dem Fenster ihres provisorischen Schlafzimmers und sah zu ihrem Erstaunen den riesigen Pick-up in ihrer Einfahrt stehen.

Sie spielte mit dem Gedanken, nicht aufzumachen, aber da ihr Auto vor dem Haus stand, wusste er sowieso, dass sie zu Hause war. Außerdem würde sie feige wirken, wenn sie ihm jetzt aus dem Weg ging. Sie schob die Füße in ein Paar flache Schuhe. Auf dem Weg aus dem Zimmer warf sie kurz einen prüfenden Blick in den Spiegel über der Kommode und ärgerte sich sofort, dass sie auch nur den geringsten Wert auf ihr Aussehen legte. Ihre Haare waren noch nicht trocken, und weil sie nicht gut geschlafen hatte, sah sie ein wenig zerknautscht aus. Aber das war nicht zu ändern.

So leise wie möglich näherte sie sich der Haustür, spähte durch die kleine rautenförmige Scheibe in der Mitte und schreckte zurück, denn sie blickte geradewegs in ihr Spiegelbild, das von den dunklen Gläsern seiner Sonnenbrille zurückgeworfen wurde. Er schaute offen in das Fenster, als hätte er nur darauf gewartet, dass ihr Gesicht dahinter auftauchte.

Kühl und mit leichtem Trotz stellte sie ihm die gleiche Frage, die er ihr gestern gestellt hatte: »Was kann ich für Sie tun?«

»Ich möchte mit Ihnen über Ihren Umbau sprechen.«

»Sie haben gesagt, es wäre Zeitverschwendung, darüber zu reden.«

Er zog die Sonnenbrille ab. »Ich hab's mir anders überlegt.«

Sie trat von der Glasscheibe weg und aus dem Blickfeld dieser hypnotisierenden Augen. Sie ließ ihn extra lange warten, ehe sie den Riegel zurückdrehte.

Als sie die Tür schließlich aufzog, hatte er den Kopf in den Nacken gelegt. Er besah sich die Traufe und klopfte dabei locker mit der Sonnenbrille gegen seinen Schenkel. »Sie haben Holzfäule.«

»Das hätte ich auch *Ihnen* sagen können.«

»Und die Klingel funktioniert nicht.«

»Noch mal. Das weiß ich selbst.«

Er senkte den Kopf und sah ihr in die Augen; sie sah ihm ebenfalls in die Augen und hoffte, dass ihr Blick genauso ruhig und so selbstsicher war wie seiner. Unbewegt und wortlos standen sie sich gegenüber, bis sie schon glaubte, dass dieses Duell ewig dauern würde, doch dann klappte er unvermutet die Bügel seiner Sonnenbrille ein und steckte sie in die Brusttasche seines schlichten weißen Leinenhemds.

»Ich würde den Auftrag doch übernehmen.«

»Was hat den Geisteswandel bewirkt?«

»Mein Kontoauszug. Ich habe heute Morgen einen Blick auf meinen Kontostand geworfen.«

Sie wusste nicht, ob er witzig sein wollte oder charmant oder ob das die reine Wahrheit war. Seine Miene ließ keine Rückschlüsse zu.

Sie zog unentschlossen die Unterlippe zwischen die Zähne. Ihre schlaflose Nacht war darauf zurückzuführen, dass sie sich den Kopf zermartert hatte, was sie jetzt unternehmen sollte, nachdem ihr nach seiner knappen Weigerung vom Vortag keine Alternativen mehr geblieben waren. Jedenfalls keine, die sie sich leisten konnte. Er hatte den ersten Schritt zur Versöhnung getan, und das war immerhin etwas. Sie konnten immer noch beide ablehnen.

Sie öffnete die Tür, winkte ihn herein und hoffte im selben Moment, dass sie das nicht irgendwann bereuen würde.

Das leere Wohnzimmer schien zu schrumpfen, sobald er es betrat. Er hatte die Ärmel fast bis zu den Ellbogen aufgekrempelt. Das Hemd steckte in Jeans, die genau wie die von gestern ausgeblichen und von vielen Waschgängen weich geworden waren. Sie wurden von einem geprägten braunen Ledergürtel gehalten, dessen alte Messingschnalle mit einem militärischen Zeichen verziert war. Aber der Haarschnitt war längst nicht mehr militärisch. Im Nacken strichen die dunklen Haare über den Hemdkragen.

Schwer hallten seine Schritte auf den Dielen, als er in die Mitte des Zimmers trat und sich langsam umsah. »Sie spielen Klavier?«

Sie hatte mit einem Kommentar, nicht mit einer Frage gerechnet, und wurde darum überrumpelt. »Nein. Na ja, ein bisschen. Ich hatte gerade angefangen, als ...«

Als sie abrupt verstummte, drehte er sich zu ihr um und sah sie abwartend an.

Sie formulierte ihre ursprüngliche Antwort um und erklärte: »Ich habe keinen Unterricht mehr genommen, seit meine Schwester und ich weggezogen sind.«

»Hmmm. Schade, dass Sie nicht wieder angefangen haben, nachdem Sie sich woanders niedergelassen hatten.«

»Inzwischen tut es mir leid, dass ich aufgehört habe, aber damals waren andere Dinge wichtiger.«

Er trat an die Treppe und setzte einen Fuß auf die unterste Stufe. Sie knarrte. Genau wie die zweite Stufe. Während er zurücktrat, strich er mit einer Hand über das Geländer. »Schönes Holz. Das lohnt sich zu retten, würde ich meinen. Man könnte es schleifen und neu lackieren. Vielleicht ein bisschen heller?«

Sie reagierte mit einem vagen: »Hm.«

Er stellte sich wieder in die Mitte des Raumes und drehte sich im Kreis, den Blick gegen die Decke gerichtet. »Das Kranzprofil sieht noch gut aus, aber ob es sich zu erhalten lohnt weiß ich erst, wenn ich es aus der Nähe angesehen habe, und ich habe heute keine Leiter dabei.«

»Mir liegt nicht besonders viel daran.«

»Was ist mit dem Kronleuchter?« Er deutete auf die Lichtquelle im Essbereich. »Hat der für Sie sentimentalen Wert?«

»Nein.«

»Gut. Ich würde ihn rauswerfen. Er ist zu groß für den Raum.«

Er strich über den Kaminsims, genau wie zuvor über das Geländer. Dann trat er zurück und begutachtete den Kamin insgesamt. »Die Ziegel sind langweilig. Ein anderes Material hätte mehr Charakter.«

Er trat an die Fenster zur Straße und inspizierte die Fensterbretter. Er zog ein Taschenmesser aus der hinteren Hosentasche und kratzte mit der Spitze an dem rissigen Holz. »Die Fensterrahmen müssen alle ersetzt werden. Falls Sie sich wieder für Holz entscheiden, wird das arbeitsintensiver und darum teurer. Oder Sie nehmen vorgefertigte Rahmen, aber auch da wären einige Schreinerarbeiten notwendig. Ich werde beide Alternativen durchrechnen. Wie viele Fenster gibt es im Haus?«

»Es gab noch keinen Anlass, sie zu zählen.«

»Ich brauche die Anzahl für das Angebot.« Er klappte das Messer zu und schob es wieder in die Tasche. Dann probierte er alle Lichtschalter aus, um festzustellen, mit welcher Lampe sie jeweils verbunden waren. »Was war wichtiger?«

»Verzeihung?«

»Sie haben gesagt, Sie hätten mit dem Klavierunterricht aufgehört, weil andere Dinge wichtiger waren. Was denn?«

»Essen und ein Dach über dem Kopf.«

Auf ihre knappe Antwort hin drehte er sich um. »Niemand hat sich bei Ihnen gemeldet und Sie beide aufgenommen, nachdem Ihr Dad verschwunden war? Keine Verwandten? Keine Pflegeeltern?«

»Nein.«

»Waren Sie nicht zu jung, um für sich selbst zu sorgen?«

»Ich war zehn, aber meine Schwester war schon in ihrem zweiten Collegejahr. Sie war bis dahin nach Commerce gependelt, musste aber aufhören, als sie mein gesetzlicher Vormund wurde.«

»Ganz schön viel Verantwortung für ein junges Mädchen vom College.«

»Allerdings.«

»Sie muss wirklich zäh sein.«

Arden lachte leise. »Zurückhaltend ausgedrückt.«

»Immer in allem die Beste, schätze ich.«

Der Kommentar überraschte sie. »Kennen Sie Lisa?«

»Sie war ein paar Klassen über mir, und sie hat mich bestimmt nie bemerkt, aber ich kannte sie vom Sehen. So wie jeder hier. Schließlich wurde sie damals zur Homecoming Queen gewählt.«

Arden lächelte. »Das war in ihrem letzten Jahr an der Highschool. Ich glaube, die ganze Stadt war bei der Parade dabei.«

»Ich nicht.«

»Nein?«

»War nicht so mein Ding.«

»Und was war mit dem Football-Spiel, bei dem sie gekrönt wurde?«

»Hab ich auch verpasst.« Er öffnete die Tür zu dem kleinen Verschlag unter der Treppe und steckte den Kopf hinein.

»Football war auch nicht Ihr Ding?«

Er richtete sich wieder auf. Während er die Tür schloss, testete er die quietschenden Angeln. »Ich liebe Football. Passiv und aktiv.«

»Und warum waren Sie dann nicht bei dem Spiel?« Sie lächelte neckisch. »Haben Sie kein Date abbekommen?«

»Ich saß damals im Jugendknast.«

Er hörte auf, die Tür hin- und herzuschwenken, und drehte sich zu ihr um. Sie starrte ihn mit offenem Mund an und wartete auf die Pointe, doch die kam nicht. »Sie waren im Gefängnis?«

Fast gleichgültig zog er eine Schulter hoch.

»Und weswegen?«

»Wurde beim Kiffen erwischt. Damals war das noch eine große Sache.«

Sie nickte gedankenverloren. »Und das war Ihr einziges Vergehen?«

Weit weniger gleichgültig sagte er: »Damals schon.«

Sie ritt sich immer weiter rein, doch sie konnte nicht anders: »Wie lange waren Sie im Jugendarrest?«

»Lang genug.« Er sah ihr stumm in die Augen, dann drehte

er sich unvermittelt weg. »Mir ist aufgefallen, dass Sie keine Alarmanlage haben.«

»Nein.«

Er ging zur Haustür und fummelte am Schloss. »Der Riegel ist uralt. Der hält keinen ab, der ins Haus will. Solche Dinge lernt man im Jugendknast.«

Es irritierte sie, dass er so nonchalant über seine kriminelle Vergangenheit sprach. Konnte sie sich auf seine Referenzen verlassen? Der Mann, bei dem sie sich über ihn erkundigt hatte, konnte auch ein ehemaliger Mitinsasse gewesen sein.

Genau wie gestern, als ihr aufgegangen war, dass er sie und ihr Haus kannte, musste sie an das Auto denken, das jede Nacht vorbeifuhr. So auch letzte Nacht. Und nun testete dieser Fremde, der aussah, als könnte er auch ohne Säge ein Brett in zwei Hälften teilen, die Qualität ihres Türschlosses.

»Ich überlege, ob ich mir einen Hund zulegen soll«, platzte es aus ihr heraus.

Er ging an der Wand in die Hocke, fuhr mit dem Finger über die rissige Fußleiste, kratzte daran und schälte mit dem Daumennagel Farbe ab. »Sie haben keine Alarmanlage; falls alle Türschlösser so sind wie das hier, sind sie nutzlos; und Sie leben ganz allein hier draußen. Haben Sie eine Waffe?«

»Eine Waffe?«

»Eine Pistole.«

»Nein.«

»Dann ist ein Wachhund eine gute Idee, würde ich meinen.«

»Ich will aber keinen Wachhund. Ich dachte an ein Haustier, das mir Gesellschaft leistet.«

Er stand langsam auf, kam auf sie zu und klopfte dabei

den Staub von seinen Händen. Auf Armeslänge blieb er vor ihr stehen. »An Gesellschaft würde es Ihnen nicht mangeln, wenn Sie mich fragen. Okay, lassen Sie uns nach oben gehen.«

In ihrem Bauch begann es zu kribbeln.

Doch falls sie in seine Bemerkung eine unterschwellige Aufforderung hineingelesen hatte, hatte sie sich geirrt. Sein Blick hatte nichts Zweideutiges und seine Erklärung nichts Anzügliches: »Ich muss mir die Zimmer im Obergeschoss ansehen.«

»Natürlich.« Sie drehte ihm den Rücken zu und ging ihm voran die Treppe hoch, wobei sie wünschte, sie hätte ihre ausgeleierte Jeans angezogen.

Aber falls ihm irgendwas an ihr ins Auge stach, ließ er sich das nicht anmerken. Während sie ihn von einem Zimmer zum nächsten führte, verhielt er sich absolut professionell und nüchtern. Er stellte sachdienliche Fragen, wies auf bauliche Probleme hin und machte Vorschläge, wie sie zu beheben wären.

»Sehen Sie, wie sich der Boden aufwirft? Das Dach ist irgendwo undicht. Nässe dringt ein und sickert in den Wänden nach unten.« Stirnrunzelnd nahm er die Armaturen in beiden Bädern in Augenschein. »Ich würde wetten, dass die noch gut aussehen, verglichen mit den Rohren.«

»Einer der anderen Bauunternehmer, mit denen ich gesprochen habe, meinte, die Rohrleitungen wären mit Sicherheit eine Katastrophe.«

»Ich würde ihm da nicht widersprechen.«

In ihrem alten Kinderzimmer untersuchte er die Decke. »Vorsicht. Die Lampe hängt nur noch an einem Draht.« Er schob die Hand um Ardens Taille und zog sie darunter weg.

»Danke.« Sie gab sich Mühe, nicht verlegen zu klingen.

Er zog seine Hand etwas langsamer zurück, als notwendig gewesen wäre. Dann sah er ihr in die Augen und sagte: »Ich glaube, ich habe alles gesehen, was ich sehen muss.«

Am oberen Treppenabsatz blieb er stehen und blickte, die Hände in die Hüften gestemmt, noch einmal in den langen Flur. Er studierte ihn eine Weile und meinte dann, beinahe wie zu sich selbst: »Das Haus hat Potenzial.«

Gedankenversunken blieb er stehen, drehte sich dann wieder um und machte ihr ein Zeichen, ihm voran nach unten zu gehen. Im Erdgeschoss schlug er den Weg in Richtung Küche ein. Dort angekommen, sah er sich nur flüchtig um, als müssten die veralteten Geräte und Schränke nicht genauer inspiziert werden.

»Was ist dahinter?«

»Da habe ich …«

Sie verstummte, denn er stand bereits auf der Schwelle zu ihrem provisorischen Schlafzimmer. Sie hatte nicht aufgeräumt, bevor er aufgetaucht war. Das ungemachte Bett und das Nachthemd, das sie nach dem Duschen aufs Bett geworfen hatte, ließen deutlich erkennen, dass sie hier schlief. Es war ihr intimer Rückzugsort und nicht dazu gedacht, dass jemand ihn sah.

Schon gar nicht er.

Sie hatte das Gefühl, als würde durch den Anblick wesentlich mehr entblößt als nur ihr Bett, und hätte sich am liebsten an ihm vorbeigeschoben, um es unter der Tagesdecke verschwinden zu lassen. Stattdessen gab sie sich ungerührt und bot ihm einen Kaffee an, in der Hoffnung, dass er ablehnen würde.

Den Blick ins Nebenzimmer gerichtet und ihr den Rücken zugewandt, antwortete er: »Ja. Danke.«

Das einzige moderne Küchengerät, das sie seit ihrem Einzug erworben hatte, war eine Kaffeemaschine mit diversen Einstellmöglichkeiten. Sobald sie spürte, dass er sich umgedreht hatte, fragte sie, was für einen Kaffee er wolle.

»Nichts Besonderes. Einfach schwarzen Kaffee.«

Sie nickte zum Tisch hin. »Setzen Sie sich.«

Er setzte sich nicht. Stattdessen stellte er sich neben ihr an die Küchentheke und sah durch das Fenster über dem Spülbecken. Er musste leicht den Kopf einziehen. »Dieses Zypressenwäldchen verstellt den Blick auf den See. Haben Sie schon daran gedacht, es auszudünnen?«

»Es steht so weit weg vom Haus, dass ich mich damit noch gar nicht beschäftigt habe.«

»Hm.«

»Was?«

»Nichts. Wie viel Grund haben Sie?«

»Nicht viel. Vielleicht acht Hektar?«

»Manche würden das für viel halten.«

Ihr wollte nicht in den Kopf, inwiefern die Größe des Grundstücks wichtig war, doch er schien die Auskunft abzuspeichern, bevor er an die Hintertür trat und das Schloss auf die gleiche Weise prüfte wie jenes an der Haustür. Es klapperte, wenn er daran zog. Er murmelte etwas, aber Arden verstand ihn nicht. Er zog die Tür auf und schaute hinaus.

»Irgendwas in der Garage?«

Die Garage stand ein Stück vom Haus weg. Ein paar Tage nach ihrem Einzug hatte sie einen Blick hineingeworfen, aber sie war, genau wie Arden es in Erinnerung gehabt hatte, komplett ausgeräumt. »Lisa und ich hatten keine Verwendung für die Werkzeuge, den Rasenmäher und so weiter. Sie hat alles entweder verkauft oder gespendet.« Sie sagte nicht: *Sogar Dads Auto.* Arden hatte geweint, als der neue Besitzer damit weggefahren war.

Sie trug zwei Becher Kaffee zum Tisch. Er gesellte sich zu ihr. Sie hatte die Stühle rund um den Tisch noch nie für zu klein gehalten, bis er sich auf einen davon setzte. Sie musste an die beeindruckenden Maße des Schaukelstuhls auf seiner Veranda denken.

Er fasste den Becher nicht am Henkel, sondern schloss die Finger um den oberen Rand und nahm einen Schluck, ohne den Blick von ihr zu nehmen.

»Wem gehört das Haus?«

»Wie meinen Sie das?«

»Auf wen ist es im Grundbuch eingetragen? Auf Sie oder Ihre Schwester?«

»Auf uns beide. Es gehört uns jeweils zur Hälfte. Nach dem Tod unserer Mutter ließ Dad von einem Anwalt in der Stadt ein Testament aufsetzen. Nur vorsichtshalber, erklärte er uns. Damit für Lisa und mich gesorgt wäre, falls ihm was zustoßen sollte.«

»Und das Testament wurde eröffnet?«

Sie nickte.

»Er ist also tot?«

»Er wurde für tot erklärt. Wallace hatte…«

»Wer ist Wallace?«

»Mein verstorbener Schwager. Er verfügte über eine ganze Armada von Anwälten. Jetzt führt Lisa das Kommando darüber.«

»Die Anwälte ließen Ihren Vater für tot erklären?«

»Wir warteten zehn Jahre, ehe wir den Antrag stellten. Die Sache zog sich hin, aber letztendlich wurde das Testament eröffnet, und Lisa und ich wurden im Grundbuch eingetragen. Ohne hätten wir es nicht verkaufen können.«

»Aber Sie haben es nicht verkauft. Wieso nicht? Hatten Sie immer vor, irgendwann zurückzukehren?«

»Nein. Lisa ganz gewiss nicht. Aber sie scheute aus nostalgischen Gründen davor zurück, das Haus zu verkaufen. Und ich machte mir keine Gedanken darüber, während ich auf eigenen Beinen zu stehen versuchte.«

»Als was?«

»Alles Mögliche.« Sie lachte leise.

»Zum Beispiel?«

»Mal sehen. Direkt nach dem College arbeitete ich im Bereich Public Relations. Ich schrieb Pressemitteilungen für ein vielversprechendes Plattenlabel in Nashville, das leider Pleite machte. Danach war ich Assistentin der Kuratorin in einer Kunstgalerie in New Orleans. Sie bekam Scherereien mit dem Finanzamt. Eine Freundin und ich investierten in eine Cupcake-Bäckerei. Die Bäckerei ging den Bach runter und unsere Freundschaft dazu.« Sie hörte auf, ihre beruflichen Fehlschläge aufzulisten, und lächelte freudlos.

»Und so weiter. Jedenfalls kam Lisa von Zeit zu Zeit darauf zurück, dass sie das Haus zum Verkauf stellen könnte, aber sie tat es nie. Die Sache hatte keine Priorität. Aus den Augen, aus dem Sinn, nehme ich an. Jedenfalls stand es die ganze Zeit leer.«

»Und vergammelte.« Er sah sich in der Küche um, doch zuletzt kam sein Blick auf ihr zu liegen. »Warum ausgerechnet jetzt? Warum sind Sie zurückgekommen und haben sich das aufgehalst?«

»Das geht Sie nichts an.«

Die scharfe Abfuhr ließ ihn die Nase hochziehen. »Tatsächlich geht es mich durchaus etwas an. Falls ich das Projekt übernehme und sich herausstellen sollte, dass Ihnen das Haus gar nicht gehört, und ich daraufhin verklagt werde, dann stecke ich bis zum Hals in der Scheiße. Ich habe nämlich keine Armada von Anwälten unter meinem Kommando.«

»Ich maile Ihnen eine Kopie vom Grundbuchauszug zu.«

»Haben Sie noch ein paar Grundrisse dazu?«

»Ich weiß nicht.«

»Am besten einen richtigen Bauplan.«

»Ich werde Ihnen Kopien von allem zuschicken.« Das würde einiges Fingerspitzengefühl erfordern. Sie hatte Lisa noch nicht verraten, dass sie das Haus renovieren wollte, und sie ahnte schon, dass ihre Schwester ablehnend reagieren würde. Extrem ablehnend.

Als hätte er ihre Gedanken gelesen, fragte er: »Was ist mit Ihrer Schwester? Ist sie mit von der Partie? Das Haus gehört zur Hälfte ihr. Was hält sie von Ihrem Projekt?«

»Sie stellen viele Fragen, Mr. Burnet.«

»Ich bin in solchen Dingen vorsichtig. Hat Ihre Schwester ihr Okay dazu gegeben?«

»Ganz ehrlich: Sie war wenig begeistert, dass ich hierher zurückgekehrt bin.«

»Warum?«

Sie sah ihn spitz an. »Das wissen Sie genau.«

»Ja, schätze schon. Sie werden hier ganz schön zu kämpfen haben. Ich bewundere Sie dafür, dass Sie es versuchen. Aber ich schätze, Ihre Schwester empfindet da anders.«

»Ja, tut sie. Nachdem ich mein Baby verloren hatte, beschwor sie mich, von hier zu verschwinden. Ich wollte mich nicht umstimmen lassen.«

Er sah sie so lange und so eindringlich an, dass sie sich beherrschen musste, um nicht den Kopf zwischen die Schultern zu ziehen.

»Erzählen Sie mir, was Ihnen vorschwebt«, bat er sie schließlich.

»Als ich hier ankam, schwebte mir vor allem vor, ein Heim für meine Tochter und mich zu schaffen. Lisas ehemaliges Kinderzimmer wäre das Zimmer für das Baby geworden. Das frühere Elternschlafzimmer hätte ich in ein Spielzimmer umgewandelt, mit einem Homeoffice unter der Deckenschräge in der Ecke.«

»Effektiver Nutzen von ansonsten verschenktem Raum.«

»Das war der Gedanke dahinter. Und es ist ein sonniges Zimmer.« Sie hatte sich vorgestellt, wie sie mit ihrem plappernden Baby spielen würde, umtanzt von kleinen Staubfädchen.

Bei dem Gedanken an die zahllosen häuslichen Szenen, die sie sich ausgemalt hatte, schob sie die Hand unter ihr Haar und massierte sich den Nacken. »Aus offensichtlichen Gründen haben sich meine Bedürfnisse geändert«, fügte sie leise an.

Er saß da, ohne etwas zu sagen und absolut reglos, und sie fragte sich, ob die Fähigkeit, so lange ohne jede Bewegung auszuharren, Teil seiner militärischen Ausbildung gewesen war. Für einen Soldaten wäre solch eine Gabe mit Sicherheit vorteilhaft. Aber für jeden, der unter seinem Blick ausharren musste, war sie irritierend. Sie empfand es jedenfalls als höchst verstörend.

Schließlich griff er nach seinem Becher und nahm wieder einen Schluck Kaffee. »Schwebt Ihnen ein bestimmter Stil vor?«

»Etwas anderes.«

»Als was?«

»Als jetzt.«

»Das würde eine Grundsanierung bedeuten.«

»Das ist mir klar.«

Er hatte die langen Beine neben dem Tisch ausgestreckt und die Knöchel übereinandergeschlagen. Jetzt zog er sie an, stützte die Unterarme auf den Tisch und beugte sich vor. »Verzeihen Sie die Offenheit. Aber können Sie sich das alles leisten?«

»Das weiß ich erst, wenn Sie Ihr Angebot vorgelegt haben.«

»Richtig.« Er überlegte. »Ich werde ein Angebot erstellen. Nichts, was besonders ausgefallen oder sexy wäre. Nur über das Notwendigste. Elektrik. Sanitärinstallation. Dach. Und so weiter. Ich werde eine hochwertige und eine preisgünstige Alternative berechnen. Der Preis wird hauptsächlich davon abhängen, welche Materialien Sie wählen. Wenn Ihnen meine Vorschläge nicht zusagen oder Sie sich die Arbeit nicht leisten können oder falls Sie zu dem Schluss kommen sollten, dass Ihre Schwester doch recht hat, und Sie nach Houston zurückziehen, dann schulden Sie mir nur einen Hunderter für meinen zeitlichen Aufwand. Wie hört sich das an?«

Sie schluckte, aber ihre Stimme blieb rau. »Mr. Burnet? Woher wussten Sie, dass ich aus Houston hierhergezogen bin?«

Die blauen Augen flackerten einen Sekundenbruchteil, bevor er die Frage mit einem Achselzucken abtat. »Das ist allgemein bekannt.«

Sie schüttelte den Kopf. »Das habe ich keiner Menschenseele erzählt.«

»Die Leute reden eben. Keine Ahnung, wie sich das rum-gesprochen hat. Ich weiß nicht mal mehr, wer mir das er-zählt hat.«

»Genau wie Sie nicht mehr wissen, wo Sie waren, als je-mand Sie auf mich aufmerksam machte?«

Er versuchte das mit einem Schnaufen zu überspielen. »Ist das so eine große Sache?«

»Weiß ich nicht. Erklären Sie mir, warum irgendwer mit *Ihnen* über *mich* sprechen sollte.«

Er hob die Arme. »Die ganze Stadt spricht über Sie. We-gen… dieser Geschichte.«

»Wobei mit *dieser Geschichte* meine persönliche Tragödie gemeint ist?«

»Die sich in aller Öffentlichkeit abgespielt hat. Klatsch lebt vom Unglück anderer Leute.«

»Ja. Das tut er.« Sie presste die Handballen in die Augen. »Genau wie damals, als unser Vater uns im Stich gelassen hat.«

»Hat er Sie denn im Stich gelassen?«

»Wie würden Sie das denn bezeichnen?«

»Als Flucht.«

Sie senkte die Hände und sah ihn zornig an. Nicht dass sie viel damit bewirkte.

»Die meisten hier nehmen an, dass er Sie nicht im Stich gelassen hat, sondern nicht verhaftet werden wollte.«

»Glauben Sie das auch?«

»Es deutet vieles darauf hin. In der Nacht, in der er ver-schwand, wurde der Tresor bei Welch's ausgeräumt, und ein Angestellter starb unter mysteriösen Umständen. Das Geld tauchte nie wieder auf, der verdächtige Todesfall wurde bis heute nicht aufgeklärt, und Joe Maxwell wurde nie wiedergesehen. Also ja, ich würde sagen, dass sich ein Geheimnis um Joe Maxwell rankt, und damit auch um Sie, ob es Ihnen gefällt oder nicht.«

Sie wurde lauter. »Es gefällt mir nicht.«

»Dann hätten Sie nicht hier auftauchen sollen.«

Sie stand aus ihrem Stuhl auf, schob ihn grob beiseite und stakste aus der Küche. Als er sie einholte, hatte sie bereits die Haustür aufgezogen. »Gestern haben Sie mir erklärt, Sie seien nicht der Richtige für diesen Job. Ich kann Ihnen nur recht geben. Danke, dass Sie heute Vormittag vorbeige- schaut haben, aber ...«

Er schob den Arm an ihrer Schulter vorbei und drückte die Tür wieder zu.

Die plötzliche Bewegung erschreckte sie. Sie wich an die Wand zurück. Ihr Herz hämmerte. »Fahren etwa Sie jede Nacht an meinem Haus vorbei?«

Sein Kinn zuckte leicht zurück. »Wie bitte?«

»Habe ich mich undeutlich ausgedrückt?«

»Nein, haben Sie nicht.« Ganz langsam hob er die Hände auf Schulterhöhe und trat mehrere Schritte zurück. Eine Furche bildete sich zwischen seinen Brauen. »Jemand fährt regelmäßig an Ihrem Haus vorbei?«

»Jede Nacht. Praktisch seit dem Tag, an dem ich eingezo- gen bin. Schon bevor ich das Baby verloren habe.«

»Haben Sie Anzeige erstattet?«

Sie schüttelte den Kopf.

»Warum nicht?«

»Anfangs dachte ich mir nichts dabei. Ich dachte, es wäre ein neugieriger Gaffer. Und nach dem Notfall im Super- markt wollte ich lieber keine große Szene machen und nicht noch mehr Aufmerksamkeit auf mich ziehen.«

Er grübelte darüber nach und sagte dann: »Wissen Sie, was für eine Automarke es ist?«

Sie holte tief Luft. »Sind Sie das?«

»Warum sollte ich jede Nacht an Ihrem Haus vorbeifahren?«

»Das ist keine Antwort. Sind *Sie* das?«

»Nein.«

Ein schlichtes Nein. Ohne Schnörkel. Ohne verräterischen Gesichtsausdruck. Ergo die perfekte Lüge. Der perfekte Lügner. »Haben Sie sich im Jugendgefängnis noch mehr Fähigkeiten angeeignet?«

Sein Kiefer spannte sich an.

Sie ließ sich von seinem offenen Zorn nicht abschrecken. »Das mit dem Gras war Ihr erstes Vergehen, aber nicht Ihr letztes, oder?«

»Nein.«

Ängstlich hauchte sie: »Was für Verbrechen haben Sie sonst noch begangen?«

Kapitel 6

Jene Nacht im Jahr 2000 – Ledge

Dass sie nur wenige Minuten nach einem Einbruch am Straßenrand anhielten, um sich zu besprechen, und dabei extra in einen Graben kraxeln mussten, war nur einer der Gründe, warum die ganze von Rusty ersonnene Eskapade ein absolutes Fiasko war.

Rustys Plan hatte vorgesehen, dass Ledge den Fluchtwagen fahren sollte, und das war okay für ihn gewesen. Tatsächlich war es ihm am liebsten so. Falls sie verfolgt würden, kannte er wahrscheinlich mehr kleine Nebenstraßen als die anderen drei. Und er war überzeugt, dass er eher als die anderen in einer kritischen Situation einen kühlen Kopf bewahren würde.

»Am schlauesten ist es, wenn wir uns auf dem Parkplatz hinter der Bar deines Onkels treffen«, hatte Rusty ihm bei einer von nur drei vertraulichen Besprechungen vor dem Einbruch erklärt. »Am Samstagabend vor Ostern ist da die Hölle los, von der Happy Hour bis zur Sperrstunde herrscht Hochbetrieb. Unsere Autos fallen auf dem übervollen Parkplatz gar nicht auf. Du gehst dort sowieso ein und aus. Mein Gott, du wohnst dort. Darum wird sich niemand was denken, wenn du irgendwann verschwindest und eine Stunde später zurückkommst.«

Wie Rusty prophezeit hatte, war der Diebstahl selbst unglaublich einfach zu bewerkstelligen gewesen. Nachdem Foster den Tresor geöffnet hatte, hatte Rusty kurz aufgelacht. »Das reicht für verflucht viele Ostereier und Schokohasen!«

Trotzdem hatten sie keine Zeit damit vergeudet, sich gegenseitig zu gratulieren. Hastig hatten sie die Geldbündel in eine große Leinentasche gestopft, die Foster mitgebracht hatte. Als sie zum Auto zurückgerannt waren, hatte Ledge schon halb mit einem Polizeikommando gerechnet. Jede einzelne Sekunde hatte er gefürchtet, von Suchscheinwerfern geblendet, von Einsatzkräften umstellt und von einem Polizisten mit Megafon aufgefordert zu werden, sich mit dem Gesicht nach unten auf den Boden zu werfen und die Hände hinter den Kopf zu nehmen.

Doch nichts war passiert. Als Ledge losgefahren war, hatte sich der fies aussehende Straßenkater immer noch an demselben Müllhaufen gütlich getan wie bei ihrer Ankunft. Er hatte nicht einmal hinter den aufgereihten Müllcontainern hinter dem Supermarkt Schutz gesucht.

Aber jetzt, nachdem sie unerkannt mit der Beute entkommen und irgendwo auf freier Landstraße zwischen dem Supermarkt und der Bar waren, befahl Rusty ihm, am Straßenrand zu halten.

»Anhalten? Wozu, verflucht noch mal?« Mit seiner Frage sprach Ledge auch für ihre beiden Komplizen auf der Rückbank, die genauso fassungslos waren und das auch sagten.

»Mach einfach«, sagte Rusty und erstickte damit alle Proteste. »Wir müssen ein paar grundsätzliche Dinge klären, bevor wir uns trennen.«

Noch während der Wagen am Straßenrand ausrollte, öffnete Rusty die Tür, stieg aus und verschwand mitsamt der

Geldtasche im Straßengraben. Ledges Nackenhaare stellten sich auf, und das Kribbeln ließ nicht nach, solange sie in diesem verfluchten stinkenden Graben kauerten. Er gab sich zwar cool und ungerührt, aber er behielt Rusty genau im Auge. Ledge hätte ihm durchaus zugetraut, eine Pistole herauszuziehen und sie alle drei zu erschießen.

Wie sich herausstellte, wollte sich Rusty nur seiner Autorität vergewissern. Dieser Hurensohn.

Doch merkwürdigerweise wurde Ledge noch nervöser, als sie aus dem Graben herauskletterten. Foster rutschte aus, und Ledge musste ihm eine helfende Hand reichen. Es gefiel ihm nicht, dass er nicht beide Hände frei hatte, und ganz kurz schoss ihm der Gedanke durch den Kopf, dass Foster vielleicht absichtlich gestrauchelt war, um ihn abzulenken.

Doch als Foster aus dem Graben heraus war, bedankte er sich nur bei Ledge, sonst geschah nichts. Ohne weitere Zwischenfälle stiegen die vier wieder ins Auto.

Doch die Anspannung war deutlich zu spüren. Jedenfalls bei dreien von ihnen. Rusty wirkte völlig ungerührt. Er saß auf dem Beifahrersitz, pfiff leise durch die Zähne und trommelte mit den Fingern einen nur für ihn hörbaren Rhythmus auf seine Knie.

Ihnen kam kein einziges Auto entgegen, als sie die Abzweigung zum Seeufer und zum Burnet's nahmen. Ledge fuhr ans abgelegenste, dunkelste Ende des Parkplatzes, wo die Äste der Eichen so tief hingen, dass das Virginiamoos über die Windschutzscheibe strich.

Er hielt an, ließ den Motor aber laufen. Dann erklärte er in die feindselige, misstrauische Atmosphäre hinein: »Uns ist niemand gefolgt, trotzdem sollten wir uns so schnell wie möglich zerstreuen.«

»Ganz deiner Meinung«, sagte Rusty. »Ich habe alles gesagt, was gesagt werden musste.«

»Du hast mehr gesagt als nötig.«

Rusty hatte die nur halblaut gebrummte Beschwerde gehört. »Hey, Ledge«, meinte er beiläufig. »Was glaubst du, warum Joe sich seinen Rausch nicht bei deinem Onkel holt? Denkst du, er glaubt, dass niemand weiß, wie viel er säuft?«

Die Hintertür wurde so fest zugeschlagen, dass der Wagen schaukelte.

Grimmig sagte Ledge zu Rusty: »Warum kannst du nicht einfach die Klappe halten?«

»Ich hab's nicht böse gemeint. Ehrlich nicht«, antwortete Rusty übertrieben ernst. Dann drehte er sich um, und sein Tonfall wurde bedrohlich. »Foster, wenn du Scheiße baust, stecken wir alle mit drin.«

»Mach ich nicht. Ehrenwort.« Der Buchhalter kletterte eilig aus dem Auto und verschwand in dem Labyrinth von Fahrzeugen.

Rusty öffnete die Beifahrertür und zerrte die Leinentasche aus dem Fußraum. Er tätschelte sie liebevoll und grinste Ledge an. »Wir sehen uns, Partner.«

Schneller, als Rusty blinzeln konnte, schoss Ledges rechter Arm in einem Bogen über den Beifahrersitz, und seine Finger schlossen sich wie ein Eisenband um Rustys Handgelenk. »Hör gut zu, du Arschloch. Du solltest lieber hoffen, dass meinem Onkel und der Bar nichts passiert, denn wenn doch, dann gehe ich davon aus, dass du dahintersteckst, und dann finde ich dich und mache dich kalt.«

In dem sicheren Wissen, dass Rusty verstanden hatte, löste er seinen Griff so schnell, wie er zuvor zugepackt hatte. Rusty wirkte zu erschrocken, vielleicht auch zu eingeschüchtert, um sich zu bewegen. Dann stieg er mit der Tasche in der Hand aus und schloss die Tür.

Ledge legte den Gang ein und fuhr davon, hinunter vom Parkplatz.

Er wusste zwar, dass sein Onkel und Don an einem so geschäftigen Abend ein zusätzliches Paar helfender Hände gebrauchen konnten, aber er konnte ihnen jetzt unmöglich unter die Augen treten. Sie würden sofort wissen, dass ihm etwas auf der Seele lag, und wenn sie nachbohren sollten, würde er lügen müssen, und auch das würden sie durchschauen.

Dass er beim Kiffen erwischt und in Arrest gesteckt worden war, hatte seinen Onkel zwar enttäuscht. Doch Henry hatte bedingungslos zu ihm gehalten. Sie hatten dieses wenig erfreuliche Kapitel in Ledges Leben hinter sich gebracht, ohne dass Henry seinen Glauben an ihn verloren hatte.

Gott bewahre also, dass Henry je herausfand, was er heute Abend angestellt hatte. Schon bei dem Gedanken wurde ihm übel. Darum fuhr er wieder in Richtung Stadt, wo Crystal wohnte. Bei ihr konnte er vorerst unterschlüpfen. Sie würde nicht verlangen, dass er Konversation betrieb.

Der Streifenwagen schaltete die Blaulichter erst ein, als er direkt hinter Ledges Wagen war, und die Scheinwerfer blendeten Ledge so, dass er beinahe über den Straßenrand geschossen wäre.

Er bremste scharf und kam schlitternd im Schotter zu stehen.

Sein Herz begann zu rasen. Sein Atem wurde flach. *Sie können es unmöglich wissen, sie können es unmöglich wissen,* sagte er sich immer wieder, während er in den Rückspiegeln die zwei Deputys zu beiden Seiten näher kommen sah. Er legte die Hände gut sichtbar ans Lenkrad.

Der Deputy auf der Fahrerseite leuchtete ihm mit der Taschenlampe ins Gesicht. »Hallo, Ledge.« Er hielt den Lichtstrahl auf Ledges Gesicht gerichtet, während der andere auf der Beifahrerseite mit seiner Lampe das Wageninnere ausleuchtete. Ledge fragte sich, ob auf dem Boden noch Schlamm aus dem Graben zu sehen war. *Scheiße!*

»Lass die Hände dort, wo ich sie sehen kann, Ledge«, wies ihn der Deputy an. »Und dann öffne langsam die Tür und steig aus.«

»Wieso haben Sie mich angehalten?«

»Raus«, wiederholte er.

Ledge stieg aus. »Warum haben Sie mich angehalten?«

»Beine auseinander und Hände aufs Wagendach.«

»Sie machen Witze!«

»Sehe ich aus, als würde ich Witze machen?«

»Ich bin bestimmt nicht zu schnell gefahren.«

»In Position!«, schnauzte der Deputy ihn an.

Ledge drehte sich um, legte die Hände aufs Autodach und spreizte die Beine. Während der Deputy ihn abklopfte, durchsuchte der andere das Handschuhfach. »Dadrin ist nichts«, sagte Ledge.

»Wo bewahrst du denn inzwischen dein Gras auf?«

»Ich hab kein Gras.«

»Was? Du hast aus heiterem Himmel das Kiffen aufgegeben?«

»Ich habe das Kiffen aufgegeben, nachdem ich in den Jugendarrest gesteckt wurde, nur weil ich auf einer Party an einem Joint gezogen habe.«

»Jeder Junkie hat seine Tränendrüsengeschichte.« Der Deputy sah seinen Partner an. »Schau mal in den Kofferraum.«

Ledge sagte: »Dadrin ist nichts außer einem Ersatzreifen und dem Wagenheber.«

»Und du würdest uns doch nicht anlügen, oder?«

»Nein.«

»Also, wir haben einen Tipp bekommen, dass du auf dem Parkplatz hinter der Bar deines Onkels in deinem Auto Drogen verkaufen würdest.«

»Das ist Quatsch.«

»Jemand hat dich mit mehreren Leuten in deinem Auto reden sehen.«

Ledge brach der kalte Schweiß aus.

»Hast du dich vom Kiffen aufs Dealen verlegt, Ledge? Hattest du ein kleines Stelldichein mit ein paar Kunden oder mit der Konkurrenz?«

Er wusste, dass er nichts mehr sagen durfte. Im Jugendknast lernte man auch einige Dinge, die wertvoll waren.

»Nenn uns Namen, Ledge. Mit wem hast du dich getroffen?«

Mit meinen Komplizen.

Der Deputy pikte ihn in den Rücken. »Hat's dir die Sprache verschlagen? Was hast du heute Abend getrieben, Ledge?«

Hinter dem geöffneten Kofferraum war das Schnauben des zweiten Deputys zu hören. »Wenn er nicht ein echt gutes Alibi vorweisen kann, dann geht's zurück in den Knast, und diesmal wegen Drogenhandel.«

»Ich deale nicht.«

»Dann hast du offenbar vor, dich bis an dein Lebensende jeden Tag zuzudröhnen.«

Der Deputy, der ihn abgetastet hatte, pfiff leise durch die Zähne. »Ich hoffe für dich, dass du einen guten Anwalt und ein noch besseres Alibi hast.«

Ledge ließ den Kopf hängen und schnaubte ein bitteres Lachen.

Der Deputy pikste ihn wieder in den Rücken. »Findest du das etwa lustig?«

Nein, das war ganz und gar nicht lustig. Aber dafür ironisch.

Er hatte ein absolut sicheres Alibi.

Er hatte an diesem Abend eine halbe Million Dollar gestohlen.

Kapitel 7

Ledge beantwortete Ardens Frage nach seinen Vorstrafen zwar korrekt, aber nicht ganz wahrheitsgemäß. Sie hatte ihn gefragt, welches Verbrechen er *begangen* hatte. Es war nicht das, für das er verhaftet worden war.

»Im Kofferraum meines Autos wurde eine Tasche mit Gras gefunden, und zwar mehr, als jemandem zum persönlichen Gebrauch zusteht. Ich wurde für Besitz und Verkaufsabsicht verurteilt.«

»Ein deutlich schwereres Vergehen«, sagte sie.

»Außerdem war ich zwei Jahre älter. Noch unter achtzehn, trotzdem wurde ich als Erwachsener verurteilt.«

»Warst du schuldig?«

»Ich wurde reingelegt.«

»Sagt das nicht jeder Kriminelle?«

»Ich bin nicht jeder Kriminelle. Zufällig ist das die Wahrheit.«

Die großen Augen, die zu ihm aufblickten, hatten die Farbe von weichem, teurem Bourbon, der den Magen wärmt. Noch vor wenigen Minuten hatten ihre Augen vor Zorn gefunkelt. Jetzt sah er nichts als Anspannung darin.

Kleine, vielsagende und unbeabsichtigte weibliche Gesten – wie sie das Haar hinters Ohr schob, ihr Gewicht von einem Fuß auf den anderen verlagerte, sich mit der Zunge über die Lippen fuhr – verrieten, wie nervös sie war. Er machte viele Menschen nervös. Normalerweise störte ihn das nicht. Bei ihr schon.

»Fürchten Sie sich vor mir?«

Sie antwortete ganz offen: »Das weiß ich noch nicht.«

»Wenn Sie so unsicher sind, heißt das Ja. Ich habe das gespürt, als ich in Ihrer Tür stand. Seit ich hier bin, stehen Sie unter Strom. Wieso?«

»Also«, antwortete sie unter einem humorlosen Lachen, »weil jede Nacht jemand an meinem Haus vorbeifährt und das wirklich gruselig ist.«

»Ich frage Sie noch mal: Warum sollte ich das tun?«

»Dafür fällt mir absolut kein Grund ein.«

»Wieso haben Sie dann ausgerechnet mich im Verdacht?«

»Weil Sie so abweisend reagiert haben, noch bevor wir gestern auch nur zwei Sätze gewechselt hatten.«

»Ich war nicht abweisend. Vielleicht nicht gerade gastfreundlich.«

»Und warum?«

»Bei mir zu Hause tauchen nicht viele Leute unangemeldet auf.« Schon gar nicht eine Tochter von Joe Maxwell. Die erwachsene und ... gut gebaute Tochter.

»Ich hatte angerufen.«

»Aber nichts davon gesagt, dass Sie vorbeikommen würden. Und als Sie bei mir waren, haben Sie zugegeben, dass ich Ihre letzte Hoffnung war.«

»Gerade deshalb hätten Sie versuchen sollen, mich für sich zu gewinnen.«

»Nicht mein Stil.«

»Das haben Sie deutlich gemacht.« Sie runzelte die Stirn und musterte ihn. »Was haben Sie beim Militär gemacht?«

»Woher wissen Sie davon?«

»Das hat mir Ihr Kunde erzählt, den ich um eine Referenz gebeten hatte. Er hat erzählt, Sie hätten im Nahen Osten gekämpft.«

»Stimmt.«

»Welche Truppengattung?«

»Army. Special Forces.«

»Und worin waren Sie spezialisiert?«

»Im Töten von Feinden.«

Sie schnappte kurz nach Luft. »Ich verstehe.«

»Nein, tun Sie nicht. Und wenn ich versuchen würde, Ihnen zu beschreiben, an welcher Art von Kriegführung ich beteiligt war, würde ich Ihnen tatsächlich eine Höllenangst einjagen.« Er merkte, dass er das mit seinem barschen Tonfall ohnehin tat, und zügelte sich. »Das mit gestern tut mir leid. Manchmal wirke ich unhöflich, obwohl ich es gar nicht sein will.«

Sie sah ihn vielsagend an, und er ergänzte: »Okay, und manchmal möchte ich es sein. Aber Sie brauchen vor mir keine Angst zu haben. Ich bin nicht der Psychopath, der jede Nacht an Ihrem Haus vorbeifährt. Wenn ich es wäre und wirklich irgendwas im Schilde führen würde, warum habe ich Sie dann in der letzten Stunde nicht angerührt?«

Es kam keine Antwort, und das ärgerte ihn. »Hören Sie, solange das nicht geklärt ist, werde ich nicht für Sie arbeiten. Ich werde das Projekt nicht übernehmen, wenn ich ständig fürchten muss, dass ich Sie erschrecken könnte.«

»Indem Sie zum Beispiel die Tür vor meiner Nase zuschlagen.«

Er fuhr sich mit den Fingern durch die Haare. »Auch dafür entschuldige ich mich. Ich habe übereilt reagiert. Ich war zu lang in einem Kriegsgebiet, wo einem jede Sekunde der Arsch weggeschossen werden konnte.«

Er baute sich breitbeiniger auf und wollte schon sagen, dass er es leid war, sich ständig rechtfertigen zu müssen, doch dann wurde ihm klar, dass er sie damit nur weiter einschüchtern würde. Sie musste ihm den Auftrag geben, damit er sie im Auge behalten konnte. Er musste als Puffer zwischen ihr und Rusty stehen, wenigstens bis Rusty die verrückte Idee aufgegeben hatte, dass sie Berge von gestohlenen Geldbündeln herumliegen hatte.

Er wechselte die Taktik. »Ich kann den Auftrag übernehmen. Es gibt hier eine Menge zu tun, und der Job wäre mal was anderes, als immer nur durchhängende Veranden auszurichten und schief hängende Schranktüren zu justieren. Also. Wie sieht es aus?«

Sie sah auf den Boden. Er schaute auf ihren Scheitel, während sie eine gefühlte Ewigkeit überlegte.

Schließlich hob sie den Kopf und sagte: »Ich werde eine Nacht darüber schlafen.«

Er merkte, wie es in ihm zu kochen begann. Entweder wollte sie sich zieren, oder sie war einfach stur.

»Sie haben bis morgen Mittag Zeit, sich zu entscheiden.« Er packte den Türknauf, hielt dann inne und drehte ihn übertrieben langsam und behutsam, um die Tür aufzuziehen.

Pikiert fragte sie: »Was geschieht morgen Mittag?«

»Dann nehme ich die Aufträge an, die ich vorerst zurückgestellt habe.«

Sie nickte knapp.

Mit je einem Fuß beiderseits der Schwelle holte er seine Brieftasche aus der hinteren Hosentasche und zog eine Visitenkarte heraus, die er ihr hinstreckte. »Manchmal höre ich in der Werkstatt das Telefon nicht. Rufen Sie die zweite Nummer an. Das ist die von meinem Handy. Das vibriert.«

Er trat auf die Veranda und setzte die Sonnenbrille auf.

»Ledge?«

Er drehte sich wieder um und stellte fest, dass sie seinen Namen von der Visitenkarte abgelesen hatte. Sie sah zu ihm auf. »Jetzt weiß ich endlich, wofür das L steht.«

»Ledge Burnet? Wo hast du den denn ausgegraben?«

»Ich habe ihn gestern kennengelernt.«

»Und wie das?«

»Ich habe ihn bei der Arbeit besucht.«

»In der Pool-Bar?«

»Pool-Bar?«

Lisa lachte kurz. »Fangen wir noch mal von vorn an.«

Nachdem sie Ledge Burnett verabschiedet hatte, hatte Arden seinen Besuch mehrmals in ihrem Kopf ablaufen lassen und war zuletzt zu dem Schluss gekommen, dass sie vielleicht aus Angst überreagiert, aber dennoch gute Gründe hatte, misstrauisch zu bleiben.

Er hatte gelogen mit seiner Behauptung, es hätte sich im Ort herumgesprochen, dass sie aus Houston hierhergezogen war. Das hatte genau ein Mensch gewusst, nämlich ihr neuer Frauenarzt, zu dem sie von ihrem Arzt in Houston gewechselt hatte. Und dessen Praxis war nicht einmal in Penton, sondern in Marshall, der nächstgrößeren Stadt. Weder er noch irgendwer in seiner Praxis hätte vertrauliche Informationen über eine Patientin weitergegeben.

Jemand anderes hatte Ledge Burnet informiert. Aber wer? Und warum wollte er ihr nicht verraten, wer das gewesen war?

Dann war da die Sache mit den Türschlössern. Er hatte sich ausgiebig damit beschäftigt, wie marode sie waren.

Über die Schnelligkeit, mit der er die von ihr geöffnete Tür zugedrückt hatte, war sie erschrocken, aber selbst, wenn er absolut reglos saß, er wirkte allein durch seine Körpergröße einschüchternd.

Andererseits wollte ihr beim besten Willen kein Grund einfallen, warum er nachts an ihrem Haus vorbeifahren sollte. Dass es jemand tat, hatte ihn sichtlich beunruhigt. Und als er beim Abfahren seinen Pick-up gestartet hatte, hatte der grollende Motor ganz anders geklungen als der, den sie jede Nacht hörte.

Nichtsdestoweniger wollte sie weitere Informationen über ihn einholen, bevor sie ihn beauftragte, und sie hatte niemanden außer Lisa, bei dem sie sich erkundigen konnte. Außerdem musste sie sich sowieso bei ihrer Schwester melden. Sie hatten seit Tagen nicht miteinander gesprochen.

»Wenn du von dem Jungen redest, den ich im Kopf habe«, sagte Lisa, »der war ein echter Assi.«

Junge? Ein Junge war Ledge Burnett definitiv nicht mehr. Außerdem fand sie Lisas Begriff ein bisschen überzogen. »Er hat behauptet, du hättest ihn garantiert nicht wahrgenommen.«

»Doch, ich kannte ihn, aber nur, weil er einen ziemlichen Ruf hatte«, sagte Lisa. »Einen ziemlich *üblen* Ruf. Ich glaube, er war mindestens einmal im Gefängnis.«

»Irgendwann muss er die Wende geschafft haben. Er war jahrelang bei der Army.«

»Er ist also geläutert und lebt seither in Penton?«

Er lebte in Penton. Ob er »geläutert« war, konnte Arden nicht sagen. »Was war das mit der Pool-Bar?«

»Du müsstest dich daran erinnern. Wir sind immer daran vorbeigefahren, wenn wir zu Mabel's fuhren.«

Die Familie hatte traditionell den Freitagabend mit einem Essen bei Mabel's on the Lake eingeläutet. »All you can eat mit Katzenwels für zwölf neunundneunzig«, murmelte Arden. »Dad hat den Laden eine Stange Geld gekostet. Er konnte unglaubliche Mengen vertilgen.«

Lisa lachte wieder. »Es waren schöne Zeiten.«

Dann war ihre Mutter gestorben, und alles hatte sich geändert.

»Ledge Burnet also«, meinte Lisa nach kurzem Schweigen. »Diese Kaschemme, die aussieht, als würde sie aus dem Sumpf wachsen? Die gehört Ledges Onkel. Oder hat ihm wenigstens gehört. Vielleicht ist das ganze Ding inzwischen im Sumpf versackt.«

»Burnet's Bar and Billard!« Bei Arden war der Groschen gefallen. »Er ist *der* Burnet!«

»Er und sein Onkel lebten damals auf dem Grundstück.«

»Nur die beiden? Was war mit seinen Eltern?«

»Weiß der Himmel. Ich kann mich nicht erinnern, dass je von ihnen gesprochen wurde. Es gab immer nur ihn und seinen Onkel und die Bar. Nicht gerade eine gesunde Umgebung für einen Jungen, und das erklärt wohl, warum er später mit dem Gesetz aneinandergeriet.«

»Er hat inzwischen eine eigene Firma.« Ardens Finger hielten immer noch die weiße Visitenkarte mit seinem Namen und den Kontaktinformationen, die in dicken Buchstaben und sachlicher Schrift aufgedruckt waren. Kein schwunghaftes Logo. Keine Effekthascherei. Keine Schnörkel. So wie der ganze Mann.

»Was für eine Firma?«

Lisas Frage riss sie aus ihren Gedanken darüber, was ein schlichtes weißes Hemd und Bluejeans bei dem richtigen

Körperbau bewirken konnten. »Äh, eine Baufirma. Mehr oder weniger.«

»Mehr oder weniger?«

»Er macht Zimmerarbeiten. Renovierungsarbeiten.« Sie bagatellisierte das Ausmaß der Arbeiten absichtlich, weil sie Mut sammeln musste, bevor sie ihrer Schwester eine Komplettsanierung vorschlug. »Er arbeitet allein.«

»Du hast mit diesem Knastvogel verhandelt, Reparaturen an unserem Haus vorzunehmen?«

»Als ich mit ihm verhandelt habe, wusste ich noch nicht, dass er ein Knastvogel war.«

»Nun, nachdem ich dir das erzählt habe…«

»*Er* hat es mir erzählt. Er war da ganz offen.« Weniger offen bei der Frage, woher er von ihrer jüngeren Vergangenheit wusste.

»Für mich hört sich das nach einem besseren Hobbyhandwerker an«, sagte Lisa. »Und er kann nicht der einzige in Penton sein.«

»Nein, aber er ist preiswert, und er wurde allgemein empfohlen.«

Das war weit übertrieben. Sie hatte genau eine positive Referenz eingeholt. Und sie wusste noch gar nicht, *wie* preiswert er war, da sie sein Angebot noch nicht erhalten hatte. Sie fragte sich, warum sie Lisa unbedingt überzeugen wollte, obwohl sie selbst nicht überzeugt war.

»Arden«, sagte Lisa in dem Tonfall, der jedes Mal ein Lamento ankündigte. »Bitte pack deine Sachen und verschwinde von dort. Am besten noch heute Abend.«

»Wir haben das schon besprochen. Tausendmal.«

»Und ich habe dir deinen Willen gelassen. Ich habe mich zurückgehalten und dich machen lassen. Ich habe versucht,

Verständnis zu zeigen, und dich bei deiner Entscheidung unterstützt. Du dachtest, dass du dort glücklich werden würdest, und ich habe mir für dich gewünscht, dass du recht behältst.«

»Ich habe das dumpfe Gefühl, dass gleich ein ›Aber‹ kommt.«

»Aber ich fürchte, dass ...«

»... auch dieser Versuch zum Scheitern verurteilt ist.«

»Die Aussichten sind nicht allzu gut. Du willst dein Haus von einem verurteilten Straftäter renovieren lassen, Herr im Himmel.«

»Ich habe mich noch nicht entschieden.«

»Von welchen Reparaturen sprechen wir eigentlich? Wie umfangreich werden sie?«

»Neue Rohrleitungen. Elektrik. Er wird mir die verschiedenen Optionen aufzeigen, es ist also noch nichts entschieden.«

Lisa zögerte und sagte dann leise: »Ich könnte dir die Entscheidung erleichtern.«

»Das klingt nach einer verkappten Drohung.«

»Du könntest es so sehen, du könntest es aber auch so sehen, dass ich ein Sicherheitsnetz spanne, das dich davor bewahrt, wieder einmal eine übereilte Entscheidung zu fällen.«

»Komm zur Sache, Lisa.«

»Das Haus gehört zur Hälfte mir. Neuen Installationen und Arbeiten an der Elektrik müsstest du mit mir abstimmen, und ich will nicht dauernd in dieses Kaff kommen.«

Es war, als hätte Ledge vorhergesagt, dass Lisa diese Position einnehmen könnte. »Zwanzig Jahre lang hast du dich nicht für dieses Haus interessiert, aber kaum beschäftige ich mich damit, schon gerätst du in Wallung.«

Lisa seufzte. »Du hast recht. Vergiss meine persönliche Abneigung gegen das Haus. Wie teuer wird die Renovierung?«

»Ich habe ein paar Angebote bekommen, die über meinem Budget lagen. Burnet hat seines noch nicht erstellt.«

»Und wie hoch ist dein Budget?«

»Das ist meine Sache.«

»Zapfst du dafür den Treuhandfonds an, den dir Wallace eingerichtet hat? Oder greift dir dein verheirateter Lover unter die Arme?«

Arden sah rot. »Ich lege jetzt auf, Lisa, bevor wir noch Sachen sagen, die wir bereuen könnten.«

»Warte. Es tut mir leid. Das war unangemessen.« Sie holte Luft. »Ich verspreche dir, nicht mehr so gehässig zu sein, wenn du keine übereilte Entscheidung fällst.«

»Wie gesagt, es ist noch gar nichts entschieden. Ich habe Mr. Burnet erklärt, dass ich darüber schlafen werde und ihm morgen Bescheid gebe.«

»Und du hältst ihn wirklich für vertrauenswürdig?«

»Er hat mir keinen Grund gegeben, etwas anderes anzunehmen.«

»Ich habe dir mehrere genannt.«

»Du würdest ihn heute noch danach beurteilen, was er als Teenager angestellt hat? Niemand sollte besser wissen als du, als *wir*, wie es sich anfühlt, wenn jeder dir voreingenommen und misstrauisch begegnet.«

»Stimmt, trotzdem würde ich mich besser fühlen, wenn ich wüsste, wie er sich heute benimmt. Ist er ein festes, aufrechtes Mitglied der Gemeinde? Ist er in der Handelskammer? Ist er verheiratet? Hat er Familie?«

Keine dieser Fragen konnte Arden beantworten.

Lisa war ihr schon voraus. »Ich sehe mal, was ich über ihn herausfinden kann.«

»Ich wünschte, du würdest das lassen.«

»Ich gehe ganz diskret vor. Und du versprichst mir, dass du bis dahin keinen Vertrag abschließt und keine Vorauszahlung leistest oder sonst was tust, was dich binden könnte. Nicht bis wir Gelegenheit hatten, noch einmal miteinander zu sprechen. Ich möchte nicht, dass du noch mal einen Fehler machst.«

»Wenn du damit mein Baby meinst, Lisa, das war kein Fehler.«

»Ich wollte nicht...«

Aber in dem Moment legte Arden auf. Sie war zu zornig, um auch nur ein weiteres Wort zu hören.

Es war eine belebte Bar. Die Happy Hour war in vollem Gange. Aus den Lautsprechern dröhnte ein Countrysong von Brooks & Dunn. An allen Billardtischen ging es laut zu. Mehrere Männer hatten sich vor einem Großbildfernseher versammelt, auf dem ein Baseballspiel lief. An einem Tisch an der Wand amüsierte sich laut kichernd eine Gruppe älterer Ladys mit Federboas und glitzernden Brautkrönchen.

Arden musste mehrere Minuten warten, bis ein Barhocker frei wurde. Schnell ließ sie sich darauf nieder. Der Barkeeper begrüßte sie mit einem stummen Nicken, während er zwei Gläser Bier zapfte. Er wechselte ein paar Worte mit dem Paar, für das sie bestimmt waren, dann kam er auf sie zu.

»Hallo.« Geschickt und geschmeidig wie ein Magier ließ er das Glas des vorigen Gastes verschwinden und wischte die Bar mit einem weißen Handtuch sauber. »Zum ersten Mal hier?«

»Woher wissen Sie das?«

»Weil ich Sie noch nie gesehen habe und ich mich garantiert an Sie erinnern würde. Willkommen. Ich heiße Don.«

»Sehr erfreut.« Sie nannte ihren Namen nicht, schüttelte aber seine ausgestreckte Hand.

Er legte einen Bierdeckel vor ihr auf die Theke. »Was kann ich Ihnen bringen?«

Sie sah zu dem Tisch der Ladys, die inzwischen so gackerten, dass sich mehrere von ihnen Tränen aus den Augen wischten. »Eine Geburtstagsfeier?«, fragte sie.

»Junggesellinnenabschied. Die mit der Paillettenbluse ist die Braut. Sie heiratet am Samstag.«

Arden lachte. »Zum ersten Mal?«

»Zum zweiten Mal. Sie kennt den Bräutigam, seit sie Kinder waren. Sie hatten jeweils geheiratet, hatten ihre eigenen Familien und haben beide vor einem Jahr ihren Partner verloren. Und eine neue Liebe gefunden.«

»Das ist allerdings eine Feier wert. Ich hätte gern ein Glas von dem Wein, den die Damen trinken.«

Er zwinkerte. »Sie bekommen einen besseren.«

Er holte eine Weinflasche aus dem Kühlschrank unter der Barwand hinter ihm und zeigte ihr das Etikett. Es sagte ihr zwar nichts, doch sie nickte zustimmend. Er schenkte ihr einen Schluck zum Verkosten ein. »Leicht, frisch und sehr gut«, sagte sie. »Danke.«

Er füllte ihr Glas, sah sich kurz um, ob er woanders gebraucht wurde, und blieb dann bei ihr stehen. »Gehören Sie zu den Naturschützern?«

Sie schüttelte den Kopf.

»Drüben im Gemeindezentrum findet gerade ein zweitägiges Symposium über Ökosysteme und Umweltschutz statt. Ich dachte, Sie sind vielleicht deswegen hergekommen.«

»Nein.«

»Wohnen Sie hier in der Gegend?«

»Ich bin seit ein paar Monaten hier und spiele mit dem Gedanken, mich hier niederzulassen.«

»Ich hoffe, dass Sie sich dafür entscheiden und dass ich Sie dann öfter hier sehe.«

»So wie es aussieht, mangelt es Ihnen nicht an…«

Ihr Blick fiel auf das gerahmte Foto hinten an der Wand, und sie verstummte abrupt. Der Barkeeper drehte den Kopf und sah sie dann wieder an. »Wenn man es vergrößern würde, sähe es aus wie ein Kinoplakat, nicht wahr?«

»Von einem Mad-Max-Film.«

Er lachte leise. »Das ist der Neffe des Besitzers. Ohne die Kampfuniform sieht er nur halb so wild aus. Tatsächlich haben Ladys jeden Alters ein Auge auf ihn geworfen.«

Arden nahm einen Schluck Wein. »Was sagt seine Frau dazu?«

»Er hat nie geheiratet. War lange in der Army, und als er heimkam, hatte er andere Dinge im Kopf. Soll ich noch mal nachschenken?«

»Nein, ist schon gut, danke.«

»Geben Sie Bescheid, wenn Sie noch einen möchten.« Er entschuldigte sich und wandte sich zwei Männern mit Anglerhüten zu, die eben hereingekommen waren. Er sprach sie mit Namen an und erkundigte sich, ob die Fische angebissen hätten.

Also, eine von Lisas Fragen war damit beantwortet. Obwohl Lisa wahrscheinlich längst wusste, dass Ledge Burnet ledig war.

»Verzeihung?«

Arden drehte sich um. Eine der Frauen aus der fröhlichen

Gruppe stand unsicher lächelnd hinter ihr. »Miss Maxwell? Ich dachte doch, dass Sie das sind.«

Arden betrachtete sie mehrere Sekunden, dann dämmerte es ihr. Graues Haar. Eine blau-weiß gestreifte Bluse. Nettes Gesicht und freundliche Augen. »Sie sind die Lady, die mir im Supermarkt beigestanden hat.«

»Ich war nicht sicher, ob Sie sich erinnern würden.« Sie streckte lächelnd die Hand aus. »Lois Miller.«

Arden schüttelte ihre Hand und hielt sie dann fest. »Ich habe nicht vergessen, wie nett Sie an dem Tag zu mir waren.«

»Ich habe erst hinterher erfahren, wer Sie sind.« Lois stockte, als wollte sie noch etwas sagen, überlegte es sich dann aber anders. Zu Ardens Erleichterung brachte sie das Gespräch nicht auf Ardens Familie oder ihre Rückkehr nach Penton.

»Ich bin froh, dass Sie noch mal auf mich zugekommen sind, Mrs. Miller. Ich hatte schon bedauert, dass ich mich nicht bedanken konnte, weil ich nicht wusste, wie ich Sie kontaktieren soll.«

»Das mit Ihrem Baby tut mir schrecklich leid, ich wünschte, ich hätte irgendwas tun können, damit…«

»Niemand hätte etwas tun können. Es war nicht zu verhindern. Mit Ihrer Geistesgegenwart und Freundlichkeit haben Sie mir sehr geholfen.«

»Ach, ich habe doch gar nichts getan. Nicht wie diese junge Frau, die Sie mit ihren Atemtipps beruhigen konnte.«

»Die mit den Yoga-Sachen? Bei ihr würde ich mich auch gern bedanken. Wissen Sie zufällig, wer sie war?«

»Nein, tut mir leid.« Sie verzog bedauernd das Gesicht, dann hellte es sich wieder auf, und sie deutete auf das Foto hinter der Theke. »Ledge war der Einzige, den ich dort erkannt habe.«

Ardens Eingeweide stürzten in den freien Fall. Schockiert sah sie erst auf das Foto, dann in das lächelnde Gesicht der wohlmeinenden Frau. »Ledge?«, fragte sie heiser.

»Ledge Burnet. Der Soldat auf dem Bild. Das Lokal gehört seinem Onkel Henry.«

»Ja. Der Bar... der Barkeeper hat mir erklärt, wer er ist.« Sie schluckte trocken. »Er war auch im Supermarkt? Sind Sie sicher?«

Die ältere Frau sah Arden eigenartig an. »Aber ja, Schätzchen. Ich kann nicht behaupten, dass ich näher mit Ledge bekannt bin, aber er ist schwer zu übersehen. Und er war die ganze Zeit dabei. Er hat Sie in den Armen gehalten, bis die Sanitäter kamen.«

Er ist dort gewesen? Er hat mich in den Armen gehalten?

»Ich war sicher, dass Sie sich an ihn erinnern würden.«

Gedankenverloren schüttelte Arden den Kopf. »Nein.« *Er hat mich in den Armen gehalten?*

»Na ja, ist auch verständlich, wenn man bedenkt, was Sie durchmachen mussten.« Sie überlegte kurz. »Er hätte um ein Haar einen Kerl erwürgt, der Sie mit seinem Handy fotografieren wollte. Nachdem Sie aus dem Geschäft gerollt worden waren, hat Ledge sich den Mann geschnappt, ihm ordentlich die Meinung gegeigt und ihm gedroht, sein Handy dorthin zu stopfen, wo die Sonne niemals scheint. Er ist dann dem Rettungswagen hinterhergefahren und hat mich mitgenommen. Im Krankenhaus kannte er eine der Schwestern, die er so lange bezirzt hat, bis sie Ledge schließlich verriet, wie die ganze Sache zu Ende gegangen ist. Noch einmal mein herzliches Beileid.«

»Danke.«

Am Partytisch brach wieder Gelächter aus. Lois Miller schaute über die Schulter und sagte dann zu Arden: »Wir erzählen uns schmutzige Witze. Das war offenbar ein richtiger Kracher.«

Arden gab sich alle Mühe, ihr Lächeln zu bewahren. »Sie sollten sich lieber wieder dazusetzen, sonst verpassen Sie noch einen.«

Die Frau tätschelte Ardens Schulter. »Ich bin froh, dass wir plaudern konnten. Und wirklich froh, dass Sie so gut erholt aussehen.« Sie warf einen Blick auf das Bild. »Falls Sie öfter hier vorbeikommen, laufen Sie Ledge irgendwann mit Sicherheit über den Weg. Dann können Sie sich auch bei ihm bedanken.«

Kapitel 8

Rusty wälzte sich von seiner Frau und rollte sich auf den Rücken. Sie kostete ihn wesentlich mehr Anstrengung, als die ganze Sache wert war. Nachdem er sich ein paar Minuten Pause gegönnt hatte und wieder zu Atem gekommen war, stellte er die Füße auf den Boden, beugte sich vor, um Hose und Unterhose aufzuheben, und stand dann auf, um im Bad zu verschwinden.

Von ihrer Bettseite aus fragte sie: »Du stehst auf?«

»Schlaf weiter.«

»Ich bin nicht mal eingeschlafen.«

»Hat sich anders angefühlt.« Er schloss die Tür zum Bad.

Judy rief etwas von der anderen Seite, aber er hörte lediglich die Bitterkeit in ihren Worten, nicht die Worte selbst, und die waren ohnehin unwichtig. Er duschte gerade lang genug, um den Schweiß abzuspülen, trocknete sich dann hastig ab und kehrte ins Schlafzimmer zurück.

Judy hatte sich auf die Seite gedreht, mit dem Rücken zu ihm, und die Decke über die Schultern gezogen. Er nahm eine Jogginghose und ein T-Shirt aus seiner Kommode und zog beides an, dann ging er zur Tür.

Aus den Tiefen ihres Kissens murmelte Judy: »Joey hat morgen um halb fünf ein Play-off-Spiel.«

Joey war ihr Ältester. Er war in seinem ersten Jahr an der Highschool und hoffte schon jetzt auf ein Baseball-Stipendium fürs College. Rusty hoffte ebenfalls darauf. Joeys Schwester und sein kleiner Bruder waren nicht viel jünger. Dass er eines Tages gleich drei weiterführenden Schulen sein Geld in den Rachen werfen würde, machte Rusty so wütend, dass er am liebsten die Faust in die Wand gerammt hätte.

»Ich werde dort sein, wenn ich kann.«

Judy drehte sich auf den Rücken und stützte sich auf ihre Ellbogen. »Wenn sie dieses Spiel gewinnen, spielen sie um die Meisterschaft.«

»Ich werde dort sein, *wenn ich kann.*«

»Arschloch.«

»Ich liebe dich auch, mein Herz.«

»Ich weiß genau, was du in deiner Männerhöhle anstellst.«

»Du weißt einen Dreck und hast noch nie irgendwas gewusst.«

»Du treibst dich auf irgendwelchen Pornoseiten herum. Erbärmlich.«

»Wirf einen Blick in den Spiegel, dann siehst du, dass sich deine Titten längst in Richtung Süden verabschiedet haben und dein Arsch immer breiter wird. *Das* nenne ich erbärmlich.«

»Wenn du mal wieder mit der Hand in der Hose von Crystal Ivers träumst, dann denk daran, was sie mit Ledge Burnet anstellt.« Sie fuhr sich mit der Zunge über die Lippen.

Er knallte die Tür hinter sich zu, um ihr verächtliches Lachen abzuschneiden.

Judy war eine echte Schönheit gewesen, als sie ihm auf einer Party seiner Studentenverbindung an der Stephen F. Austin State University vorgestellt worden war. Nachdem er erfahren hatte, dass ihre Familie eine Flotte von Holztransportern besaß und blendende Geschäfte im waldreichen Osten von Texas betrieb, sah er nicht mehr nur die hübsche und begehrte Studienanfängerin, sondern auch die vielen Dollars dahinter.

Er leitete sofort alles in die Wege, um sich ihr Vermögen und das ihrer Familie zu sichern. Schon in den Weihnachtsferien feierten sie Verlobung. Bis zu seinem Abschluss im Frühjahr hatte er sie bereits überredet, vom College abzugehen und ihn zu heiraten. Er hatte ihr erklärt, dass sie als Mrs. Rusty Dyle keinen College-Abschluss brauchte. Dumm, wie sie war, hatte sie das für einen Witz gehalten. Seite an Seite waren sie den schwülstig dekorierten Mittelgang der First Methodist Church entlanggeschritten. Noch vor ihrem ersten Hochzeitstag war Joey auf die Welt gekommen.

Entschlossen, sich von ihren Sticheleien nicht die Nacht ruinieren zu lassen, schlich er den dunklen Flur im Obergeschoss entlang. Die Kinderzimmertüren waren geschlossen, und unter keiner war ein Lichtstreifen zu sehen. Er ging nach unten und kontrollierte gewohnheitsgemäß, ob die Alarmanlage in Betrieb war, obwohl er pedantisch darauf achtete, sie allabendlich einzuschalten.

Er hatte das ausgeklügelte Sicherheitssystem installieren lassen, nachdem in einem County ganz in der Nähe ein District Attorney von einem frustrierten, jüngst entlassenen Häftling niedergeschossen worden war. Am helllichten Tag. Mitten auf der Straße. Kaltblütig.

Rustys Daddy hatte ihm immer erklärt, dass er sein Blatt nur richtig ausspielen musste, dann wäre er irgendwann der unangefochtene Boss im Ort, vor dem alle kuschten und mit dem sich niemand anlegen wollte. Er hoffte, dass seine unzähligen Feinde dieses Memo ebenfalls bekommen hatten.

Er ging in sein Arbeitszimmer, jenen Raum, den Judy

»Männerhöhle« getauft hatte. Er schloss die Tür ab, schenkte sich einen Wodka ein, fuhr den Computer hoch und ließ sich in seinen weichen Ledersessel sinken, um sich seinem Hobby zu widmen.

Aber Judys höhnische Bemerkung hatte ihm das Vergnügen vergällt.

Auf der Heimfahrt von der Arbeit hatte er die Route an Crystals Haus vorbei genommen. Sie besaß zwei aneinandergrenzende Eckgrundstücke mitten in der Stadt. Crystal's Hair and Nail Salon ging zur Hauptstraße, ihr Privathaus zu der Wohnstraße dahinter.

Crystal führte ein erfolgreiches Geschäft und hatte mehr aus sich gemacht, als man von einer Frau mit so zweifelhafter Vergangenheit gedacht hätte. Judy war eine von wenigen Frauen in der Stadt, die nicht zu ihr gingen. Seine Frau hätte nicht einmal Hundescheiße an der Schmutzmatte vor dem Salon von ihren Schuhen gekratzt.

Dafür besuchten Scharen von anderen Frauen den Salon. Offenbar hatten alle die Gerüchte vergessen oder aus dem Gedächtnis gestrichen, die wie Geier über Crystal gekreist waren, als sie noch jünger gewesen war. Noch ärgerlicher war, dass Crystal sich offenbar am wenigsten um diese Gerüchte scherte. Im Lauf der Zeit hatte sie eine Arroganz und Selbstsicherheit entwickelt, die Rusty zutiefst wurmten. Ihr neu erwachtes Selbstbewusstsein und die unwiderstehliche Ausstrahlung, die sie schon immer umgeben hatte, machten sie endgültig unerreichbar für ihn.

Burnet hatte nie etwas auf die Gerüchte gegeben, die sich um sie rankten.

Als Rusty am Abend vorbeigefahren war, war der Salon schon geschlossen gewesen, darum war er um die Ecke zu ihrem Wohnhaus gebogen. Zwischen den Lamellen der Jalousien hatte er einen Fernseher flackern sehen. In der Einfahrt hatten zwei Autos gestanden, das von Crystal und das von Marty.

Vor einiger Zeit war Marty, der eine hässliche Scheidung hinter sich hatte, bei ihr eingezogen. Rusty genoss die Vorstellung, wie Burnet wohl auf dieses Arrangement reagiert hatte. Bis dahin hatte er Crystal für sich allein gehabt, wann immer ihm der Sinn danach gestanden hatte. Als Rusty heute Abend vorbeigefahren war, hatte Ledges Pick-up nicht vor dem Haus gestanden.

Er kicherte bei dem Gedanken, dass Burnet endlich einmal den Kürzeren gezogen hatte. Jede Wette, dass er sich jetzt wünschte, er hätte Crystal geheiratet, nachdem er damals aus der Army ausgeschieden war. Alle hatten das erwartet. Monatelang hatte Rusty genau das nach Burnets Heimkehr befürchtet. Er fürchtete es immer noch. Aber nichts war passiert. Burnet hatte immer noch keinen Anspruch auf Crystal erhoben. Jedenfalls nicht offiziell.

Dennoch machten ihn die von Judy – dieser Schlampe – heraufbeschworenen Bilder rasend. Crystal und Burnet. Nackt und verschwitzt. Sie um noch mehr bettelnd. Was er ihr bereitwillig gab.

Und als wäre das nicht Grund genug, Burnet umbringen zu wollen, machte er sich jetzt auch noch an die kleine Maxwell ran. Arden.

Selbstverständlich war Ledge Burnet sofort zur Stelle gewesen, als sie in der Obstabteilung zu gebären begonnen hatte.

Gestern Abend hatte Ledge während ihrer Unterhaltung in der Bar so getan, als würde er sich nicht für Joes Jüngste interessieren, sogar nachdem Rusty ihm erzählt hatte, dass er von Ledges Einsatz als Supermarkt-Geburtshelfer wusste. Natürlich hatte Burnet seine Rolle kleingeredet. Schließlich war er ein beschissener Held. Da war Bescheidenheit Pflicht.

Aber Rusty war nicht so dumm zu glauben, dass Burnet rein zufällig aufgetaucht war, als sein Typ gebraucht wurde.

Bekannte von Rusty hatten den Vorfall beobachtet und ihm später erzählt, dass Burnet und Arden den Laden unabhängig voneinander betreten hätten, dass sie sich nicht getroffen und nicht miteinander gesprochen hätten. Scheinbar hatten sie sich gegenseitig überhaupt nicht wahrgenommen, bis sie zu Boden gegangen war. Man hatte ihm erklärt, Ledge sei zufällig in der Nähe gewesen und hätte das getan, was jeder anständige Mensch getan hätte. Jemand hatte gesagt: »Ledge hat einfach nur geholfen.«

»Bullshit«, sagte Rusty jetzt und nahm einen großen Schluck Wodka.

Heute war ihm zugetragen worden, dass Burnet auf der Straße zum Anwesen der Maxwells gesehen worden sei. Er war auf dem Weg in Richtung Stadt gewesen, aber wo war er hergekommen? Da draußen gab es praktisch nichts außer dem Haus der Maxwells.

Und das Timing war genauso verdächtig. Gestern Abend hatten er und Burnet sich länger über Arden unterhalten, und *heute* wurde Ledge wenige Meilen von ihrem Haus entfernt gesehen, obwohl er auf der anderen Seite der Stadt wohnte?

»Nein. O nein«, murmelte Rusty und füllte sein Glas nach. »Ich bin doch nicht von gestern.«

Aber was hielt die kleine Maxwell von Burnet? In all den Monaten, seit sie wieder hergezogen war, hatte Rusty nicht gehört, dass sie Freundschaften geschlossen hätte, unter die Leute gegangen wäre oder irgendwo Anschluss gesucht hätte. So wie es aussah, blieb sie da draußen für sich allein und lebte ein Nonnenleben.

Also, irgendwen hatte sie gefickt, das stand fest. Aber wen? Und wo war der Daddy des Babys jetzt? Das blieb ein Mysterium. Tatsächlich umgaben *viele* Mysterien Miss Arden Maxwell, und das größte war, wo ihr diebischer Vater abgeblieben war und mit ihm Rustys halbe Million.

Die Leute glaubten, dass Joe ungestraft damit entwischt war.

Aber in Rusty Dyles Welt blieb nichts und niemand ungestraft.

Die Uhr auf Ardens Nachttisch zeigte 23:22 Uhr. Das Auto hatte wie jeden Abend seine Kontrollfahrt absolviert, doch sie konnte trotzdem nicht schlafen.

Sie war immer noch so aufgebracht über das, was sie von der ahnungslosen Lois Miller erfahren hatte, dass sie wütend in ihr Kissen boxte, als sie sich auf die andere Seite drehte, um endlich zur Ruhe zu kommen.

Der Ventilator oben auf ihrer Kommode blies eine sanfte kühle Brise zu ihr herüber. Außerdem verursachte er ein einschläferndes Rauschen. Sie schloss die Augen und versuchte sich zu entspannen, indem sie sich in eine Meditationsübung versenkte, die ihre verkrampften Muskeln lösen sollte.

Doch schon nach zwei Minuten dieser einschläfernden Prozedur wurde sie von einem Geräusch aus ihrer Konzentration gerissen und schoss hoch.

Der Ventilator surrte ohne jedes Klappern.

Als das Geräusch wieder zu hören war, warf sie die Decke

zurück und schlüpfte aus dem Bett. Sie schlich an die Tür zur Küche, die von der Außenbeleuchtung in ein weiches Licht getaucht wurde. Die Tür war nur angelehnt, und sie schielte durch den Spalt.

In der Küche stand, mit dem Rücken an der Tür zum Hof lehnend, die Arme verschränkt und die Knöchel übereinandergeschlagen, Ledge Burnet. »Sehen Sie, wie wenig Ihr Schloss aushält?«

Sie hätte diesen arroganten Arsch umbringen können. Sie hob die rechte Hand und zielte mit der Pistole auf ihn. »Was zum Teufel tun Sie hier?«

»Ich liefere den Beweis, dass ich recht hatte.« Als er ihre Waffe sah, wurden die leicht zusammengekniffenen Augen noch schmaler. Ansonsten rührte er sich nicht.

»Raus aus meinem Haus!«

»Dass Sie keine Waffe haben, war gelogen.«

»Glauben Sie, ich würde das einem potenziellen Einbrecher auf die Nase binden? Und ich hatte guten Grund, misstrauisch zu sein.«

»Wissen Sie, wie man damit umgeht?«

»Ja.«

»Wer hat Ihnen das beigebracht?«

»Ich habe Stunden genommen.«

»Und wann?«

»Als ich die Waffe gekauft habe.«

»Und wann war das?«

»Vor ein paar Jahren, als ich in einer Kunstgalerie in New Orleans arbeitete. Damals musste ich manchmal abends abschließen. Und ich dachte – wieso fragen Sie das?«

»Weil Sie diese Waffe gerade in Ihrer Hand halten und damit auf mich zielen.«

»Weil Sie in mein Haus eingebrochen sind.«

»Stecken Sie die Waffe weg. Sie werden mich nicht erschießen.«

»Was tun Sie hier?«

»Ich habe es Ihnen doch erklärt. Ich…«

»Sie hätten auch heute Morgen beweisen können, was Sie von meinen Schlössern halten. Warum haben Sie bis zur Nacht gewartet?«

»Damit die Lektion besser sitzt.« Er zog die Stirn in Falten. »Aber wenn ich das mit der Waffe gewusst hätte, wäre ich die Sache anders angegangen.«

»Dann hätten Sie vorher angerufen?«

»Nein, dann wäre ich durch ein ungesichertes Fenster eingestiegen und hätte Sie im Bett überrascht.«

Sie schämte sich über die Bilder, die ihr in den Kopf schossen. Sie waren der Situation absolut unangemessen. »Wieso sind Sie so angezogen?«

»Das ist Tarnkleidung.«

»Ich weiß, was es ist. Warum tragen Sie so was?«

»Warum trägt man so was wohl?«

»Und die Gesichtsbemalung?«

»Das ist Dreck, keine Bemalung. Der Mond kam raus. Ich musste mich mit dem behelfen, was ich finden konnte.« Er löste die verschränkten Arme und ließ sie sinken. »Legen Sie die Waffe weg.«

»Noch nicht.«

»Sie werden mich nicht erschießen.«

»Seien Sie da nicht so sicher.«

»Ich bin aber ganz sicher.«

»Ach ja? Und warum?«

Er nickte zu der Pistole hin. »Sie ist noch immer gesichert.«

Sie sah auf die Pistole. Im selben Moment machte er einen Satz auf sie zu, packte ihr Handgelenk und schüttelte mit einem Ruck die Waffe aus ihrer Hand in seine offene Handfläche. Sie schrie leise auf. Als er ihr Handgelenk losließ, fluchte er inbrünstig.

Dann sah er sie zornig an und deutete auf die Pistole. »Dieses Modell hat nicht einmal eine Sicherung.« Er ließ erst den Ladestreifen herausgleiten, dann schob er den Schlitten zurück. Eine Kugel fiel heraus, und er fluchte erneut. »Dafür war eine Kugel in der Kammer. Sie hätten mich umbringen können.«

»Das wäre Ihnen ganz recht geschehen, nachdem Sie mich mitten in der Nacht zu Tode erschreckt haben.«

»Also gut, Sie haben mich auch erschreckt.« Er legte die Pistole mit dem Ladestreifen auf den Tisch. »Rühren Sie die nicht an.« Er ging an die Spüle, drehte den Wasserhahn auf, wusch sich vornübergebeugt den Dreck aus dem Gesicht und riss dann mehrere Papiertücher von der Rolle.

»Der Mülleimer ist im Schrank unter der Spüle«, kommentierte sie nur.

Er trocknete Gesicht und Hände ab, warf die Tücher dann in den Eimer und drehte sich wieder zu ihr um. »Sie hätten wirklich nicht…«

Ehe er fertig war, fiel sie ihm ins Wort: »Warum haben Sie mir nicht erzählt, dass Sie an dem Tag im Supermarkt waren?«

Kapitel 9

O Fuck.

Er sprach es nicht aus. Er sagte gar nichts, denn er wollte auf keinen Fall mehr verraten, als sie ohnehin schon wusste.

»Streiten Sie das etwa ab?«, fragte sie.

»Nein.«

»Warum haben Sie es dann nie erwähnt?«

»Ich dachte, das könnte Ihnen unangenehm sein.«

»Es war auf jeden Fall unangenehm, es von jemand anderem zu erfahren.«

»Was hätte es denn geändert, wenn Sie es gewusst hätten?«

»Ganz genau!« Sie stach mit dem Finger in seine Richtung.

Dabei bewegten sich ihre Brüste unter dem Nachthemd, und das lenkte seinen Blick dorthin, was ihr wiederum bewusst machte, was ihm extrem bewusst war, seit sie ihn zur Rede gestellt hatte: Sie hatte wirklich nicht viel an.

Tatsächlich nichts außer diesem Nachthemd.

»Sie bleiben hier, bis das geklärt ist.« Sie verschwand in ihrem Zimmer und knallte die Tür zu.

Er strich sich mit der Hand über Mund und Kinn und über den Nacken. Er hätte es voraussehen müssen. Früher oder später hatte sie das herausfinden müssen. Er war aufgeflogen, jetzt drohte eine Standpauke.

Er öffnete den Kühlschrank und holte eine Flasche Wasser heraus, drehte den Verschluss auf und trank sie in einem Zug leer.

Als sie wieder in die Küche kam, trug sie eine Pyjamahose mit weihnachtlich anmutendem Karomuster, dazu einen grauen, bis zum Kinn geschlossenen Kapuzenpulli und an den Füßen Pantoletten. Ein Ritter der Tafelrunde hätte keine wehrhaftere Rüstung tragen können. Sie legte das Handy – energisch – neben die Pistole auf den Tisch. Beides sollte vermutlich als Warnung dienen, dass er sich zusammenreißen sollte.

»Möchten Sie ein Wasser?«, fragte er.

»Nein.«

Er versenkte die leere Plastikflasche im Mülleimer. Als er sich wieder umdrehte, sah sie ihn an, als würde sie jeden Moment auf ihn losgehen.

»Ich war heute Abend in der Bar Ihres Onkels.«

»Ich habe das dumpfe Gefühl, dass Sie nicht zufällig da reingestolpert sind.«

»Nein. Ich war dort, um ein paar Dinge in Erfahrung zu bringen.«

»Über mich? Warum haben Sie mich nicht einfach gefragt?«

»Weil ich nicht angelogen werden wollte.«

Das hatte er wohl verdient.

»Ich habe Don kennengelernt«, sagte sie. »Er war sehr zuvorkommend.«

»Das bringt der Job mit sich.«

»Wir hatten eine sehr erhellende Unterhaltung.«

»Don kann Ihnen nicht erzählt haben, dass ich im Supermarkt dabei war, denn das weiß er nicht. Sie müssen also mit noch jemandem geplaudert haben.«

»Lois Miller.«

»Kenne ich nicht.«

»Dafür kennt Lois Sie. Sie sind schwer zu übersehen.«

Er hätte nicht sagen können, wieso sie das mit solchem Nachdruck erklärte, allerdings musterte sie ihn dabei von Kopf bis Fuß.

»Bestimmt erinnern Sie sich an sie. Um die siebzig. Sie war direkt an Ihrer Seite. Die ganze Zeit, sagte sie. Lois und noch eine Frau. Eine jüngere. Im Yoga-Outfit. Hilft irgendwas davon Ihrem Gedächtnis auf die Sprünge?«

Er ignorierte den sarkastischen Unterton. »Ich erinnere mich.«

»Und?«

»Die ältere Lady stand daneben. Die jüngere reagierte sofort. Sie half Ihnen, sich hinzulegen. Meine Aufgabe war es…« Er drehte die Handflächen nach oben. »Ihren Kopf vom Boden wegzuhalten.«

Sie sah ihn neugierig an, und er fragte sich unwillkürlich, wie detailliert diese Lois die Situation wohl beschrieben hatte. Hatte sie Arden erzählt, dass er ihren Kopf in die Vertiefung unter seinem Brustkorb gebettet hatte, dass seine Hände ihre Schulterblätter umfasst hatten, während die jüngere Frau ihr geholfen hatte, ruhiger zu atmen?

Er erinnerte sich, dass er die grauhaarige Lady angesehen und stumm gefragt hatte, wie sie das Geschehen einschätzte, und dass sie daraufhin nur stirnrunzelnd und traurig den Kopf geschüttelt hatte.

Vielleicht war das der Moment gewesen, in dem er seine Hand unter Ardens Schulter hervorgezogen und ihr eine Strähne von der Wange gestrichen hatte. In seinem Gedächtnis waren die einzelnen Ereignisse während der unendlich langen Wartezeit auf den Rettungswagen ineinander verschwommen, aber daran, wie ihr Haar sich angefühlt hatte, erinnerte er sich noch gut. Viel zu gut.

»Lois hat mir erzählt, Sie hätten einen Mann attackiert, der mich fotografieren wollte.«

»Attackiert? Nein.«

»Verbal.«

»Dieser Schakal.«

Mit seinem Ansinnen, Arden in dieser Situation zu fotografieren, hatte dieser Typ ihre Privatsphäre rücksichtslos verletzt, doch inzwischen musste sich Ledge eingestehen, dass er vielleicht überreagiert hatte. Ohne es zu ahnen, hatte der Mann bei Ledge eine Erinnerung aus Afghanistan losgerüttelt. Damals hatte er, am Boden, gefesselt und ohne einschreiten zu können, zusehen müssen, wie Unbekannte die Toten, die noch nachträglich geschändeten Leichen – teils von Amerikanern, teils von ihren eigenen Landsleuten – fotografiert hatten.

»Keine Gnade den Schakalen«, murmelte er.

Er sah Arden an, dass sie mit seiner Bemerkung nichts anfangen konnte, aber sie ließ sich nicht ablenken. »Sie sind mir mit Lois ins Krankenhaus nachgefahren, weil Sie erfahren wollten…«

Sie ließ den Rest unausgesprochen.

»Das erschien mir nur anständig.«

Sie fixierte ihn immer noch mit diesem neugierigen, beinahe misstrauischen Ausdruck. »Also das erklärt, wieso Sie mich wiedererkannt haben, als ich gestern in Ihre Werkstatt kam«, sagte sie. »Aber ich begreife nicht, warum Sie keinen Dank für das wollten, was Sie getan haben.«

»Weil nur ein Arsch für so was Dank erwarten würde.«

»Ist das der einzige Grund?«

»Ich wollte Sie nicht in Verlegenheit bringen, schließlich ist es ein sensibles Thema.«

Sie nickte, aber nicht so, als würde sie seine Erklärung wirklich akzeptieren. Dann schüttelte sie ihre Gedanken ab und richtete sich auf. »Mein nächtlicher Besucher war schon da.«

»Wann?«

»Vor ein paar Stunden.«

»Verflucht. Dann bin ich zu spät gekommen.«

»Sie wollten ihm auflauern?«

»Unten an der Straße, ich hatte gehofft, ich würde ihn erwischen.«

»Das erklärt die Tarnkleidung.«

»Hat nur nichts genützt. Sind Sie sicher, dass es Ihr nächtlicher Besucher war?«

»Ja, inzwischen erkenne ich das Motorengeräusch.«

»Wie klingt es?«

Sie zuckte verwirrt mit den Schultern. »Wie ein Automotor. Aber es hat einen ganz eigenen Sound. Wo steht Ihr Pick-up?«

»Zwischen den Zypressen.« Er deutete mit dem Daumen in die entsprechende Richtung. »Ich habe die kleine Straße genommen, die von Westen hinten an Ihrem Grundstück vorbeiführt. Von dort aus bin ich zu Fuß hergekommen.«

»Damit ich nicht mitbekomme, dass Sie hier sind?«

»Damit *er* es nicht mitbekommt.«

»Ich bezweifle, dass er Sie entdeckt hätte. Da draußen im Dunkeln waren Sie praktisch unsichtbar.«

Hatte sie diese schreckliche Kombination angezogen, weil sie ebenfalls unsichtbar sein wollte? Falls ja, dann hatte sie den Zeitpunkt dafür verpasst. Als sie mit der Neun-Milli-meter gewedelt hatte, hatte er einen aufreizenden Einblick bekommen. Ihre Kurven und Rundungen waren unter dem knappen Nachthemd unübersehbar und unmöglich zu igno-rieren gewesen. Genau wie das, was dadurch unterhalb sei-ner Gürtellinie ausgelöst wurde.

»Und?«

Er begriff, dass sie noch etwas gesagt hatte, während seine Gedanken zu wohlgeformten nackten Beinen und einem halb heruntergerutschten Schulterträger abgeschweift waren.

»Verzeihung?«

Ärgerlich wiederholte sie: »Sind Sie heute Nacht herge-kommen, weil Sie feststellen wollten, ob der große böse Unbekannte tatsächlich existiert oder nur in meiner Einbil-dung?«

»Ich halte ihn für real.«

»Danke, dass Sie mir glauben.«

»Das tue ich nicht. Das sagt mir mein Instinkt.«

»Ach ja? Ist Ihr Instinkt so zuverlässig, dass Sie immer danach handeln?«

Er überlegte eine Sekunde. »Nicht immer.« Noch eine Se-kunde. »So gern ich es auch täte.«

Der suggestive Zwischenton war nicht beabsichtigt. Oder vielleicht doch. Auf jeden Fall lösten seine Worte eine sub-tile, aber spürbare Veränderung aus, nicht nur, weil er damit ein neues Thema ansprach, sondern auch, weil plötzlich eine neue Art von Spannung in der Luft lag, die Atmosphäre dichter wirkte. Er spürte in jeder Zelle seines Körpers, wie der Druck anstieg. Das Ticken der Wanduhr schien mehr an-zuzeigen als nur die verstreichenden Sekunden.

Sie empfand offenbar ähnlich, denn sie sagte nichts, sie

rührte sich auch nicht, sondern sah ihn weiter unbewegt an, als könnte jede Reaktion etwas Unbestimmtes, Gefährliches auslösen.

Dann läutete ihr Handy, und sie schreckte zusammen, als hätte sie sich verbrüht.

Sie trat von ihm weg und sah auf das Handy, das auf dem Tisch lag. »Meine Schwester. Das muss ich annehmen.« Sie griff nach dem Telefon und hob es ans Ohr. »Hi.«

»Hast du schon geschlafen?«

Den Blick fest auf ihn gerichtet, antwortete Arden. »Nein, ich bin hellwach.«

Er konnte klar und deutlich hören, was die Stimme im Telefon sagte, aber weil Arden nicht aus dem Raum ging, um ungestört zu sein, zog auch er sich nicht zurück, um sie nicht zu stören. Er lehnte sich an die Küchentheke und beobachtete Arden genau, auch weil er hoffte, einen Hinweis darauf zu bekommen, warum die Beziehung zu ihrer Schwester so komplex war.

»Also, was ich dir gleich erzähle, wird dich bestimmt nicht besser schlafen lassen«, sagte Lisa in diesem Moment.

»Vielleicht hat es dann bis morgen früh Zeit?«

»Du musst das sofort erfahren.« Arden sah aus, als wollte sie protestieren, doch Lisa ließ ihr keine Gelegenheit. »Nach unserem Gespräch vorhin habe ich von der Personalerin, die unsere Bewerber durchleuchtet, einen gewissen Ledge Burnet überprüfen lassen. Sie hat etwas Verblüffendes festgestellt.«

Arden blinzelte mehrmals, blieb ansonsten aber reglos.

Lisa holte tief Luft. Um die Wirkung zu verstärken, nahm er an. Dann sagte sie: »Dieser Typ hat eine Vorgeschichte. Er wurde wegen Drogenkonsums verhaftet …«

»Das weiß ich schon.«

118

»Aber wusstest du auch, dass er zum zweiten Mal an genau dem Abend verhaftet wurde, an dem Dad verschwand?«

Ardens Lippen öffneten sich unwillkürlich. Ledge musste all seine Willenskraft aufbringen, um sich nichts anmerken zu lassen.

»An demselben Abend, Arden«, wiederholte Lisa mit Nachdruck.

Arden schluckte. »Bist du sicher?«

»Es steht in den Akten. Ich habe es von unserer Rechtsabteilung gegenchecken lassen.«

Ardens Lippen blieben offen. Sie atmete durch den Mund. »Ich verstehe aber immer noch nicht ...«

»Überleg doch mal.« Lisa klang, als wollte sie ihre Schwester wachrütteln. »Da draußen am Arsch der Welt, wo die Zeitungen Schlagzeilen damit machen, wer im letzten Monat den dicksten Barsch gefangen hat, gibt es in derselben Nacht einen waghalsigen Einbruch und einen möglichen Mordfall, und beides soll angeblich unser Vater begangen haben. In derselben Nacht war dieser Vorbestrafte unterwegs und verkaufte Drogen. Zwar nur Gras, aber trotzdem.«

Arden starrte weiter in seine Augen, während sie das Puzzle zusammenzufügen versuchte. »Aber welche ... welche mögliche Verbindung könnte es da geben?«

»Ich habe keine Ahnung«, sagte Lisa. »Aber zumindest ist es ein ziemlich seltsamer Zufall, würdest du das nicht auch sagen?«

Doch Arden sagte immer noch nichts, sondern suchte weiter in seinen Augen nach einer Antwort.

Lisa war noch nicht fertig. »Und noch dazu hat er, als er dir von seinen Vorstrafen erzählt hat, keineswegs gesagt: ›Ach ja, übrigens, das wirst du kaum glauben. Da gibt es einen seltsamen Zufall.‹ Wäre das nicht der geeignete Zeitpunkt gewesen, das zu erwähnen?«

Arden überlegte kurz, bevor sie antwortete: »Von dem Einbruch und den Anschuldigungen gegen Dad haben wir erst am folgenden Montag erfahren. Falls Ledge über das Wochenende in Haft war, wusste er vielleicht auch nichts von diesem zeitlichen Zufall.«

»Ich halte das für äußerst unwahrscheinlich.« Lisa hielt kurz inne. »Nein, das muss er gewusst haben. Jeder hat das gewusst. Selbst wenn er im Gefängnis war, hätte das dort die Runde gemacht. Er muss das gewusst haben«, beharrte sie. »Und ich finde es verdächtig, dass er nichts gesagt hat, als er Gelegenheit dazu hatte. Er hat zwar sein Verbrechen zugegeben, aber den interessantesten Aspekt verschwiegen. Ich denke, du solltest dich fragen, warum.«

Kaum hörbar bestätigte Arden : »Ich frage mich, warum.«

»Sehr gut! Das ist weise. Du solltest dich von ihm fernhalten, wenigstens bis wir Gelegenheit hatten, die Sache genauer zu untersuchen.«

»Ich soll ihm bis morgen Mittag Bescheid geben, ob ich ihn beauftrage oder nicht. Das bin ich ihm schuldig.«

»Du bist ihm einen Dreck schuldig.«

»Ich mache das so, wie ich es für richtig halten, Lisa.«

Ihr scharfer Ton überraschte Ledge und ließ ihre Schwester verstummen, doch nur kurz. »Na schön. Ich überlasse das dir, aber bitte ruf mich an, nachdem du mit ihm gesprochen hast.«

»Mache ich. Gute Nacht.«

Arden beendete das Gespräch und legte das Handy auf den Tisch, ohne den Blick von ihm zu nehmen. Als sich das Schweigen länger hinzog als ein Güterzug, öffnete er den Mund, um etwas zu sagen, doch sie hob die Hand.

»Ich will nichts hören.«

Folgsam klappte er den Mund wieder zu und gab ihr Zeit zu entscheiden, wie unbedeutend oder bedeutsam diese neue Erkenntnis war.

»Wussten Sie…« Sie verstummte und lachte trocken. »Natürlich wussten Sie Bescheid.« Sie verschränkte die Arme und presste sie gegen ihre Brust. »Als wir uns begegnet sind, dachte ich, wir wären Fremde. Aber das stimmt nicht, oder? Wir haben eine Nacht gemeinsam. Eine Nacht vor zwanzig Jahren, die unser beider Leben drastisch beeinflusst hat. Sie haben es gewusst und es verheimlicht. Warum?«

»Wieso sollte das von Bedeutung sein?«

»Genau das würde ich gern von Ihnen wissen.« Sie wurde lauter, wütender. »Und Lisa auch. Sie hat recht. Wenn es bedeutungslos wäre, hätten Sie etwas gesagt. Dass Sie nichts gesagt haben, ist noch beunruhigender als der Zufall selbst. Falls es ein Zufall *war.* Kannten Sie meinen Dad?«

»Ich wusste, wer er war. Und in welcher Lage.«

»Sie meinen, dass er ein Witwer mit zwei Töchtern war?«

»Ich meine, dass er als Trinker verrufen war.«

»Natürlich«, kommentierte sie schroff. »War er oft bei Ihrem Onkel?«

»Ich habe ihn nie in der Bar gesehen. Kein einziges Mal.«

»An jenem Abend…«

»Ich war das ganze Wochenende im Arrest und erfuhr erst in der Woche darauf, dass man ihn mit dem Einbruch in Verbindung brachte, genau wie Sie es gesagt haben.« Dabei deutete er auf ihr Handy.

Sie legte den Kopf schief, als wollte sie abschätzen, wie weit sie ihm glauben konnte. Berechtigterweise.

»Ich kaufe Ihnen nicht ab, dass Sie an diesem Tag rein zufällig im Supermarkt waren. Was wollten Sie dort?«

»Essen und Klopapier kaufen.«

»Herrgott noch mal! Sparen Sie sich die müden Witze. Wie kam es, dass Sie in der Obstabteilung waren, als …«

»Ich bin Ihnen in den Supermarkt gefolgt.«

Sie atmete schnell und flach ein, bevor sie die Frage mehr hauchte als aussprach: »Warum?«

Sich cool zu geben war keine Option mehr. Er stieß sich von der Theke ab und stellte sich vor sie. »Ich habe Ihnen doch gesagt, dass mich jemand auf Sie aufmerksam gemacht hat. Aber nicht im Imbiss und auch nicht, *nachdem* Sie das Baby verloren haben. Sondern schon früher. Sie waren damals erst kurz wieder in der Stadt, denn Sie waren bei der Post, um ein Postfach zu mieten. Ich war dort, um ein Paket abzuholen. Die Frau am Schalter merkte, dass ich Sie ansah und …«

»Wieso haben Sie mich angesehen?«

Er legte den Kopf schief, als fragte er: *Ernsthaft?* »Also bitte.«

Unsicher senkte sie den Blick, dann sah sie ihn wieder an.

Er erzählte weiter: »Die Postangestellte fragte mich, ob ich mich an den Skandal um Joe Maxwell erinnern würde, und ich sagte: ›Vage‹, und daraufhin erzählte sie mir, dass Sie seine Tochter wären. Die lang verschwundene Tochter. Die jetzt wieder in Penton wohnte. Daher wusste ich, wer Sie waren.«

»Das ist die Wahrheit?«

»Das schwöre ich bei Gott.«

»Aber wenn alles so harmlos war, wieso haben Sie dann keinen Ton gesagt?«

»Ich habe es Ihnen heute Morgen nicht erzählt, weil Sie schon total verschreckt wegen des Autos waren, das jede Nacht bei Ihnen vorbeifährt.«

»Woher weiß ich, dass das mit dem Postamt nicht gelogen ist?«

»Sie hatten Jeans mit Löchern an den Knien an. Dazu ein rotes T-Shirt. Sie haben die Sonnenbrille in den Kragen gehakt, während Sie das Formular für das Postfach ausgefüllt haben. Ihr Pferdeschwanz – hoch, fast auf dem Scheitel – hing ein bisschen schief. Ihre Schwangerschaft war noch nicht so deutlich zu sehen, davon habe ich erst später erfahren.«

»Sie haben mich noch mal gesehen?«

»Mehrmals.«

»Wann, wo?«

»Hier und da. Genau wie viele andere.«

»Es sind aber nicht viele andere nachts in mein Haus eingebrochen.«

Sie sagte das hitzig, und er konnte ihr das nicht verübeln. Aber er verteidigte sich nicht.

»Ich nehme an, dass Sie bei einer dieser Sichtungen meinen Babybauch bemerkt haben.«

»Ja, aber da hatte ich schon gehört, dass Sie schwanger sind.«

»Von wem?«

»Ich habe es im Haarsalon aufgeschnappt.«

»Während Sie sich den Ansatz auffrischen ließen?«

»Der Salon gehört einer Freundin von mir«, erläuterte er mit größter Geduld. »Ein Eichhörnchen hatte sich in der Dachdämmung ein Nest gebaut und ein paar Elektrokabel angeknabbert. Ich sollte das Eichhörnchen einfangen, umsiedeln und die Leitungen reparieren. Während ich da oben war...«

»Kam Ihnen zufällig zu Ohren, dass Joe Maxwells Tochter schwanger war.«

»Ohne dass jemand den Daddy dazu gesehen hätte. So was spricht sich rum. Das Thema wurde eine gute halbe Stunde durchgekaut.«

»Kann ich mir vorstellen«, erklärte sie angewidert.

»Darf ich Ihnen jetzt eine Frage stellen?«

»Wenn es um mein Baby geht, dann nicht.«

»Es geht um das Gespräch mit Ihrer Schwester.«

»Was soll damit sein?«

»Sie haben ihr nicht erzählt, dass Sie in der Bar meines On-kels waren und selbst Nachforschungen angestellt haben. Sie haben ihr nichts von Lois Sowieso und dem schockierenden Geheimnis erzählt, das sie Ihnen enthüllt hat. Sie haben ihr nicht erzählt, dass ich direkt vor Ihnen stehe. Wieso nicht?«

»Ich wollte nicht, dass sie in Panik gerät.«

»Und warum nicht?«

»Warum was nicht?«

»Warum geraten Sie nicht in Panik?«

»Ich weiß es nicht.« Sie wirkte ehrlich verblüfft, vor allem über sich selbst. »Wirklich nicht. Sie sind vorbestraft. Sie brechen in einem Rambo-Aufzug in mein Haus ein. Sie häu-fen Lüge um Lüge an, bis ich nichts mehr glauben kann, was Sie sagen. Weiß der Himmel, was Sie noch alles vor mir verheimlichen. Ganz ehrlich, ich weiß nicht, warum ich Sie nicht sofort niedergeschossen habe, als ich die Gelegenheit dazu hatte.« Sie baute sich in ihren lächerlichen Pantoffeln vor ihm auf. »Aber ich warne Sie: Wenn so was noch mal pas-siert, dann tue ich es. Dann folge auch ich meinem Instinkt.«

Sie hätte ihn genauso gut mit der Faust zwischen den Beinen packen können. Er versuchte, sich eine wirklich, *wirklich* schlechte Idee auszureden. Aber er wollte nicht auf seine innere Stimme hören.

Nach zwei schnellen Schritten war er bei ihr, hatte mit einer Hand ihr Kinn und mit der anderen ihren Hinterkopf umfasst, ihr Gesicht nach oben gezogen und ihren Mund mit seinem verschmolzen.

Seine Zunge glitt zwischen ihre Lippen und in die Tiefe. Irgendwie – weiß der Himmel, wie – schaffte er es, seine Hände an ihrem Kopf zu halten, statt die Kurven und Rundungen zu erforschen, die ihm unter dem dünnen Baumwollnachthemd aufgefallen waren.

Er beendete den Kuss viel zu früh und solange er noch konnte.

Dann hob er den Kopf, sah ihr tief in den Augen und ließ sie unvermittelt los, ehe er sich wegdrehte. Er riss die Tür auf, durch die er ins Haus gekommen war, und sagte im Hinausgehen: »Ich höre bis morgen Mittag von dir.«

Kapitel 10

Das Pflegeheim in Penton hatte Ledges hohen Ansprüchen nicht entsprochen, und außerdem wollte er nicht, dass sein Onkel Henry von Menschen, die ihn aus besseren Zeiten kannten, bemitleidet oder begafft wurde. Darum hatte er ihn stattdessen in einem sehr guten Heim in Marshall untergebracht.

Dort begann der Tag früh. Ledge traf ein, als die Sonne gerade über die Baumwipfel stieg. Er wurde von einem Pfleger begrüßt, der ihm berichtete, dass Henry schon wach und angezogen sei.

»Er schaut Nachrichten bis zum Frühstück, und das gibt es in frühestens zehn Minuten.«

»Wären Sie so freundlich, ihm das Frühstück aufs Zimmer zu bringen?«

»Natürlich, Mr. Burnet.«

Soweit Ledge zurückdenken konnte, hatte sein Onkel in seinem früheren Leben immer nur Levi's, Westernhemden und Cowboystiefel getragen. Inzwischen waren es Polyesterhosen mit weitem Bund, Jacken mit Reißverschluss, die nur selten zu den Hosen passten, und Turnschuhe mit Klettverschluss.

Er saß in dem elektrisch verstellbaren Fernsehsessel, den Ledge ihm zum Geburtstag geschenkt hatte, und starrte mit leerem Blick auf den kleinen Flachbildfernseher, den Ledge letztes Weihnachten aufgestellt hatte. Der Ton war stumm gestellt.

»Morgen, Onkel Henry.« Er zog einen Stuhl neben den Fernsehsessel, setzte sich und fragte seinen Onkel, ob über Nacht in der Welt etwas Interessantes und Erzählenswertes vorgefallen sei. Natürlich bekam er keine Antwort, aber während Henry weiter reglos auf den Fernseher starrte, plauderte Ledge mit ihm über dies und das.

Eine Pflegerin brachte das Tablett mit dem Frühstück. »Brauchen Sie Hilfe?«, fragte sie.

»Wir schaffen das schon. Hey, wem haben wir die Blumen zu verdanken?« Ihm war ein frischer Strauß auf Henrys Nachttisch aufgefallen.

»Kann ich Ihnen leider auch nicht sagen. Jedenfalls sind sie hübsch. Läuten Sie, falls Sie was brauchen.«

Trotz seiner Krankheit hatte Henry seinen gesunden Appetit bewahrt. Als er nach einer Scheibe Toast greifen wollte, hielt Ledge seine Hand fest. »Ich habe ihn noch nicht gebuttert.« Henry schüttelte seinen Griff ab, nahm den Toast, riss ein Stück ab und stopfte es sich in den Mund. Ironisch kommentierte Ledge: »Butter ist sowieso schlecht für dein Cholesterin.«

Während er Henry beim Essen assistierte, plauderte Ledge weiter vor sich hin und kam dabei irgendwann auch auf Arden Maxwell zu sprechen. »Sie hat sich die Mühe gemacht, Erkundungen über mich einzuziehen. War in der Bar und hat mit Don geredet. Ich habe ihn gestern Abend angerufen, nachdem ich von ihr zurückgekommen war. Sie hatte Don ihren Namen nicht verraten, aber als ich sie beschrieb, wusste er sofort Bescheid. Sie hat diese ungewöhnliche Kombination von blonden Haaren und braunen Augen.«

Halblaut ergänzte er: »Und irgendwie hat das was.« Er wischte einen Klecks Haferschleim von Henrys Jacke. »Gut, ich habe sie geküsst, aber mach keine große Sache draus, in Ordnung? Es hat zu nichts geführt. Jedenfalls nicht richtig. Ich meine… ach Scheiße, jetzt belüge ich dich auch noch.«

Er legte den Löffel beiseite und fuhr sich mit beiden Händen übers Gesicht. »Ich türme eine Lüge auf die nächste, und ich finde das zum Kotzen. Aber ich kann ihr nicht erzählen, was damals passiert ist.« Er sah seinem Onkel tief in die Augen und hoffte dabei auf Verständnis, Empathie, irgendein Gefühl. Henrys Blick blieb leer. Und gerade darum konnte Ledge so offen sprechen.

»Ich will nicht nur meinen eigenen Arsch retten. Ich kann es ihr nicht erzählen, ohne einen Shitstorm auszulösen, und sie hat eben erst einen heftigen überstanden. Nachdem sie ihr Baby verloren hatte und so.«

Henry griff nach dem Saftkarton und sog, ohne dass etwas danebenging, am Strohhalm.

»Sie hat eine merkwürdige Beziehung zu ihrer Schwester Lisa«, fuhr Ledge fort. »Weiß der Himmel, was die unternehmen würde, falls ich Arden alles erzählen und Lisa Wind davon bekommen würde. Aber was mir wirklich Angst macht? Rusty hat Arden schon auf dem Radar. Ich kann sie nicht warnen oder ihr den Grund für diese Warnung erklären, sonst weiß sie sofort, dass ich was mit der Sache zu tun hatte, und zwar nicht nur mit dem Einbruch, sondern auch mit dem Mord an Brian Foster. Denn seien wir mal ehrlich, sein Tod war alles andere als zufällig.«

Er unternahm einen neuerlichen und genauso erfolglosen Versuch mit dem Haferschleim.

»Ich würde mich gern damit beruhigen, dass meine Militäreinsätze die Waage wieder ins Lot gebracht hätten. Du weißt schon, von Gut und Böse. Krimineller einerseits. Verteidiger der Freiheit andererseits. Aber nachts frisst mich mein Gewissen auf, Onkel Henry. Übel. Und selbst wenn ich jemandem beichten wollte, um mein Gewissen zu erleichtern oder um meine Seele zu retten, könnte ich das nicht. *Würde* ich das nicht. Nicht weil das für mich Folgen hätte. Sondern weil das auf dich zurückfallen würde. Verstehst du?«, sagte er und holte tief Luft. »Ich will auf keinen Fall, dass jemand meinetwegen schlecht von dir denkt. Alles Schlechte, was ich je getan habe, war *nicht* deine Schuld. Das darfst du nie glauben, was auch passiert. Versprich es mir. Du hast nicht versagt. Sondern ich allein.«

Er strich seinem Onkel über den Scheitel. Unter dem dünnen Haar sah er Altersflecken, die erst vor Kurzem aufgetaucht waren. Henrys immer so dunkle, ausdrucksvolle Brauen waren inzwischen ergraut, und nie verrieten seine Augen irgendeine Gefühlsregung. Die Falten in seinem Gesicht wirkten bei jedem Besuch tiefer eingekerbt. Als würde der Körper dem Beispiel seines Geistes folgen und unmerklich, aber unaufhaltsam verfallen.

Und nicht einmal Ledge, der schlachtenerfahrene Kämpfer, konnte diesen alles verwüstenden Feind zurückschlagen.

Während er seinem Onkel über den Kopf streichelte, spürte er einen unmännlichen Druck hinter den Lidern. »Hoffentlich stört es dich nicht, aber ich trage inzwischen dein Messer.«

Henry hatte es so gut wie nie abgelegt. Er hatte es stets in einer Lederscheide an seinem Gürtel getragen und mehrmals am Tag benutzt, um Schnapskartons zu öffnen. Es hatte Ledge das Herz gebrochen, als er es ihm abnehmen musste.

Und es hatte ihn noch tiefer getroffen, als er festgestellt hatte, dass Henry das Messer überhaupt nicht vermisste, obwohl es früher praktisch mit seiner Hand verwachsen war.

Das Messer war die eine Verbindung zu Henry, die Ledge noch geblieben war, nachdem alle anderen abgerissen waren. Falls überhaupt etwas positiv am Zustand seines Onkels war, dann die Tatsache, dass er nie von Ledges Konflikt mit dem Gesetz erfahren würde. Falls sich Henry überhaupt an ihn erinnern würde, dann wenigstens nicht als einen Dieb und Schwindler, sondern als ausgezeichneten Soldaten.

»Don meinte, es würde dich nicht stören, wenn ich dein Messer nehme.« Seine Stimme war unerwartet rau. »Er sagte, es würde dir gefallen, dass ich darauf aufpasse.«

Genau in diesem Moment wurde die Tür geöffnet, und ein junger schwarzer Mann kam hereingeschneit. »Hey, Cap, ich habe gehört, dass Sie hier sind.«

Ledge musste sich räuspern, ehe er antworten konnte, und erklärte dann grimmig: »Ich habe Ihnen doch gesagt, dass Sie mich nicht so ansprechen sollen.«

George war einer der Physiotherapeuten im Heim. »Vergessen Sie's, das haben wir schon besprochen. Einmal Offizier, immer Offizier. Für mich bleiben Sie immer Captain Burnet.«

George salutierte scharf. Ledge zeigte ihm den Finger. George lachte, und sie begrüßten sich mit den Fäusten. Es war ihre eingespielte Routine bei jedem Wiedersehen. Seit Henry ins Heim gekommen war, hatten Ledge und der Therapeut sich angefreundet und gegenseitig zu schätzen gelernt. Beiden hatten ihren Militäreinsatz im Nahen Osten geleistet, und angesichts Georges Tätigkeit bewunderte Ledge ihn für seine anscheinend unverwüstliche gute Laune.

Er ging vor Henrys Sessel in die Hocke. »Wie geht's meinem Mann heute Morgen?«

»Er hat ordentlich gefrühstückt. Alles bis auf den Haferschleim.« Ledge wischte erneut über den feuchten Fleck auf Henrys Jacke.

George begutachtete den Inhalt des Schälchens und verzog das Gesicht. »Das würde ich auch nicht essen wollen, Henry.« Er tätschelte seinem Patienten das Knie und stand auf.

»Wie hält er sich?«, fragte Ledge.

»Gut.«

»Keinen Bullshit, George.«

»Ich würde Sie nicht mit Bullshit beleidigen. Ihr Onkel ist immer noch kräftig. Wenn ich ihn durch seine Übungen führe, macht er alles mit. Klar, ab und zu bockt er, aber mit etwas Überredung läuft es.«

»Wird er manchmal streitlustig? Hat er Ausbrüche?« Ledge fürchtete diese Frage und noch mehr die Antwort. »Man hat mich gewarnt, dass so was passieren kann.«

»Es kann«, nickte George, »aber muss nicht. Noch deutet nichts darauf hin, also fordern Sie das Schicksal nicht heraus.« Er zögerte und ergänzte dann leiser: »Sie müssen ihn nicht so oft besuchen, wissen Sie?«

»Ich will aber. Ich vermisse ihn.«

»Ich will nur sagen, dass es Ihnen niemand verübeln würde, wenn Sie Ihre Besuche ein bisschen zurückfahren würden. Er schon gar nicht. Er würde das nicht einmal merken.«

»Aber ich.«

George lächelte melancholisch. »Einmal ein Held, immer ein Held.«

»Hören Sie auf.«

»Schon gut. Besuchen Sie ihn weiter.« Dann sagte er über Ledges Schulter zu Henry: »Wir sehen uns bei der Therapie. Heute haben wir ein straffes Programm.«

Auf dem Weg nach draußen bemerkte Ledge: »Ach, George. Ich weiß nicht, wer die Blumen hingestellt hat, aber richten Sie ihr oder ihm meinen Dank aus. Wir wissen die Geste beide zu schätzen.«

»Das war keiner aus unserem Team«, antwortete George. »Die hat gestern so ein Typ gebracht.«

»So ein Typ?«

»Mit Metallkappen an den Stiefeln. Er meinte, er sei ein Freund von Ihnen.«

Ledges Kiefermuskeln wurden steinhart. »Da hat der Typ gelogen.«

Kapitel 11

Ledge brauchte nur fünfundzwanzig Minuten für die fünf-undvierzigminütige Strecke von Marshall nach Penton. Als er in das Büro des District Attorney stakste, drehte sich die Sekretärin von ihrem Computer weg und lächelte ihn an. »Hi, Ledge.«

»Miss Raymond.«

Seine Gewittermiene und die knappe Begrüßung ließen ihr Lächeln gefrieren. »Was führt Sie heute Morgen hier-her?«

»Der DA hat mich eingeladen.«

Nervös kramte sie in den Papieren auf ihrem Schreibtisch und konsultierte einen großen Kalender. »Ich kann aber kei-nen Termin…«

»Es war eine Einladung ohne Termin.«

Ohne auch nur langsamer zu werden, marschierte er an ihrem Schreibtisch vorbei, hielt auf die Tür zu Rustys Büro zu und riss sie fast aus den Angeln. Rusty saß hinter sei-nem massiven Schreibtisch. Auf einer Schreibtischecke hatte er die unausstehlichen Stiefel abgelegt, mit übereinander-geschlagenen Knöcheln. Er sprach in sein Handy. Als er Ledge sah, grinste er mit ungetrübter Selbstzufriedenheit.

»Ich rufe später zurück.« Er beendete das Gespräch und ließ das Handy auf den Schreibtisch fallen. »Ledge.«

»Schwanzlutscher.«

»Mr. Dyle?«

Ledge drehte sich nicht um. Offenkundig war ihm Miss Raymond bis zur Tür gefolgt, aber nicht eingetreten. Rusty hob beruhigend die Hand. »Schon okay. Er ist ein ungehobelter Klotz, aber wenn er schon da ist, kann ich auch mit ihm reden.«

Ledge hörte, wie hinter ihm die Tür ins Schloss gezogen wurde.

Rusty blieb zurückgelehnt in seinem Lederdrehstuhl sitzen, stellte aber die Füße auf den Boden und verschränkte die Hände über dem Bauch. Er hatte eine Wampe bekommen, die umso mehr auffiel, als er ansonsten schlank geblieben war. »Also, was kann ich nach diesem eindrucksvollen Auftritt für dich tun?«

»Du kannst dir dieses beschissene Grinsen aus dem Gesicht wischen.«

Das Grinsen wurde noch breiter. »Wieso so aufgebracht heute Morgen?«

»Vor zwanzig Jahren habe ich dich gewarnt, dich von meinem Onkel fernzuhalten. Diese Warnung gilt immer noch.«

Wieder dieses rasend machende, höhnische Grinsen. »Dir haben die Blumen nicht gefallen? Ich fand sie hübsch. Habe ich selbst ausgesucht.«

»Halte. Dich. Von. Ihm. Fern.«

»Ich habe einen kranken alten Mann besucht, der sich hinten und vorn nicht mehr auskennt. Ich wollte nur nett sein, alte Unstimmigkeiten ausräumen, Mitgefühl zeigen.«

Ledge ging hinter den Schreibtisch, pflanzte einen Fuß zwischen Rustys gespreizten Knien auf die Kante des Lederpolsters und stieß mit aller Kraft zu. Der Drehstuhl schoss zurück und knallte so hart gegen die Wand, dass eine Messingplakette von ihrem Haken geschleudert wurde und auf den Boden fiel.

Die Rückenlehne des Stuhls schoss nach vorn und katapultierte Rusty aus dem Sitz. Noch im Aufspringen holte er aus und landete einen Schlag auf Ledges Wangenknochen. Die Haut platzte wie eine reife Tomate, doch in seinem Zorn war Ledge taub für den Schmerz.

Er stürzte sich auf Rusty, schloss die Hände um dessen Kehle und schleuderte ihn nach hinten, sodass der District Attorney in die Jalousien vor dem Fenster krachte und dabei mehrere der dünnen Lamellen verbeulte. Es war ein Wunder, dass er nicht die Glasscheibe durchschlug.

»Ich habe geschworen, dass ich dich umbringen würde«, erklärte Ledge mit zusammengebissenen Zähnen. »Wenn ich es gleich erledige, habe ich es später aus dem Kopf.« Seine Finger drückten fester zu.

Rusty krallte die Finger in Ledges Handrücken, doch Ledge kannte keine Gnade. Rustys Augen quollen aus ihren Höhlen. Sein Gesicht wurde so rot, dass die Farbe einen unguten Kontrast zu seinem Haar bildete.

Die Tür ging auf. »Ledge!« Der Krach hatte Miss Raymond wieder auf den Plan gerufen. »Was soll denn das? Lassen Sie ihn los!«

Ledge starrte Rusty mordlustig in die Augen, aber er löste seinen Griff, warf die Hände in die Luft und trat einen Schritt zurück. Rusty taumelte vorwärts. Die Hände auf den Schreibtisch gestemmt, beugte er sich hustend und keuchend vor und klang dabei wie ein Nest von Klapperschlangen.

»Mr. Dyle? Alles in Ordnung?«

Rusty hob den Kopf, funkelte seine Sekretärin böse an und krächzte: »Wonach sieht es denn aus?«

Sie stand händeringend in der offenen Tür. »Soll ich einen Krankenwagen rufen? Die Security?«

Rusty reagierte mit einem knappen Kopfschütteln.

Sie sah Ledge unentschlossen an und blickte auf die Platzwunde an seiner Wange, ein stummes Zeugnis, dass Rusty dagegengehalten hatte. Wenigstens so gut er konnte.

»Wir hatten eine Meinungsverschiedenheit. Die etwas eskaliert ist«, erklärte Ledge nun. »Entschuldigen Sie den Aufruhr. Und meine unhöfliche Begrüßung vorhin.«

»Nicht so schlimm. Schon in Ordnung.« Doch ihre Stimme bebte. Rusty rang immer noch nach Luft. Ledge blutete. Die Situation war offensichtlich keineswegs in Ordnung, aber sie schien nicht zu wissen, was sie jetzt unternehmen sollte.

»Sie sind inzwischen seit so vielen Jahre wieder hier und haben nie Ärger gemacht«, sagte Miss Raymond schließlich zu Ledge. »Es wäre zu schade, wenn Sie wieder dort anfangen würden, wo Sie damals aufgehört haben. Tun Sie das nicht, Ledge.«

»Tue ich auch nicht.«

Sie sah ihn stumm bittend an und wandte sich dann an Rusty, der sich inzwischen zu voller Größe aufgerichtet hatte und wieder halbwegs normal atmete. Er rückte seine Krawatte gerade und zog den Saum seines Jacketts nach unten. Mit einem Kopfnicken in Richtung Vorzimmer schickte er Miss Raymond aus dem Raum. Nach einem zweifelnden Blick auf Ledge trat sie rückwärts aus der Tür und schloss sie von außen.

Sobald Rusty sicher war, dass sie ihn nicht mehr hören konnte, zischte er: »Du Hurensohn. Wie kannst du es wagen, auf mich loszugehen? Ich sollte dich in einen Kerker *unter* dem Gefängnis werfen und dort verrotten lassen.«

»Mach nur. Der eine Anruf, der mir zusteht, geht an den Attorney General.«

»Schick ihm meine Grüße. Wir waren miteinander golfen, als ich zuletzt in Austin war.«

»Er wird nicht mehr so gut auf dich zu sprechen sein, wenn ich ihm von Welch's und von dem unaufgeklärten Mord an Brian Foster erzähle.«

Rusty verdrehte die Augen. »Lass den Scheiß. Das tust du sowieso nicht. Du könntest nicht einmal eine Andeutung fallen lassen, ohne dich selbst zu belasten.«

»Ich habe ein bombensicheres Alibi. Ich saß in Polizeigewahrsam, erinnerst du dich? Ein taktischer Fehler deinerseits, Rusty, mich mit Gras im Kofferraum verhaften zu lassen. Ich kann Foster unmöglich umgebracht haben, denn ich war eingesperrt. Aber wo warst du? Wohin bist du verschwunden, nachdem wir vier uns getrennt hatten? Wer kann bezeugen, was du in dieser Nacht getrieben hast?«

Rusty rollte streitlustig die Schultern. »Spar dir das Säbelrasseln, Soldat.« Er schnaubte. »Du wirst diesen Einbruch auf keinen Fall gestehen. Damit würdest du deinen Ruf als Kriegsheld ruinieren. Die Orden an deiner Brust beflecken.«

Auch Ledge hatte nie erwogen, den Einbruch zu gestehen, weil er seinem Onkel keinesfalls Kummer bereiten wollte. Doch nachdem er Henry heute gesehen hatte, hatte er sich eingestanden, dass der Verfall unaufhaltsam war. Henry Burnet würde sich und seine Umwelt nie wieder wahrnehmen. Alles, was diesen Mann ausgemacht hatte, war unwiderruflich verloren.

Dieser Tragödie wohnte nur eine einzige Gnade inne – dass er nie von Ledges Verbrechen erfahren würde. Damit stand es ihm frei zu gestehen.

Er hatte schon mit dieser Entscheidung gerungen, bevor Arden nach Penton zurückgekehrt war und damit seine angespannte Koexistenz mit Rusty zusätzlich belastet hatte. Ledge hatte den Tanz, den er und Rusty seit Jahren aufführten und bei dem jeder nur auf einen Fehltritt des anderen wartete, schon lange satt. Er hätte sich den Konsequenzen gestellt, die sich aus einem Schuldeingeständnis ergeben würden, aber nur unter der Voraussetzung, dass Rusty sich ihnen ebenfalls stellen musste. Er wollte dieses Arschloch zur Strecke bringen.

»Glaubst du etwa, die Medaillen sind mir wichtig?«, fragte er. »Die erinnern mich nur an die Toten. Die Menschen, die ich getötet habe. Die Kameraden, die ich verbluten sah. Mein Onkel weiß nicht mehr, wie ich heiße oder wie er selbst heißt. Don wird die Bar übernehmen, so viel steht fest.« Er zog die Schultern hoch. »Also würde ich zwar einiges riskieren, wenn ich dem Attorney General mein Herz ausschütte, aber nichts, was mich umbringen würde, weil ich nichts zu verlieren habe. Du hingegen ...«

Ledges Blick wanderte über die eingerahmten Fotos von Rusty mit diversen Politikern und lokalen Prominenten, über die vielen Plaketten und Urkunden und Auszeichnungen, über den Schrein, den Rusty sich selbst errichtet hatte. Er schnaubte verächtlich und sah seinen Erzfeind wieder an. »Du würdest all das verlieren, alles, was dir lieb und teuer ist.«

»Glaubst du im Ernst, ich würde dabei tatenlos zusehen?«, fragte Rusty seidenweich. Dann schnalzte er mit der Zunge. »Ledge, Ledge, hast du in all den Jahren denn gar nichts begriffen?«

»Ich habe begriffen, dass du vor nichts zurückschreckst.

Foster war ein leichtes Ziel. Leicht zu übertölpeln, leicht einzuschüchtern. Das hast du mir selbst erklärt, als du mich damals im Diner in die Ecke getrieben hast. Ich weiß, dass du ihn umgebracht hast.«

»Da könntest du eher beweisen, dass ich Kennedy erschossen habe. Oder Lincoln.«

»Stimmt. Mutter Natur hat dir in dieser Nacht eine helfende Hand gereicht.«

Rusty ließ ein Lächeln aufblitzen und hob die Hände. »Was bleibt dir also? Absolut gar nichts. Dir sind die Hände gebunden. Gib's zu.«

Insgeheim musste Ledge ihm recht geben, aber das würde er auf keinen Fall aussprechen. »Einen Riesenhaken gibt es allerdings. Ich kann mir beim besten Willen nicht vorstellen, wie Joe Maxwell an die Tasche mit dem Geld gekommen sein soll. Wann? Wo? Du hättest sie ihm auf keinen Fall ohne einen Kampf auf Leben und Tod überlassen. Hast du dich dabei so verletzt, dass du ins Krankenhaus musstest?«

»Siehst du, Ledge?« Rusty zwinkerte ihm zu. »Du bist nicht der Einzige hier mit einem Alibi. In den frühen Morgenstunden wurde ich in der Notaufnahme behandelt.«

»Krankenhausakten sprechen eine eindeutige Sprache.«

»Aber die Akten sind noch nicht alles.« Er rollte den Stuhl an seinen angestammten Platz hinter dem Schreibtisch und nahm wieder jene selbstgefällige Haltung ein, mit der er Ledge empfangen hatte. Nur dass er diesmal die Hände auf dem Kopf faltete. »Willst du wirklich wissen, wo ich in dieser Nacht war?« Er lachte meckernd und grinste provokant. »Dann frag doch mal deine Freundin Crystal.«

Kapitel 12

Lisas Assistentin klopfte kurz an die Tür zu ihrem Büro und drückte sie dann auf. »Ich weiß, dass Sie nicht gestört werden wollten.«

Lisa studierte gerade den Finanzbericht des letzten Quartals, setzte die Lesebrille ab und fragte leicht scharf: »Was gibt es denn?«

»Ihre Schwester.«

»Was ist mit ihr?«

»Ich bin hier.« Arden schob sich an der Assistentin vorbei und trat ins Büro.

Lisa legte die Brille auf dem Schreibtisch ab und stand auf. »Was in aller Welt tust du hier?«

»Hast du ein paar Minuten für mich?«

»Natürlich.« Lisa kam hinter dem Schreibtisch hervor und schloss sie in die Arme. »Ich freue mich wahnsinnig, dich zu sehen, aber überrascht bin ich auch. Bist du heute aus Penton losgefahren? Dann musst du dich vor Tag und Tau auf den Weg gemacht haben.«

»Noch nicht mal der Drive-in-Schalter der Bäckerei hatte offen.«

»Und das, nachdem es gestern so spät war. Konntest du überhaupt schlafen? Möchtest du einen Kaffee?«

»Kaum, um deine erste Frage zu beantworten. Nein danke zum Kaffee. Ich habe unterwegs ein paarmal angehalten.«

Lisa sagte zu ihrer Assistentin: »Legen Sie vorerst alles auf Eis.«

»Sie haben eine Konferenz um…«

»Verschieben Sie die um eine Stunde.«

»Und wenn dann nicht alle Zeit haben?«

»Dann sollen sie sich die Zeit nehmen.«

»Ja, Mrs. Bishop.« Anscheinend war die Frau Lisas Kommandoton gewöhnt. Sie lächelte Arden an, zog sich zurück und die Tür wieder zu.

Lisa nahm Arden an die Hand und führte sie zu einer Sitzgruppe in einer Ecke ihres weitläufigen Büros. Die Bishop Group belegte die beiden obersten Etagen eines modernen Hochhauses mit Glasfassade, das Lisas verstorbener Ehemann hatte erbauen lassen. Hinter der Fensterfront war die glamouröse Skyline der Innenstadt von Dallas zu sehen.

Das Büro war exquisit eingerichtet und dekoriert mit Schätzen aus aller Welt, die Lisa und ihr verstorbener Mann auf ihren vielen Auslandsreisen gesammelt hatten.

Arden setzte sich. »Ich weiß, dass du viel zu tun hast, darum mache ich es so kurz wie möglich. Aber ich will das nicht länger für mich behalten, und ich wollte nicht am Telefon darüber reden.«

»Du siehst aufgewühlt aus.«

»Angespannt.«

»Na schön, angespannt. Geht es um Ledge Burnet? Du hast ihm gesagt, dass er nicht für dich arbeiten kann, und er will sich nicht damit abfinden?«

Arden spürte immer noch seine Lippen auf ihren. Sämtliche Stellen, an denen sich sein mächtiger Körper an ihren geschmiegt hatten, erwachten sofort zum Leben. »Nein. Mein Anruf steht noch aus. Aber ich muss dir etwas Beunruhigendes erzählen, das ich dir schon vor Wochen hätte erzählen sollen. Vor Monaten, genauer gesagt.«

Sie hatten sich nebeneinander in zwei Sessel gesetzt. Lisa beugte sich über die Lehne und nahm Ardens Hände. »Du machst mir Angst.«

»*So* beängstigend ist es auch wieder nicht. Nur …«

»Erzähl schon, Arden.«

Sie holte tief Luft und berichtete Lisa dann von dem allnächtlich vorbeifahrenden Auto. Während sie sprach, konnte sie sehen, wie Lisa blass wurde, wie die Farbe sichtbar aus ihrem Gesicht wich. Aber sie musste ihrer Schwester zugutehalten, dass sie ihr nicht ins Wort fiel. Bis Arden zum Ende gekommen war, war Lisa sichtlich erschüttert.

»Jemand stalkt dich, und du hast mir nichts davon erzählt?«

»Es ist kein Stalking.«

»Wie würdest du es denn bezeichnen?«

»Das weiß ich nicht, aber nicht als Stalking. Ich habe den Unbekannten noch nicht gesehen, ich weiß nicht mal, ob es überhaupt ein Mann ist. Es könnte auch eine Frau sein.«

»Wer es auch ist, er oder sie spioniert dich aus.«

»Überwacht mich.«

»Es ist wirklich kein bedeutender Unterschied zwischen den Begriffen, die ich verwende, und denen, mit denen du sie ersetzt. Wann wurde dir das mit dem *Spionieren* bewusst?«

»Kurz nachdem ich dort wieder hingezogen war.«

»Guter Gott, Arden. Ich kann nicht glauben, dass du mir das erst jetzt erzählst.«

»Bitte halte mir keine Vorträge über mein Timing. Du warst von Anfang an dagegen, dass ich in das Haus ziehe, und ich wollte dir nicht noch mehr Munition liefern. Außerdem solltest du dir nicht noch mehr Sorgen machen.«

»Also, jetzt mache ich mir Sorgen.«

Arden war weder auf ein Wortgefecht noch einen Streit aus, sondern war hergekommen, um Lisas Meinung und Rat einzuholen, darum wartete sie kurz ab, bis sich beide etwas beruhigt hatten, bevor sie das Thema wieder aufgriff.

»Erst dachte ich, dass unser Grundstück auf dem Arbeitsweg von irgendwem liegt. Irgendwas in der Richtung. Aber inzwischen …« Sie rieb sich über die Stirn. »Inzwischen geht das schon so lange, und der nächtliche Besucher ist so penetrant, dass ich nicht mehr weiß, was ich denken soll. Wer sollte sich denn für mich interessieren?«

»Da brauche ich nicht lange nachzudenken.« Lisas hochgezogene Braue war so beredt, dass sie den Namen auch hätte aussprechen können.

»Ich muss zugeben, dass ich mich das auch gefragt habe.«

»Und wieso?«

»Weil er schon wusste, wer ich bin und wo ich wohne, bevor ich bei unserer ersten Begegnung auch nur einen Ton gesagt hatte.« Ehe Lisa das kommentieren konnte, ergänzte sie eilig: »Aber wenn jeder an unserem Haus vorbeifahren würde, der weiß, wer ich bin und wo ich wohne, dann gäbe es jede Nacht einen Stau.«

»Deshalb ist er noch lange nicht unschuldig.«

»Das ist mir klar.« Sie erzählte Lisa lieber nicht von Ledges unorthodoxem Hausbesuch in der vergangenen Nacht oder dass er bei ihrem Notfall im Supermarkt dabei gewesen war. Wieder einmal merkte sie, dass sie ihren Argwohn gegen besseres Wissen unterdrückte und Ledge stattdessen verteidigte, sogar vor sich selbst. »Aber auch nicht schuldig.«

»Hast du ihn zur Rede gestellt?«

»Ich habe ihn gefragt. Er hat es abgestritten.«

»Aber das würde er auf jeden Fall, oder?«

Arden zuckte kommentarlos mit den Schultern.

»Hast du Anzeige erstattet?«, fragte Lisa.

»Ich scheue noch davor zurück.«

»Warum?«

»Weil es tatsächlich jemand sein könnte, der regelmäßig dort vorbeikommt und aus reiner Neugier abbremst. Weil ich weder das Auto noch den Fahrer beschreiben kann und keine Lust habe, am Straßenrand zu sitzen und ihm aufzulauern, damit ich eine Beschreibung bekomme.«

Und sie hatte auch keine Tarnkleidung wie Ledge.

»Weil die Person nie angehalten oder mich in irgendeiner Form bedroht hat. Und weil es, wenn ich Anzeige erstatten würde, erneut Unruhe geben würde und ich nicht noch mehr Aufmerksamkeit erregen möchte.« Leise ergänzte sie: »Hauptsächlich deswegen.«

»Warum hauptsächlich deswegen?«

Arden lehnte sich zurück, legte den Kopf an die Lehne und schaute auf das breite Bücherregal. In den Fächern standen signierte und limitierte Lederbände neben Erinnerungsstücken, die manches Museum stolz gemacht hätten. In einem Fach war in einem etwa DIN A3 großen Silberrahmen ein Foto der Maxwell-Familie zu sehen. Ein gestelltes Porträt, auf dem ihre Mutter Marjory bestanden hatte. *Ehe ihr Mädchen noch älter werdet,* hatte sie ihnen erklärt.

Auf dem Foto trugen sie ihre schönsten Sachen. Alle vier lächelten und wirkten glücklich, jeder für sich wie auch alle zusammen. Niemand hatte damals geahnt, wie schrecklich alles enden würde.

»Glaubst du, er ist noch am Leben?«, fragte Arden leise.

Lisa stand abrupt aus ihrem Stuhl auf, trat an die Fensterfront und blieb mindestens eine Minute mit dem Rücken zu Arden stehen. Als sie sich wieder umdrehte, hielt sie beide Hände vor ihren Mund. In ihren Augen standen Tränen.

Langsam senkte sie die Hände, hielt sie aber gefaltet vor der Brust. »Als du das Kind verloren hattest und wir uns am nächsten Tag in der Küche unterhielten, hast du mich gefragt, warum ich das Haus nie verkauft habe. Alles, was ich dir geantwortet habe, war richtig. Aber einen Grund habe ich dir verschwiegen, weil er mir so lächerlich und unreif erschien – und erscheint: dass ich insgeheim glaube, er könnte eines Tages zurückkommen.« Sie tupfte eine Träne weg und schüttelte den Kopf. »Nicht für immer, nicht, um sich dort niederzulassen oder mit uns dort zu leben, aber einfach …« Frustriert, weil ihr die richtigen Worte fehlten, hob sie die Arme. »Ich hatte die schwache Hoffnung, dass er irgendwann zu uns zurückkommen würde, wenn wir nur das Haus behielten.«

Arden stand auf, ging zu Lisa und schloss sie in die Arme. Unter der Umarmung schienen sich all ihre Differenzen aufzulösen. Als sie sich voneinander lösten, verschränkten sie die kleinen Finger.

»Gar nicht so lächerlich und unreif«, flüsterte Arden. »Dieselbe schwache Hoffnung hatte auch ich im Hinterkopf. Hältst du das wirklich für möglich?«

Lisa schloss sie noch einmal in die Arme. »Mach dir nicht allzu große Hoffnungen. Das würde dir nur das Herz brechen, und mir auch.«

Kapitel 13

Jene Nacht im Jahr 2000 – Rusty

Rusty saß zu Hause in seinem Zimmer auf dem Bett und massierte sein schmerzendes Handgelenk.

Dieser gottverdammte Burnet.

Offenbar hatte Rusty, als er mit der Beute aus dem Auto gestiegen war, mit seiner Bemerkung einen wunden Punkt getroffen, denn Ledge hatte schockierend schnell reagiert. Rusty ließ sich nur selten überraschen, aber Ledge hatte so wütend, schnell und kraftvoll zugepackt, dass Rusty völlig überrumpelt wurde und sich weder verteidigen noch einen Gegenangriff starten konnte. Ledges Griff hatte sich angefühlt, als wollte er ihm die Knochen brechen. Wahrscheinlich konnte Rusty sich glücklich schätzen, dass er es nicht getan hatte.

Dass Ledge so reaktionsschnell und ihm in dieser Hinsicht überlegen war, ließ Rusty keine Ruhe. Rückblickend hätte er alles in die Wege leiten sollen, damit der Bastard noch heute Nacht starb. Nur eins hatte ihn abgeschreckt, auch wenn er sich das nur ungern eingestand, und das war die Befürchtung, dass er selbst dabei draufgehen würde, falls er bei dem Versuch scheiterte.

Als Ledge gedroht hatte, dass er ihn stellen und umbringen würde, falls Henry irgendetwas zustoßen sollte, hatte

Rusty ihm das bis in die stahlbesetzten Kappen seiner Stiefel geglaubt.

Hätte ihn jemand anderes derart bedroht, hätte er laut aufgelacht und den armen Trottel danach kaltgestellt. Doch Burnet hatte etwas an sich, das ein tiefsitzendes und nicht nachlassendes Grauen auslöste. Vielleicht war es sein stahlblauer Blick. Der konnte unglaublich furchteinflößend, kalkulierend, kaltblütig sein, so als hätte er beschlossen, irgendwann dein Licht auszublasen, aber erst dann, wenn es ihm gefiel.

Was auch immer so furchterregend an Ledge sein mochte, es hatte Rusty derart eingeschüchtert, dass er sich etwas anderes für ihn ausgedacht hatte, und jetzt feierte er seinen Entschluss, weil der Alternativplan wie geschmiert gelaufen war.

Ein paar Tage zuvor war er rüber nach Louisiana gefahren und hatte Marihuana besorgt. Dann hatte er den illegalen Einwanderer, der die Blumenbeete seiner Mutter pflegte, abgefangen, als er seine Werkzeuge auf die Ladefläche seiner Klapperkiste geladen hatte, und ihm gedroht, ihn bei der Einwanderungsbehörde zu verpfeifen, falls er ihm nicht einen kleinen Gefallen erwies.

So war das Marihuana in Ledges Wagen gelandet. Um dem Mexikaner zu beweisen, was für ein netter Kerl er war, hatte Rusty ihm sogar ein paar Gramm von dem Zeug überlassen.

Heute Abend hatte er, direkt nachdem sich sein und Ledges Wege getrennt hatten, von einem Handy ohne Rufnummernkennung im Sheriff's Office angerufen und anonym gemeldet, dass Ledge Burnet auf dem Parkplatz hinter der Bar seines Onkels Drogen verkaufen würde.

»Da waren ein paar Leute mit ihm im Auto. Erkennen konnte ich keinen. Jedenfalls ist er danach allein weggefahren in Richtung Stadt.«

Mehr hatte es nicht gebraucht.

Ledge saß hinter Gittern. Es war unwahrscheinlich, dass ihm Kaution gewährt würde. Falls der Fall vor Gericht kam, erwartete ihn ein hartes Urteil. Selbst wenn Ledge einen Deal mit der Staatsanwaltschaft einging, um einen Strafprozess zu vermeiden, würde er vorerst, nein, lange im Knast bleiben. Rusty hatte ihn aus dem Weg geräumt, vielleicht nicht endgültig, doch zumindest für lange Zeit.

Damit konnte Rusty sich der nächsten Aufgabe für diese Nacht zuwenden.

Er ließ das Handgelenk rotieren, um die Schmerzen zu lindern und es beweglich zu halten, dann griff er nach seinem Handy und machte einen der wichtigsten Anrufe in seinem ganzen Leben.

»Foster? Hier ist Rusty. Bist du noch wach?«

»Machst du Witze? Wer könnte da schlafen? Ich wollte gerade…«

»Hör zu«, fiel er ihm gepresst ins Wort. »Was du auch gerade tun wolltest, vergiss es.«

»Warum? Was ist denn passiert?«

»Es geht um Burnet. Sie haben ihn eingesperrt.«

»Im Gefängnis?«

»Natürlich im Gefängnis! Was dachtest du denn?«

»O Gott! Wie haben sie ihn geschnappt? War es das Auto? Hat jemand das Auto hinter Welch's stehen sehen?«

Rusty sah im Geiste vor sich, wie Foster sich vor Angst in die Hose machte.

»Nein. Die Verhaftung hatte nichts mit der anderen Sache

zu tun. Der Vollidiot wurde angehalten, weil sein Rücklicht kaputt war, irgend so was Blödes. Und nachdem die Deputys ihn schon mal angehalten hatten, haben sie auch gleich seinen Wagen durchsucht. Rate mal, was sie dabei gefunden haben.«

Er schilderte Foster den kompletten Ablauf. Er sprach hektisch und flüsternd, nicht nur, weil das eindringlicher klang, sondern auch, weil er seine Eltern in ihrem Schlafzimmer am anderen Ende des Flurs nicht aufwecken wollte. Sein Daddy war zwar selbst korrupt bis auf die Knochen, aber es würde ihm gar nicht gefallen, dass Rusty eine halbe Million Dollar gestohlen hatte.

Es sei denn, er bedachte Mervin mit einem großzügigen Anteil.

Rusty hätte jederzeit zugegeben, dass er ein verzogenes Einzelkind war. Er konnte sich nicht erinnern, dass er sich jemals etwas gewünscht und nicht irgendwann bekommen hätte. Seine Mutter war süß und hingebungsvoll und hielt ihren Sohn für ein Geschenk Gottes. Und sie war geradezu lachhaft ahnungslos. Er manipulierte sie gnadenlos.

Sein Dad konnte zwar laut bellen, aber sein Motto lautete: »Jungs bleiben Jungs.« Er machte keinen Hehl daraus, dass er sich über Rustys Untaten freute. Je geschmackloser der Streich, desto mehr amüsierte sich sein Dad. Rustys Missetaten – je gewagter, desto besser – bewiesen eine kreative Ader, auf die sein Dad stolz war.

Dennoch machte sich Rusty keine Illusionen, wie weit Sheriff Mervin Dyles Liebe und Nachsicht gingen: eindeutig nicht endlos weit. Kaum so weit wie seine offene Hand. Wenn sein Dad vor der Entscheidung stünde, Rusty zu beschützen oder seine eigene Machtposition zu wahren, würde er seinen Sohn ohne Zögern ausliefern und dabei keinen Funken Reue empfinden.

Mervin ein großes Stück vom Kuchen zu überlassen war der einzige Trumpf, den Rusty für den Ernstfall im Ärmel hatte. Natürlich würde er ihn erst ausspielen, wenn es sich gar nicht mehr vermeiden ließ, und falls alles nach Plan lief, würde es nie dazu kommen. Er würde die Beute aus dem Raubzug für sich behalten, ohne dass seine Eltern etwas davon erfuhren.

Wenn alles nach Plan lief. Es gab immer noch Hindernisse, die beseitigt werden mussten. Womit er wieder bei Brian Foster war. »Ich mache mir Gedanken«, sagte Rusty, »was Burnet tun oder sagen wird.«

»Wie meinst du das?«

»Er wird versuchen, einen Deal auszuhandeln. Ich habe Angst, dass er uns verpfeift, um nicht wegen der Drogen verurteilt zu werden.«

»Das würde er nicht tun.«

»Garantiert.«

»Wir haben einen Pakt geschlossen.«

»Einen Pakt.« Rusty lachte traurig. »Du glaubst, diesen Typen interessiert sein Ehrenwort? Du kennst ihn nicht so gut wie ich. Er ist ein Einzelgänger. Verstockt. Glaub mir, er würde uns verpfeifen.«

Stöhnend rief Foster den Allmächtigen um Hilfe an. »Was sollen wir denn jetzt machen?«

»Also, vor allem dürfen wir nicht in Panik geraten. Burnet wird erst um einen Deal bitten, nachdem er mit seinem Anwalt gesprochen hat. Ich tippe, dass sie sich erst morgen früh besprechen, vielleicht auch erst am Montag, weil morgen Ostersonntag ist. Aber falls ich mich täuschen sollte, müssen wir das Geld verstecken. Noch heute Nacht. Sofort.«

»Richtig, richtig. Versteck es.«

»Wo sollen wir uns treffen?«

»Treffen?« Fosters Stimme sprang eine Oktave höher. »Du und ich?«

»Ich mache das nicht allein, Foster.«

»Aber ...«

»Sonst weiß kein Mensch, wo das Geld steckt, falls mir irgendwas zustoßen sollte.«

»Was sollte dir denn zustoßen?«

»Was auch immer. Jesus! Ich könnte einen Unfall bauen oder in einen verfluchten Gully fallen. Was weiß ich. Aber was mir am meisten Angst macht? Wenn Burnet quatscht, wird er vor allem mich anschwärzen, und dann hilft es mir auch nicht, dass mein Daddy Sheriff ist. Dann haben sie mich im Visier. Dann dürfen sie das Geld auf keinen Fall bei mir finden. Und falls Burnet auf Kaution freikommt, wird er Jagd auf mich machen. Er wird mich zum Schweigen bringen wollen. Wahrscheinlich uns alle.« Er machte eine strategische Pause, wartete noch etwas ab, um schließlich hinzuzufügen: »Ach, vergiss es. Ich regle das allein.«

»Nein, warte. Lass mich nur kurz überlegen.«

Rusty lächelte still und erklärte im nächsten Moment scheinbar verärgert: »Dann überleg schnell. Mir läuft die Zeit davon.«

»Ich werde dir helfen.«

»Wenn du Angst hast, wenn du die ganze Zeit heulst wie ein kleines Mädchen ...«

»Nein, ich schaffe das. Ich bin nur nervös. Aber ich glaube nicht, dass Burnet den Pakt brechen wird. Wirklich nicht.«

»Du kannst glauben, was du willst. Ich rechne damit, dass er uns verpfeift. Und das bedeutet …«

»Was?«

»Also, ich denke, dass wir nicht nur das Geld verstecken müssen, sondern dass wir auch einen Sündenbock brauchen.«

»Dem wir alles in die Schuhe schieben können?«

»Das macht einen Sündenbock aus, Foster.«

»Ich weiß, ich weiß, aber …«

»Vielleicht brauchen wir ihn gar nicht, aber wir sollten vorbereitet sein, falls Burnet uns aufs Kreuz legen will.«

Foster überlegte so lange, dass Rusty am liebsten laut geschrien hätte, doch dann hörte er Foster sagen: »Ja, okay. Wahrscheinlich ist das eine gute Idee. Aber wen?«

»Den Dorfsäufer, auch bekannt als Joe Maxwell.«

Kapitel 14

Ledge saß nur da, die Hände lose zwischen den gespreizten Knien verschränkt, und starrte mit gesenktem Kopf auf den Boden. Er wünschte bei Gott, er könnte die Uhr zurückdrehen und den heutigen Tag noch einmal von vorn beginnen. Vielleicht säße er dann nicht in dieser Zelle, die er sich mit einem stinkenden Urinal teilen musste.

Aber verflucht, wahrscheinlich doch. Wie Rusty so treffend angemerkt hatte: In all den Jahren hatte er nichts gelernt.

»Burnet!«

Ledge hob den Kopf. Ein Deputy schloss die Zellentür auf. Ledge kannte ihn, er gehörte quasi zum Inventar des Sheriff's Office, stand schon vor der Pensionierung und immer dicht vor einem Herzinfarkt. Er war so kurzatmig, dass er nur pfeifend sprechen konnte. »Schaff deinen Arsch hier raus. Du kannst gehen.«

»Wieso das?«

»Wen interessiert's?«

»Ich habe noch nicht einmal einen Anwalt angerufen.«

»Dann geht dein Besuch wohl aufs Haus. Komm schon, auf geht's. Meine Pizza wird kalt.«

Ledge widersprach nicht länger und trat aus der Zelle. Der Deputy packte ihn am Ärmel. »Geh mir nicht auf den Sack und lass dich noch mal hier blicken.«

Ledge riss seinen Arm los. »Ich hätte schon heute nicht hier sein sollen.«

»Darüber lässt sich streiten. Soweit ich gehört habe, jedenfalls. Aber der DA hat es sich anders überlegt und fand dein Vergehen doch nicht haftwürdig.«

»Er hat eben ein großes Herz.«

Der Deputy schnaubte unwirsch. »An der Tür wartet ein Kollege, der dich rausbringt.« Er deutete auf das Ende des Korridors, sah dann kurz zur Überwachungskamera hoch und flüsterte, dicht zu Ledge gebeugt: »Tu dir selbst einen Gefallen. Halt dich von diesem Scheißkerl fern. Du verstehst mich?«

Ledge nickte knapp. »Danke. Wenn du das nächste Mal in die Bar kommst, geht ein Bier auf mich.«

»Meine Alte hat mir das Trinken verboten.« Er klatschte sich auf die Wampe. »Sie behauptet, ich werde fett.«

Ledge lächelte ihn an und machte sich auf den Weg.

Der Deputy rief ihm nach: »Sauber bleiben!«

Ledge drehte sich nicht um, hob aber zur Bestätigung die Hand.

Er wurde entlassen und bekam seine Sachen zurück. Auf dem Parkplatz, wo er seinen Pick-up abgestellt hatte, sah er Don an der Stoßstange lehnen. Ledge zog die Stirn in Falten und steuerte auf ihn zu. »Was machst du denn hier?«

Nicht minder gereizt erwiderte Don: »Ich wollte dich das Gleiche fragen.«

Ledge entriegelte mit der Fernbedienung die Türen, ging um den Wagen herum und stieg auf der Fahrerseite ein. Don hievte sich auf den Beifahrersitz. »Mein Gott, ist ja ein Backofen hier drin. Mach den Motor an, damit die Klimaanlage anspringt.«

Ledge sah ihn säuerlich an. »Niemand hat dich eingeladen.« Aber er befolgte Dons Wunsch, weil der Wagen stundenlang in der Sonne gestanden hatte und sie *wirklich* wie im Backofen saßen. Bald blies kühlere Luft aus den Lüftungsschlitzen.

Don machte es sich auf seinem Sitz bequem.

Ledge meinte halblaut: »Gleich geht's los«, ohne dass Don darauf einging.

»Als ich heute Morgen aufwachte«, begann er, »war auf meinem Handy eine Voicemail von dir, dass du Henry besuchen wolltest. Nichts Ungewöhnliches. Und mittags werde ich auf der Arbeit angerufen und erfahre, dass du im Gefängnis sitzt. Ich kann kaum glauben, was zwischen diesen beiden Anrufen passiert sein soll.«

»Wer hat dich angerufen?«

»Du warst es jedenfalls nicht. Ich musste durch den Buschfunk von deiner Prügelei mit dem District Attorney erfahren. Außerdem bekam ich erklärt, dass du höchstwahrscheinlich einen guten Anwalt brauchen würdest und ich dir einen besorgen sollte, falls du nicht genug Verstand hättest, selbst einen anzurufen. Bis die Geschichte zu mir vorgedrungen war, klang es so, als würde Dyle auf die Todesstrafe plädieren.«

»Ich bin froh, dass du das Thema ›Arbeit‹ angeschnitten hast.«

»Wieso lässt dich unter allem, was ich gesagt habe, ausgerechnet das aufhorchen?«

»Weil die Bar, nachdem du sie mir nicht abnehmen willst, immer noch mir gehört. Wer hat deine Schicht übernommen?«

»Mach dir deswegen keine Sorgen. Ich habe ein, zwei Gefallen eingefordert. Im Gegensatz zu dir habe ich Freunde, auf die ich zurückgreifen kann, wenn ich sie brauche.«

»Ich habe auch Freunde.«

»Welche?«

Ledge wollte schon »Crystal« sagen, verstummte aber. Crystal hatte ihm niemals erzählt – *niemals* –, dass Rusty in jener Nacht bei ihr gewesen war. Dieser Verrat traf ihn bis ins Mark. Das zu erfahren hatte ihn weit tiefer verstört, als im Gefängnis gelandet zu sein.

Natürlich war es möglich, dass Rusty gelogen hatte, aber das glaubte Ledge nicht. Dafür hatte er viel zu selbstsicher gewirkt, zu eingebildet, und seine Behauptung ließ sich zu leicht widerlegen oder bestätigen. Von Crystal.

Er schob den Gedanken vorerst beiseite und benannte nicht sie als Freundin, sondern George.

»Der Physiotherapeut in Henrys Heim? *Dieser* George?«

»Ja. Ein super Typ. Wir haben uns heute Morgen unterhalten.«

Don unterdrückte seinen Ärger. »Wie geht es Henry?«

Ledge richtete eine Luftdüse auf sich, sackte in den Sitz zurück und lehnte den Hinterkopf an die Stütze. Er beschrieb Henrys momentane Verfassung und klärte Don dann über alles auf, was mit Rusty zu tun hatte. Bis auf dessen letzte Bemerkung über Crystal.

»Der Bastard wusste genau, wie ich reagieren würde, wenn mir zu Ohren kommt, dass er Henry Blumen gebracht hat, dass er tatsächlich in seinem Zimmer war. Ich hätte ihn auf der Stelle umbringen können. Bin in sein Büro gestürmt und habe der Assistentin einen Höllenschreck eingejagt. Kennst du Miss Raymond?«

»Alicia.«

Ledge warf Don einen Seitenblick zu.

»Ab und zu schaut sie auf einen Drink rein.«

Ledge zog eine Braue hoch. »Tatsächlich?«

»Mit Mr. Raymond.«

»Ach so. Also, heute Abend kann sie bestimmt ein, zwei Drinks vertragen. Als ich aus Rustys Büro raus bin, war sie den Tränen nahe und erklärte mir, dass sie für mich beten würde. Offenbar hatte Rusty die Security gerufen, sobald ich ihm den Rücken zugekehrt hatte. Zwei Deputys haben mich gleich hier abgegriffen.« Er deutete mit der Nase auf einen Punkt knapp hinter der Stoßstange des Pick-ups. »Ich wurde festgenommen, weil ich einen Beamten attackiert hätte. Bekam meine Rechte verlesen. Handschellen angelegt. Der ganze Kladderadatsch. Der Hosenscheißer hatte nicht den Mumm, mich verhaften zu lassen, solange ich noch in seinem Büro war und ihm in die Augen schauen konnte.«

»Dieser Hurensohn.«

Ledge lachte schnaubend. »So hat er mich genannt.«

»Da täuscht er sich.« Dons Zorn kehrte zurück. »Du bist ein *dummer* Hurensohn.«

»Warum hast du dir die Mühe gemacht hierherzukommen, wenn ich eine so unsympathische Erscheinung bin?«

»Weil ich mir Sorgen um dich gemacht habe, selbst wenn ich es nicht auf die Liste deiner Freunde geschafft habe.«

»Also, du kannst aufhören, dir Sorgen zu machen. Ich bin wieder draußen.«

»Vorerst.« Don schwieg kurz, um Luft zu holen und seinen Zorn zu zügeln. »In der Bar bekomme ich so manches zu hören, weißt du? Rusty Dyle hat es auf dich abgesehen. Der Mann ist eine Ratte, das weißt du ganz genau. Warum lässt du dich von ihm provozieren? Er lockt dich mit einem

Blumenstrauß aus der Reserve, und du läufst ihm direkt ins Messer. Mein Rat...«

»Ich habe dich nicht um deinen Rat...«

»...wäre es, euren Streit ein für alle Mal auszutragen. Das zu klären, was zwischen euch steht. Man sagt, es sei Crystal.«

Allein der Name machte ihn nervös. »Auch, aber es ist viel komplizierter.« Don sagte nichts, doch Ledge spürte seine Neugier. Er wandte sich ihm zu. »Du wirst mich beim Wort nehmen müssen, Don.«

»Du kannst nicht darüber reden?«

»Nein. Aber so viel sage ich dir: Rusty macht keine Spielchen. Wir veranstalten kein Weitpissen darum, wer Chef auf dem Spielplatz wird. Er hat mich heute einsperren lassen, damit ich eine Ahnung davon bekomme, was er mit mir anstellen könnte, wenn er es sich in den Kopf setzt, und am liebsten benutzt er dazu die Menschen um mich herum. Also solltest du deine Flinte geladen zur Hand haben.«

»Mach dir um mich keine Sorgen.«

»Tue ich aber.« Er lächelte trocken. »Du *bist* mein Freund.«

»Und du eine Nervensäge«, knurrte Don, doch mit unüberhörbarer Zuneigung. »Leider hat Henry mir erklärt, dass du mit zu meinem Job gehörst, als er mich damals eingestellt hat.« Ledge hatte gehalten, und er öffnete die Beifahrertür und stieg aus. »Sehen wir uns in der Bar?«

»Da du ja Unterstützung hast, mache ich für heute Schluss und fahre nach Hause.«

Don betrachtete ihn besorgt. »Ledge...«

»Alles gut.«

»Nichts ist gut. Ich habe dich nicht so deprimiert gesehen, seit du aus Afghanistan zurückgekommen bist und ich dir von Henrys Aussetzern erzählen musste. Eine schwere Zeit für dich.«

Das war milde ausgedrückt. Er war mit wenig mehr als ein paar Kratzern aus zwei verfluchten Kriegen zurückgekehrt, doch diese Nachricht hatte ihn bis ins Mark getroffen. Sobald sie nach seiner Heimkehrparty aufgeräumt hatten, war er zum ersten Mal in seinem Leben auf Sauftour gegangen. Tagelang war er weggeblieben, bis er schließlich wie der sprichwörtliche verlorene Sohn nach Hause getaumelt kam.

Henry hatte ihn traurig, aber mit offenen Armen empfangen, ihn an seine Brust gedrückt und ihm unter Tränen der Erleichterung versichert, dass er alles tun würde, um Ledges verwundete Seele zu heilen. Doch das Schicksal hatte es in seinem grausamen Wechselspiel von Geben und Nehmen so gewollt, dass es seinem Onkel im selben Maß schlechter ging, wie es Ledge besser ging.

»Es war eine harte Zeit«, sagte er. »Trotzdem wusste ich damals gar nicht, wie gut ich es hatte. Ich würde alles dafür geben, wenn Onkel Henry heute nur halb so klar im Kopf wäre wie damals.«

»Ich auch, Ledge.«

Beide schwiegen kurz, dann fragte Don: »Du kommst zurecht?«

»Ja.«

»Sicher?«

Ledge versicherte es ihm mit einem Kopfnicken, aber nur, weil er seinen Freund nicht weiter belügen wollte.

»Sie wissen schon«, meinte der Mann an der Kasse gedehnt, »dass Sie das in Ihrer eigenen Bar umsonst kriegen?«

Ledge fixierte ihn mit einem eisigen Blick. »Ich unterstütze eben gern die lokale Wirtschaft.« Er wartete nicht, sondern packte sich die Flasche Bourbon und trug sie ohne Tüte zu seinem Pick-up, den er mit laufendem Motor vor dem Schnapsladen abgestellt hatte.

Heute brach er sämtliche Regeln. Sogar die selbst auferlegten.

Die Bäume entlang der gewundenen Straße am Seeufer waren mit Virginiamoos verschleiert, das wunderschön, aber auch trostlos aussehen konnte. An diesem Abend erinnerte es an zerschlissene Leichentücher, die trübselig an den Ästen hingen. Die Seeoberfläche lag totenstill dahinter. Die Zypressen im Wasser standen als schwarze Silhouetten vor der düsteren Abenddämmerung wie Lebensformen aus einem Fantasyroman.

Die Landschaft wirkte gespenstisch und abweisend, alles Attribute, die auch seine Stimmung beschrieben.

Der Schotter hagelte gegen das Bodenblech seines Pickups, als er viel zu schnell in die Zufahrt zu seinem Haus bog. Die Schlaglöcher schienen noch tiefer geworden zu sein, seit er in der Morgendämmerung darübergefahren war. Diesmal steuerte er absichtlich darauf zu, als wollte er die Stoßdämpfer seines Wagens bestrafen. Um Haaresbreite hätte er ein Gürteltier plattgefahren, das so dumm war, vor seinem Pick-up den Weg kreuzen zu wollen.

Er bog um die letzte Kurve, sein Haus kam in Sicht, und er bremste so plötzlich, dass sich der Sicherheitsgurt spannte.

Ihr Auto stand in seiner Zufahrt.

»Einfach super.«

Kapitel 15

Ledge parkte den Pick-up. Arden hatte ihren Wagen am Rand der Zufahrt abgestellt und seinen Platz freigelassen. Wie umsichtig.

Aber sie saß nicht im Auto.

Es war inzwischen halbwegs dunkel, und er war ganz sicher, dass er kein Licht hatte brennen lassen, als er am Morgen losgefahren war, dennoch sah er hinter dem Haus ein schwaches Leuchten. Er stieg aus dem Pick-up, den Bourbon in der Hand, und folgte dem Weg ums Haus herum. Das Garagentor zu seiner Werkstatt stand offen, aber die Deckenbeleuchtung war ausgeschaltet.

Weil das Innere der Werkstatt zum Teil im Dunkeln lag, brauchte er ein paar Sekunden, bevor er sie entdeckte. Sie stand mit dem Rücken an seinem Zeichentisch, ein schwarzer Umriss vor der abgeschirmten Glühbirne, die darüber hing. Ihr Haar umgab sie wie ein Heiligenschein.

Er trat an den Tisch mit der Kaffeemaschine und den Tassen. Er knackte den Verschluss der Flasche, schenkte einen ordentlichen Schuss Whisky in einen Kaffeebecher und leerte ihn in einem Zug.

»Bis spätestens Mittag war ausgemacht«, begrüßte sie ihn.

»Mir ist die Zeit davongelaufen.« Er schenkte sich noch einen Drink ein und kippte ihn hinterher.

»Ich habe mehrmals angerufen.«

Er schenkte erneut nach, schaute in den Becher und drehte sich dann zu ihr um, den Whisky in der erhobenen Hand. »Auch einen?«

»Ja bitte.«

Es überraschte ihn, dass sie sein Angebot annahm, allerdings kam sie nicht an den Kaffeetisch, um sich den Drink zu holen. Stattdessen musste er die Werkstatt durchqueren und ihn ihr bringen. Er überreichte ihr den Becher, den Henkel ihr zugewandt. Sie hakte ihre Finger ein. »Danke.« Sie nahm einen Schluck. »Du hattest einen anstrengenden Tag?«

»Könnte man so sagen.«

Sie deutete mit der Tasse auf die Wunde an seiner Wange. »Was ist passiert?«

»Ein Bienenstich.« Er ignorierte ihren Blick und versuchte, nicht auf ihre vollen, vom Whisky noch feuchten Lippen zu starren. »Du bist extra hergefahren, um mir deine Antwort persönlich zu überbringen?«

»Du hast mir keine Wahl gelassen. Ich stehe zu meinem Wort, und ich hatte versprochen, dir meine Entscheidung bis Mittag mitzuteilen. Aber du bist nicht ans Telefon gegangen und hast auch nicht zurückgerufen. Ich habe in der Bar angerufen und dort erfahren, dass du den ganzen Tag nicht dort gewesen warst. Auf deiner Karte steht keine Mail-Adresse. Ich wusste nicht, wie ich dich sonst erreichen konnte.«

Sie nahm noch einen Schluck und strich dann mit der Fingerspitze in langsamen Kreisen über den Tassenrand. Er spürte das Kreisen des Fingers in seinem Bauch und musste das Stöhnen unterdrücken, das aus seiner Kehle ausbrechen wollte. Er wollte sich einreden, dass es der Alkohol war, der ihm auf den leeren Magen schlug, aber er wusste, dass das gelogen war.

»Ich habe nicht den Eindruck, dass du meine Entscheidung voller Spannung erwartest. Im Gegenteil, es wirkt fast so, als würde dich die ganze Sache nicht im Geringsten interessieren.«

»Nicht besonders, nein.«

Sie sah ihn herausfordernd an. »Du lügst.«

»Erwischt. Es war kein Bienenstich.«

»Du lügst, es interessiert dich sehr wohl.« Sie deutete auf den Tisch in ihrem Rücken. »Das sind Zeichnungen von meinem Haus.«

In seinem Kopf lief eine Litanei von farbenfrohen, obszönen Flüchen ab, die er beim Militär aufgeschnappt hatte. Doch er wirkte gleichgültig. »Konnte gestern Nacht nicht schlafen. Also habe ich ein bisschen rumgekritzelt.«

Sie setzte den Becher mit einem Knall auf der nächstliegenden Fläche ab, seinem Computertisch, drehte sich dann zu seinem Zeichentisch um und begann die Zeichnungen durchzugehen.

Sie wählte zwei davon aus und legte sie nebeneinander. »Zwei Varianten, wie sich der obere Treppenabsatz verbreitern ließe. Hier wird er in eine Art Galerie verwandelt. Schon detailliert ausgearbeitet, bis zu den Zierleisten an der Wand. Hier«, fuhr sie fort und deutete auf die zweite Zeichnung, »würde eine Wand komplett entfernt und das Gästezimmer dadurch in eine Sitz- und Fernsehecke umgewandelt. Das sind mehr als nur Kritzeleien.« Sie schob eine Zeichnung nach vorn. »Ein Aufriss der Fassade. Mit vergrößerten Fenstern. Einer tieferen Veranda. Oder, wie du es hier bezeichnet hast, Loggia.« Sie forderte ihn mit einem Blick auf, das zu kommentieren. Er sagte nichts, doch das bremste sie nicht.

Sie zog eine weitere Zeichnung nach vorn. »Ein Umbau

des großen Bads. Es gibt auch einen Vorschlag für eine modernisierte Küche.« Sie fuhr mit den Fingerspitzen über die Zeichnung und sah ihn dann an. »Es sind brillante Entwürfe.«

»Danke.«

»Wo hast du Architektur studiert?«

»Habe ich nicht.«

»Wo hast du das dann gelernt?«

»Ich kann das eben.« Seine Antwort frustrierte sie, das war ihr anzusehen. »Ich sehe alles im Kopf vor mir«, sagte er, weil er es nicht anders erklären konnte. Dann deutete er auf den Computer. »Und CAD hilft.«

»Wieso reparierst du Leitungen, die Eichhörnchen angefressen haben, oder richtest Schranktüren aus, wenn du so etwas kannst?«

»Schranktüren ausrichten ist ehrliche Arbeit.«

»Ja, aber bei dir ist es eindeutig vergeudetes Talent.«

Er griff nach dem Becher, den sie abgestellt hatte, und leerte ihn. »Wie lange bist du schon hier?«

»Eine Weile.«

»Und hast dich gleich häuslich eingerichtet. In meinen Sachen gewühlt.«

»Wieso bist du so wütend?«

»Ich mag es nicht, wenn man sich in mein Leben einschleicht.«

»Also, du hast dich mit größtem Vergnügen in meines eingeschlichen«, fuhr sie ihn an. »Kannst du dir vorstellen, wie überrascht ich war, als ich heute Nachmittag aus Dallas zurückkam und der Lieferwagen eines Tür- und Fensterbauers vor meinem Haus stand?«

Scheiße. Über dem ganzen Chaos hatte er das komplett

vergessen. Als er von Henrys Seniorenreim weggefahren war, hatte er noch einen Handwerker angerufen. Die Vorstellung, dass Rusty an Arden genauso leicht herankommen könnte wie an Henry, hatte ihm höllische Angst gemacht. Nicht dass ein gutes Schloss sie schützen würde, aber er hatte einfach etwas unternehmen müssen.

Doch etwas anderes, das sie gesagt hatte, ließ ihm keine Ruhe. »Du warst heute in Dallas?«

»Ich musste etwas mit Lisa besprechen.«

»Etwas, das du nicht am Telefon besprechen konntest?«

»Du versuchst abzulenken. Wieso hast du dir die Mühe gemacht, eigenmächtig neue Schlösser für mich zu bestellen?«

»Weil du dir die Mühe nicht gemacht hast. Du hast stabilere Türschlösser gebraucht, und jetzt hast du welche.«

»Du hättest behauptet, es sei ein Notfall, hat er zu mir gesagt.«

»Nur, um mein Gewissen zu beruhigen, falls dir etwas zugestoßen wäre. Dann hätte ich mein Bestes getan, um dich vor einem Eindringling zu beschützen.«

»Der einzige Eindringling in meinem Haus warst *du*.«

»Und du kannst verdammt froh sein, dass ich es war«, blaffte er sie an.

In der Stille, die daraufhin einsetzte, konnte er hören, wie sie ruhiger zu atmen versuchte.

»Er hat mir die Rechnung ausgehändigt«, sagte sie schließlich leise. »Er hatte schon deine Kreditkarte belastet. Ich werde dir das Geld zurückgeben.«

»Wenn du meinst«, murmelte er.

»Danke.«

»Keine Ursache.«

Wieder herrschte bedrückendes Schweigen, dann sagte sie: »Es war nicht wirklich ein Notfall.«

Das glaubst du. Rusty kämpfte heimtückisch. Er schlug ohne Vorwarnung und Rücksicht zu. Wahrscheinlich würde sie nichts von der drohenden Gefahr ahnen, und Ledge wurde ganz übel bei dem Gedanken, wie einfallsreich und absolut skrupellos Rusty sein konnte.

In seiner geräumigen Werkstatt wirkte sie viel kleiner als in ihrer Küche. Im gedämpften Lichtschein hatte sie etwas Feenhaftes. Sie sah hier noch zerbrechlicher und empfindlicher aus als in ihrem durchscheinenden Nachthemd. Ihre Haare schienen weicher, ihre Augen noch größer und argloser.

Dann wurde ihm klar, dass es nicht die Umgebung oder die Beleuchtung war, die sie hier so zerbrechlich wirken ließen. Sondern der Gegensatz zu ihm. Ihm, dem großen und gemeinen Kerl, der achtlos Whisky kippte und nur mit Mühe seine animalischen Instinkte im Zaum halten konnte.

Sie durfte nicht länger in seiner Nähe bleiben. »Wie hast du dich wegen des Hauses entschieden?«

»Wer ist Crystal?«

Er taumelte nicht wirklich ein, zwei Schritte rückwärts, als hätte sie ihm einen Schlag zwischen die Augen versetzt, aber genauso fühlte es sich an. Verletzlich, feengleich, fragil? Von wegen. Sie war eine Dampfwalze.

Er beantwortete ihre Frage nicht.

»Ich frage«, sagte sie, »weil ich in der Bar angerufen habe, wo du aber nicht warst, und ich erklärt bekam, ich solle bei Crystal nachfragen.«

»Dort war ich aber nicht.«

»Sie ist ...?«

»Eine Freundin.«

»*Deine* Freundin?« Als er wieder nicht reagierte, erklärte sie: »Nachdem du mich gestern Abend geküsst hast, ist die Frage nur fair.«

Er nickte knapp. »Wer war der Vater deines Babys, und warum ist er nicht bei dir?« Er zog die Brauen hoch und sah sie erwartungsvoll an. »Was? Du darfst faire Fragen stellen, ich aber nicht?«

»Ich will nicht, dass eine Frau, der ich noch nie begegnet bin, über mich herfällt und mich beschimpft …«

»Das wird nicht passieren. Solange du nichts weitererzählst.«

»Ich habe nicht die Absicht, irgendwem etwas zu erzählen.«

»Ich auch nicht. Also gibt es kein Problem.«

Sie stemmte die Hände in die Hüften. »Also, da bin ich anderer Meinung. Für mich ist es sehr wohl ein Problem, wenn ein Mann fremdgeht und mich dabei …«

»*Fremdgeht?*«, wiederholte er fassungslos. »Das war nur ein Kuss.«

Nach dieser schamlos verzerrten Darstellung starrten sie sich länger in die Augen, und irgendwann ließ sie dabei die in die Hüfte gestützten Hände sinken. Letztendlich hätte er nicht sicher sagen können, wer zuerst den Blick abwandte, doch beiden war die Verlegenheit anzumerken.

Sie drehte sich zu seinem Zeichentisch um und stapelte die Zeichnungen penibel auf. »Du hast ein tolles Auge fürs Design, und auch wenn du dich über meine Bemerkung geärgert hast, vergeudest du definitiv dein Talent. Dennoch«, sie holte tief Luft, »werde ich deine Entwürfe nicht übernehmen.«

Die Bemerkung war ein Tiefschlag, aus vielerlei Gründen, von denen er die meisten nicht einmal benennen konnte. Doch statt sich die Enttäuschung anmerken zu lassen, reagierte er mit einer wegwerfenden Geste: »Dachte ich mir schon.«

»Trotzdem werde ich deine Dienste brauchen. Falls du noch verfügbar bist.«

»Wozu? Um Schranktüren auszurichten?«

»Um sie zu entfernen. Ich habe es mir anders überlegt, ich will das Haus nicht restaurieren. Sondern auseinandernehmen. Stück für Stück. Brett um Brett. Nagel um Nagel. Es abreißen. Bis auf die Grundmauern.«

Kapitel 16

Sie hätte nicht sagen können, wie lang Ledges Blick auf ihr ruhte. Dann drehte er sich um und bemerkte über die Schulter hinweg: »Ich habe heute noch keinen Bissen gegessen«, und marschierte aus der Werkstatt.

Arden wusste nicht, wie sie seinen Abgang deuten sollte, aber sie wollte die Dinge nicht ungeklärt lassen, darum folgte sie ihm. Aus einer Eingebung heraus kehrte sie noch einmal um und nahm die Flasche Bourbon mit.

Er verschwand im Haus, drinnen gingen Lampen an und beschienen die Stufen vor der Hintertür, die er offen gelassen hatte. Nicht direkt eine Einladung, aber er hatte sie auch nicht zugeschlagen.

Sie trat ein. Seine Küche war überraschend modern. Sie machte definitiv mehr her als ihre.

Er stand vor dem offenen Kühlschrank und drehte sich auch nicht um, als sie die Tür ins Schloss drückte, damit er wusste, dass sie ihm gefolgt war. Er ließ zwei Packungen Käse auf die Granitküchenplatte segeln. Nachdem er mehrere Gläser aus den Fächern in der Tür genommen hatte, schloss er den Kühlschrank mit einem Hüftschwung.

Während er eine Butterschale und ein Glas Mayonnaise auf der Theke abstellte, fragte er: »Käsesandwich?«

»Nein, danke. Aber du hast meinen Whisky ausgetrunken.« Sie hob die Flasche an.

»Gläser sind da oben.«

Sie holte ein Glas aus dem Schrank, auf den er gezeigt hatte, und schenkte sich einen Fingerbreit ein. »Du?«

»Nein, danke.« Er schaltete die Grillplatte auf dem Herd ein und verstrich etwas Butter darauf. »Keine gute Idee, Bourbon auf leeren Magen zu trinken.« Die Butter begann zu brutzeln. Er drehte sich zu ihr um. »Das brennt wie Feuer im Magen. Und das Hirn wird zu Brei.«

Er kam auf sie zu, drückte mit dem Handrücken gegen ihre Taille und schob sie zur Seite. »Zum Beispiel…« Er verschwand in einer Speisekammer und tauchte Sekunden später mit einer Packung Toastbrot in der einen Hand und einer Tüte Kartoffelchips in der anderen wieder auf. Die Tüte warf er auf den Esstisch.

Er wog das Brot in der Hand und baute sich vor ihr auf. »Zum Beispiel könnte ich schwören, ich hätte dich sagen hören, dass ich dein Haus einreißen soll.«

Trotz seiner nachtschwarzen Miene nippte sie gleichgültig an ihrem Whisky. Dann setzte sie das Glas ab und sagte: »Du siehst aus, als würdest du abschätzen, wie schwer das Brot ist. Willst du damit nach mir werfen?«

Er murmelte ein Schimpfwort und schob sich diesmal ohne Berührung an ihr vorbei.

Den Rücken ihr zugewandt, bestrich er wortlos eine Brotscheibe mit Mayo, um sie dann mit Käsescheiben zu belegen, die er aus den beiden Lebensmittelpackungen nahm. Er platzierte den Stapel behutsam in der Pfütze aus geschmolzener Butter auf der Grillplatte, wobei die Küche mit einem sehr appetitlichen Duft erfüllt wurde, woraufhin ihr Magen zu knurren begann.

Er drehte nur den Kopf und sah sie an.

Verlegen bekannte sie: »Vielleicht nehme ich doch ein Sandwich.«

Er stellte ihr eines zusammen und legte es neben seines auf den Grill. Dann bedeckte er beide mit gebutterten Brotscheiben und schaute zu, wie sie braun wurden.

»Willst du nicht fragen...«

»Noch nicht«, beschied er.

Sie stellte ihr Glas auf den Tisch. »Soll ich den Tisch decken?«

»Teller sind da oben.«

Knapp und präzise erklärte er ihr, wo sie alles fand, und als die Sandwiches fertig waren, setzten sie sich einander gegenüber an den Tisch. Er zupfte eine Papierserviette aus dem Halter und begann zu essen.

Sie tat es ihm nach. Das Sandwich war köstlich, und das sagte sie ihm auch. »Was für Käse hast du genommen?«

»Einen gelben und einen weißen.«

Mehr wurde während des gesamten Essens nicht gesprochen.

Nachdem er sein Sandwich und danach ein paar Handvoll Chips vertilgt hatte, wischte er sich Mund und Hände ab, zerknüllte die Serviette, schraubte die Wasserflasche auf, setzte zu einem langen Zug an und stellte die Flasche beinahe leer auf den Tisch zurück. Er verschränkte die Arme, sah sie mehrere Sekunden gedankenschwer an und fragte dann: »Was zur *Hölle?*«

»Ich weiß, es erscheint skurril...«

»Nein. Nein, skurril wäre es, wenn du kleine Comicfiguren auf der erweiterten Veranda aufstellen wolltest. Das wäre *skurril*. Das hier«, sagte er und klopfte dabei mit dem Zeigefinger auf die Tischplatte, »erscheint mir berechnend.«

Sie hätte die verschiedensten Worte erwartet – verrückt, zickig, hirnrissig, schlicht dumm – doch damit hatte sie nicht gerechnet. »Berechnend?«

»Ja, geplant. Als wolltest du mich verarschen.« Seine Augen brannten wie zwei blaue Flammen.

Verwirrt fragte sie: »Wieso sollte ich das wollen, wo ich dich doch kaum kenne?«

»Wer hat dich zu mir geschickt?«

»Wie bitte?«

»Wer ... hat ... dich ...«

»Ich habe dich schon verstanden. Ich weiß nur nicht, was du hören willst. Niemand hat mich zu dir geschickt.«

»Ich soll also glauben, dass du mich rein zufällig ausgewählt hast.«

»Das habe ich.«

»Aus dem Internet.«

»Warum glaubst du mir nicht?«

»Niemand hat dich an mich verwiesen? Oder mich vorgeschlagen?«

»Nein. Aber was würde es ändern, wenn es so wäre?«

»Du hattest noch nie von mir gehört, bis du meinen Namen in der Liste der Bauunternehmer gesehen hast?«

»Nein«, bekräftigte sie mit Nachdruck. »Aber du glaubst mir offenbar nicht. Warum?«

»Weil es ganz so aussieht, als wollte mir ein gewisser Jemand aus meinem Bekanntenkreis, der auf solche Spielchen steht, einen grausamen Streich spielen. Ist es möglich, dass du dich unwissentlich mit jemandem zusammengetan ...«

»Ich habe mich mit niemandem zusammengetan.«

»Mit wem hast du über mich gesprochen?«

»Mit niemandem außer Don, dem Barkeeper, und Lois,

der Frau, mit der ich mich in der Bar unterhalten habe. Und sie hat mich angesprochen, nicht umgekehrt.«

»Das waren alle?«

»Ja. Also, nein«, korrigierte sie sich. »Lisa.«

»Richtig, richtig. Die liebe Schwester. Ich habe mir anhören dürfen, was sie von mir hält. Sie hat dir geraten, dich von mir fernzuhalten. Und trotzdem bist du hier.« Er streckte die Arme in einer umfassenden Geste aus, die den Raum und alles darüber hinaus einschloss. »Warum hast du den Rat deiner Schwester nicht beherzigt und mich von deiner Liste gestrichen?« Ehe sie etwas sagen konnte, hob er abwehrend die Hand. »Weißt du was? Wenn ich es genau überlege, interessiert es mich überhaupt nicht, was für ein Spiel du spielst. Wenn du dein Haus abreißen lassen willst, dann such dir jemand anderen. Am besten ein Abbruchunternehmen. Effizient. Billig.«

»Ich hatte mir das überlegt. Aber ich will nicht, dass man den Abriss bemerkt. Niemand soll wissen, was ich da tue, bis ich fertig bin.«

Er lachte kurz. »Also, das ist *wirklich* skurril. Aber wie auch immer. Ich bin draußen. Danke für die gestohlene Zeit. Die Stunde für die Hausbegehung. Die…«

»Die Hausbegehung hast du unaufgefordert gemacht.«

»…Kalkulation, die ich erstellt habe.«

»Die du mir aber nicht vorgelegt hast.«

»Ich wollte sie morgen früh vorbeibringen.«

»Und wann wolltest du mir deine Entwürfe vorlegen?«

»Das hatte ich noch nicht entschieden.«

»Mein Entschluss hat nichts mit deinen Entwürfen zu tun. Sie sind exzellent. Das Haus wäre wunderschön geworden.«

Er tat ihr Kompliment mit einem Achselzucken ab.

»Du hast viel Zeit und Mühe auf diese Entwürfe verwandt. Ich werde dich dafür entschädigen. Und wie vereinbart bekommst du hundert Dollar für deine Kalkulation hinsichtlich der notwendigen Reparaturen.«

»Dein Geld kannst du behalten«, sagte er zornig. »Erzähl mir einfach, warum du es dir anders überlegt hast, dann sind wir quitt.«

»Ich werde dir darauf die gleiche Antwort geben wie auf alle deine persönlichen Fragen. Das geht dich nichts an.«

Sein Gesicht wurde noch finsterer. »Richtig. Tut es nicht. Nicht mehr.« Er schob den Stuhl mit einem Scharren zurück und trug den leeren Teller zur Spüle. »Ich will nicht unhöflich sein, aber ich habe einen Scheißtag hinter mir. Ich gehe ins Bett.«

Sie machte keine Anstalten aufzustehen.

Scheinbar gleichgültig sagte er: »Mach das Licht aus, wenn du gehst.«

»Erst, wenn du mir erzählt hast, was in der Nacht passiert ist, als du verhaftet wurdest und mein Vater verschwand.«

Ledge war gerade bis zur Tür gekommen, als Ardens Worte seine Muskeln erstarren ließen – alle bis auf den Muskel seines Herzens, das zu rasen begann.

Er nahm sich eine Sekunde Zeit, um sein Mienenspiel unter Kontrolle zu bringen, bevor er sich umdrehte. Sie saß genauso da wie zuvor, nur hatte sie jetzt die Hände so fest auf dem Tisch gefaltet, dass die Knöchel weiß leuchteten. Offenbar war sie entschlossen, alles anzuhören, was er zu sagen hatte, so schlimm es auch sein mochte.

Er wappnete sich und fragte ohne besonderen Tonfall: »Was willst du denn wissen?«

»Hast du an dem Abend Gras verkauft?«

»Nein. Das habe ich dir doch gesagt. Man hat mich gelinkt.«

»Wer?«

Er bezweifelte, dass es klug war, ganz offen zu sein, schätzte aber, dass er bei den heikleren Punkten eher ausweichend antworten konnte, wenn er bei anderen ehrlich war. »Du warst sauer, weil du mich heute nicht erreichen konntest, aber abgesehen von deiner Frage nach Crystal, mit der du mich offensichtlich über mein Liebesleben aushorchen wolltest...«

»Bilde dir nur nichts ein.«

»...hast du nicht gefragt, warum ich nicht zu erreichen war.«

»Wirst du es mir erzählen?«

»Es klänge nur noch schlimmer, wenn du es von jemand anderem erfahren würdest.«

»Hast es etwas mit dem zu tun, worüber wir eigentlich sprechen?«

»Mehr oder weniger.«

»Also?«

»Ich habe den Tag größtenteils im Gefängnis verbracht.«

Sie reagierte so, als hätte er ihr erzählt, dass die Marsmenschen gelandet seien. Er kehrte an den Tisch zurück und setzte sich auf den Stuhl ihr gegenüber. »Ich wurde nach einer Rauferei verhaftet.«

»Mit...?«, brachte sie halbwegs erholt hervor.

»Dem District Attorney.« Sie sah so fassungslos aus, dass er ihre Reaktion als echt einschätzte.

»Und wo kam es zu der Auseinandersetzung?«

»In seinem Büro im Gerichtsgebäude.«

»Ist das dein Ernst?«

»Ja.«

»Und wer hat angefangen?«

»Ich.«

»Was um Himmels willen hast du dir dabei gedacht?«

»Ich dachte, ich prügle ihm die Scheiße aus dem Leib.«

»Weswegen?«

»Uns verbindet eine alte Feindschaft. Tiefe Abneigung. Wir liegen im Clinch, seit wir Kinder waren.«

»Und was hat dich heute provoziert?«

»Das ist persönlich und irrelevant.«

»Das bezweifle ich.«

Er runzelte die Stirn. »Belassen wir es dabei, dass er ein mieser Bastard ist. Er spielt mit gezinkten Karten und mit schmutzigen Tricks. Ich dachte, vielleicht steckt er bei der Sache mit deinem Haus mit dir unter einer Decke.«

»Ich stecke mit niemandem unter einer Decke, und ich kenne den Staatsanwalt nicht mal. Wie heißt er denn?«

Er sah ihr direkt in die Augen, um ihre Reaktion zu beobachten. »Rusty Dyle.«

»Als ich klein war, gab es einen Sheriff Dyle, wenn ich mich recht erinnere.«

»Mervin. Inzwischen von uns gegangen. Rusty ist sein Sohn. Ist er dir jemals über den Weg gelaufen?«

»Ich wüsste nicht, bei welcher Gelegenheit.«

»Hmm.« Er beobachtete sie weiter genau. Sie wirkte neugierig und interessiert, schien aber nicht zu lügen.

»Du willst mehr über den Abend erfahren, an dem ich verhaftet wurde?«, fragte er. »Rusty hat damals das Gras in meinem Wagen deponiert. Ich kann es nicht beweisen. Ich weiß nicht, wie er es ohne mein Wissen bewerkstelligt hat, aber ich bin sicher, dass er dahintersteckt. Ich weiß nicht, ob er die beiden Deputys bestochen hat, die mich damals verhafteten, oder ob er ihnen einen anonymen Tipp gegeben hat, aber das ändert auch nichts. Er hat dafür gesorgt, dass ich mit reichlich Stoff erwischt wurde und es ganz so aussah, als würde ich dealen. Aber das habe ich nicht. Gott ist mein Zeuge, Arden.«

Sie riss die Augen auf und lehnte sich in ihrem Stuhl zurück.

»Du glaubst mir nicht?«

»Doch. Tue ich. Aber du hast mich noch nie mit meinem Namen angesprochen.«

Ihr Name war die letzten Tage in seinem Kopf pausenlos hin und her geflogen wie eine Flipperkugel, darum überraschte es ihn selbst, dass er ihn nie ausgesprochen hatte. Aber er kommentierte das nicht. Was hätte er auch sagen sollen? Dass er ihren Namen geseufzt und gestöhnt hatte, in mehr als einer unanständigen Fantasie?

Sie deutete auf seinen Wangenknochen. »Das sieht nicht nach einer harmlosen Rauferei aus.«

Er holte tief Luft, atmete wieder aus. »War es auch nicht.«

»Tut es weh?«

»Es ist ein dumpfer Schmerz. Der Whisky hat geholfen.«

Sie schob ihr Glas über den Tisch. »Du kannst gern austrinken.«

»Nein danke. Ich habe für heute Abend genug.«

»Also, du hattest wirklich einen Scheißtag.«

»Das Gefängnis, meinst du?«

Sie nickte.

»Sie haben mich ein paar Stunden kochen lassen. War nicht so schlimm.«

»Hast du eine Kaution gestellt?«

»Nein, Rusty hat sich besonnen. Doch keine Anklage erhoben.«

»Anständig von ihm.«

Er schnaubte. »Anständig, leck mich. Praktisch für ihn.«

»Inwiefern?«

»Das weiß ich noch nicht«, antwortete er grimmig. »Aber ich werde es herausfinden.«

»Gezinkte Karten.«

»Worauf du dich verlassen kannst.«

Er fragte sich, ob der richtige Zeitpunkt gekommen war, ihr von seinem Verdacht zu erzählen, dass Rusty der Unbekannte war, der jede Nacht an ihrem Haus vorbeifuhr. Allerdings würde sie ihn dann dazu drängen, ihr zu erklären, wie er auf diesen Gedanken kam. Und das konnte er ihr nicht erzählen, ohne sich dabei in gefährliches Wasser zu begeben. Und dort konnte er absaufen, wenn er nicht aufpasste.

Außerdem würde er sich und allen in seiner Umgebung nur Ärger einhandeln, wenn er mit dem Finger auf Rusty zeigte und sich die Anschuldigungen später als unbegründet erwiesen.

Eine Weile ließen beide das Thema ruhen, dann sagte Arden: »Zurück zu der Nacht vor Ostern, als du verhaftet wurdest?«

»Für mehrere Nächte, um genau zu sein. Erst am Mittwoch der folgenden Woche wurde ich dem Haftrichter vorgeführt. Sie sperrten mich in eine Arrestzelle. Ganz altmodisch. An einer Seite des Einsatzraums. Onkel Henry kam vorbei, nachdem er davon erfahren hatte, und wollte eine Kaution für mich stellen. Sie ließen ihn auflaufen. Er war außer sich. Ich für meinen Teil kochte vor Wut, weil ich wusste, dass Rusty mich reingelegt hatte. Ich hatte schon eine Verurteilung auf meinem Konto. Wer würde mir glauben? Die erste Nacht überlegte ich nur, wie ich ihm die Eingeweide aus dem Leib reißen könnte. Schließlich war ich so erschöpft, dass ich einschlief. Als ich am nächsten Morgen aufwachte, hörte ich lautes Gerede. Im Einsatzraum war die Hölle los. Ein paar Angler hatten am frühen Morgen zwischen den Wurzeln mehrerer Zypressen am Seeufer einige menschliche Körperteile entdeckt. Die Überreste wurden schließlich als die von Brian Foster identifiziert.«

»Des Mannes, den mein Vater angeblich ermordet hatte.«

»Genau.«

Er konnte ihr nicht erzählen, wie sehr ihn diese grauenvolle Entdeckung damals mitgenommen hatte. Er hatte von Anfang an die beklemmende Ahnung gehabt, dass die abgetrennten Körperteile einem seiner Komplizen gehörten.

Also einem der beiden außer Rusty.

»Den ganzen Sonntag über«, sagte er, »herrschte ein ständiges Kommen und Gehen. Von Deputys. Wildhütern. State Troopers. Es war ein organisiertes Chaos. Niemand war vermisst gemeldet worden, darum wussten sie nicht, wie sie das Opfer identifizieren sollten. War es ein schrecklicher Unfall gewesen? Oder ein Mord? Der Ostersonntag ging vorüber, ohne dass es etwas Konkretes zu berichten gab. Ohne jeden Hinweis.«

»Was war mit dir?«

»Mit mir? Ich bekam zu essen, wurde ab und zu auf die Toilette geführt und ansonsten ignoriert.«

»Dich hat man nicht befragt?«

»Nein. Ich hatte mich von Anfang an geweigert, eine Aussage zu machen, solange kein Anwalt anwesend war. Mein

Onkel hatte einen angerufen, der wegen des Feiertags um Aufschub bis Montag bat. Außerdem war meine Festnahme Kleinkram verglichen mit der gruseligen Entdeckung am See.«

Er beschloss, sich nicht weiter über Fosters Schicksal auszulassen, und nagelte Arden mit seinem Blick fest. »Du bist dran. Was sind deine Erinnerungen an diesen Samstag? War dein Dad bei euch?«

Sie nickte. »Den ganzen Tag. Lisa und ich mussten für Ostern einkaufen. Als wir losfuhren, war Dad in der Garage und reparierte irgendwas, und dort war er immer noch, als wir ein paar Stunden später zurückkamen. Lisa und ich färbten Ostereier, eine Tradition, die wir zum Andenken an unsere Mutter beibehalten hatten. Wir aßen früh zu Abend. Dad fuhr wenig später los.«

»Und wann war das?«

»Es war noch gerade noch hell.«

»Sagte er, wohin er wollte?«

»Auf den Friedhof zu Mutters Grab. Ehe er losfuhr, küsste er mich auf den Scheitel und tätschelte mir die Schulter.« Sie legte ihre Hand auf ihre Schulter, um den Punkt anzuzeigen. »Damals habe ich ihn zum letzten Mal gesehen. Das wars.«

Leise sagte er: »Das wars *noch lange* nicht.«

»Also, mehr weiß ich nicht aus erster Hand. Dass er nicht nach Hause gekommen war, merkten wir erst, als Lisa mich am nächsten Morgen nach oben schickte, um ihm zu sagen, dass das Frühstück fertig war. Er tauchte den ganzen Sonntag nicht wieder auf. Lisa und ich aßen den Osterschinken ohne ihn.«

»Habt ihr ihn vermisst gemeldet?«

»Nein.«

»Warum nicht?«

»Nachdem meine Mutter gestorben war – du weißt, dass sie bei einem Autounfall starb?«

»Das habe ich gehört. Die näheren Umstände kenne ich nicht.«

»Sie hieß Marjorie. Sie war zu einer Freundin aus ihrer Collegezeit nach Fayetteville, Arkansas, gefahren. Auf der Rückfahrt geriet sie in einen Eisregen, fuhr über eine vereiste Stelle und krachte ins Heck eines Sattelschleppers.« Mehr zu sich selbst als zu ihm sprechend, fuhr sie fort. »Dad erzählte uns, sie hätte nichts gespürt, sie sei sofort tot gewesen. Lisa zweifelte das nie an, widersprach nie, aber ich bezweifle schwer, dass sie die Story mit dem sofortigen Tod glaubte.«

»Und du?«

Sie sah ihm wieder ins Gesicht. »Ich hätte es gern geglaubt. Von Herzen. Aber ich bin fast sicher, dass Dad es besser wusste und uns belog, um uns zu schonen.«

»Vielleicht. Vielleicht auch nicht.«

»Das werde ich wohl nie erfahren«, sagte sie trostlos. »Jedenfalls war sie von einem auf den anderen Tag nicht mehr da. Und Dad im Grunde auch nicht. Er war danach nicht mehr derselbe. Bis dahin hatte er ab und zu ein Bier getrunken. Höchstens zwei. Ich schätze, man könnte sagen, dass er seine Sorgen zu ertränken versuchte. Er machte sich vor, dass er seine Sucht perfekt überspielen konnte, dass niemand Bescheid wüsste, nicht einmal Lisa und ich. Aber natürlich wussten wir Bescheid. Dieses Osterwochenende war nicht das erste Mal, dass er uns ohne Vorankündigung alleine ließ und tagelang verschwunden blieb.«

»Hatte er an diesem Samstag getrunken?«

»Damals glaubte ich das nicht. Ich weiß noch, wie froh ich darüber war. Ich wünschte mir, dass Lisa und ich an diesem Ostern ausnahmsweise nicht so tun müssten, als würden wir nicht merken, dass er betrunken war. Noch ansprechbar, aber betrunken. Das mussten wir oft.« Mit der Fingerspitze fuhr sie die Maserung des Tisches nach. »Jetzt, im Rückblick, nehme ich an, dass er den ganzen Tag getrunken hatte. Aber als er mir diesen Abschiedskuss gab, roch ich keinen Alkohol.«

Ledge fragte sie, wann sie von dem Einbruch und von Fosters Tod erfahren hatte.

»Am Montag war Dad immer noch nicht aufgetaucht. Lisa hatte Semesterferien, aber weil sie auf mich aufpassen musste, gab es für sie keine Reise nach Padre oder Cancun. Sie wollte während der Woche an einer Hausarbeit arbeiten, die sie nach Ferienende abgeben musste. An diesem Morgen holte mich ganz normal der Schulbus ab.« Melancholisch ergänzte sie: »Damals wusste ich das nicht, aber damals war das letzte Mal alles *ganz normal*. Für immer. Als ich am Nachmittag aus dem Schulbus stieg, standen mehrere Streifenwagen vor unserem Haus. Die Deputys waren gekommen, um Dad zu befragen, was er am Samstagabend gemacht hatte.«

»Der Einbruch bei Welch's wurde erst entdeckt, als die Angestellten am Montagmorgen zur Arbeit erschienen. Nur einer fehlte.«

»Mr. Foster«, sagte sie. »Dad hatte nur für kurze Zeit bei Welch's gearbeitet. Er hatte seine Kündigung nicht gut aufgenommen, nannte sie ungerecht. Und Mr. Foster hatte er sie ganz besonders übelgenommen.«

»Warum?«

»Dass der Vertrag aufgehoben wurde, war ganz oben be-schlossen worden, doch Foster händigte Dad damals den letzten Gehaltsscheck aus.«

»Hm.«

Ledge beschloss, diese bis dahin unbekannte Tatsache irgendwann genauer zu analysieren.

»Ein paar Leute, die den Wortwechsel mitbekamen«, be-richtete Arden, »erzählten später, dass Dad ausfallend ge-worden sei.«

»Und als die Körperteile im See als die von Foster identi-fiziert wurden und Joe Maxwell sowie das gestohlene Geld wie vom Erdboden verschwunden waren…«

Sie zog eine Schulter hoch. »Die logische Schlussfolgerung war, dass Dad dahintersteckte, dass er Foster gezwungen oder erpresst hatte, die Tür zum Supermarkt und dann den Safe zu öffnen, und dass er ihn hinterher umgebracht hatte.«

»Das ist die logische Schlussfolgerung, richtig. Und glaubst du sie?«

»Nein.« Als er sie eindringlich ansah, wiederholte sie ihre Antwort. »Dad war ein Trinker. Er wurde oft emotional und sentimental, aber niemals gewalttätig. Nicht ein einziges Mal. Das war gegen seine Natur.«

»Nüchtern vielleicht.«

Sie schüttelte energisch den Kopf. »Auch betrunken. Er wurde manchmal wehleidig, aber niemals gemein.«

»Es war allgemein bekannt, dass er finanzielle Probleme hatte.«

»Richtig«, sagte sie. »Es ist *möglich*, dass Dad verzweifelt genug war, mit Brian Fosters Hilfe den Safe im Supermarkt auszuräumen. Das könnte ich fast akzeptieren. Aber ich kann nicht glauben, dass Dad ihn hinterher hätte umbringen können. Er hätte niemanden umbringen können, unter welchen Umständen auch immer.«

»Arden«, sagte er leise, »wenn eine halbe Million Dollar auf dem Spiel stehen, können die Umstände ganz schnell sehr hässlich werden.«

Kapitel 17

Jene Nacht im Jahr 2000 – Brian Foster

»… dass wir nicht nur das Geld verstecken müssen«, sagte Rusty, »sondern dass wir auch einen Sündenbock brauchen.«

»Dem wir alles in die Schuhe schieben können?«

»Das macht einen Sündenbock aus, Foster.«

»Ich weiß, ich weiß, aber …«

»Vielleicht brauchen wir ihn gar nicht, aber wir sollten vorbereitet sein, falls Burnet uns aufs Kreuz legen will.«

»Ja, okay«, sagte Brian. »Wahrscheinlich ist das eine gute Idee. Aber wen?«

»Den Dorfsäufer, auch bekannt als Joe Maxwell.«

Brian konnte nicht glauben, dass Rusty das ernst meinen könnte, und wechselte das Handy von einer feuchten Hand in die andere.

Schon seit Tagen war er nur noch ein Nervenbündel.

Tatsächlich stand Brian seit dem Tag, an dem Rusty Dyle ihn in seinen Einbruchsplan eingeweiht hatte, kurz vor dem totalen Zusammenbruch. Es war nicht so, als wären er und der Sohn des Sheriffs beste Freunde, Blutsbrüder seit Kindertagen und enge Vertraute.

Tatsächlich hatten sie sich erst ein paar Monate zuvor kennengelernt, und damals war es Rusty gewesen, der in seiner überrumpelnden Großspurigkeit vorgeschlagen hatte, dass sie miteinander »abhängen« sollten. Als Trinkkumpan auserwählt zu werden war für Brian eine unerwartete und schmeichelhafte neue Erfahrung. Niemand hatte ihn je als Freund auserwählt. Er hatte keine besonders einnehmende Persönlichkeit. Tatsächlich hatte er praktisch überhaupt keine Persönlichkeit, weshalb er schwer Freunde fand, das hatte ihm seine Mutter jedenfalls eingebläut. Täglich.

Ihre Einschätzung wurde von seinem ersten Chef geteilt, der Brian nach drei Monaten zu einem Gespräch einbestellt hatte, bei dem er Brian als »unvorteilhafte Erscheinung« beschrieben und ihn anschließend gefeuert hatte, weil er zu wenig Initiative gezeigt habe. Der Chef hatte es für unwahrscheinlich gehalten, dass Brian sich noch zum Gewinn für die Firma entwickeln würde. Irgendwann. Kurz gesagt: Er sollte sich vom Acker machen.

Sein erster Job nach dem Abschluss vom Junior College war also kein besonders verheißungsvoller Start ins Berufsleben gewesen.

Nach seiner Entlassung hatte er angsterfüllte Monate der Arbeitslosigkeit durchlebt, bis er schließlich auf eine Onlineanzeige für eine offene Stelle bei Welch's Mercantile in Penton, Texas, gestoßen war. Da er von beiden nie gehört hatte, hatte er sich im Internet schlaugemacht.

Der Ort wie auch die angebotene Stelle bei Welch's waren Brian so unattraktiv erschienen, wie er selbst war. Doch auf einen jungen Mann, der im industrialisierten Norden aufgewachsen war, wirkte die Gegend mit ihren dichten Kiefernwäldern und dem mystisch aussehenden See durchaus anziehend. Außerdem würde er auf diese Weise mit etwas Glück dem einzigen Haus entkommen, in dem er je gelebt hatte, zusammen mit seinem Vater, einem hoffnungslosen Pantoffelhelden, und seiner dominierenden Mutter.

Er hatte seine Bewerbung abgeschickt und sich gedacht, dass ein Umzug nach Texas wahrscheinlich das größte Abenteuer seines Lebens bleiben würde.

Wie hatte er sich geirrt.

Er überstand mehrere via Telefon geführte Interviews, bekam den Job, bepackte seinen Wagen bis unters Dach und fuhr los. Er unterschrieb einen Mietvertrag für eine Doppelhaushälfte, deren größter Vorteil war, dass in der Miete ein Kabelanschluss enthalten war.

Die herzliche Freundlichkeit der Menschen im Süden, aber auch ihr Akzent, erforderten einige Eingewöhnung. Sein erstes Texmex-Mahl bescherte ihm eine ganz neue Erfahrung in Magen und Darm. Aber der mystische See, an dem angeblich auch ein Bigfoot leben sollte, machte den Bildern im Internet alle Ehre. Sein neuer Lebensabschnitt erschien verheißungsvoll.

Doch diese Verheißungen lösten sich an seinem ersten Arbeitstag in Luft auf.

Sein Boss schüttelte ihm die Hand und hieß ihn in der Buchhaltungsabteilung willkommen. Und eröffnete ihm dann durch die schlecht gemachten Jacketkronen: »Wenn Sie Mist bauen, sind Sie Geschichte.«

Er war ein krummbeinig staksender Tyrann, der Management mit Schreckensherrschaft gleichsetzte. Brian war das perfekte Opfer für seine sarkastischen Sticheleien. Nicht einmal eine Woche nach seinem ersten Arbeitstag fühlte Brian sich hundeelend.

Dennoch konnte – und wollte – er auf keinen Fall seine Sachen packen und nach Hause zurückkehren, nur um von seiner Mutter zu hören: »Ich habe es dir doch gesagt.« Er beschloss, die Zähne zusammenzubeißen, solange es ging, und sagte sich, dass irgendwann seine Stunde schlagen würde.

Und das tat sie Anfang Januar.

Er war von der Mittagspause in den Supermarkt zurückgekehrt, als er mit einem jungen Mann mit karottenroten Stachelhaaren zusammenstieß.

»Hey, tut mir leid, Mann«, sagte der Typ. »Hab dich gar nicht gesehen. Dieses verdammte Ding.« Er wechselte einen klobigen Karton vom linken Arm unter den rechten. »Meine Mom hat mich hergeschickt, ich soll das zurückbringen.« Er schnaubte verächtlich. »Was sich mein Dad unter einem romantischen Weihnachtsgeschenk für seine Frau vorstellt. Pfannen und Töpfe. Ernsthaft? Nicht mal ich bin so blöd.«

Weil Brian beim besten Willen nichts anderes einfiel, merkte er an, dass das Set über Weihnachten im Sonderangebot gewesen war.

»Wahrscheinlich hat es mein alter Herr genau darum gekauft. Auf den letzten Drücker, versteht sich. Jedenfalls hat sie mich hergeschickt, damit ich es zurückbringe. Hatte ja keine Ahnung, dass die Schlange so lang ist.« Er beugte sich vor und senkte die Stimme: »Ich hab mir schon überlegt, ob ich nicht einfach auf die Erstattung pfeife und den Karton stattdessen in die Haushaltswarenabteilung bringe und ihn dort ins Regal stelle. Aber hier sind überall Kameras«, sagte er und blickte zur Decke auf. »Wenn mich jemand dabei beobachten und sich fragen würde: *Was zum Teufel tut er da?*, dann hätte ich einiges zu erklären. Da kann ich mich genauso gut in die Schlange stellen.«

»Die Kameras sind nicht echt. Die sind nur zur Abschreckung da.«

»Ist nicht wahr!«, rief der Typ im Bühnenflüsterton. »Das sind Attrappen?«

»Ja.«

»Du verscheißerst mich.«

»Nein.«

»Woher weißt du das? Arbeitest du hier?«

»In der Buchhaltung.«

»Ein Erbsenzähler, wie?« Er sagte das freundlich, nicht beleidigend. »Dann bist du bestimmt ziemlich clever. Ich und Zahlen? Vergiss es. Meine Lieblingsfächer sind Sport und Mittagspause.«

Sport und Mittagspause waren für Brian die schlimmsten Stunden in der Schule gewesen, doch er lachte, als fände er das witzig.

»Wie lange arbeitest du schon hier?«

»Ich hab gerade rechtzeitig vor der Weihnachtssaison angefangen.«

»O Mann. Und wie schlimm wars?«

Brian gefiel es, so vertraulich angesprochen zu werden. Der Unbekannte war zwar ein paar Jahre jünger als er, aber sie führten ein ungezwungenes Männergespräch, und das hatte Brian nur selten erlebt. Nein: Das hatte er noch nie erlebt.

Doch sosehr er das Gespräch auch genoss, ihm war bewusst, dass seine Mittagspause vorüber war. »Also, ich muss wieder an die Arbeit. Noch einen schönen Tag.« Er wollte schon losgehen, als ihm der junge Mann den Weg verstellte.

»Hör mal. Könntest du mir einen kleinen Gefallen tun? Als Angestellter brauchst du doch bestimmt nicht in dieser Elendsschlange anzustehen, oder?«

»Na ja, ich …«

»Bring einfach den Karton hinter die Theke, als wär's deiner. Hier ist die Quittung. Mein alter Herr hat bar bezahlt. Sollte eine Kleinigkeit sein, das Geld zurückzubekommen. Was sagst du?«

Brian zögerte und wägte ab, bis der Junge ihn mit dem Ellbogen anstupste. »Opa Welch wäre bestimmt nicht begeistert, dass sein neuester Angestellter einem Kunden von seinen Kameraattrappen erzählt hat.«

Brian wurde schwindlig. Er konnte spüren, wie das Blut aus seinem Gehirn sackte. Er hörte im Geist, wie ihn seine Mutter als Blödmann beschimpfte.

Doch dann warf der Junge lachend den Kopf zurück. »Du solltest dein Gesicht sehen«, schnaufte er. »Ich bin harmlos. Ehrenwort. Mein alter Herr ist der Sheriff im Ort.«

Brian wurden vor Erleichterung die Knie weich.

»Ich hab dich echt drangekriegt, oder?«

Brian versuchte, in sein Lachen einzustimmen, brachte aber nur ein Krächzen heraus.

»Tut mir leid. Ehrlich. Also, tust du mir den kleinen Gefallen?«

Brian hörte sich sagen: »Sicher doch.«

Tapfer marschierte er an der Schlange von unwirschen Kunden vorbei. Selbst die Angestellte hinter der Theke zickte, bis Brian ihr erklärte, dass er den Karton für den Sohn des Sheriffs zurückbrachte.

»Rusty?«

Brian wusste nicht recht, wie er die hochgezogene Bleistiftbraue und das verdrossene Schnaufen deuten sollte.

Er kehrte zu dem Typ zurück und überreichte ihm das Geld. »Die Lady an der Theke meinte, du heißt Rusty.«

»Rusty Dyle. Und du?«

»Brian Foster.«

»Ich vergesse nicht, wer mir einen Gefallen getan hat, Brian. Danke noch mal.« Er steckte das Geld ein und musterte Brian kurz ab. »Bist du verheiratet?«

»Nein.«

»Freundin?«

»Nein.«

»Schwul?«

»Nein.«

»Super. Lass uns mal zusammen abhängen. Gibst du mir deine Nummer?«

Brians Boss wartete schon an seinem Schreibtisch, um ihm eine Standpauke für die Verspätung zu halten. Brian entschuldigte sich gelassen: »Ich bin ein paar Minuten zu spät dran, weil ich dem Sohn von Sheriff Dyle einen Gefallen tun sollte. Falls Sie damit ein Problem haben, wenden Sie sich am besten an ihn.«

Er hatte sich nie männlicher gefühlt.

Rusty rief gleich am nächsten Tag an und machte mit ihm ein Treffen an einem Platz am Seeufer aus. »Du bist schon einundzwanzig, richtig?«

»Fast zweiundzwanzig.«

»Genial. Dann kaufst du das Sixpack.«

Sie hatten sich drei weitere Male zum Biertrinken getroffen, als Rusty schließlich auf den Einbruch zu sprechen kam. Er leitete das Thema so ein: »Das klingt jetzt vielleicht irre. Scheiße, es *ist* total irre. Aber was ist das Leben, wenn man nie ein Risiko eingeht?«

Seither hatte Brian seinen Job – nein, einfach alles – riskiert, um den Einbruch möglich zu machen. Er fürchtete sich schon jetzt vor dem Montag, an dem er sich ahnungslos geben musste. Und nun verlangte Rusty von ihm, ein weiteres Risiko einzugehen.

Sie hatten ihren Plan erfolgreich umgesetzt. Doch dann hatte sich dieser düstere Junge mit den blauen Augen verhaften lassen, und nun war Rusty überzeugt, dass er sie verpfeifen würde. Brian sollte ihm helfen, das Geld zu verstecken.

Brian war kotzübel vor Angst.

Wie war er nur in diesen Schlamassel geraten? Seit diesem Abend wäre er bis an sein Lebensende ein *Krimineller*. Er, der öde, dröge, blöde Brian Foster. Niemand würde ihm das glauben. Nicht einmal seine Mutter. Nicht einmal *er* konnte es glauben.

Vielleicht war alles nur ein bizarrer, komplexer Albtraum, aus dem er bald erwachen würde?

Doch Rusty hatte auch behauptet, dass sie womöglich Joe Maxwell als Sündenbock brauchen würden.

Brian kannte Mr. Maxwell kaum. Als man ihn bei Welch's rausgeworfen hatte, war Brian die undankbare Aufgabe zugefallen, ihm den letzten Gehaltsscheck zu überbringen. Joe hatte seinen Zorn an Brian ausgelassen und ihn unter einer Lawine von ordinären Beschimpfungen begraben.

Aber ein paar Tage später hatte Mr. Maxwell angerufen und sich für seinen Ausbruch entschuldigt. »Tut mir leid, dass ich so eine Szene gemacht habe. Es war nicht Ihre Schuld, dass ich rausgeworfen wurde.«

Brians Kollegen hatten ihn über Mr. Maxwells traurige Lebensgeschichte aufgeklärt, über sein Dasein als Witwer und die Pleite seiner Firma. Unter diesen Umständen hatte Brian diese Entschuldigung höchst anständig gefunden.

Während Brian noch darüber nachsann, wie Joe Maxwell ihn angerufen und wie viel Rückgrat er dabei gezeigt hatte,

hatte Rusty sämtliche Eigenschaften aufgelistet, die den älteren Mann zum perfekten Sündenbock machten.

Rusty bezeichnete ihn als Loser, der nie etwas zustande gebracht hatte. Je länger Rusty redete, desto bewusster wurde Brian, dass Rusty damit auch Ledge Burnet charakterisierte, der schon in der Jugendstrafanstalt gesessen hatte. Er würde mit Sicherheit zum zweiten Mal ins Gefängnis wandern und hatte dabei noch nicht einmal die Highschool abgeschlossen. Und dann dämmerte Brian, dass er bei jedem abfälligen Kommentar, den Rusty über den abgewirtschafteten Mr. Maxwell machte, auch seinen eigenen Namen einsetzen konnte.

In diesem Moment erkannte er, dass alle drei ideale Sündenböcke für ihn abgeben würden, wohingegen Rusty praktisch unangreifbar war, weil sein Vater nicht nur eine einflussreiche Persönlichkeit in der Öffentlichkeit, sondern auch korrupt bis ins Mark war.

Rusty beendete seine Ansprache mit dem Satz: »Wir treffen uns also dort, okay?«

Brian war wie gelähmt angesichts einer beängstigenden Erkenntnis: Er war der letzte Mensch auf Erden, den irgendwer mit einem Funken Grips zum Komplizen nehmen würde, um auch nur ein Päckchen Kaugummi zu stehlen, ganz davon zu schweigen, dass er mit ihm einen verwegenen Raubzug wie diesen durchführen würde.

Wozu wurde er noch gebraucht, nachdem er der Gruppe Einlass in den Supermarkt verschafft und den Safe geöffnet hatte? Seine Mutter hätte gesagt: »Um der nützliche Idiot zu sein, du Trottel.«

Rusty brüllte in sein Ohr: »Brian!«

Die Erkenntnis hatte Brian so gelähmt, dass er mehrmals schlucken musste, ehe er Rusty antworten konnte.

»Was soll der Scheiß? Ich dachte schon, die Leitung wäre tot.«

»Nein, ich bin noch dran«, sagte Brian heiser.

»Was sagst du dazu?«

Er schluckt wieder. »Ich finde das wirklich unfair gegenüber Mr. Maxwell. Er ...«

»Okay, okay, vergiss das vorerst. Diese Frage klären wir erst, wenn es nicht mehr anders geht. Jetzt müssen wir vor allem das Geld verstecken. Weißt du noch, wo wir das erste Sixpack gezischt haben? Dort treffen wir uns in einer halben Stunde. Am Kanal gibt es haufenweise Stellen, wo wir das Geld vergraben können. Wir sehen uns dort.« Dann hatte er aufgelegt.

Brian vergeudete drei der ihm zugestandenen dreißig Minuten damit, auf sein Telefon zu starren.

Schließlich setzte er sich in Bewegung, aber nur den Daumen, mit dem er durch seine Anrufliste scrollte. Er hatte nur ein Dutzend Telefonate geführt, größtenteils mit dem Pizzalieferdienst. Aber auch das Gespräch vor einigen Wochen, als Joe Maxwell ihn angerufen hatte, war darunter.

Er holte tief Luft und tippte auf die angezeigte Nummer.

Offenbar hatte Mr. Maxwell gesehen, dass Brian anrief, denn er antwortete gedämpft und überrascht: »Foster?«

»Ja, ich bin's. Wir müssen uns unterhalten, Mr. Maxwell. Und zwar sofort.«

Kapitel 18

Ledge trug Ardens leeren Teller zur Spüle und räumte die Sandwichzutaten in den Kühlschrank. »Möchtest du noch etwas?«

»Nein danke. Wurdest du damals wegen der Drogensache verurteilt?«

Er kam an den Tisch zurück und setzte sich. »Das Thema war dein Dad.«

»Genau, das *war* es. Ich habe dir alles erzählt, was ich weiß. Jetzt will ich wissen, was nach deiner Verhaftung passierte.«

»Die Sache kam nie vor Gericht. Mein Anwalt handelte einen Deal für mich aus. Eine Verurteilung wegen Drogenbesitzes statt einer Verhandlung wegen Drogenhandels. Er brachte vor, dass mich die Deputys grundlos angehalten hatten. Was stimmte. Es war hart, etwas zu gestehen, was ich gar nicht getan hatte, aber sie hatten die getürkten Beweise, darum ging ich den Deal ein. Ich hatte mich schon damit abgefunden, dass ich für ein paar Monate ins Gefängnis wandern würde. Doch direkt vor der Urteilsverkündung rief mich der Richter mit meinem Anwalt und meinem Onkel ins Richterzimmer. Er bot mir eine Alternative an.«

»Die Army?«

»Gut geraten. Der Richter war Vietnam-Veteran, Soldat bis ins Mark und ein Falke. Er erklärte meinem Onkel, dass mich die Grundausbildung und ein scharfer Sergeant im Nu wieder auf Kurs bringen würden. Es war mehr oder weniger eine Rekrutierungsansprache, und Onkel Henry erkannte die Vorteile, die dieser Vorschlag mit sich brachte. Aber er bestand darauf, dass im Gegenzug die Anklage fallen gelassen würde.«

Sie lehnte sich zurück und schüttelte mitfühlend den Kopf. »Bestimmt warst du unendlich erleichtert.«

»Erleichtert schon, aber damit war ich noch lange nicht vom Haken. Mein Onkel und der Richter malten mir gemeinsam die Hölle aus. Sie warnten mich, dass es mich teuer zu stehen kommen würde, falls ich mich nicht freiwillig verpflichtete.«

Sie lachte leise. »Das ist doch nicht zu glauben.«

»Damals konnte ich es auch kaum glauben. Alles passierte so schnell. Ich stand ein paar Monate vor meinem Highschool-Abschluss, schaffte aber alle Prüfungen und bekam mein Diplom. Gleich am nächsten Tag ging es ab zur Grundausbildung.«

»Du hast dich damals freiwillig verpflichtet und bist zwölf Jahre später als Held zurückgekehrt.«

Er schüttelte den Kopf und meinte leise: »Ich bin kein Held.«

»Das sagen die Leute aber.«

»Wer das sagt, hat keine Ahnung.«

Sie runzelte angestrengt die Stirn. »Also, eines weiß ich jedenfalls.«

»Und zwar?«

»Dass du anders bist als jeder, der mir bisher begegnet ist.«

Er hätte sie gern gefragt, inwiefern er einzigartig sei, doch er fürchtete ihre Antwort. Er wich ihrem nachdenklichen Blick aus, indem er auf seine Uhr sah. »Es ist schon spät.« Er stand auf. »Ich fahre dir voran zu deinem Haus.«

»Das ist doch nicht nötig.«

»Die Straße ist schon tagsüber tückisch. Wer sie nicht kennt, könnte nachts leicht im Bayou landen.«

»Ich schaffe das schon.«

»Keine Widerrede.« Er ging zur Tür und zog sie auf.

Ein paar Minuten später sah er ihre Scheinwerfer im Rückspiegel. Wenn sie zu weit zurückfiel, drosselte er das Tempo, bis sie aufgeholt hatte. Als sie ihr Haus erreicht hatten, stieg er aus und begleitete sie ungeachtet ihrer Proteste zur Hintertür.

»Diese neuen Schlösser sind unmöglich zu öffnen«, beschwerte sie sich, während sie den Schlüssel ins Schloss nestelte.

»Das sollen sie auch sein.«

»Für einen Einbrecher, nicht für mich.« Der Riegel schnappte zurück, sie drückte die Tür auf und streckte den Kopf durch. »Siehst du? Kein Eindringling, der mir auflauert.«

Er schob sie an der Taille ins Haus, folgte ihr auf dem Fuß, ging um sie herum und kontrollierte alle Zimmer im Erdgeschoss, wobei er in jedem kurz das Licht einschaltete.

Sie trafen sich am Fuß der Treppe wieder. »Oben hast du noch nicht nachgesehen.« Sie deutete auf den dunklen oberen Treppenabsatz.

»Ein Einbrecher müsste durchs Erdgeschoss gekommen sein. Und hier ist alles unberührt.«

»Wie ich schon mal bemerkt habe, warst du bisher der einzige Einbrecher.« Sie lächelte kurz und richtete den Blick dann auf die verdeckte Knopfleiste seines Hemds. »Und kommst du morgen früh?«

»Nicht zum Renovieren, sondern zum Abriss?«

Sie sprach immer noch sein Hemd an. »Ich denke, ich schulde dir eine Erklärung, warum ich mich umentschieden habe.«

»Deine Schwester hat dir gestern Abend erklärt, dass du mir einen feuchten Dreck schuldest.«

»Da liegt sie falsch.«

»Okay. Ich höre.«

»Ich erkläre es dir, so gut ich kann, aber ich fühle mich selbst innerlich zerrissen.«

»Inwiefern?«

»Das ist schwer in Worte zu fassen.«

»Dann mach keine großen Worte, sondern erklär es so einfach wie möglich.«

Sie zog die Unterlippe zwischen die Zähne. »Es klingt so banal, aber eigentlich bin ich nach Penton zurückgekehrt, um mit allem abzuschließen. Das Haus bedeutet für mich Kummer und Schmerz. Wenn es abgerissen wird …«

»… ändert das hier gar nichts. Ich will dir nicht ins Wort fallen, aber das Haus ist nur ein Haus, verstehst du? Es besteht aus Holz und Stein. Die ganze Scheiße, die sich darin abgespielt hat, wird dich trotzdem dein Leben lang begleiten. Was dir als Kind passiert ist, steckt nicht in diesem Haus, sondern in *dir*. Du solltest es verfluchen, dann akzeptieren und irgendwann hinter dir lassen.«

»Das kann ich mit der Scheiße tun, von der ich *weiß*«, sagte sie. »Aber mich quält viel mehr das, was ich *nicht weiß*.«

Plötzlich war es ihm suspekt, wohin das führen würde. Er

trat einen Schritt zurück und lehnte sich gegen den unteren Geländerpfosten. »Was du ›nicht weißt‹?«

»Ich bin hierhergezogen, weil ich nach Antworten gesucht habe. Aber nicht genug damit, dass ich keine bekomme: Je länger ich hier bin, desto mehr Fragen stellen sich, desto mehr Lücken tun sich auf.«

Sie setzte sich auf die zweitunterste Stufe und sank in sich zusammen. Eine Weile sagte sie gar nichts mehr, sondern rieb mit dem Daumen über die andere Handfläche und studierte dabei die feinen Handlinien, als könnte sie in ihren Verästelungen Antworten finden.

»Ich fühle mich immer noch so wie damals mit zehn Jahren, als alles um mich herum zusammenbrach. Die Erwachsenen sprechen in Euphemismen, um mich vor der grausamen Realität abzuschirmen. Ich kann zwar Umrisse erahnen, aber nicht das ganze Bild erfassen. Und gleichzeitig habe ich das Gefühl, als wären jene Teile, die mir fehlen, diejenigen, die ich um jeden Preis sehen sollte.« Sie sah kopfschüttelnd zu ihm auf. »Vergiss es. Ich erwarte nicht, dass du das verstehst.«

Im Gegenteil, er verstand sie nur zu gut, und sein Gewissen brachte ihn halb um. Auch ihm fehlten einige Puzzlesteinchen aus jener Nacht, aber selbst jene, um die er wusste, hielt er vor ihr verborgen. Wie lange konnte er diese Geheimniskrämerei noch betreiben? Jeden Tag, den sie hier verbrachte, wurde es wahrscheinlicher, dass sie entdeckte, wie sehr der junge Ledge Burnet den weiteren Verlauf ihres Lebens beeinflusst hatte.

Es war besser, wenn er sie sofort vergraulte, solange sie ihn nur halbwegs ablehnte und beargwöhnte – und bevor Rusty von ihrem Interesse an den Ereignissen jener Nacht erfuhr.

Er beschwichtigte sein Gewissen damit, dass er sie nur zu ihrem Besten belog, und belog sie gleich wieder. »Du hast recht. Ich verstehe das wirklich nicht. Du bist hergekommen, weil du einen Abschluss finden wolltest. Das hat nicht geklappt. Es geht dir dreckig. Warum brichst du die Sache nicht ab und verschwindest?«

»Du klingst wie Lisa.«

»Gott helfe mir, sie hat nicht unrecht. Hast du sie nach diesen Lücken gefragt, die dir so zu schaffen machen?«

»Natürlich, aber Dads Verschwinden hat uns unterschiedlich hart getroffen. Auch ihr Leben wurde danach auf den Kopf gestellt. Aber sie war damals schon erwachsen, geistig und emotional, und von ihm unabhängig. Jedes Mal, wenn ich ihr meinen inneren Zwiespalt schildere, erklärt sie mir, ich solle das tun, was sie auch getan hat. Alles hinter mir lassen und nach vorn schauen.«

»Ich finde ihren Rat nicht schlecht. Es kann nicht gesund sein, an einem Ort zu bleiben, der einem nicht guttut. Geh einfach.«

»Ohne dass irgendwas geklärt wäre?« Sie schüttelte den Kopf. »Ein Umzug würde nichts ändern. Das hast du selbst gesagt. Die Ungewissheiten, die mir keine Ruhe lassen, stecken nicht in diesem Haus, sie…«

»Vergiss, was ich gesagt habe. Das war Bockmist. Was weiß ich schon. Ich bin kein Psychologe. Aber vielleicht brauchst du genau so jemanden.«

»Ich war schon in Therapie. Lisa konnte sie mir bezahlen, nachdem sie Wallace geheiratet hatte. Er war in vieler Hinsicht ein Gottesgeschenk. Er und Lisa waren ein so glückliches Paar. Ich war…«

»Das fünfte Rad am Wagen?«

»Sie taten alles, um mir dieses Gefühl nicht zu vermitteln. Aber ihre enge Beziehung verstärkte bei mir das, was der Therapeut ›Verschiebung‹ nannte.«

»Hat die Therapie geholfen?«

»Teilweise. Aber ganz offensichtlich konnte ich damit nicht alles aufarbeiten. Das ist unmöglich, solange mir die Antworten fehlen.«

Fuck. Damit waren sie wieder bei den *Antworten*. Antworten auf Fragen, die sie nicht stellen durfte, weil ihr sonst Rusty gefährlich werden würde.

»Na schön, Arden, ich tue alles, worum du mich bittest. Entweder nehme ich das Haus auseinander oder ich baue es um. Aber ich muss bald anfangen, denn es warten noch andere Jobs. Du musst noch heute Abend entscheiden, was du von mir willst, und morgen ausziehen.«

»Ausziehen?«

»Je früher, desto besser.«

»Und wo soll ich bleiben?«

»In Houston? Dallas? Woher soll ich das wissen? Such dir was aus.«

»Ich gehe nirgendwohin.«

Er baute sich vor ihr auf. »Ganz egal, was ich mit dem Haus anstelle, für dich ist währenddessen hier kein Platz. Schon gar nicht, wenn ich es abreißen soll.«

»Ich warte bis zur letzten Minute, bevor ich ausziehe.«

»Das wird das reinste Chaos.«

»Das ist es schon.«

»Meinetwegen, aber das ist kein Vergleich damit, wie es dann aussehen wird. Du musst weg.«

»Wenn ich abreise, werden sich die Menschen fragen ...«

»Sie werden sich sowieso Fragen stellen. Außerdem

braucht es dich nicht zu interessieren, was sie sich fragen, weil du nicht hier sein wirst.«

»Du hast nie etwas davon gesagt, dass ich das Haus räumen muss.«

»Doch.«

»Nein, hast du nicht. Kein einziges Mal.« Sie erhob sich. »Das ist das erste Mal, dass ich davon höre.«

»Dann war das ein Versehen meinerseits. Das tut mir leid. Dafür sage ich es dir jetzt. Du kannst hier nicht bleiben. Das ist meine Baustelle, hier mache ich die Regeln.«

Sie dachte darüber nach. »Na schön, ich könnte mir in der Nähe eine Hütte am See mieten.«

Im Umkreis von Penton gab es Dutzende Ferienhäuschen. Für seinen Seelenfrieden war das viel zu nah. »Kann deine Schwester dich nicht aufnehmen?«

»Das hat sie mir schon angeboten.«

»Da hast du es. Problem gelöst.«

»Aber ich will nicht zu Lisa ziehen. Ich will nahe genug bleiben, um mich jeden Tag von den Fortschritten überzeugen zu können.«

»Meinen Fortschritten? An dem Haus? Nein.«

»Warum nicht?«

»Sei vernünftig. Du kannst hier nicht rein- und rausspazieren, während die Wände eingerissen werden.«

»Es ist *mein* Haus.«

»Und ich hafte, wenn dir was passiert.«

»Hast du keine Haftpflichtversicherung?«

»Eine gute Frage. Allerdings ein bisschen spät gestellt.«

»Hast du?«

»Schon, aber die taugt nichts. Die würde keinen eingerissenen Fingernagel abdecken.«

Sie wollte etwas sagen, verstummte dann aber und sah ihn mit frisch erwachtem Misstrauen an. »Du denkst dir das alles gerade aus, habe ich recht?«

Er sah sie nur an.

»Ganz klar«, sagte sie. »Du willst mich loswerden. Genau wie an dem Tag, als ich zum ersten Mal in deine Werkstatt kam. Du schleuderst mir irgendwelchen Mist vor die Füße und hoffst, dass ich ihn fresse.«

Er hätte wissen müssen, dass sie ihn durchschauen würde. Er löste sich aus seiner streitlustigen Haltung, fluchte leise und rollte die Schultern, um sie zu entspannen. »Stimmt.«

»Und warum?«

»Es wäre einfach besser, wenn du die Stadt verlassen würdest.«

»Für mich oder für dich?«

»Für uns beide.«

»Warum soll ich nicht hier sein?«

»Weil du verletzt werden könntest.«

»Wodurch?«

»Durch alles Mögliche.«

»Zum Beispiel?«

»Du meinst abgesehen von deinem nächtlichen Stalker?«

»Der bisher immer nur vorbeigefahren ist. Warum hast du Angst, dass ich verletzt werden könnte?«

»Jesus.« Er senkte den Kopf und richtete den Blick auf die eine Stufe, die sie trennte. »Weil ich dich dann jeden Tag sehen würde und trotzdem die Finger von dir lassen müsste.« Er sah unter den Brauen zu ihr auf und gestand ihr aus tiefstem Herzen: »Und das schaffe ich nicht.«

In der einsetzenden Stille verstärkte sich der Sog tief in ihrem Unterleib, bis er sie schließlich eine Stufe tiefer zog. Das war alles, was er an Ermutigung brauchte.

Er legte den Arm um ihre Taille, zog sie heran und suchte ihren Mund. Gestern Abend hatte sein Kuss sie atemlos zurückgelassen. Ihr war keine Zeit zum Nachdenken oder Reagieren geblieben, so schnell war alles vorbei gewesen. Dennoch hatte dieser so kurze Kuss sie zutiefst erschüttert, ihr den Atem verschlagen und sie völlig unerwartet erregt.

Den ganzen Tag über hatte sie sich dabei ertappt, wie sie diesen Kuss analysiert hatte, seine Spontaneität und unverhohlene Lust auf sie und die verblüffend erotische Wirkung, die er auf sie gehabt hatte.

Doch all ihre Analysen hatten sie nicht auf diesen neuerlichen Kuss vorbereitet. Vielleicht hatte sie den ersten Schritt gemacht, doch er hatte sofort die Führung übernommen. Er nahm ihren Mund schamlos in Besitz und schob seine Zunge an ihrer vorbei. Sie spürte, wie ihre Brüste an seinem Brustkorb zitterten.

Ein tiefes Knurren löste sich aus seiner Kehle. Seine Hände strichen seitlich über ihre Brüste, dann wanderten sie an ihren Rippen abwärts und umschlossen ihre Hüfte. Seine Finger spannten sich an, drückten in die Vertiefung unter ihrem Hintern und hielten sie fest, während sich sein Unterleib zwischen ihre Schenkel presste.

Aber nur so lange, dass ihr Körper mit einem instinktiven Kreisen reagieren konnte, denn im nächsten Moment löste er seinen Griff und hob seine Hände an ihr Gesicht. Er hielt es zwischen den offenen Handflächen, während sein Mund von ihr abließ. Sein Blick tastete ihr Gesicht ab und heftete sich auf ihre Lippen. Er strich eine Strähne von ihrer Wange, legte dann seine stoppelige darauf und sprach fiebrig und rau direkt in ihr Ohr.

»Ich würde dich so gern Haut an Haut spüren. Meine Lust bringt mich fast um.« Seine Lippen blieben an ihrem Ohr, sodass sie seinen unregelmäßigen, heißen Atem spürte. Gleich darauf ließ er die Stirn gegen ihre sinken. »Aber das kann ich nicht, Arden.« Er stieß sacht mit der Stirn gegen ihre und wiederholte: »Das kann ich nicht, Arden.«

Er ließ sie los, drehte sich um und ging weg, durch die Küche und aus der Hintertür in den Garten. Das Klicken dieses verfluchten Schlosses löste sie aus ihrer Erstarrung. Sie übersprang die letzte Stufe und rannte in Richtung Küche. Sie ließ den Riegel zurückschnappen, riss die Tür auf und jagte ihm hinterher.

»Einen Moment!«

Er blieb stehen und drehte sich um. Sie wurde nicht langsamer, sondern kam erst knapp vor ihm abrupt zu stehen. »Ich mache das nicht mehr mit. Keine Abschiedsküsse mehr.«

Er zog die Schulter so betont nachlässig hoch, dass sie am liebsten die kratzige Wange geohrfeigt hätte, die sich eben noch an ihre geschmiegt hatte.

»*Ich* kann das nicht mehr. Und *du* machst das nicht mehr mit. Das Problem wäre gelöst, wenn du morgen deine Sachen packen und von hier verschwinden würdest.« Er nickte zum Haus hin. »Aber heute Abend solltest du wieder reingehen und abschließen.«

»Scher dich zum Teufel, und zwar zusammen mit deinen verdammten Schlössern.«

»Ich weiß nicht, wieso du so sauer bist. Ich hätte dich in diese Klosterzelle schleifen können, die du dir als Schlafzimmer eingerichtet hast, und wir wären jetzt schon bei der Sache. Verdammt, ich hätte dich auf der Treppe haben können. Als ich dich stehen lassen habe, habe ich nur versucht, das Richtige zu tun. Du solltest mir dankbar sein.«

»Dir dankbar sein? Dafür, dass du mich benutzen willst, um deine Freundin zu betrügen oder um dich an ihr zu rächen, was weiß ich? Nein. Aber für eines muss ich dir tatsächlich danken.« Sie wies auf das Haus. »Du hast mir die Augen geöffnet, was das Haus angeht. Ich kann es instand setzen oder abreißen lassen, die Rätsel werden trotzdem bleiben. Wie verfluchte Gespenster. Aber ich werde sie abschütteln.« Sie richtete sich auf. »Ich werde Ihre Dienste doch nicht benötigen, Mr. Burnet. Das Haus bleibt, wie es ist, und zwar auf unabsehbare Zeit, während ich anderswo nach Antworten suchen werde.«

Sie drehte ihm den Rücken zu.

»Warte, Arden! Moment! Kannst du nicht eine dämliche Sekunde warten?«, rief er ihr nach. »Was soll das heißen, dass du anderswo nach Antworten suchen wirst?«

Sie ging weiter ins Haus, knallte die Tür zu und genoss es, ihn mit seinem atemberaubenden Körper auszuschließen.

Kapitel 19

Ledge klopfte an. »Ich bin's.«

Sekunden später öffnete Crystal die Haustür und hieß ihn lächelnd willkommen. »Na, du hast dich in letzter Zeit aber rar gemacht. Wem verdanke ich dieses unerwartete Vergnügen?«

»Wo ist Marty?«

»Im Krankenhaus bei der Abendschicht.«

Sie trat beiseite, und er kam ins Haus. »Verlass dich nicht darauf, dass mein Besuch ein Vergnügen sein wird.«

»Du bist schlecht gelaunt?«

»Und wie.«

»Hat es was mit der Platzwunde unter deinem Auge zu tun?«

»Das ist nur die Spitze des Eisbergs.«

»Klingt rätselhaft.«

»Ist es auch.«

Er ging weiter ins Wohnzimmer, wo er sich auf das Sofa fallen ließ, den Kopf ans Rückenpolster lehnte und die Handballen in die Augenhöhlen presste. »Mann, was für ein Riesenmist.«

»Mit Henry?«, fragte sie besorgt.

»Das auch, ja. Aber heute Abend weniger.«

Sie setzte sich in die Sofaecke und schlug die Beine unter. »Was ist los?«

Er senkte die Hände und drehte den Kopf zur Seite, um sie anzusehen. Zeit und Jahre hatten kaum Spuren in ihrem Gesicht hinterlassen. Sie hatte immer noch die exotische – manche nannten sie betörende – Ausstrahlung, die ihm schon aufgefallen war, als er sie das erste Mal gesehen hatte.

In der fünften Klasse. Während der Pause. Sie hatte am Rand des Spielplatzes gestanden, ganz allein. Während die anderen herumgeblödelt oder gespielt hatten. Sie hatte keinen Versuch unternommen, irgendwo mitzumachen. Sie hatte die gesamten zwanzig Minuten damit verbracht, wie eingesperrt am Maschendrahtzaun zu stehen und sich dagegen zu pressen, sobald ein Kind in ihre Nähe kam, so als würde sie sich fürchten, dass jemand sie bemerken und attackieren könnte, weil sie dort Platz wegnahm.

Ledge hatte selbst genug Erfahrung mit dieser Art von sozialer Ausgrenzung. Er war das einzige Kind in seiner Klasse gewesen, das nicht mindestens ein lebendes Elternteil hatte. Er wuchs bei seinem Onkel auf, und sein »Heim« war der Anbau einer Bar mit Billardsalon. Damit war er anders als die anderen, und das hieß, dass er genauso gut Lepra hätte haben können.

Doch selbst in diesem Alter war er zäh und groß genug, um für die Grundschul-Großmäuler wie Rusty Dyle eine Bedrohung darzustellen.

Dieses Mädchen mit den dürren Beinen und den eben knospenden Brüsten auf dem schmalen Brustkorb wirkte hingegen, als wäre es zu schüchtern, um sich gegen einen Schmetterling zu verteidigen. Und von diesem Moment an hatte er das Gefühl gehabt, sie beschützen zu müssen, obwohl er nicht einmal wusste, wie sie hieß.

Sie waren in unterschiedlichen Klassen, doch nach der

Pause hatte er sich schlaugemacht und herausgefunden, dass sie Crystal Ivers hieß. Er hatte sie in der Cafeteria und auf dem Spielplatz im Auge behalten, um jederzeit eingreifen zu können, falls irgendwer sie ärgern sollte.

Was aber niemand tat. Sie wurde ignoriert. Was in vieler Hinsicht noch schlimmer war.

Dann beobachtete er an einem windigen Tag nach Schulschluss, wie sie den Blättern ihres Notizbuchs nachjagte, das ihr auf den Bürgersteig gefallen war. Er eilte ihr zu Hilfe. Gemeinsam konnten sie alle verwehten Papiere aufsammeln.

Er brachte ihr die, die er aufgelesen hatte, und reichte sie ihr. Während sie die Seiten in ihr Notizbuch stopfte und es dann mit beiden dünnen Armen an ihre Brust drückte, dankte sie ihm so leise, dass er sie kaum verstand. Schüchtern sah sie zu ihm auf und blickte sich dann verstohlen um.

Um irgendwas zu sagen, meinte er: »Du bist in Miss Hendersons Klasse.« Dann fiel ihm ein, wie dumm das war. Als wüsste sie nicht, in welcher Klasse sie war. »Ich heiße Ledge. Ledge Burnet.«

Sie schaute wieder verstohlen über ihre Schulter. »Ich darf nicht mit Jungs reden.«

Im nächsten Moment drehte sie sich um und marschierte eilig davon, das Notizbuch an die Brust gepresst. Als sie die Straßenecke erreichte, schwang am Straßenrand die Tür eines braunen Pick-ups auf, und sie kletterte hinein.

Ledge sprach sie kein zweites Mal an, obwohl sie sich in der Schule immer wieder bemerkten und jedes Mal wortlos kurz Augenkontakt hielten, wenn sich ihre Wege kreuzten.

Er gehörte zwar nicht zu den coolen Kids, bei denen Rusty das große Wort führte, doch Henry hatte darauf geachtet, dass sein Neffe sich am Sport und an anderen schulischen Aktivitäten beteiligte. So pflegte Ledge einen kleinen, engen Freundeskreis.

Als er älter wurde, schwärmten die Mädchen für ihn. Trotz seiner Unnahbarkeit oder wahrscheinlich genau deswegen galt er als extrem guter Fang. Er sammelte Erfahrungen, doch es war stets er, der seine Partnerinnen auswählte. Kein Mädchen konnte je behaupten, er »gehöre« ihr.

Im Gegensatz dazu war Crystal praktisch nicht existent. Sie gehörte keiner Clique an, war nie bei einer Sport- oder Tanzveranstaltung oder gar auf einer Party zu sehen. Ledge hatte das nie verstanden. Bis er herausfand, warum. Und an jenem Tag hätte er ihren Stiefbruder fast umgebracht.

Sie hatte immer die gespenstische Gabe besessen, in ihm zu lesen wie in einem offenen Buch, und sah ihn jetzt kritisch an. »Du hängst alten Erinnerungen nach, stimmt's?«

»Woher weißt du das?«

»Weil du dasselbe finstere Gesicht zeigst wie damals, als du mich in der Kanalröhre aufgespürt hast.«

Damals waren sie in ihrem zweiten Jahr an der Highschool gewesen. Mittlerweile hatte sich Crystal in eine Schönheit verwandelt. Sie hatte irgendwo in ihrer Ahnenreihe die Gene einer amerikanischen Ureinwohnerin, was sich in ihren leicht mandelförmigen braunen Augen und hohen Wangenknochen niederschlug. Ihre Brüste waren zu einer soliden C-Größe herangewachsen. Ihre Beine waren nicht mehr zu dünn, und sie wurde nicht mehr ignoriert. Alle männlichen Schüler hatten ein Auge auf sie geworfen.

Ledge hatte mitbekommen, wie Rusty Dyle seinen Kumpanen verkündet hatte, er würde zu gern den Arsch der kleinen Ivers in die Finger bekommen, denn der sei der beste in der Schule, basta.

Ledge hätte ihm dafür am liebsten eine reingehauen, doch stattdessen tat er so, als hätte er die Bemerkung nicht gehört. Jede Reaktion wäre bemerkt worden und hätte Rusty nur aufgestachelt, höchstwahrscheinlich zu Crystals Schaden.

Sie hatte inzwischen den Ruf, die richtige Adresse zu sein, wenn ein Junge flachgelegt werden oder einen Blowjob haben wollte, aber Ledge führte diese Gerüchte auf den Neid der Mädchen zurück, die sie in die Welt gesetzt hatten, oder auf das Wunschdenken der Jungen, die damit die Gerüchteküche anheizten. Wie sollte jemand leicht zu haben sein, der nie mit Gleichaltrigen zusammen war?

Eines Tages beobachtete er, wie Crystal sichtlich aufgewühlt mittags aus der Cafeteria stürmte. Spontan ließ er seinen Lunch stehen und folgte ihr aus dem Gebäude und vom Schulgelände.

Er hielt Abstand, bis er sah, wie sie vom Gehweg abbog und einen steilen Abhang hinunterschlitterte. Er lief ihr hinterher und stöberte sie in einem Abwasserkanal auf, wo sie, den Rücken an die feuchte Betonröhre gelehnt und den Kopf über die Knie gebeugt, so heftig weinte, dass ihr ganzer Körper bebte.

Als er sie ansprach, schreckte sie hoch und wollte schon aufspringen. Er streckte beschwichtigend die Hand aus. »Ist schon okay, wenn du weinst. Ich bleibe einfach bei dir sitzen. Okay?«

Langsam ging er vor ihr in die Hocke. Sie beobachtete ihn argwöhnisch, doch als er keine Anstalten machte, sie zu berühren, ließ sie die Stirn wieder auf die Knie sinken und weinte weiter.

Als das Schluchzen schließlich versiegte, hob sie den Kopf und wischte sich die Spuren der Tränen aus dem aufgequollenen, fleckigen Gesicht. »Geh weg. Du machst es nur schlimmer.«

»Was denn?«

»Was sie über mich sagen.«

»Wer?«

»Alle.«

»Ach, fick die doch.«

Sie lachte bitter. »Sie behaupten, ich würde das tun.« Wieder ließ sie den Kopf auf die Knie sinken, bevor sie leise, aber angestrengt erklärte: »Ich tue nichts von dem, was sie erzählen. Warum sollte ich das wollen? Ich hasse es. Es ist eklig. Und es tut weh.«

Die Worte sickerten wie ein übles, öliges Gift in Ledges Hirn. Er dachte daran, wie abgeschieden sie lebte, an den braunen Pick-up, der sie zur Schule und wieder nach Hause brachte, und erinnerte sich klar an das Beben in ihrer Kinderstimme, als sie gesagt hatte: *Ich darf nicht mit Jungs reden.*

»Was tut weh, Crystal?«

Sie schüttelte den Kopf, ohne ihn dabei von den Knien zu heben. »Das kann ich dir nicht sagen.«

»Doch, das kannst du.«

»Damit du es überall weitererzählen kannst.«

»Das würde ich nie im Leben.«

Sie hob den Kopf und sah ihn skeptisch an.

»Ich schwöre, dass ich nichts weitererzähle, was du nicht möchtest. Wer tut dir weh?«

Ihre Augen füllten sich mit frischen Tränen, und sie flüsterte rau: »Mein Stiefbruder.«

Glühend heiße Wut rollte in einer Lawine über ihn hinweg. »Er tut dir weh? Er fasst dich an?«

»So hat es angefangen. Inzwischen…« Ihr versagte die Stimme, doch ihr Gesicht sprach Bände.

Ledge sank gegen die Wand und wandte kein einziges Mal den Blick von ihr, während sie ihm die ganze widerliche Geschichte erzählte.

Alles hatte angefangen, nachdem ihr Stiefvater gestorben war. Sein Sohn hatte weiterhin bei Crystal und ihrer Mutter gelebt. Ihre Mutter wusste, dass er Crystal missbrauchte, aber sie fürchtete sich zu sehr vor ihm, als dass sie etwas unternommen hätte. Beide führten ein Leben in Angst und Schrecken. Er hieß Morg Young.

Morg Young war Stammgast in Henrys Bar, auch wenn Henry und Don es lieber gesehen hätten, wenn er sich anderswo herumgetrieben hätte. Er suchte Streit, war durch und durch undiszipliniert, und einmal hatte Henry ihm Hausverbot erteilt, nachdem er eine Frau bedrängt hatte, die seine Aufmerksamkeit weder erbeten noch gewünscht hatte. Ledge hätte diesen Abschaum nie im Leben mit Crystal in Verbindung gebracht, vor allem, weil sie einen anderen Nachnamen hatte.

Jetzt streckte Ledge die Hand zu ihrer Sofaecke aus und legte sie auf ihr Knie. »Bis heute wünschte ich, ich hätte ihn umgebracht.«

»Das hättest du um ein Haar.«

Er war zu jung gewesen, um Bier auszuschenken, aber oft hatte er nach dem Abendessen und den Hausaufgaben in der Bar ausgeholfen, indem er den Boden fegte, Gläser abwusch, Lieferungen annahm und die verschiedensten Arbeiten erledigte.

An jenem Abend war Morg Young gegen zehn allein hereingekommen und, von Don mit einem Bier ausstaffiert, in den Billardbereich hinübergeschlendert, wo er herumgefragt hatte, ob jemand bereit sei, Geld gegen ihn zu verlieren. Er hatte mehrere Partien gespielt und war bis zur Sperrstunde geblieben, bevor er als einer der letzten Gäste die Bar verließ.

Ohne dass sein Onkel oder Don es mitbekommen hätten, war Ledge ins Lager verschwunden und aus der Hintertür geschlichen. Er holte Crystals Peiniger ein, als der gerade in seinen Pick-up steigen wollte.

Fünf Minuten später fegte Ledge wieder den Boden. Ein Gast, der sich kurz zuvor verabschiedet hatte, kam atemlos wieder hereingelaufen. »Ich schätze, Morg hat sich heute mit dem Falschen angelegt. Er liegt übel zugerichtet draußen neben seinem Wagen.«

Henry lief hinaus, um zu helfen. Don rief den Notarzt. Während der nächsten halben Stunde herrschte, wie nach allen Gewalttaten, Hektik. Doch irgendwann bemerkte Don die blutigen, geschwollenen Knöchel an Ledges Hand und sah ihn erschrocken an.

»Er hatte es mehr als verdient«, murmelte Ledge nur.

Don fixierte ihn kurz und scharf und sah dann zu Henry und vor allem zu den beiden Deputys hinüber, die ihn gerade befragten, mit wem Morg an diesem Abend Billard gespielt hatte. Don wandte sich wieder an Ledge und fragte grimmig: »Solltest du nicht für deinen Mathetest lernen?«

Ledge kapierte den Wink und zog sich in sein Zimmer zurück, wo er fast eine Stunde an die Decke starrte, bis Henry hereinkam. Sein Onkel setzte sich schwer auf das Fußende des Bettes und betrachtete Ledges blutige Hände.

»Wieso bist du über Kreuz mit diesem Riesenarsch?«

»Bin ich nicht.«

»Und warum hast du ihn dann krankenhausreif geschlagen?«

»Es gibt da ein Mädchen in meinem Jahrgang. Crystal. Sie ist seine Stiefschwester. Heute habe ich sie weinen gesehen. Und sie hat mit mir geredet. Vertraulich.« Er sah Henry tief in die Augen und zwang seinen Onkel dadurch, alles herauszuhören, was er nicht aussprechen durfte.

»Morg belästigt sie?«

Ledge sagte nichts, aber das brauchte er auch nicht.

»Jesus.« Henry fuhr sich mit der Hand übers Gesicht und versuchte den Ernst der Lage zu erfassen. »Und das Mädchen heißt Crystal?«

»Ivers.«

Henry wiederholte den Namen, als wollte er ihn im Gedächtnis abspeichern. »Ist sie deine Freundin?«

»Nicht so.«

»Und du weißt das nicht aus zweiter Hand? Sie hat es dir selbst erzählt?«

Ledge sah ihn nur an.

»Und du bist sicher, dass sie die Wahrheit sagt?«

Die Frage ärgerte Ledge so, dass er seinen Onkel nur finster ansah.

»Schon gut, schon gut.« Henry zupfte nachdenklich an seinem Kinn. »Hat er mitbekommen, dass du der Angreifer warst?«

»Ich habe dafür gesorgt, dass er mich nicht sieht.«

»Hat dich vielleicht sonst jemand gesehen?«

»Glaube ich nicht.«

»Ich auch nicht. Der Mann, der ihn gefunden hat, meinte, dass der Parkplatz leer war bis auf seinen Wagen und den von Morg und dass sonst niemand zu sehen war.«

»Was passiert jetzt?«

»Weiß ich nicht. Ich muss überlegen, was ich unternehme. Eigentlich müsste ich dich anschwärzen. Anderseits«, er rieb sich seufzend über die Stirn, »verstehe ich, warum du es getan hast. Mir würde es da ähnlich gehen.« Er sann kurz nach und beschloss dann: »Bleib vorerst in Deckung, halt den Mund und bete, dass der Hurensohn nicht stirbt.«

»Ich hoffe, er tut es.«

»Nein, das tust du nicht, Ledge.« Erstmals klang Henry ärgerlich. »Das tust du nicht. Was er getan hat, ist widerwärtig. Absolut widerwärtig. Abscheulich und kriminell, und er sollte dafür bis ans Ende seines elenden perversen Lebens im Gefängnis sitzen. Aber du kannst nicht Richter und Geschworener in einer Person spielen. Du kannst so was nicht selbst in die Hand nehmen.«

»Aber sonst hat niemand was unternommen.«

»Nein... Aber... Ach. Mist. Mit dir ist nicht zu reden, wenn du dich im Recht fühlst. In dieser Hinsicht bist du genau wie dein Vater.« Er klang mürrisch und ärgerlich und liebevoll zugleich.

»Versprich mir, dass du in Zukunft erst mit mir redest, wenn du irgendetwas in Ordnung bringen willst. Dann werden wir gemeinsam überlegen, wie wir das regeln können, ohne dass Blut fließt. Versprichst du mir das?«

Das war das zweite Versprechen, das Ledge an diesem Tag ablegen musste. Sein Versprechen Crystal gegenüber, ihr Geheimnis zu wahren, hatte er gehalten. Halbwegs. Er hatte Morg nicht namentlich erwähnt. Aber dank seiner Andeutungen hatte sein Onkel zwischen den Zeilen lesen können.

Obwohl er und Ledge in all den Jahren nie wieder über

diesen Vorfall gesprochen hatten, musste Henry den Missbrauch offenbar dem Jugendamt oder der Polizei oder irgendwem gemeldet haben, denn als sich Morg so weit erholt hatte, dass er aus dem Krankenhaus entlassen werden konnte, verließ er es in Handschellen und polizeilicher Begleitung.

Die Behörden überredeten Crystal und ihre Mutter, gegen ihn auszusagen. Er kam vor Gericht und wurde verurteilt. Nur drei Monate nach dem Urteilsspruch hatte ein Mitgefangener Ledges heimlichen Wunsch erfüllt, eine Klinge in Morgs linke Niere gejagt und ihn getötet.

Ledge konnte vor sich rechtfertigen, dass er sein Versprechen gegenüber Crystal nicht buchstabengetreu gehalten hatte, denn dadurch hatte er sie und ihre Mutter von diesem Scheusal befreit. Das Versprechen seinem Onkel Henry gegenüber dagegen hatte er ganz klar gebrochen. Nachdem er an jenem verregneten Samstagmorgen aus dem Diner getreten war, hätte er direkt zu Henry gehen und ihm von Rustys Einbruchsplan bei Welch's erzählen sollen. Er hatte es nicht getan. Es war ein schwerer Fehler gewesen, für den er immer noch teuer bezahlte.

Bis zu diesem Tag. Bis zu diesem Augenblick.

Crystal bedeckte seine Hand auf ihrem Knie mit ihrer. »Reisen in die Vergangenheit können auf gefährliches Gelände führen, Ledge. Warum hältst du dich nicht davon fern?«

»Ich wünschte, ich könnte es. Ich kann es nicht.«

»Was ist los? Was ist passiert?«

Er zog die Hand zurück. »Als ich damals zum zweiten Mal verhaftet wurde, weil sie das Gras in meinem Auto gefunden haben? Weißt du noch?«

Argwohn ließ ihre Augen schmaler werden. »Was soll damit sein?«

»War Rusty in der Nacht bei dir?«

Ihre Miene wurde argwöhnisch. »Das war vor zwanzig Jahren.«

»Ich weiß genau, wie lang es her ist, Crystal. Bitte beantworte meine Frage.«

Sie zögerte, stand dann vom Sofa auf, trat an einen Barwagen und drehte den Verschluss von einer Flasche Bourbon auf.

»Ich möchte nichts.«

»Der ist auch nicht für dich, sondern für mich.« Sie schenkte Whisky in ein Glas und kam damit zu ihm. »Aber wahrscheinlich wirst du auch einen brauchen.«

Er nahm ihr das Glas ab, trank aber nicht. Sie kehrte an den Wagen zurück und schenkte sich ebenfalls einen Whisky ein. »Ja, Rusty kam in dieser Nacht zu mir. In mein früheres Haus. Mutter schlief schon. Er klopfte an mein Fenster und drohte, dass er Krach schlagen würde, der Tote aufweckte, wenn ich ihn nicht reinlassen würde.«

»Um welche Uhrzeit war das?«

»Mein Gott, Ledge, daran kann ich mich nicht erinnern.«

»Versuch es.«

»Warum ist das so wichtig?«

»*Wann war das?*«

»Spät. Gegen eins, halb zwei. Ungefähr. Und ich könnte es nicht beschwören. Ich war zu erstaunt über seinen Zustand.«

»Was für einen Zustand?«

Sie bedachte ihn mit einem vernichtenden Blick. »Als wüsstest du das nicht.«

Genauso gereizt wie sie knallte er den noch unangerührten Drink auf den Couchtisch. »Bitte lass mich nicht jede Frage wiederholen. Beschreib mir seinen *Zustand*.«

Sie nahm einen Schluck von ihrem Whisky. »Er war grün und blau geschlagen. Am Kinn hatte er einen faustgroßen Bluterguss. Hier.« Sie presste sich unterhalb des Ohrs die Knöchel gegen den Kiefer. »Sein linker Arm war schwarzblau und auf doppelte Größe angeschwollen. Ich nahm an, dass er gebrochen war. Eine Annahme, die sich später bestätigen sollte. Er hatte massive Schmerzen. Er war verängstigt. Und völlig verschwitzt.«

Je mehr sie erzählte, desto fassungsloser wurde Ledge. Sie beschrieb einen ganz anderen Rusty als den, den Ledge zuletzt gesehen hatte und der wenige Stunden zuvor mitsamt der Geldtasche aus Ledges Auto gestiegen war. Dieser Rusty war nicht grün und blau geprügelt und verunstaltet gewesen. Er war das gleiche putzmuntere, arrogante Arschloch gewesen wie immer.

»Hat er dir erzählt, was ihm passiert war?«

Ohne den Blick von ihm zu wenden, antwortete sie leise und mitfühlend: »Ja, Ledge, das hat er. Du brauchst mir nichts mehr vorzuspielen. Ich weiß, was ihr beide in dieser Nacht getan habt.«

Kapitel 20

Jene Nacht im Jahr 2000 – Crystal

»Was um Himmels willen ist mir dir passiert?«

Nachdem Rusty durch das Fenster in ihr Zimmer geklettert war, flüsterte Crystal nur, aus Angst, ihre Mutter könnte aufwachen. Morg war zwar endgültig verschwunden, aber ihre Mutter hatte immer noch einen unruhigen Schlaf.

Rusty rempelte Crystal beiseite, ließ sich auf ihr Bett sinken und hielt seinen Arm vor dem Bauch fest. »Besorg mir was zu trinken.«

»Wir haben keinen Alkohol im Haus.«

»Nichts? Gar nichts?«

»Nichts. Gar nichts.«

»Wer hat keine Flasche für Notfälle im Haus?«

»Seit Morg weg ist, ist Mutter strenge Abstinenzlerin.«

Rusty fluchte leise. »Schmerzmittel? Percocet?«

Sie schüttelte den Kopf. »Nichts, was so stark wäre. Dein Arm sieht gebrochen aus. Du musst zum Arzt.«

»Nein.«

»Aber…«

»Nicht jetzt! Okay?« Er verzog das Gesicht vor Schmerz. »Aber ihr habt doch bestimmt ein paar Aspirin hier. Advil?«

»Ich fahre dich in die Notaufnahme.«

»Herrgott, Crystal, hörst du endlich auf? Ich kann jetzt nicht dahin.«

»Wieso nicht?«

»Weil es eben nicht geht.«

»Was ist denn passiert?«

»Dein Freund ist passiert.«

»Ledge?«

»*Ledge?*«, äffte er ihren erstaunten Tonfall nach. »Du musst doch irgendwo ein blödes Aspirin haben.«

»Psst! Schon gut.«

Sie schlich aus dem Zimmer und über den Gang, so leise wie möglich an der geschlossenen Schlafzimmertür ihrer Mutter vorbei. Im Licht der kleinen Lampe im Badschrank holte sie eine Flasche Advil aus dem Medizinfach und spülte ein Zahnputzglas aus. Sie gelangte unentdeckt in ihr Zimmer zurück.

Während sie weg gewesen war, hatte Rusty die Nachttischlampe eingeschaltet. Im matten Lichtschein sah er grausig aus. Er hatte das aus seinem Mund tropfende Blut über sein Kinn verschmiert. Blutspritzer sprenkelten sein Hemd. Immer noch hielt er den linken Arm vor seinem Bauch.

Mit der unverletzten Hand hob er das Hemd an und inspizierte die Verletzungen an seinem Rumpf. Er hatte Schürfwunden abbekommen. Unterhalb seiner Rippen zog sich ein Bluterguss bis zum Hüftknochen.

»Rusty, du musst in die Notaufnahme.«

Er ließ das Hemd los und griff nach der Flasche mit dem Schmerzmittel. Mit dem Daumen klappte er den Verschluss zurück, dann schüttete er sich mehrere Tabletten in den Mund. Crystal reichte ihm das Wasserglas. Er trank es aus und stellte das leere Glas auf den Nachttisch, direkt neben das gerahmte Schulfoto von Ledge.

»Wie süß.« Rusty sah finster zu ihr auf.

Sie war Rusty immer so weit wie möglich aus dem Weg gegangen, ihm und seinen fiesen Blicken, die eine Vertraulichkeit andeuteten, die es nie gegeben hatte. Er hatte damals die Gerüchte über ihre sexuellen Eskapaden in die Welt gesetzt. Er hatte mit Dates geprahlt, die nie stattgefunden hatten.

Deshalb spürte sie jetzt umso deutlicher, dass sie halb nackt war. Sie zog einen Morgenmantel über die kurze Pyjamahose und das T-Shirt, in dem sie geschlafen hatte. Sie schlang den Mantel um sich und verschränkte die Arme. »Was hat Ledge damit zu tun?«

»Alles. Dieses Dreckschwein.« Er sah sie mit irren, fiebrigen Augen an. »Aber ich kann ihn nicht anzeigen, ohne mich selbst zu belasten. Er wird also damit durchkommen und nur vor Gericht landen, weil er Gras verkauft.«

»Er verkauft kein Gras.«

»Und der Papst trägt keine Mitra.«

»Ledge hat nur das eine Mal geraucht und wurde dabei erwischt. Das war alles.«

»Und du kaufst ihm das ab? Er erzählt dir doch alles, was du hören willst, nur damit du mit ihm fickst.«

»Das ist gelogen.«

Er tat ihre vehemente Reaktion mit einem Schnauben ab. »Heute Abend hat er auf dem Parkplatz hinter der Bar seines Onkels Gras aus seinem Auto heraus verkauft. Ich … ich …« Er wandte den Blick ab und sah sie dann wieder an. »Ich hab ihm was von dem Zeug geliefert.«

Sie sah ihn angewidert an.

»Überraschung!«, sagte er. »Der Sohn des Sheriffs dealt

mit Gras. Wer hätte das gedacht?« Er bewegte den Arm leicht, verzog das Gesicht, fluchte und atmete zur Beruhigung tief durch. »Jedenfalls haben Burnet und ich uns in die Wolle gekriegt, als wir den Profit aufteilen wollten. Als wir uns nicht auf einen fairen und vernünftigen Deal einigen konnten, hat er die Fäuste ausgepackt. Wahrscheinlich liegt es daran, dass er in einer Spielhölle aufgewachsen ist, aber er kämpft nicht fair.«

»Willst du damit sagen, dass Ledge dir das angetan hat?«

»Hast du mir nicht zugehört?«

»Ich glaube dir nicht.«

Aber trotz dieser Versicherung tat sie es. Sie glaubte ihm, und darum fürchtete sie um Ledge. Sie setzte sich neben Rusty auf die Bettkante, achtete aber auf ausreichenden Abstand.

Sie musste daran denken, wie Morg an dem Abend ausgesehen hatte, als man sie und ihre Mutter ins Krankenhaus gerufen und ihnen eröffnet hatte, dass er notoperiert werden musste, um den Milzriss zu schließen. Sie hatten beide angenommen, dass er in einen schrecklichen Autounfall verwickelt worden war, doch als Crystal erfahren hatte, dass er auf dem Parkplatz hinter Burnet's Bar attackiert worden war, hatte sie sofort gewusst, wer ihn so zugerichtet hatte.

Nur ein paar Stunden zuvor hatte sie Ledge erzählt, dass Morg sie missbrauchte. Ledge hatte nicht getobt, er hatte auch kein Rachegelübde abgelegt und nicht geschworen, dass er der Sache ein Ende machen würde.

Stattdessen hatte er reglos und still dagesessen und vor sich hin gestarrt, mit glühend heißem Blick. Dann war er aufgestanden und hatte ihr angeboten, sie zu der Ecke in der Nähe der Schule zu begleiten, wo Morg sie immer abholte.

Im Wartezimmer des Krankenhauses wurden sie und ihre Mutter von einem Deputy vernommen. Als sie gefragt wurde, ob sie jemanden kenne, der Rachegelüste gegen ihren Bruder haben könnte, hatte sie zwar innerlich geschlottert, aber mit bemerkenswerter Fassung gelogen: »Nein, Sir. Niemanden.«

Jetzt sorgte sie sich mehr um Ledge als um sein Opfer. »Sieht er auch so schlimm aus wie du?«

»Du machst dir um ihn Sorgen?« Er sah sie verächtlich an. »Ich hab dir doch gesagt, dass er nicht fair kämpft. Er hat kaum einen Kratzer abgekriegt.« Er griff nach dem Glas auf dem Nachttisch und spuckte blutigen Schleim hinein. »Er hat mich einfach liegen lassen und ist mit dem Rest von unserem Stoff und dem Geld abgerauscht. Aber wer zuletzt lacht, lacht am besten.«

Er lachte, ein hässliches, bösartiges Glucksen. Rosa Blasen zerplatzten zwischen seinen geschwollenen Lippen. »Nicht lang nachdem er mich liegen gelassen hatte, wurde er geschnappt. Mit dem Rest unserer Ware. Und jetzt sitzt er in der Zelle.«

Sie wollte eilig vom Bett aufstehen, aber Rustys gesunder Arm schoss vor und fing sie am Handgelenk ab. »Wo willst du hin?«

»Zum Sheriff's Office.«

»Den Teufel wirst du tun.« Er zog sie zurück aufs Bett. »Du bleibst schön hier bei mir. Wo ich übrigens die ganze Nacht war.«

»Die ganze Nacht? Was redest du da?«

»Also, Crystal, Liebes, ich bin schon seit halb zehn bei dir, seit deine Mama sich ins Bett gelegt hat. Keine fünf Minuten nachdem ihr Nachtlicht ausgegangen ist, habe ich an dein Fenster geklopft, und du hast mich reingelassen. Meine

Stiefelabdrücke sind draußen unter dem Gestrüpp und hier drin auf dem Teppich unter dem Fenster.«

Sie wollte ihren Arm wegziehen, aber er hielt sie fest. »Ich habe also ein felsenfestes Alibi, falls dein krimineller Schatz mich in seine kleinen Nebengeschäfte verwickeln möchte. Nämlich dich. Wir haben uns um den Verstand gevögelt.«

»Du Mistkerl. Wir haben nichts dergleichen getan.«

»Na schön, dann haben wir eben nicht gefickt. Du hast mir einen geblasen.«

Sie sah ihn voller Ekel an. »Ich würde auf keinen Fall lügen, nur um dich zu beschützen.«

»Doch, das wirst du.«

»Auf keinen Fall, und du kannst mich nicht dazu zwingen.«

»Crystal, Liebes, du wirst alles tun, was ich sage. Weißt du auch, warum? Weil ich fest entschlossen bin, mein Gesicht zu wahren und Lügen zu erzählen, wenn mich jemand fragt, wieso ich in diesem erbärmlichen Zustand bin. Aber falls Ledge mich verpfeift und du für ihn Partei ergreifst, dann bin ich gezwungen, die Wahrheit zu sagen. Und dann wird Ledge nicht nur wegen Dealens angeklagt, sondern auch wegen schwerer Körperverletzung. Vielleicht sogar wegen versuchten Totschlags.« Er kicherte bedauernd. »Und falls du es noch nicht weißt, damit ist nicht zu spaßen.«

»Dann würde dein Wort gegen seines stehen«, sagte sie. »Außerdem sind deine Verletzungen nicht lebensgefährlich. Eine aufgeplatzte Lippe, ein gebrochener Arm? Das sieht schlimm aus, ist aber bestimmt nicht lebensgefährlich.«

»Moment. Du dachtest, ich meine den lächerlichen Blechschaden, den er mir zugefügt hat?« Er tippte mit den Fingerspitzen gegen seine Brust. »Nein, mein Honigkuchenpferdchen. Ich habe von der Attacke gesprochen, mit der er deinen jämmerlichen Stiefbruder halb ins Grab gebracht hat.«

Crystal spürte, wie der Boden unter ihr nachgab. »Woher weißt du, dass das Ledge war?«

Langsam breitete sich ein Lächeln auf Rustys Gesicht aus. »Bis eben wusste ich das nicht. Aber jetzt weiß ich es.«

Kapitel 21

Als Crystal erklärt hatte, dass Ledge ihr nichts mehr vorzumachen brauche, weil sie längst wisse, was er und Rusty an jenem Abend getan hatten, war das keine Anspielung auf den Einbruch gewesen.

Ganz und gar nicht.

Abwechselnd fassungslos und rasend vor Zorn hörte er zu, während sie ihm Rustys Besuch in ihrem Haus schilderte. Rusty hatte eine geschickte Lügengeschichte gesponnen. Er hatte Crystal überzeugt, dass Ledge teuer dafür bezahlen würde, falls sie abstreiten sollte, dass Rusty fast die ganze Nacht bei ihr gewesen war.

Aber abgesehen von den Konsequenzen für ihn persönlich hatte diese bisher unbekannte Information zur Folge, dass er Rusty und das, was er an diesem Abend getan haben mochte, in noch schwärzerem Licht sah.

Ich habe ein felsenfestes Alibi. Aber wo warst du? Wohin bist du verschwunden, nachdem wir vier uns getrennt hatten? Wer kann bezeugen, was du in dieser Nacht getrieben hast?

Unter anderem mit dieser Frage hatte er aufgetrumpft, als er Rusty am Morgen gedroht hatte, zum Generalstaatsanwalt zu gehen und den uralten Fall noch einmal aufrollen zu lassen. Sobald Ledge von Fosters fragwürdigem Tod erfahren hatte, war in ihm der Verdacht aufgekeimt, dass

Rusty dabei die Finger im Spiel gehabt hatte, obwohl er vermutet hätte, dass Rusty sich im Hintergrund halten und die Drecksarbeit von jemand anderem erledigen lassen würde.

Aber vielleicht auch nicht. Nach dem Raubzug hatte er weder nervös noch verschwitzt gewirkt. Stattdessen war er fröhlich summend davonspaziert. Ganz zu schweigen davon, dass er gebrochen und blutig davongekrochen wäre.

Als Rusty zu Crystal gekommen war, um sich ein Alibi zu verschaffen, war er schwer verletzt gewesen und Foster tot. Daraus ließ sich nur ein logischer Schluss ziehen, zumindest soweit Ledge erkennen konnte. Doch er würde mehr als nur Mutmaßungen brauchen, bevor er seinen Verdacht äußerte.

Erst musste er alles mit Crystal klären. »Alles, was Rusty dir über das Marihuana in meinem Auto erzählt hat, war eine dicke, fette Lüge.«

»Es wurde in deinem Auto gefunden, Ledge.«

»Aber ich hatte es nicht in meinen Kofferraum gelegt. Und ich habe erst recht nicht mit Rusty gedealt. Falls ich jemals beabsichtigt hätte, Gras zu verkaufen, hätte ich das ganz bestimmt nicht auf dem Grundstück meines Onkels getan. Ihn womöglich in die Sache verwickeln? Nie im Leben.« Er stieß sich vom Sofa ab und marschierte rastlos durch den Raum. »Ich habe Rusty nicht verprügelt. Ich habe seinen Arm nicht gebrochen, aber ich würde ihm liebend gern den Hals dafür brechen, dass er dir das eingeredet hat.« Er blieb stehen und sah sie an. »Glaubst du mir?«

»Das würde ich gern.«

»Das reicht nicht, Crystal.«

»Nach dem, was du Morg angetan hast ...«

»Das streite ich nicht ab. Das habe ich nie abgestritten. Aber *das hier* habe ich nicht getan.«

»Hast du Rusty an dem Abend gesehen?«

»Ja.«

»Wo?«

»Hinter der Bar. Auf dem Parkplatz.«

»Was habt ihr dort gemacht?«

Er wollte sie keinesfalls in die Zwangslage bringen, für ihn lügen zu müssen, darum hielt er seine Antwort vage. »Was wir immer machen, wenn sich unsere Wege kreuzen. Uns wünschen, wir könnten dem anderen an die Kehle gehen. Wir haben zwar beide mit den Hufen gescharrt, aber mehr auch nicht. Es kam zu keinem Schlagabtausch. Ich habe ihn stehen lassen und wollte gerade zu dir in die Stadt fahren, als ich angehalten wurde. Die Polizisten fanden das Gras. Ich wurde festgenommen. Rusty sah ich erst wieder, als ich Heimaturlaub bekam, kurz vor meinem ersten Kampfeinsatz in Übersee. Wir haben uns nur aus der Ferne gesehen. Damals haben wir uns nicht einmal gegrüßt. Miteinander gesprochen haben wir erst Jahre später, nach meiner Entlassung. Eines Abends, als ich in der Bar war, kam er hereinspaziert. Er machte auf guten Kumpel und fragte mich, ob ich schon die frohe Botschaft vernommen hätte, dass er District Attorney war. Ich erklärte ihm, dass das niemand außer ihm für eine frohe Botschaft halten würde. Und das war mein Ernst. Er meinte, ich sollte mich nicht zu sehr an meinen Heldenstatus gewöhnen. Er könne es kaum erwarten, dass ich wieder Mist baue und er mich vor Gericht bringen könnte. Auch ihm war es ernst. Dann setzte er dieses typische eingebildete Feixen auf und verschwand. Und das ist die lautere Wahrheit.«

»Na schön. Aber warum war er dann in dieser Nacht bei mir und hat mir all diese Lügen erzählt?«

»Er brauchte dich als Alibi. Das hat er selbst gesagt.«

»Aber als Alibi wofür?«

Er wählte seine Worte mit Bedacht. »Wer auch immer ihn so zugerichtet hat, kennt die Antwort, würde ich sagen.«

»Er war in einem furchtbaren Zustand, Ledge. Das war ein brutaler Kampf.«

»M-hm. Um etwas, das nie jemand erfahren sollte.«

Crystal sah ihn schockiert an. »Er hat also diese Lüge über dich und das Gras gesponnen, um von sich abzulenken?«

»Du würdest ihm nicht glauben *wollen*, das war ihm klar, aber weil du wusstest, dass ich schon mal wegen Drogen verurteilt war und weil ich deinen Stiefbruder so in die Mangel genommen hatte, würdest du ihm vielleicht trotzdem glauben.«

»O Gott, wie leicht er mich manipulieren konnte.«

»Er hat Übung. Er war sicher, dass du seiner Version niemals widersprechen würdest, weder gegenüber der Polizei noch sonst jemandem, und zwar aus Angst, dass ich das ausbaden müsste. Deine Loyalität mir gegenüber war sein einziger Trumpf, aber den hat er geschickt ausgespielt. Er hat alles auf diese Karte gesetzt.«

Was ihn zu einem anderen Thema brachte. Einem, das schmerzte. Er ging zum Sofa, stützte sich auf der Armlehne ab und beugte sich vor, bis er auf Augenhöhe mit Crystal war. »Warum hast du mir das nie erzählt, Crystal? Ich musste es von Rusty erfahren. Heute.«

Ihr Blick blieb an der Wunde auf seiner Wange hängen. »Hast du dir das dort geholt?«

»Genau gesagt hatte ich es mir schon geholt, bevor er es mir erzählt hat.«

»Ihr habt euch geprügelt?«

»Das ist nicht weiter wichtig«, erklärte er knapp. »Wichtig ist nur, warum du mir nie von seinem nächtlichen Besuch erzählt hast. Nicht ein einziges Mal in zwanzig Jahren. Das kann kein Versehen sein. Warum hast du nie etwas gesagt?«

»Du bist zur Armee gegangen. Wozu noch Öl ins Feuer gießen? Was hätte es geändert? Nichts.«

»Für mich hat sich eine Menge geändert, als euer schmutziges Geheimnis heute ans Licht kam.«

»Schmutzig war da nichts. Zwischen Rusty und mir ist nichts passiert.«

»Warum hast du dann nie etwas gesagt? Das fühlt sich wie Verrat an.«

»Es war aber keiner.«

»Wie würdest du es dann nennen?«

»Vernunft«, schnauzte sie ihn an. »Du wärst durchgedreht. Ich hatte Angst, dass du ihm was antun würdest.«

»Ich hätte ihn umgebracht.«

»Ganz genau! Wenn ich wieder die Wahl hätte, würde ich es dir immer noch nicht erzählen. Ich würde dich davon abhalten wollen, irgendwas Dummes zu tun.«

»So wie bei deinem Stiefbruder, dem Vergewaltiger? Wäre es dir lieber gewesen, wenn ich nichts unternommen hätte und er dich weiter missbraucht hätte?«

Sie sah ihn an, als hätte er sie geohrfeigt.

Er richtete sich auf, drehte ihr den Rücken zu, ließ den Kopf hängen und legte die Finger an die Schläfen. »Verflucht, das tut mir leid, Crystal. Das tut mir so leid. Das war wirklich unter der Gürtellinie.«

»Vergiss es. Du bist aufgewühlt.«

»Das bin ich, ja.« Er sah sie wieder an. »Aber das ist keine Entschuldigung.«

Sie lächelte sanft. »Ich verzeihe dir, okay? Erzähl mir, was dich so aufregt. Warum streiten wir deswegen? Das war vor vielen, *vielen* Jahren. Du, ich, Rusty, wir haben uns verändert.«

»Du und ich vielleicht. Rusty nicht.«

Er setzte sich aufs Sofa, pflanzte die Ellbogen auf die gespreizten Knie, senkte den Kopf und fuhr sich mit allen zehn Fingern durchs Haar. »Ich bin wütend, dass ich all das nicht früher erfahren habe, weil es entscheidend sein könnte, wo Rusty in dieser Nacht war und was er getrieben hat. Erst heute Abend, vor ein paar Minuten, ist mir klar geworden, wie wichtig das sein könnte.«

»Wichtig für wen?«

»Nicht nur für dich und mich.«

»Joe Maxwells Tochter?«

Er sah zu ihr, ohne die Hände aus seinen Haaren zu nehmen. Sie spielte am Saum einer Chenilledecke, wickelte die Fransen säuberlich um ihren Zeigefinger und hielt den Blick fest auf ihre Hand gerichtet, statt ihn anzusehen.

»Eine meiner Kosmetikerinnen hat dich im Baumarkt gesehen«, sagte sie schließlich und sah ihn an. »Du hattest eine Rolle mit Bauplänen dabei. Der Verkäufer, mit dem du dich über Außenfarben beraten hast, meinte, das Haus auf deinem Plan hätte ausgesehen aus wie das der Maxwells …«

»Okay. Das genügt.« Er nahm die Hände vom Kopf und lehnte sich wieder in die Polster, genau wie bei seiner Ankunft.

»Ist sie niedlich?«, fragte Crystal.

»Niedlich« war nicht das richtige Wort.

»Mehr als niedlich?«

Arden fehlte das Kecke, das Ledge mit einem Wort wie

»niedlich« verband. Sie war ernst und sah oft traurig aus. Sie war aufreizend, im positiven wie im negativen Sinn, und eigentlich verdiente er einen Preis für die selbstlose Selbstdisziplin, die er heute Abend bewiesen hatte, als er sie verlassen hatte.

Verflucht. Warum musste das Leben so kompliziert sein?

»Kein Kommentar?«

Crystals Frage lenkte seine Gedanken von Arden weg und wieder zu Rusty. »Du hast erzählt, später hätte sich bestätigt, dass Rustys Arm gebrochen war. Wann war das?«

»Die Schwellung und der Bluterguss wurden immer schlimmer. Ich warnte ihn, dass sich Wundbrand entwickeln könnte, wenn er nicht zum Arzt ging. Keine Ahnung, ob so was medizinisch möglich ist, aber es jagte ihm immerhin solche Angst ein, dass er in die Notaufnahme fahren wollte. Ich weiß nicht mehr genau, wann er gegangen ist, aber es war noch dunkel, noch vor der Dämmerung. Ich begleitete ihn durchs Haus zur Haustür und bot ihm halbherzig an, ihn zu fahren, aber erklärte mir, dass er seinen Wagen einen halben Block weiter abgestellt hätte und allein zurechtkäme. Ein paar Tage später – du warst da noch in Haft – waren Mom und ich beim Tanken. Er sah uns, bog in die Tankstelle und zeigte uns seinen eingegipsten Arm. Er überredete Mom zu einem Autogramm darauf.« Verächtlich ergänzte sie: »Als er wieder weg war, meinte sie zu mir, was für ein netter, freundlicher junger Mann er sei. Und das ist alles, was ich über diese Nacht weiß, Ledge. Rustys und meine Wege haben sich seither nur selten gekreuzt, und nie hat er über diesen Abend gesprochen, nicht einmal in Andeutungen, die nur ich verstanden hätte.«

»Aber er behält dich im Auge.«

Sie winkte abwertend. »Er konnte mich nie rumkriegen. Das lässt ihm keine Ruhe.«

»Ich glaube nicht, dass er so pubertäre Gründe hat.«

»Welche denn sonst?«

»Er will sicherstellen, dass du zur Verfügung stehst. Vielleicht braucht er dich noch.«

Sie runzelte die Stirn. Er fragte sie, warum.

»Es ist nur so... Ich habe dir jetzt lange zugehört und würde Rusty all das zutrauen. Er hat keinerlei Moral und ist berüchtigt für seine skrupellosen Intrigen.«

»Aber?«

»*Aber* wenn er mich als Alibi für diese Nacht brauchte, warum hat er sich dann nicht von mir zum Krankenhaus fahren lassen? Warum ließ er sich nicht von mir durch die Notaufnahme begleiten, wo man uns garantiert zusammen gesehen hätte?«

»Du warst nur eine Rückversicherung für den Notfall. Genau wie die Geschichte, die er über mich verbreitet hat. Wie sich herausstellte, brauchte er beides nicht.« Nach einer vielsagenden Pause erklärte er: »Ich würde gern wissen, wie Rusty seine Verletzungen in der Notaufnahme erklärt hat. Ich frage mich, ob...«

Sie zog argwöhnisch die Braue hoch. »Was?«

»Ob Marty mir dabei helfen könnte.«

»Ledge...«

»Ich weiß, ich weiß. Peinlich.«

Genau in diesem Moment hörten sie ein Auto in die Einfahrt biegen. Ledge sah auf seine Uhr. »Zwanzig nach elf. Wie bestellt.« Er sah Crystal an. »Wie sieht es aus?«

Sie seufzte. »Du kannst meinetwegen fragen. Aber auf eigene Gefahr.«

Sie hörten einen Schlüssel klimpern und den Riegel zurückschnappen. Marty kam in einem blauen Kittel mit dem Ghostbusters-Logo herein. Sie warf ihre Tasche auf den Tisch neben der Tür. »Was für eine lauschige Szene. Störe ich?«

»Tatsächlich haben wir eben über dich gesprochen«, antwortete Crystal.

»Hoffentlich nur Unanständiges.« Sie kam zum Sofa, beugte sich vor und küsste Crystal auf die Lippen. »Hallo, du.«

Kapitel 22

Crystal sah lächelnd zu ihr auf. »Hallo. Wie war die Schicht?«

Marty richtete sich auf und dehnte ausgiebig den Rücken. »Lang. Deprimierend. Ich hasse kranke Menschen.«

»Genau die richtige Einstellung für eine Krankenschwester«, kommentierte Ledge.

»Als ich mich für den Beruf entschied, wusste ich noch nicht, dass ich allergisch gegen menschliches Leid bin. Jetzt hilft es mir, die Balance zu halten.« Sie wog beide Hände in der Luft. »Kummer und Leid in der Arbeit. Glückseligkeit daheim.«

Crystal lächelte zu ihr auf. »Schenk dir was zu trinken ein und setz dich zu uns.«

Sie tat es und plumpste in einen Polstersessel neben der Sofaecke, in der Crystal saß. Sie streifte mit den Zehen die Schuhe ab und bettete die bestrumpften Füße in Crystals Schoß.

»Ihr habt über mich gesprochen? Was war das Thema? Meine pinke Strähne?« Sie schüttelte ihr platinblondes Kurzhaar, sodass der rosafarbene Streifen in ihren Stirnfransen aufleuchtete.

»Bezaubernd«, sagte Ledge. »Ich spiele mit dem Gedanken, mir auch so eine von Crystal färben zu lassen.«

»Nicht deine Farbe. Die würde sich mit dem Blut auf deiner Wange beißen.«

Ledge lächelte spröde. Crystal warnte ihre Partnerin leise, dass sie das Thema lieber nicht weiterverfolgen sollte.

Ledge hatte Marty Camp ins Herz geschlossen. Sie gehörte zu den wenigen Menschen, mit denen er sich gern kabbelte, aber man musste sich auch wehren, wollte man ihre sarkastischen Sticheleien überleben.

Sie war nach einer schmutzigen Scheidung nach Penton gezogen. Im Grunde waren Martys Eheprobleme auf ihre sexuelle Ambivalenz zurückzuführen. Mit ihren exzellenten Zeugnissen hatte sie sofort eine Anstellung im größten und angesehensten Krankenhaus im County gefunden, aber sie hatte noch im Motel gewohnt, als sie in Crystals Salon aufgetaucht war, um sich die Haare schneiden zu lassen.

Das Zusammentreffen mit Crystal hatte alle ihre sexuellen Zweifel beseitigt. Schon ein paar Wochen später war sie bei Crystal eingezogen. Seither war Crystal zufriedener als je in ihrem Leben, und allein dafür liebte Ledge Marty.

Sie hatte eine Schwäche für derbe Ausdrücke und einen skurrilen Humor, und sie ließ sich nichts gefallen, auch wenn sie wesentlich liebevoller war, als sie sich anmerken ließ. Sie verstand Crystals Freundschaft mit Ledge und akzeptierte sie. Aber mit dieser aufgeschlossenen Haltung konnte es ganz schnell zu Ende sein, wenn er seine Bitte vorbrachte.

»Marty, ich werde dich gleich in eine peinliche Situation bringen.«

»Crystal bringt mich dauernd in peinliche Situationen«, antwortete sie und zwinkerte boshaft. »Aber ein Dreier kommt nicht infrage. Selbst wenn ich dafür zu haben wäre, hast du nicht die richtige Ausstattung.«

»Mit meiner Ausstattung ist so weit alles in Ordnung, danke.«

Alle lächelten, doch Crystal legte die Hand auf Martys Arm, um ihr anzuzeigen, dass dies kein Thema für Albereien war.

»Das Krankenhaus bewahrt doch alle Akten auf. Wie lange?«, fragte Ledge.

»Die Patientenakten? Ich bin nicht sicher. Seit ich dabei bin, hatte ich nur auf Akten Zugriff, die relativ neu waren.«

»Wie alt war die älteste?«

»Pff, vielleicht zwei, drei Jahre.«

»Könntest du für mich im Archiv schnüffeln gehen?«

Crystal schränkte ein: »Ohne dass du dabei Ärger bekommst oder deine persönliche moralische Grenze überschreitest.«

»Wie alt?«, fragte Marty.

Ledge nannte ihr Monat und Datum. »Ostersonntag im Jahr 2000.«

Marty zog die Brauen hoch. Im Gegensatz zu ihren Haaren waren sie nachtschwarz.

»Er muss kurz vor Tagesanbruch in die Notaufnahme gekommen sein.« Er nannte ihr Rustys vollen Namen. Crystal beschrieb knapp seine Verletzungen, dann übernahm Ledge wieder. »Es muss eine Akte mit den verschiedenen Verletzungen geben. Kannst du die besorgen?«

Marty kniff die Lippen zusammen. »Du verlangst von mir, geschützte Patientendaten herauszugeben?«

»Genau.«

Marty sah Crystal an. »Ist es dir wichtig?« Dann winkte sie ab. »Streich das. Alles, was mit Ledge zu tun hat, ist dir wichtig.« Sie wandte sich wieder an ihn. »Ich denke darüber nach und gebe dir Bescheid.«

»Das ist nur fair.«

»Fair oder nicht, so wird es laufen. Und jetzt bin ich erledigt. Ich nehme meinen Whisky mit in die Dusche, und dann haue ich mich aufs Ohr.« Sie stand auf und verschwand in Richtung Schlafzimmer, Schuhe und Whiskyglas in den Händen. »Gute Nacht.«

Crystal rief ihr nach, dass sie gleich nachkommen würde.

Ledge stand auf. »Ich habe den Wink verstanden.«

»Bleib und trink noch aus.«

»Danke, aber nein. Ich hätte mich schon am frühen Abend liebend gern volllaufen lassen.«

»Du bist nicht mehr derselbe wie bei deinem ersten Heimaturlaub.«

»Genau. Weil ich kein Risiko eingehe.« Er ging zur Haustür.

Sie folgte ihm. »Wenn du Rusty noch mal über den Weg läufst, dann zeig ihm den Stinkefinger für mich.«

»Nimm das nicht auf die leichte Schulter, Crystal. Und unterschätz ihn nicht.«

»Tue ich nicht.«

»Er hat sich nicht verändert, seit er durch dein Fenster geklettert ist, und ich kann dich nicht rund um die Uhr beschützen.«

»Das tust du sowieso.« Sie schaute in den kurzen Gang zum Schlafzimmer. »Solange alle glauben, dass du und ich die Laken zum Rauchen bringen, können Marty und ich in aller Ruhe…«

»Warum interessiert es dich, was alle denken? Warum steht ihr nicht zu eurer Liebe?«

»Ich brauche noch Zeit. Ich habe Jahre gebraucht, um zu dem zu stehen, was Morg mir angetan hat.«

»Also, was du auch tust, ich stehe jedenfalls zu dir.« Er

gab ihr einen Kuss auf die Wange und griff nach dem Türknauf.

Sie hielt ihn mit einer Hand zurück. »Ledge, es tut mir leid, dass du ausgerechnet von Rusty erfahren musstest, dass er damals bei mir war. Ich wette, er hat damit geprahlt. Ich weiß, wie schlimm das für dich gewesen sein muss.«

»Das war es auch. Diese Hyäne. Aber deine Entschuldigung ist schon angenommen. Ich kann nicht lange wütend auf dich sein. In all den Jahren, die wir uns kennen, war ich nur ein einziges Mal sauer.«

»Und wann?«

»Als ich dir an den Busen gegrapscht habe und du mir eine runtergehauen hast. Und zwar heftig.«

Sie lachte. »Ich hatte dich gewarnt, dass mich kein Mann je wieder so anfassen dürfte.«

»Ich wäre kein Mann gewesen, wenn ich es nicht trotzdem probiert hätte.«

»Du warst sechzehn.«

»Trotzdem.«

»Habe ich dich überzeugt?«

»Ich habe es seither nicht mehr probiert.«

Sie mussten beide lächeln.

»Du warnst mich jedes Mal vor, wenn bei dir irgendwas im Busch ist, nur damit ich Bescheid weiß, falls mir jemand, natürlich als gute Freundin, erzählt, dass du mich betrügst.«

»*Im Busch ist?*«

Sie sah ihn vielsagend an, und er wusste Bescheid.

»Und darum wundert es mich, dass du mir noch nichts von Arden Maxwell erzählt hast.«

»Da gibt es nichts zu erzählen. Zwischen uns läuft nichts.

Sie hat sich wegen ein paar Arbeiten an mich gewandt. Ich erstelle gerade ein Angebot.«

»Das ist alles?«

»Exakt.«

Crystal betrachtete ihn mit dem intuitiv wissenden Blick, der allen Frauen eigen ist, dann lachte sie. »Wenn du es sagst.«

»Ich habe es gerade gesagt.«

»Was ist mit dem Vater ihres Babys?«

Er zog die Schultern hoch. »Woher soll ich das wissen?«

»Aber sie hat keinen festen Freund?«

»Nicht soweit ich erkennen kann.«

»Und sie ist niedlich.«

»Ich habe nicht gesagt, dass sie niedlich ist.«

»Du hast aber auch nicht gesagt, dass sie es nicht ist. Also…?«

»Also nichts. Das wird nichts mit uns.«

»Wieso?«

»Es ist kompliziert.«

»Inwiefern?«

»Einfach kompliziert, okay?«

»Oooh, so empfindlich. Offenbar brennt die Wunde.«

Er verlagerte sein Gewicht auf den anderen Fuß. »Okay. Sie ist attraktiv, und ich bin…«

»Du bist…«

»Neugierig. Du weißt schon. Ich bin in diesem ›Was wäre wenn‹-Stadium.«

»Ja, ich kenne dieses Stadium, und du bist weit darüber hinaus.«

»Und das von einer Frau, die keine Ahnung davon hat, wie das zwischen Jungs und Mädchen läuft.«

»Ich verstehe eine Menge von Anziehungskraft. Hast du sie geküsst?«

»Das geht dich gar nichts an.«

»Also eindeutig ja. Hast du sie schon nackt gesehen?«

»Nein.«

»Aber du würdest es für dein Leben gern.«

»Gute Nacht, Crystal.«

»Noch ein Ja.«

»Sag mir Bescheid, wenn und falls Marty einverstanden ist.«

Diesmal hielt sie ihn nicht auf, aber sie lachte leise, während sie ihm nachsah.

Rusty hatte nachtschwarze Laune, als er seine Haustür aufschloss. Dass die Alarmanlage nicht eingeschaltet war, ärgerte ihn noch mehr. »Dumme Kuh«, murmelte er und sah nach oben, wo Judy ohne jeden Zweifel im Bett lag.

Er schaltete die Alarmanlage ein und marschierte direkt in sein Arbeitszimmer. Er schloss die Tür ab, schenkte sich einen Drink ein und ließ sich in seinen Drehsessel fallen. Den Computer startete er nicht. Nicht einmal ein gestreamter Porno erschien ihm in seiner augenblicklichen Laune verlockend.

Burnet war heute Abend bei Crystal gewesen.

Lange.

Rusty hatte seinen Pick-up vor ihrem Haus stehen sehen, als er von einem Abendessen mit ein paar Freunden nach Hause gefahren war. Er hatte eine Runde durch die Stadt gedreht. Als er zum zweiten Mal vorbeigekommen war, hatte der Pick-up immer noch am Straßenrand gestanden. Und er hatte sogar noch dort gestanden, als Marty heimgekommen war.

Als wäre das nicht schon schlimm genug, hatte Rusty gesehen, wie Crystal ihm an der Haustür zum Abschied nachgewunken hatte. Die Schlampe hatte dabei gelacht, als wüsste sie, dass Rusty ansehen musste, wie sie sich mit Ledge Burnet vergnügte. Er hätte sie umbringen können. Aber erst nachdem er sie zehn- oder zwölfmal gefickt hatte.

»Hure«, murmelte er und kippte seinen Whisky.

Sein Handy läutete.

Er erkannte die Nummer nicht. Aber es war immer möglich, dass es bei solchen Anrufen um etwas ging, was er wissen musste oder wollte. Vielleicht hatte Burnet seinen Pickup auf der Heimfahrt gegen einen Baum gesetzt und war in den Flammen des brennenden Wracks gegrillt worden.

Er nahm das Gespräch an. »Dyle.«

Ein Mann meldete sich und stellte sich als Deputy Sheriff vor. »Ich habe schon für Ihren Vater gearbeitet und danach für Sie. Sie werden sich wahrscheinlich nicht an mich erinnern. Ich war damals ganz unten am Totempfahl.«

Bist du immer noch, dachte Rusty. Bei dem Namen hatte nichts geläutet. »Es ist schon spät, Deputy«, knurrte er.

»Ist mir klar, Sir.«

»Ich hoffe für Sie, dass es wichtig ist.«

»Mir ist zu Ohren gekommen, dass Sie es sofort erfahren wollen, wenn Dwayne Hawkins noch mal bei einem Hundekampf erwischt wird.«

»Stimmt.«

»Also, zwei Kollegen in Zivil haben einen seiner Kumpane überzeugt, ihn zu verpfeifen. Und heute Abend haben sie sich Hawkins geschnappt.«

Lächelnd schenkte Rusty sich Whisky nach. »Hawkins hat sich vor ein paar Abenden mit mir angelegt, und ich habe mich schon darauf gefreut, ihm Manieren beizubringen. Ich war sicher, dass er bald wieder Mist bauen würde, aber ich hätte nicht gedacht, dass es so schnell passieren würde.«

»Ich hoffe, es stört Sie nicht, dass ich so spät angerufen habe.«

»Ganz und gar nicht, ganz und gar nicht. Ich bin Ihnen zu Dank verpflichtet. Wie heißen Sie noch mal?«

Der Deputy nannte stolz seinen Namen und beschrieb dann, wie die Verhaftung abgelaufen war. »Hawkins wollte türmen. Ist durch den Bayou gewatet, der hinter seinem Haus fließt, und dabei im Schlamm stecken geblieben. So haben sie ihn schnappen können.«

Dabei hatte Hawkins sich gewehrt und einen der Deputys so brutal attackiert, dass er ihm den Finger gebrochen hatte. »Hat ihn bei uns nicht beliebter gemacht, das können Sie mir glauben.«

Rusty hörte sich die detaillierte Schilderung ohne einen Einwurf an und trommelte währenddessen mit den Fingern auf der Polsterlehne seines Sessels. Als es sekundenlang still blieb, ohne dass er etwas gesagt hätte, fragte der Deputy: »Mr. Dyle? Sind Sie noch dran?«

»Ich bin hier. Hören Sie, es wäre mir recht, wenn Sie Hawkins nicht dem Haftrichter vorführen würden, bevor ich den Verhaftungsbericht gelesen und mir den Fall angesehen habe, okay?«

»Sicher.«

»Sagen Sie den Deputys, die ihn verhaftet haben ...«

»Einer ist noch in der Notaufnahme und lässt sich den gebrochenen Finger richten.«

»Schirmen Sie Hawkins auf jeden Fall ab. Er soll seine

Wut ein bisschen ausschwitzen. Ich komme gleich morgen früh vorbei.«

»Sicher doch, Mr. Dyle.«

»Ich schulde Ihnen einen Gefallen, Deputy.«

»Keine Rede.«

»Sie nehmen mir die Worte aus dem Mund.«

»Sir?«

»Wir beide haben dieses Gespräch nie geführt. Verstanden?«

»Ja, Sir.«

»Ich verlasse mich auf Sie.«

Rusty legte auf. Erfrischt und viel positiver gestimmt leerte er sein Glas und zog den Reißverschluss auf. Er war schon hart.

Kapitel 23

Lisa saß in ihrem Homeoffice, checkte ihre Mails und ging gerade ihren Terminkalender durch, als die Haushälterin aus der Küche rief: »Das Frühstück ist gleich fertig, Mrs. Bishop. Kann ich Ihnen einen Cappuccino machen?«

»Bitte. Ich komme sofort.«

Helena hatte schon für Wallace gearbeitet, lange bevor er Lisa geheiratet hatte. Sie war ein wahrer Schatz. Sie führte den Haushalt und hielt Lisa damit den Rücken frei, das Unternehmen zu leiten, das Wallace gegründet und ihr hinterlassen hatte.

Kurz nachdem Lisa mit Arden nach Dallas gezogen war, hatte sie eine Stelle bei einer Gewerbeimmobilien-Baufirma gefunden, die Wallace Bishop gehörte. Anfangs hatte Lisa als Assistentin einer Assistentin gearbeitet, als Mädchen für alles. Aber sie lernte schnell und war ehrgeizig. Wallace hatte das Potenzial in ihr erkannt und sie in ein Entwicklungsteam geholt, das er persönlich führte.

Ihre berufliche Beziehung hatte zu einer Romanze geführt.

Er war fünfzehn Jahre älter als sie, aber nie verheiratet gewesen. Er hatte Arden mit offenen Armen aufgenommen. Allerdings hatte er darauf bestanden, dass sie keine gemeinsamen Kinder bekommen würden. Lisa hatte dieser Bedingung zugestimmt, offen gestanden sogar erleichtert. Hätte Wallace sich ein Kind gewünscht, hätte sie ihm eines geboren, aber es war für sie kein Opfer gewesen, dass sie nicht Mutter werden sollte.

Nach der Hochzeit hatte er sie ermutigt, sich noch einmal am College einzuschreiben und ihren Abschluss zu machen, nachdem sie dieses Ziel gezwungenermaßen mit Ardens Vormundschaft aufgegeben hatte. Wallace hatte ihr das Studium erleichtert, indem er auch Elternpflichten übernommen hatte. Im Lauf der Jahre, in denen er Arden zur Schule brachte und auf Schulveranstaltungen begleitete, hatten sie einander liebgewonnen. Sie waren sich bis zu seinem Tod nahe geblieben. In seinem Testament war er ihr gegenüber so großzügig gewesen, wie er es einer leiblichen Tochter gegenüber gewesen wäre.

Lisa gab offen zu, dass Wallace Bishop die beste Entscheidung gewesen war, die sie je getroffen hatte. Sie war sicher, dass er genauso gedacht hatte und bestimmt stolz darauf wäre, wie sie sich seither gemacht hatte. Die Firma gedieh unter ihrer Führung weiter.

Jetzt warf sie noch mal einen Blick auf die anstehenden Termine und schaute dann den Poststapel durch, zu dem sie gestern nicht mehr gekommen war. Es waren die üblichen Einladungen und Werbesendungen, aber ein Umschlag stach ihr ins Auge.

Er war aus hochwertigem, taubengrauem Papier. Die Absenderadresse war auf der Rückseite eingraviert, doch er war von Hand adressiert. An Arden.

»Mrs. Bishop?«, rief Helena.

»Ich komme.«

Gedankenversunken klopfte sie mit dem Umschlag gegen ihre Hand. Dann gab sie, ehe sich ihr Gewissen melden konnte, der Versuchung nach und öffnete ihn.

Arden,

heute ist mir zu Ohren gekommen, dass du dein Baby verloren hast. Die Nachricht hat mich über verschlungene Kanäle erreicht, die ich hier nicht einzeln aufzeigen möchte, und es ist auch ohne Belang, wie ich davon erfahren habe. Von Belang, von großem Belang ist, dass ich weiß, wie tief dich das getroffen haben muss. Ich wünschte, du hättest dich bei mir gemeldet, als es geschah. Ich hätte dir allen Trost und jede mir nur mögliche Unterstützung geboten, so unzureichend beides auch gewesen wäre.

Mir ist bewusst, dass mein Angebot dich zu spät erreicht, aber kann ich dennoch irgendetwas für dich tun? Du hast vor deinem Aufbruch aus Houston klargestellt, dass du einen sauberen Schnitt machen möchtest. Ich habe damals deine Argumente verstanden und akzeptiert und tue es immer noch. Aber bitte sei vergewissert, dass ich für dich da bin, falls du jemals jemanden zum Reden brauchst.

Jacob

PS: Ich habe den Brief an die Adresse deiner Schwester geschickt, da ich keine andere habe.

»Ich wollte nicht, dass er kalt wird.«

Lisa drehte sich um und lächelte Helena an, die mit einem dampfenden, schaumgekrönten Cappuccino in der Tür stand. »Danke.« Sie legte den Umschlag beiseite, stand auf und nahm ihr den Cappuccino ab. »Meine Pläne für heute haben sich unerwartet geändert, Helena. Ich fürchte, ich muss das Frühstück ausfallen lassen.«

»Es ist hoffentlich nichts Schlimmes.«

»Nein, ganz und gar nicht. Aber ich brauche heute noch den Firmenjet. Kannst du ihn für mich bereitstellen lassen, während ich meine Termine absage?«

»Natürlich. Wohin fliegen Sie?«

»Hobby Airport, Houston.«

Helena ließ sie allein.

Lisa kehrte, an ihrem Cappuccino nippend, an ihren Schreibtisch zurück und las noch einmal den herzerweichenden Brief an Arden, den ein gewisser Jacob Greene verfasst hatte.

Kapitel 24

»Shi-hit.«

»Guten Morgen, Dwayne«, begrüßte Rusty ihn fröhlich. »Wie läuft es so bei dir?«

Auf der Ecke seiner Pritsche kauernd, den Rücken an die Wand gelehnt, sah der missratene Hawkins-Sprössling griesgrämig zu Rusty auf. Rusty wandte sich an den Deputy, der ihn zu Dwaynes Zelle eskortiert hatte. »Lassen Sie uns allein.«

Der Deputy warf Hawkins einen warnenden Blick zu, drehte sich dann um und wackelte zu seinem Schreibtisch zurück.

Rusty wedelte mit der Hand vor seiner Nase. »Ich kann dich von hier aus riechen, Dwayne. Das muss das Sumpfwasser sein, in dem du gestern Abend festgesteckt hast, als du dich der Festnahme entziehen wolltest. Dann hast du einen Beamten angegriffen. O Mann.«

»Ich sage nichts ohne einen Anwalt.«

»Wirklich? Jammerschade. Denn ich glaube, du würdest gern hören, was ich mit dir zu besprechen habe.«

»Was könnten Sie mir denn erzählen, was ich hören will?«

»Bevor wir dazu kommen, sollten wir an deinem Habitus arbeiten.«

»Hä?«

Rusty ließ sein liebenswertes Grinsen erlöschen. »Das

heißt, dass du ans Gitter kommen und dich respektvoll mit mir unterhalten wirst, sonst rufe ich jemanden, der dir Manieren beibringt und hinterher behauptet, er hätte mich beschützen müssen. Und wenn der fertig ist, wirst du Blut pinkeln und aus den Ohren furzen.«

Hawkins überlegte kurz, wuchtete sich dann von seiner Pritsche und schlich ans Gitter.

»Schon besser«, sagte Rusty.

»Die Leute sagen, Sie wären genauso ein krummer Hund wie Ihr alter Herr.«

»Wirklich?« Rusty lachte leise. »Da irren sie sich. Verglichen mit mir war er ein Unschuldslamm. Was nur zu deinem Vorteil ist, Dwayne.«

»Ach ja? Ich wüsste nicht, wie.«

»Du und ich können zu unserem gegenseitigen Nutzen zusammenarbeiten.«

Dwayne kniff argwöhnisch, aber interessiert die Augen zusammen. »Wobei?«

»Siehst du, was passiert, wenn du höflich und kooperativ bist? Wir machen sofort Fortschritte.«

Arden hatte schon vor dem Gerichtsgebäude gewartet, als es am Morgen geöffnet hatte. Nachdem sie sich an den Deputy am Informationsschalter gewandt hatte, war sie in den ersten Stock ins Dezernat für Verbrechen gegen Leib und Leben geschickt worden. Dort hatte sie einem Detective ihr Anliegen vorgebracht, alle nötigen Formulare ausgefüllt und die fällige Gebühr bezahlt, woraufhin sie in die Eingangshalle zurückgeschickt worden war, wo sie warten sollte.

Das war vor einer knappen Stunde gewesen. Es war ihr unerfindlich, wieso alles so lang dauerte. Es sei denn, die

Ermittlungsberichte der Fälle vor zwanzig Jahren lagen tief vergraben in den Archiven.

Schließlich kam der Detective, mit dem sie gesprochen hatte, auf sie zu und überreichte ihr einen versiegelten braunen Umschlag. »Bitte sehr. Entschuldigen Sie, dass es so lang gedauert hat. Ich musste einen dringenden Anruf entgegennehmen.«

»Sie waren sehr hilfsbereit. Danke.« Sie klemmte den Umschlag unter den Arm und wollte schon gehen.

»Komisch. Dieser Bericht wurde kürzlich schon einmal verlangt.«

Arden blieb stehen und drehte sich langsam um. Sie hatte das Gefühl, dass sie das gar nicht komisch finden würde. »Ach ja?«

»Ich schätze, seit Sie wieder hier wohnen, ist das Interesse an den beiden Fällen wiedererwacht.«

Das waren unangenehme Neuigkeiten, aber sie lächelte, als würde ihr das nichts ausmachen. »Wer außer mir sollte sich dafür interessieren? Doch nicht jemand von einer dieser Fernsehshows über unaufgeklärte Verbrechen?«

Er lachte. »Ach was. Jemand von hier. Ein Ledge Burnet. Er war erst vor ein paar Tagen hier und wollte die gleichen Akten einsehen.«

»Hat er gesagt, warum?«

»Ledge redet nicht viel, der behält seinen Kram für sich.«

Aber dafür interessierte er sich auffällig für ihren.

Nach seinem kurzen Gespräch mit Dwayne Hawkins kam Rusty an dem Schreibtisch vorbei, an dem der Arrestbeamte auf seinem iPad Poker spielte. Rusty dankte ihm, dass er ihn hereingelassen hatte, verließ dann den Zellenblock und nahm draußen lieber die Treppe als den quietschenden und berüchtigt langsamen Aufzug. Er eilte fast im Laufschritt die Treppe hinunter. Der Tag war noch jung, und er war ausgesprochen optimistisch gestimmt.

Bis er sah, wie Arden Maxwell in der Lobby mit einem der Detectives aus dem Sheriff's Office plauderte.

Dieser Anblick stoppte Rustys beschwingten Schritt.

Er hatte Arden schon von Weitem gesehen, aber noch nie so nahe wie jetzt. Er taxierte sie und gab ihr eine gute Achteinhalb.

Er blieb auf der Treppe stehen, bis sie ihr Gespräch mit dem Detective beendet hatte und nach draußen ging, einen offiziell aussehenden Umschlag unter dem Arm. Der Detective machte sich auf den Rückweg zu seinem Büro und traf auf der Treppe mit Rusty zusammen.

»Morgen, Mr. Dyle.«

»Morgen.« Er nickte zum Eingang hin. »War das gerade Arden Maxwell?«

»Ja, Sir.«

»Was wollte sie denn von Ihnen?«

Während der Detective ihn über Ardens Anliegen aufklärte, verflog die Leichtigkeit, die Rusty gerade noch verspürt hatte. Offenbar ahnte der Detective sein Missvergnügen.

»Die Akten waren nicht unter Verschluss, Mr. Dyle.«

»Nein, nein, schon gut.« Wenn er jetzt Krawall schlug, würde das nur Misstrauen erregen. »Ich frage mich nur, warum sie die Akte nach so vielen Jahren einsehen möchte. Hat sie etwas gesagt?«

»Nein, aber vermutlich, weil ihr Daddy damals angeblich in beide Fälle verwickelt war.«

»Wahrscheinlich ist es das. Sie war damals noch ein Kind. Es ist nur verständlich, dass sie alles darüber erfahren möchte.« Er tippte den Detective an den Ärmel. »Danke, dass Sie ihr diesen Wunsch erfüllt haben. Gute Öffentlichkeitsarbeit.«

Scheinbar ohne jede Eile ging er weiter die Treppe hinunter. Er verließ das Gebäude und marschierte zu seinem reservierten Stellplatz direkt davor. Arden war währenddessen auf dem Weg zur letzten Reihe des Parkplatzes.

Weil er sie aufhalten wollte, bevor sie losfahren konnte, stieg er schnell ein und fuhr zu ihr, während sie gerade die Fahrertür einer blauen Limousine öffnete. Er hielt hinter ihrem Wagen, und sie drehte sich sofort um.

Sofort fielen Rusty zwei Dinge an ihr auf. Erstens verdiente sie für ihre Haarpracht vielleicht doch eine glatte Neun. Sie sah aus wie frisch flachgelegt.

Zweitens brauchte er es nicht erst mit Charme zu probieren. Sie stand stocksteif da und sah verkniffen zu ihm her.

Davon ließ er sich nicht abschrecken. Er liebte Herausforderungen.

Er schob den Schalthebel in die Parkposition und stieg aus.

»Miss-Maxwell?«

Arden hatte das Motorengeräusch erkannt, ehe sie das Auto gesehen hatte. Ihr Herz klopfte wie wild. Ihr Mund war wie ausgetrocknet. Sie versuchte, möglichst ruhig zu atmen, und nickte stumm.

»Hallo, ich bin Rusty Dyle.«

Rusty Dyle? Der District Attorney. Mit dem Ledge schon ewig im Streit lag. Ledge hatte ihn in den düstersten Farben beschrieben, aber auch so hätte sie dem gleißenden Lächeln des Mannes sofort misstraut. In ihrem Kopf überschlugen sich die Gedanken, aber sie erwiderte die Begrüßung so gefasst, wie sie nur konnte.

»Sehr erfreut.«

Er kam auf sie zu und streckte seine Rechte vor. Sie ekelte sich davor, ihn zu berühren, trotzdem gab sie ihm kurz die Hand. Wenn sie ihm den Handschlag verweigert hätte, hätte er ihre Antipathie sofort gespürt.

»Ich habe gehört, dass Sie wieder hier wohnen.«

»Wie haben Sie mich erkannt?«

»Ehrlich gesagt gar nicht. Als ich aus dem Gebäude wollte, wies mich der Detective, mit dem Sie gesprochen haben, auf Sie hin. Jedenfalls ist es mir ein Vergnügen, Sie wieder in Penton willkommen zu heißen.«

»Danke.«

»Man behandelt Sie anständig?«

»Ich kann mich nicht beklagen.«

»Gut zu wissen.« Er sah sich um, als sähe er den Platz vor dem Gericht zum ersten Mal. »Es hat sich gar nicht so viel verändert, seit Sie und Ihre Schwester weggezogen sind.«

»Manche Dinge haben sich sehr wohl verändert.«

Er sah sie wieder an und grinste kurz. »Na schön, wir haben endlich ein neues Feuerwehrhaus bekommen. *Und* ein Taco Bell.«

Von ihr wurde ein Lächeln erwartet; sie ließ ganz kurz eines aufschimmern.

»Mal überlegen, wann war das noch mal?«, fragte er. »Als Sie weggegangen sind, meine ich.«

»Zweitausend.«

»So lang ist das her? Jesus. Damals war ich gerade mit der

Highschool fertig. Ich schätze, es hat sich doch manches verändert. Inzwischen bin ich District Attorney.«

»Ich kann mich an Sheriff Dyle erinnern.«

Er legte die Hand aufs Herz. »Mein guter alter Dad. Er ist schon vor einiger Zeit gestorben.«

»Ich kann mich noch gut an ihn erinnern, weil er meine Schwester und mich regelrecht verhörte, nachdem mein Vater verschwunden war.«

»Ach Gott. Das tut mir leid. Die ganze Geschichte.«

Er schüttelte bedauernd den Kopf. *Scheinbar* bedauernd. Arden glaubte ihm kein Wort.

»Es hat Dad bestimmt nicht gefallen, dass er Sie in einem so schwierigen Moment belästigen musste. Aber Pflicht ist Pflicht, wie Sie bestimmt verstehen.«

»Natürlich.«

»Haben Sie je erfahren, was aus Ihrem Vater wurde?«

»Nein.«

»Wurde er schon für tot erklärt?«

»Schon vor Jahren.«

»Hm. Ich habe das aus den Augen verloren.«

Auch das war gelogen, und sie konnte es kaum erwarten, von ihm wegzukommen. »Wenn Sie mich jetzt entschuldigen würden, ich muss wirklich…«

»Hat man sich dadrin gut um Sie gekümmert?« Er deutete mit dem Daumen über die Schulter zum Gebäude und zeigte dann auf den Umschlag in ihrer Hand. »Haben Sie alles bekommen, was Sie wollten?«

»Ja.«

»Kann ich irgendwie noch behilflich sein?«

»Nein danke.«

»Also, falls Sie doch noch etwas brauchen sollten…« Er

griff in die Brusttasche seines Sakkos, zog eine Visitenkarte heraus und reichte sie ihr. »Ich stehe zu Ihrer Verfügung. Jederzeit.«

Arden bedankte sich mit einem Nicken und ließ die Karte in ihre Handtasche gleiten. »Jetzt muss ich aber wirklich los.«

»Sicher, sicher, entschuldigen Sie, dass ich Sie aufgehalten habe. Ich wollte mich nur kurz vorstellen. Noch einen schönen Tag!«

Er setzte wieder sein leutseliges Lächeln auf, ging zu seinem Auto zurück, stieg ein und winkte ihr kurz zu, als er davonfuhr.

Arden stieg ebenfalls in ihr Auto, warf den Umschlag mit dem Ermittlungsbericht auf den Beifahrersitz, packte dann mit beiden Händen das Lenkrad und ließ die Stirn auf die Handrücken sinken. »Aus den Augen verloren?« Ganz bestimmt nicht.

Gestern Abend hatte sie Ledge erklärt, dass sie nach Antworten suchte.

Eine hatte sie gerade bekommen. Der Unbekannte, der jeden Abend an ihrem Haus vorbeifuhr, war District Attorney Rusty Dyle.

Ardens erster Impuls war es, Ledge diese neue Erkenntnis mitzuteilen. Doch nachdem sie sich gestern Abend in so feindseliger Atmosphäre getrennt hatten, entschied sie sich dagegen.

Mit Lisa musste sie allerdings sprechen. Sie musste auch die entfernteste Möglichkeit ausräumen, dass ihr Vater noch am Leben und wohlauf war und sie aus der Ferne im Auge behielt.

Gestern hatte Arden davor zurückgescheut, Lisa ihren kindischen Traum zu gestehen, dass er eines Tages zurückkommen würde, denn sie hatte gefürchtet, Lisa könne entweder schimpfen oder sie bemitleiden, weil sie sich an eine so abwegige Hoffnung klammerte.

Die Erkenntnis, dass Lisa insgeheim die gleiche aussichtslose Hoffnung hegte, hatte das Band zwischen ihnen verstärkt. Arden hatte es als befreiend empfunden, dass auch ihre scheinbar unverwüstliche Schwester ihre wunden Punkte hatte. Sie hatte Lisas Büro mit dem Gefühl verlassen, endlich mit ihr auf Augenhöhe zu sein. Der Altersunterschied, alle Unterschiede, waren von ganz gewöhnlichem Leid überdeckt worden.

Aber sollte sie Lisa wirklich erzählen, dass sie den District Attorney als ihren »Stalker« identifiziert hatte? Lisa würde sofort reagieren, sie würde die Behörden informieren, das Volk zu den Waffen rufen wollen.

Nein. Arden würde ihr erst verraten, was sie über Rusty Dyle herausgefunden hatte, wenn sie wusste, *warum* er ihr nachspionierte. Da er ihr nie zuvor begegnet war, konnte sein Interesse unmöglich privater Natur sein. Folglich musste es etwas mit seinem Amt zu tun haben und mit ihrem Vater und zwei unaufgeklärten Verbrechen, darunter einem mutmaßlichen Mord.

Sie hatte sich die Ermittlungsberichte besorgt, weil sie hoffte, darin würde etwas stehen, womit sie ihren Vater gegen diese Anschuldigungen verteidigen konnte.

Bis sie zu Hause angekommen war, hatte sie entschieden, was sie mit Lisa tun würde. Sie holte eine Cola light aus dem Kühlschrank, setzte sich mit den Polizeiakten an den Tisch und wählte Lisas Nummer. Als Lisa antwortete, ließ das

Rauschen im Hintergrund darauf schließen, dass sie über die Freisprechanlage in ihrem Auto telefonierte.

»Offensichtlich habe ich dich in einem unpassenden Moment erwischt.«

»Ich muss nur was erledigen. Was ist los? Ist dieser Perverse gestern Abend wieder vorbeigefahren?«

Sie war nicht sicher, ob die Bezeichnung »pervers« auf Rusty Dyle zutraf, vielleicht eher »verschlagen«. Er hatte den lüsternen Blick und das schmierige Gehabe eines zwielichtigen Straßenverkäufers. Für einen höflichen Handschlag zwischen zwei Fremden hatte er ihre Hand ein bisschen zu lang festgehalten. Schon bei der Erinnerung überlief sie eine Gänsehaut.

»Arden?«

»Ich weiß nicht sicher, ob er gestern vorbeigefahren ist oder nicht. Ich war total erledigt. Nach dem Kurztrip nach Dallas und so weiter.« Wobei »und so weiter« vor allem das Hin und Her mit Ledge umfasste. Den Streit, den Kuss, den neuerlichen Streit. »Sobald mein Kopf das Kissen berührt hatte, war ich weg.« Sie kam zum Thema, bevor Lisa sie noch weiter in die Mangel nehmen konnte. »Ich habe nach unserem Gespräch von gestern nachgedacht. Was mich angeht, und dich vielleicht auch, hat es sich angefühlt wie eine Operation am offenen Herzen. Schrecklich und schmerzhaft, aber auf lange Sicht heilsam. Ich will das Nachglühen nicht eintrüben.«

»Aber?«

»Ich war heute Morgen im Sheriff's Office und habe mir die Ermittlungsberichte über den Einbruch bei Welch's und über den Tod von Brian Foster geholt.«

»Wirklich? Warum? Wenn du die Berichte sehen wolltest, hättest du auch mich fragen können.«

»Du hast sie?«, rief Arden aus. »Seit wann?«

»Schon ewig. Ich hatte sie schon besorgt, bevor wir wegzogen.«

»Warum?«

»Warum?« Lisa klang, als würde die Frage sie deprimieren. »Weil die Ermittler damals andeuteten, dass Dad mit beidem zu tun hatte, und alle diese Sichtweise übernahmen. Ich wollte wissen, welche Beweise sie für ihre Anschuldigungen hatten. Wolltest du die Berichte nicht auch deswegen haben?«

»Ganz genau. Und darum bin ich noch fassungsloser, dass du nie mit mir darüber gesprochen hast.«

»Arden, du warst damals zehn Jahre alt. Die Beschreibung von Fosters Überresten war nichts für schwache Nerven. Falls darin irgendetwas von Bedeutung gestanden hätte, keine Sorge, ich hätte es dir erzählt. Die Detectives begründeten ihre Anschuldigungen ausschließlich damit, dass Dad ein verbitterter ehemaliger Angestellter sei, der mit Foster aneinandergeraten war, als er gefeuert wurde. Mehr hatten sie nicht vorzuweisen.«

»Das war nicht die einzige Begründung, Lisa«, korrigierte Arden leise. »Statt sich ihren Fragen zu stellen, verschwand er einfach, genau wie grob geschätzt eine halbe Million Dollar.«

Es schmerzte Arden, das auszusprechen, und ihre Schwester hatte kein Argument dagegen.

»Stimmt«, sagte Lisa. »Das macht ihn tatsächlich verdächtig. Alles zusammen wirkt überzeugend, trotzdem sind es nichts als Indizien. Von Anfang bis Ende. Wenn du die Berichte gelesen hast, wirst du es genauso sehen.«

»Ich frage mich, was ein Staatsanwalt heute aus der ganzen Sache machen würde. Würde er so was für tragfähig halten?«, sinnierte Arden laut.

»Wahrscheinlich nicht, falls Rusty Dyle noch District Attorney ist.«

Arden konnte nicht glauben, dass Lisa den Namen ausgesprochen hatte, den sie vor kaum fünf Minuten auf keinen Fall hatte erwähnen wollen. »Was weißt du über ihn?«

»Nur dass er Widerling ist. Du erinnerst dich an Sheriff Dyle?«

»Ja.«

»Rusty ist sein Sohn. Als Teenager war er ein unausstehlicher Tyrann, der alle terrorisierte. Er hatte es vor allem auf die Underdogs abgesehen. Bei der Vorstellung, dass er District Attorney ist, stellen sich mir alle Haare auf.«

Lisa beschrieb den Mann genauso, wie Arden es getan hätte. »Er setzte immer dieses eingebildete Grinsen auf, so als hätte er dich irgendwie in der Hand. Du kennst den Typ.«

Ja, Arden hatte diesem Typen vor einer halben Stunde gegenübergestanden, aber das wollte sie Lisa lieber nicht erzählen, aus Angst, dass sie dann explodieren würde.

»Damals war er ein Ekel, und ich bezweifle, dass er sich seither gebessert hat. Im Gegenteil, wahrscheinlich ist er noch schlimmer als früher, weil er jetzt Macht hat.« Lisa lachte kurz. »Das macht Ledge Burnet bestimmt mächtig zu schaffen.«

Zum zweiten Mal war Arden perplex. War Ledges uralte Fehde mit dem District Attorney allgemein bekannt? »Wie kommst du darauf?«

»Sie waren Rivalen, was dieses Mädchen anging. Crissy. Kristin. Irgendwas in der Richtung. Ich kannte sie nur dem Namen nach. Sie war eine heiße Nummer. Ich frage mich, ob sie immer noch in Penton lebt. Wenn, dann könnten sich die beiden immer noch ihretwegen in der Wolle haben.«

»Das entzieht sich meiner Kenntnis«, murmelte Arden.

»Wo wir gerade von Burnet sprechen, du hattest gestern vor der Abfahrt versprochen, dass du mich anrufst, nachdem du mit ihm geredet hast, aber ich habe nichts von dir gehört. Was hast du zu ihm gesagt?«

»Dass seine Dienste doch nicht benötigt werden.« Der Augenblick stand ihr qualvoll klar vor Augen. Sie hatte auf ihn einprügeln wollen, und gleichzeitig hätte sie sich am liebsten an seine Brust geworfen und verlangt, dass er dort weitermachte, wo sie auf der Treppe aufgehört hatten.

»Ah, gut«, war Lisas Reaktion. »Eine Sorge weniger. Es gibt wirklich keinen Grund, warum du noch länger dortbleiben müsstest, oder? Warum kommst du nicht her? Bitte? Ich höre dir doch an, dass du Kummer hast. Was ist los?«

Arden lenkte ihren leeren Blick auf die Ermittlungsberichte. »Hand aufs Herz, Lisa, glaubst du, dass Dad diese Verbrechen begangen hat? Und antworte nicht als mein Vormund. Darüber sind wir hinaus. Du hast mir keinen Gefallen getan, als du mich vor den schlimmsten Aspekten der ganzen Geschichte abschirmen wolltest. Ich bin hier gelandet, weil mir alle immer das Schlimmste ersparen wollten. Bitte sei in Zukunft rücksichtslos ehrlich zu mir, genau wie gestern. Sag einfach die Wahrheit. Hat er es getan?«

Lisa brauchte lange, bevor sie antwortete. »Falls der Vater, den ich kannte, diese Verbrechen *wirklich* begangen hätte, dann hätte er lieber einen klaren Schnitt gemacht, statt uns – alle drei – einer demütigenden Mordermittlung, einer Gerichtsverhandlung und wahrscheinlich einer Verurteilung auszusetzen.«

»Flucht« hatte Ledge es genannt.

»Also«, schloss Arden leise, »könnte man es als Schuld-eingeständnis verstehen, dass er untertauchte.«

»Was hätte ihn sonst dazu treiben können, seine Kinder im Stich zu lassen?«, fragte Lisa zögerlich.

Diese Antwort konnte Arden am schwersten akzeptieren. »Nur das Geld.« Sie flüsterte die verdammenden Worte fast.

»Genau«, sagte Lisa. »Verglichen mit Wallaces Vermögen sind fünfhunderttausend Dollar vielleicht keine besonders große Summe. Aber für Daddy in seiner damaligen Lage, in seiner Verzweiflung, wäre es ein Ticket in die Freiheit ge-wesen.«

Oder, wie Ledge es bezeichnet hatte: »Flucht«.

Kapitel 25

Jene Nacht im Jahr 2000 – Joe

Joe hatte den ganzen Tag überstanden, ohne auch nur einen einzigen Schluck zu trinken. Er hatte in der Garage neben dem Haus herumgekramt und Werkzeuge sortiert, die er seit Ewigkeiten nicht mehr gebraucht hatte. Er hatte in den Rosenbeeten seiner verstorbenen Frau Unkraut gejätet, wo seit ihrem Tod nichts mehr blühte, weil nur sie allein die richtige Düngermischung gekannt hatte. Er hatte jede Türangel im Haus geölt, selbst die, die gar nicht quietschten.

Er hatte alles getan, was ihm nur in den Sinn kam, damit sein Hirn abgelenkt und die Hände zu beschäftigt blieben, um zu einem Drink zu greifen.

Als Lisa ihn zum Abendessen gerufen hatte, war ihm als Erstes der Korb mit Ostereiern auf dem Esstisch aufgefallen. Die Porzellanschüssel hatte ihn so an Marjorie erinnert, dass er beinahe die Beherrschung verloren hätte. Irgendwie jedoch hatte er das Abendessen überstanden, ohne sich die verzweifelte Gier nach einem betäubenden Jim Beam anmerken zu lassen.

Er hatte Arden sogar ein paarmal zum Kichern gebracht. Das früher so lebhafte, plappernde und fröhliche Mädchen hatte sich seit dem Tod ihrer Mutter abgekapselt. Er war schuld an dieser Persönlichkeitsveränderung, genau wie an

Lisas zunehmender Gereiztheit. Er versagte als Ernährer und Vater.

Lisa war inzwischen viel erwachsener, als es ihrem Alter angemessen war. Ihr waren viel zu viel Verantwortung aufgebürdet worden, doch sie bewältigte es halbwegs, und noch dazu ihre schulischen Aufgaben. Er hatte keinen Zweifel, dass sie ihr Leben meistern würde.

Um Arden machte er sich mehr Sorgen. Sie war noch jung und unglücklicherweise von ihm abhängig. Er wünschte sich aus ganzem Herzen, dass ihre Zukunft strahlender sein möge, als es bislang schien.

Nachdem er den Mädchen geholfen hatte, die Küche sauber zu machen, erklärte er ihnen, dass er zum Friedhof gehen und nach Marjories Grab sehen würde. »Ich möchte morgen mit euch beiden hingehen. Und ich will es ein bisschen hübsch machen, bevor ihr es zu sehen bekommt.«

Lisa sah ihn halb verächtlich und argwöhnisch an. »Was willst du jetzt noch da draußen? Es wird schon dunkel.«

»Der Friedhof ist beleuchtet. Das reicht für mich.«

»Es sieht nach Regen aus.«

»Ich bin nicht aus Zucker.«

Lisa ließ es gut sein.

Arden fragte weinerlich, ob sie mitkommen dürfe. Er rief ihr ins Gedächtnis, dass ein neuer Disney-Film auf sie wartete. Sie hatten ihn am Nachmittag in der Stadt geholt. »Den willst du doch nicht verpassen.«

Sie sah niedergeschlagen und verloren aus, als er ihre Schulter drückte und ihr eine gute Nacht wünschte. Er hätte ihr gern versichert, dass sich alles zum Besseren wenden würde, aber ihm fehlte der Mut, es ihr zu versprechen, oder besser: ihr überhaupt etwas zu versprechen.

Als er Stunden später nach Hause kam, brannten nur die Nachtlichter. Er stieg die Treppe hoch und verschwand in seinem Zimmer, ohne dass Lisa oder Arden ihn bemerkt hätten.

In seinem Zimmer öffnete er als Erstes die neu angebrochene Whiskyflasche und schenkte sich einen Drink nach dem anderen ein. Trotzdem war er noch nüchtern, als sein Handy summte und er Brian Fosters Name auf dem Display las.

Warum zur Hölle rief Foster ihn um diese Uhrzeit an? Mit einem unguten Gefühl nahm er das Gespräch an.

Dann lauschte er minutenlang, ohne ein Wort zu sagen, während es aus Foster herausgesprudelt war: warum er anrief und warum dieser Anruf so wichtig war. Joe kannte den jungen Mann nicht besonders gut, aber Foster war leicht zu durchschauen. Er war ein Korinthenkacker. Erbsenzähler. Für ihn zählte Korrektheit, keine Fantasie. Ihm fehlte die Erfindungsgabe, um sich eine solche Geschichte über Rusty Dyles Heimtücke auszudenken, und der Wagemut, sie zu verbreiten.

Es fiel Joe nicht schwer, Foster jedes Wort zu glauben.

An diesem Punkt in seiner zittrig vorgebrachten Beichte musste Foster tief Luft holen. »Und er besteht nicht nur darauf, dass wir beide das Geld noch heute Abend verstecken, er meint auch, dass wir einen Sündenbock bei der Hand haben sollten. Und, ähm, Mr. Maxwell, das sollen Sie sein.«

Joe griff nach seinem Whisky und nahm einen Schluck direkt aus der Pulle. »Lassen Sie mich das klarstellen. Er will mir den Einbruch in die Schuhe schieben? Das kann er unmöglich.«

»Er kann. Und wird es. Er ist sicher, dass Burnet uns verpfeift und dass wir alle verhaftet werden.«

»Burnet kann nichts ausplaudern, ohne sich selbst zu belasten.« Mit zitternder Hand hob Joe die Flasche wieder an den Mund. »Das wird er nicht.«

»Ich glaube auch nicht, dass er uns verrät, immerhin haben wir einen Pakt geschlossen.«

Mein Gott, war der Junge naiv. »Glauben Sie wirklich, dass ein alberner Pakt unter einer Bande von Kriminellen zählt, wenn eine halbe Million Dollar auf dem Spiel stehen?«

Foster sagte nichts, aber Joe ahnte, dass der junge Mann in diesem Moment begriff, wie lächerlich es war, auf das Ehrgefühl seiner Komplizen zu bauen. Joe hatte beinahe Mitleid mit ihm und bedauerte, dass ausgerechnet er ihm die Illusionen nehmen musste.

»Hören Sie, Foster, ich glaube auch nicht, dass Burnet reden wird. Nicht weil ihn dieser Pakt daran hindert, sondern weil er zu schlau ist. Der Junge ist nicht auf den Kopf gefallen. Er wird begreifen, dass eine Anklage wegen Drogenbesitzes Kinderkram ist verglichen damit, eine halbe Million zu stehlen. Dafür gibt nicht nur ein paar Monate im Jugendknast. Also wird er den Einbruch nicht zugeben. Das kann ich mir einfach nicht vorstellen.«

»Also, ehrlich gesagt ist es egal, was Sie glauben«, winselte Foster. »Oder ich. *Rusty* ist überzeugt, dass Burnet singen wird, und er ergreift Vorsichtsmaßnahmen.«

»Indem er mir die Schuld in die Schuhe schiebt.«

»Wer eignet sich besser dafür als der Stadtsäufer? Das habe nicht ich gesagt, Mr. Maxwell. Das war Rusty.«

Wer eignete sich besser? Rusty war vieles, aber er war nicht dumm. »Hat er gesagt, wie er das anstellen will?«

»Nein. Aber ich soll mich gleich mit ihm treffen. Was soll ich tun?« Die Stimme des Buchhalters überschlug sich hysterisch.

Joe massierte seine Stirn. Der Whisky setzte ihm mächtig zu, und wahrscheinlich sprach der Alkohol aus ihm. »Sie könnten sich stellen.« Er konnte kaum glauben, dass er die Worte tatsächlich ausgesprochen hatte, aber sie summten durch ihre beiden Handys.

»Daran habe ich auch schon gedacht«, sagte Foster. »Ich hatte ernsthaft daran gedacht, bevor ich Sie angerufen habe.«

»Und warum haben Sie es nicht getan? Weil Sie diesen Pakt geschlossen haben?«

»Nein. Ehrlich gesagt hoffe ich immer noch, dass wir tatsächlich damit durchkommen, ohne dass … ohne dass jemand dafür leiden muss.«

Joe war überzeugt, dass dies gewiss nicht passieren würde, aber diese pessimistische Einschätzung teilte er nicht mit Foster, der weiter hektisch nach Luft schnappend plapperte.

»Aber vor allem habe ich mich nicht gestellt«, sagte er, »weil ich glaube, dass ich das nicht lange überleben würde. Rusty würde mich umbringen.«

»Er würde bestimmt nicht …«

»Er würde das von jemandem erledigen lassen. Selbst wenn ich zu meiner eigenen Sicherheit eingesperrt würde. Im Gefängnis tun Deputys Dienst, das wissen Sie doch, und die stehen alle unter Mervin Dyles Fuchtel. Wahrscheinlich würden sie es so aussehen lassen, als hätte ich Selbstmord begangen.«

Joe bezweifelte das nicht, aber er widersprach trotzdem. »Rusty hat Sie so bearbeitet, dass Sie paranoid sind und jetzt Todesangst vor ihm haben.«

»Und wie ich die habe. Sie etwa nicht?«

Ja, er auch. Und nicht zu knapp. Rusty würde es hinbekommen, dass sein Daddy und das ganze korrupte Sheriff's Office bezeugten, wo er heute Abend gewesen war, und dass seine Spuren mit Alibis gepflastert wären, die dank Mervins Einfluss alle absolut wasserdicht wären.

Von den vier Einbrechern würden nur drei für ihr Verbrechen bezahlen müssen.

Bei dem Gedanken, wie Einbruch bestraft wurde, und die damit verbundenen Auswirkungen auf seine ohnehin zerrüttete Familie wäre Joe beinahe der Whisky hochgekommen.

»Sagen Sie mir doch, was ich tun soll«, heulte Foster.

»Tun Sie gar nichts. Gehen Sie nicht zu dem Treffen. Lassen Sie den miesen Drecksack warten.«

»Dann kommt er hierher.«

Je länger sie redeten, desto aufgelöster wirkte Foster. Joe musste in seinem Whiskynebel einen klaren Kopf bewahren. Wenn er jetzt in Panik geriet, war die Katastrophe unausweichlich. Im Moment war sie nur wahrscheinlich, sehr wahrscheinlich sogar, aber immer noch vermeidbar, wenn er Foster bremsen konnte, bevor er von dieser Klippe sprang.

»Na gut, treffen Sie sich wie vereinbart mit Rusty. Verstecken Sie das Geld. Aber danach lassen Sie seinen Bluff auffliegen.«

»Was ... wie ... wie meinen Sie das?«

»Erklären Sie dem Arschloch, dass Sie bei dem Plan, den er für mich ausgeheckt hat, nicht mitmachen. Sagen Sie ihm ...«

»Dann bringt er mich um!«

»Er wird Sie nicht umbringen. Überlegen Sie doch. Die ganze Aktion ist sein Werk. Er hat den Plan ausgetüftelt und sich zum Anführer ernannt. Bis zu diesem Punkt war es ein erfolgreicher Coup. Er sitzt auf fünfhundert Riesen.«

Schwer atmend stimmte Foster ihm mit einem halblauten Murmeln zu.

»Er wird also auf keinen Fall etwas unternehmen, was dazu führen könnte, dass er geschnappt wird. Sie umzubringen wäre sinnlos.«

Foster dachte darüber nach und jammerte dann zu Joes Enttäuschung: »Nein. Ich bin diesem Mann nicht gewachsen. Das bin ich nicht. Das schaffe ich nicht.«

Joe glaubte auch nicht, dass Foster es schaffen würde, und das bedeutete, dass er unmöglich hier sitzen bleiben konnte; er konnte sich nicht einfach weiter betrinken und darauf warten, dass Rusty ihm den Strick aus der Sache drehte. Es war gut möglich, dass Rusty alle ans Messer liefern würde. Es war eine trostlose, aber darum extrem aufrüttelnde Aussicht.

Er musste etwas unternehmen, und wie er es sah, blieb ihm genau eine Option. Er fragte Foster, wann er sich mit Rusty treffen sollte.

»In einer halben Stunde. Also jetzt in zwanzig Minuten.«

»Wo?«

Foster wollte schon antworten, dann stockte er. Nach einer Sekunde erklärte er: »Ich bin ein großes Risiko eingegangen, als ich Sie angerufen und Ihnen alles erzählt habe.«

»Das stimmt.«

»Was hält Sie davon ab, die Bullen anzurufen und selbst einen Deal auszuhandeln?«

»Wahrscheinlich sollte ich genau das tun.«

Foster stöhnte.

»Aber das werde ich nicht. Ich schwöre Ihnen, dass ich das nicht tun werde.«

Foster stieß mehrere abgehackte Laute aus, als würde er entweder würgen oder schluchzen.

»Ihnen läuft die Zeit davon«, erklärte Joe mit erzwungener Geduld. »Wo treffen Sie sich mit Rusty?«

Schnief, schnief. »An diesem Rastplatz am See, wo wir ein paarmal zum Biertrinken waren. Das Gelände ist völlig verwildert. Nur ein paar halb verfallene Holztische stehen noch dort. Es ist ein abgelegener Fleck. Die Zufahrt geht ungefähr hundert Yards von der Bootsrampe mit dem verbogenen Flaggenmast entfernt ab.«

Joe kannte den Platz. Vor Jahren waren er und Marjorie öfter mit den Mädchen dort gewesen, ehe der Fleck in Vergessenheit geraten war.

»Was werden Sie jetzt tun?«, fragte Foster.

»Weiß ich noch nicht.«

»Fahren Sie hin?«

»Wenn ich es schaffe.«

Foster schluchzte inzwischen völlig ungehemmt. »Wir waren alle unendlich dumm, uns von ihm bequatschen zu lassen, nicht wahr?«

»Ja. Saudumm. Aber wir sollten versuchen, die Situation zu retten, bevor sie noch schlimmer wird. Okay?«

»Okay.«

»Okay. Also hören Sie zu. Wir müssen ab sofort äußerst vorsichtig vorgehen. Die werden unsere Handyverbindungen überprüfen. Falls wir jemals nach diesem Gespräch gefragt werden, behaupten wir, Sie hätten mich angerufen, um mir zu erklären, wie leid Ihnen das mit meinem Rauswurf bei Welch's täte, und um mir und meiner Familie frohe Ostern zu wünschen. Kapiert?«

»Ja, gut.«

»Jetzt fahren Sie zu Rusty. Nehmen Sie eine Taschenlampe mit. Die werden Sie da draußen brauchen. Schalten Sie sie so lange wie möglich ein. Spielen Sie bei allem mit, was Rusty sagt, solange Sie nur können.«

»Und dann was?«

Dann drehen Sie ihm keinesfalls den Rücken zu, dachte Joe, sagte aber stattdessen nur: »Dann müssen wir improvisieren. Viel Glück.«

Er legte auf, ehe Foster noch etwas sagen konnte, starrte auf die Whiskyflasche und spürte bis ins Mark ein sehnsüchtiges Ziehen. Dann trug er sie ins Bad und leerte sie im Waschbecken.

Er nahm eine dunkle Windjacke aus dem Schrank und zog sie über sein weißes, kurzärmliges Hemd. Er öffnete die Zimmertür einen Spaltbreit und lauschte, aber im Haus war alles still. Mit leichtem Schritt schlich er über den Flur.

Weil er ein Feigling war, schaute er nicht in die Zimmer seiner Töchter. Falls Arden aufwachte, würde er sie noch mit einer kleinen Notlüge und einem beruhigenden Tätscheln beruhigen können.

Aber Lisa nicht. Sie würde jede Schwindelei durchschauen, mit der er sie einzuwickeln versuchte. Die Wahrheit würde ans Licht kommen. Und was würde er dann tun? Was würde sie dann tun?

So oder so riskierte er keine Begegnung. Er schlich die Treppe hinab, überstieg dabei alle knarrenden Stufen und verschwand durch die Hintertür. Er lief über das Feld hinter dem Haus. Die Nacht war schwül, der Mond von Wolken verdeckt, und Regen lag in der Luft, genau wie von Lisa vorhergesagt. Er hoffte, dass der Regen noch eine Weile ausbleiben würde.

Der Boden war uneben und Joe nach dem Whisky nicht mehr trittsicher, darum brauchte er länger als erwartet zu dem Zypressenwäldchen. Als er es erreicht hatte, sickerte säuerlich stinkender Schweiß aus allen seinen Poren.

Er war froh über den Sichtschutz der Bäume, auch wenn das dichte Geäst und die Dunkelheit darunter beklemmend wirkten. Eine Taschenlampe einzuschalten wäre zu riskant gewesen.

So stolperte er auf der Suche nach dem Ruderboot durch die Marsch, tastete sich durch die Dunkelheit, während in der knappen Zeit seine Suche immer hektischer wurde.

Seine Hosenbeine wurden nass. Mehr als einmal rumpelte er mit dem Schienbein gegen eine Zypressenwurzel. Er marschierte in einen gespenstischen Moosvorhang, der von einem tiefen Ast herabhing, und schlug mit der Stirn gegen einen anderen Ast.

Allerdings wirkten die Schmerzen ernüchternd, und schließlich fand er das Boot. Es kam einem Wunder gleich, denn es war ganz und gar überwuchert, und es kostete ihn Mühe, es freizulegen.

Wie alles andere in seinem Leben hatte er auch das Boot vernachlässigt.

Als Familie waren sie oft damit auf den See gerudert. »Naturexkursionen«, hatte Marjorie diese Ausflüge genannt. Sie hatten gewettet, wer die meisten Vogel- und Wildarten entdecken würde. Wer den ersten Fisch angelte, bekam den größten Schokokeks aus dem Picknickkorb. So in der Art. Wie hatte seine Familie, die doch ein Sinnbild für idyllische Harmonie gewesen war, nur so ins Elend abgleiten können?

Heute sah das Boot so hoffnungslos aus wie die Aussicht, jene glücklichen Tage noch einmal auferstehen zu lassen. Er konnte nur hoffen, dass es kein Leck hatte. Normalerweise hätte er sich nicht darauf verlassen, aber mit dem Auto zu dem Treffen von Dyle und Foster zu fahren hätte einen zu großen Umweg bedeutet. Die Fahrt durch die sich kreuzenden Bayous war wesentlich kürzer, aber nur, wenn man dort aufgewachsen war.

So wie Joe. Selbst in der Dunkelheit würde er sich problemlos in dem sumpfigen Labyrinth zurechtfinden. Die Zukunft seiner Familie hing davon ab.

Er zerrte das Boot ins Wasser und kletterte an Bord.

Kapitel 26

Wenn sie mehr über die langjährige Fehde zwischen dem schmierigen District Attorney und Ledge erfahren wollte, sollte sie am besten mit der Frau beginnen, die zwischen beiden Männern stand, das hatte Arden aus ihrer Unterhaltung mit Lisa geschlossen.

Arden entsann sich, dass Ledge sie als »Freundin« bezeichnet hatte und dass ihr der Friseur- und Maniküresalon gehörte, wo angeblich ein fehlgeleitetes Eichhörnchen Chaos unter dem Dach angerichtet hatte. Sie brauchte kein Genie zu sein, um diese Crystal mit Crystal's Salon auf der Main Street in Verbindung zu bringen, einem ehemaligen Wohnhaus, das charmant zu einem Frisiersalon umgebaut worden war, nunmehr ein weißes Holzhaus mit hellblauen Fensterläden und Blumenkästen voller lila Petunien.

Arden hatte ihre Ankunft so gelegt, dass sie eintreffen würde, wenn der Salon schloss, und ihr Timing war perfekt. Gerade als sie auf den schmalen Parkplatz vor dem Haus bog, schloss eine Frau die Tür ab. Arden stieg aus.

Die Frau drehte sich um und lächelte. »Hi.«

»Hallo.« Arden ging über den Weg auf sie zu.

»Tut mir leid, wir haben schon geschlossen«, sagte sie. »Aber ich mache Ihnen gern einen Termin.«

»Sind Sie Crystal?«

»Ja.«

Es war leicht zu verstehen, warum Ledge sich zu ihr hingezogen fühlte. Die Frau war atemberaubend. Ihr langes, dunkles Haar war seidig wie der Pelz eines Nerzes. Ihre Augen waren faszinierend, in Farbe und Form.

»Ich bin Arden Maxwell.«

»Das habe ich mir fast gedacht.«

»Sie haben von mir gehört?«

»Gerüchte sind in dieser Stadt der Zeitvertreib Nummer eins. Ich hatte insgeheim gehofft, dass Sie irgendwann in meinen Salon kommen, damit ich mir selbst ein Bild machen kann.«

»Und welchen Eindruck haben Sie bisher?«

Crystal lächelte. »Sie haben tolles Haar.«

»Danke. In dieser feuchten Luft ist es nicht zu bändigen.«

»Ich hätte Mittel, die Ihnen helfen könnten.«

»Bestimmt.« Arden wandte kurz den Blick ab und sah sie dann wieder an. »Ich hatte gehofft, mit Ihnen über eine persönliche Angelegenheit sprechen zu können...«

»Ledge?« Als Arden erschrocken zurückwich, fuhr sie fort: »Er hat mir erzählt, dass Sie ihn aufgesucht haben und ihn beauftragen wollten.«

»Das stimmt, aber darum geht es nicht. Sondern um seine alte Feindschaft mit Rusty Dyle.«

Arden spürte, wie sich ihr Gegenüber dezent und argwöhnisch zurückzog. »Wie viel wissen Sie darüber?«

»Nicht genug.«

Crystal überlegte ein paar Sekunden, dann kam sie offenbar zu einem Entschluss. »Für dieses Gespräch braucht es mindestens ein Glas Wein. Ich wohne gleich hinter dem Salon.« Sie deutete dorthin. »Sie können mit mir über den Rasen gehen oder mit dem Auto hinfahren.«

»Ich nehme den Wagen.«

Bis Arden um die Ecke gefahren war, wartete Crystal schon in der offenen Haustür. Arden hatte nicht erwartet, dass sie so unvoreingenommen über Ledge sprechen würde. Sie hatte sogar gefürchtet, Crystal könnte sie wegschicken, wenn sie ihr erklärte, weswegen sie gekommen war. In ihrer Vorstellung war die »heiße Nummer« schroff und abweisend gewesen. Keineswegs so elegant oder herzlich oder einnehmend.

Wider Willen spürte sie einen eifersüchtigen Stich.

»Danke sehr«, sagte sie, während Crystal sie in ein heimeliges, schönes Wohnzimmer führte. Es war aufgeräumt und sauber, wirkte aber gemütlich und bewohnt. »Ich hatte überlegt, ob ich vorher anrufen soll, aber ...«

»Sie dachten, es wäre effektiver, mich abzufangen.«

Arden sah sie verlegen an. »Ganz ehrlich? Ja. Jemand hat mich vor Kurzem ähnlich überfallen.«

»Ledge?«

»Er, ähm, wollte mir demonstrieren, wie leicht sich mein Türschloss knacken lässt.«

»Hört sich ganz nach Ledge an.«

Arden ging nicht weiter darauf ein.

Crystal deutete auf einen Sessel. »Ich bin jedenfalls froh, dass Sie gekommen sind. Rot oder weiß?«

»Egal.«

»Vielleicht einen Bourbon?«

Arden lachte nervös. »Sehe ich so aus, als könnte ich einen brauchen?«

»Schon.«

Nachdem sie ihre Gläser in der Hand hielten, setzte sich Crystal ihr gegenüber aufs Sofa und sagte: »Nachdem wir schon gemeinsam trinken und über private Dinge sprechen – nenn mich Crystal. Ich habe das mit deinem Baby gehört. Mein herzliches Beileid.«

»Danke.« Arden fiel nicht ein, wie sie Crystal unauffällig fragen konnte, ob sie Kinder hatte oder wollte, darum zügelte sie ihre Neugier.

»Ich nehme an«, fuhr Crystal fort, »du bist zu mir gekommen, weil du von meiner engen Beziehung zu Ledge weißt.«

»Ich glaube, die ist allgemein bekannt.«

Crystal lächelte spröde. »Du musst verstehen, dass ich ihm gegenüber loyal bin. Er schützt meine Privatsphäre, und das gilt auch umgekehrt. Ich werde nichts verraten, was er mir vertraulich erzählt hat.«

»Das hätte ich auch nicht erwartet.«

»Gut.« Sie lehnte sich in die Polster. »Und was wolltest du mich fragen?«

»Ledge hat mir erzählt, dass er und der District Attorney seit vielen Jahren über Kreuz liegen. Aber er hat mir nicht verraten, warum.« Sie blickte in die exotischen Augen. »Deinetwegen?«

Crystal betrachtete ihr Glas. »Ursprünglich ja. Ich meine, die beiden konnten sich schon nicht ausstehen, bevor ich auf der Bildfläche erschien, aber es wurde schlimmer, als wir auf die Highschool kamen und Ledge und ich öfter was zusammen unternahmen. Rusty glaubte immer, er hätte ein Anrecht auf alles, was er haben wollte.«

»Er wollte dich haben, und du warst Ledges Mädchen.«

Sie zuckte knapp mit den Achseln. »Das gefiel Rusty gar nicht.«

»Ich weiß, dass Ledge sich schon vor seinem Highschool-Abschluss bei der Army eingeschrieben hatte.«

»Er hat dir viel über sich erzählt.«

»Ich habe ihn dazu gezwungen. Er hat mir erzählt, warum er Soldat wurde und wie lange er gedient hat. Damals wart ihr beide lange getrennt.«

»Wir waren damals beide mit unserem eigenen Leben beschäftigt. Ich fing hier im Salon als Kosmetikerin an. Als die damalige Besitzerin sich zur Ruhe setzen wollte, nahm ich einen Kredit auf und übernahm den Salon.«

»Offensichtlich erfolgreich«, sagte sie, kehrte aber sofort wieder zum Thema Ledge zurück. »Nachdem Ledge weg war, hätte sein Konkurrent freie Bahn gehabt.«

»Glaub mir, Rusty war nie eine Konkurrenz für Ledge, trotzdem hat er versucht, seine Abwesenheit auszunutzen. Er hat mich immer wieder angebaggert, selbst nachdem er geheiratet und Kinder bekommen hatte. Wo ich auch war, tauchte er auf und sorgte dafür, dass wir zusammen gesehen wurden.«

»Damit es so aussah, als würde zwischen euch etwas laufen.«

»Exakt.« Crystals Blick ging betrübt ins Leere. »Judy, seine Frau, glaubte das jedenfalls. Sie glaubt es immer noch. Sie verabscheut mich. Und sie hat keine Ahnung, wie sehr ich ihn verabscheue.«

»Warum hast du nie mit ihr gesprochen?«

»Es auf einen Showdown anlegen? Bei dem sie mir Vorwürfe macht und ich alles abstreite?« Sie schüttelte den Kopf. »Das hätte die Gerüchteküche nur angeheizt. Aber Rusty weiß genau, wie tief ich ihn verabscheue. Ich habe ihm ganz klargemacht, dass ich nie etwas mit ihm anfangen würde, selbst wenn es Ledge nicht gäbe.«

»Aber er wollte sich nicht mit einem Nein abfinden.«

»Er *will* es nicht«, korrigierte sie.

»Er stellt dir immer noch nach?«

»Nicht so offen. Damit war Schluss, als Ledge zurückkam. Ledge ist vielleicht der einzige Mensch auf der Welt, der ihn einschüchtert. Weshalb Rusty ihn umso mehr hasst.« Sie verstummte kurz und ergänzte dann nachdenklich: »Aber bei ihrer Fehde geht es längst nicht mehr um mich, das hat sich über die Jahre hinweg hochgeschaukelt. Es geht um etwas viel Tieferes.«

»Und was?«

»Das musst du die beiden fragen.«

Arden überraschte die ausweichende Antwort nicht, trotzdem war sie frustriert. »Aber du weißt, worum es geht?«

»Zum Teil. Nicht ganz.«

Arden überspielte ihr Zaudern, indem sie einen Schluck trank. »Ich glaube, ihr Konflikt hat etwas mit der Nacht zu tun, in der mein Vater verschwand.«

Crystals Augen weiteten sich ein winziges bisschen, und daraus schloss Arden, dass sie etwas über die fragliche Nacht wusste. »Und was für eine Verbindung sollte das sein?«

»Ledge wurde in derselben Nacht verhaftet.«

Crystal antwortete mit einem leisen »Ja«.

»Er behauptet, dass Rusty ihn reingelegt hätte.«

»Er ist da ganz sicher«, sagte Crystal.

»Glaubst du ihm?«

»Ich glaube, dass Rusty skrupellos genug wäre.«

»Ich auch.«

»Ich wusste nicht, dass du ihm schon begegnet bist.«

»Heute zum ersten Mal. Er fing mich heute Morgen ab, als ich gerade aus dem Gerichtsgebäude kam.« Sie erzählte, warum sie dort gewesen war, und schilderte dann, wie es zu der Begegnung mit Rusty gekommen war. »Er sperrte mich praktisch zwischen meinem und seinem Auto ein. Jedenfalls fühlte es sich so an. Er hat versucht, sich charmant zu geben, trotzdem wollte ich nur von ihm weg. Er hat eine finstere Ausstrahlung.«

»Ich weiß, von welcher Ausstrahlung du sprichst«, bestätigte Crystal. »Wenn man schon einmal Erfahrung mit so einem Menschen gemacht hat, weiß man genau, worauf man achten muss.«

Arden erschrak über die Ernsthaftigkeit, mit der sie das sagte, und wartete auf eine weitere Erklärung. Doch es kam keine, darum ergriff Arden wieder das Wort.

»Aber abgesehen von meiner Begegnung mit Rusty habe ich dort etwas erfahren, das mich ziemlich irritiert. Als mir der Detective die Ermittlungsberichte aushändigte, erzählte er, dass Ledge ebenfalls Kopien haben wollte. Erst vor ein paar Tagen. Wusstest du das?«

»Nein.«

»Er hat dir nichts davon gesagt, dass er sich diese Berichte besorgen wollte?«

»Nein.«

Arden glaubte nicht, dass sie log, aber sie war auch nicht ganz offen. »Warum sollte Ledge sich dafür interessieren, Crystal?«

»Wieso sollte das wichtig sein?«

»Genau das will ich wissen. Warum sollte es Ledge wichtig sein, was in diesen Berichten steht?«

»Das musst du ihn selbst fragen.

»Das kann ich nicht.« Die Worte klangen harscher als beabsichtigt. Sie versuchte sie abzumildern. »Es wäre peinlich, wenn ich mich jetzt an ihn wenden würde. Wir haben uns gestritten.«

»Wann?«

»Gestern Abend.«

»Weswegen?«

»Weil ich ihn nicht beauftragt habe.«

»Warum nicht? Er leistet exzellente Arbeit.«

»Das glaube ich gern. Darum ging es nicht. Unsere Persönlichkeiten vertragen sich nicht. Wir bekommen uns ständig in die Wolle.«

Diese Wendung des Gesprächs war ihr ausgesprochen unangenehm, genau wie Crystals scharfer Blick. Arden fragte sich, ob sie ihre Gewissensbisse erahnte. Crystal war so nett, dass sie sich wegen dieser verdammten Küsse umso elender fühlte. Sie hatte noch nie einer anderen Frau den Mann ausgespannt und keine hohe Meinung von Frauen, die so etwas taten. Sie wollte nicht zu ihnen gehören.

»Ich muss mich entschuldigen, Crystal.«

»Entschuldigen?«

Weil ich mir gewünscht habe, du wärst hässlich und gemein und nicht Ledges Geliebte. »Weil ich dich in die Zwangslage gebracht habe, mir gegenüber offen zu sein oder sein Vertrauen zu missbrauchen. Ich hatte gehofft, du könntest mich aufklären, aber jetzt begreife ich, wie unangenehm dir meine Bitte sein muss.« Sie stellte ihr Glas auf den Tisch und stand auf.

»Du brauchst deswegen nicht zu gehen. Wir können über etwas anderes reden.«

»Danke. Ein andermal vielleicht.«

»Tut mir leid, dass ich dir nicht mehr sagen konnte.«

»Das verstehe ich natürlich.«

Crystal brachte sie an die Tür. »Wirst du in Penton bleiben?«

»Das habe ich noch nicht entschieden.«

»Ich hoffe, du kommst mal in den Salon. Einige meiner Kundinnen würden für deine Haarfarbe töten. Aber ich glaube nicht, dass sich die aus einer Flasche nachmixen lässt. Damit muss man geboren sein.« Sie zog lächelnd die Tür auf.

Auf der anderen Seite der Schwelle stand Ledge, eine Hand hoch am Türstock, als wollte er eben die Tür einrammen. Er zog seine Sonnenbrille ab und durchbohrte beide mit seinem eisblauen Blick, ehe er Arden fixierte.

»Na, hallo!«, begrüßte Crystal ihn fröhlich. »Kommst du zur Happy Hour?«

»Nein.« Ohne den Blick von Arden zu wenden, sagte er: »Marty meinte, ich sollte hier auf sie warten.«

»Ich habe deinen Pick-up gar nicht gehört.«

»Ich habe vor deinem Salon geparkt. Gesehen, dass geschlossen war. Die Abkürzung über den Rasen genommen. Und ihren Wagen hier stehen sehen.«

Es ärgerte Arden, dass er in der dritten Person von ihr sprach, während sie direkt vor ihm stand. »Ich wollte gerade gehen.«

»Was tust du hier?«

Crystal mischte sich ein. »Arden kam an, als ich gerade den Salon abschloss. Ich habe mich so gefreut, sie endlich kennenzulernen, dass ich sie auf ein Glas eingeladen habe.«

»Vielen Dank für die Einladung«, wandte Arden sich an Crystal. »Und noch mal vielen Dank überhaupt. Ich komme irgendwann vorbei und schaue mir die Produkte an. Bis dann.«

Ledge verstellte ihr den Weg. »Gut, dass wir uns treffen, wir haben noch eine Rechnung offen.«

»Wir haben alles geklärt.«

»Bis auf die hundert Dollar, die du mir für die Angebote schuldest. Fällig bei Erhalt. So steht es rot auf der Rechnung.«

»Ich habe keine Rechnung bekommen und ...«

»Hast du deine E-Mails gecheckt?«

»... und außerdem hast du mir erklärt, wir wären quitt.«

»Nur unter gewissen Bedingungen. Du hast deinen Teil der Vereinbarung nicht eingehalten.«

»Ich ...«

»Da kommt Marty.« Crystal schob sich an Ledge vorbei und ging zu dem Wagen, der eben in die Einfahrt gebogen war.

Eine Frau stieg aus, beugte sich dann noch mal ins Auto und holte eine große weiße Papiertüte heraus. Während sich beide dem Haus näherten, sagte Crystal etwas zu der Frau, woraufhin sie mit kaum verhohlener Neugier auf Arden sah. Arden erwiderte ihren Blick. Der Neuankömmling trug einen Krankenhauskittel, sah aber vom Hals aufwärts aus wie ein Punkrock-Star.

Als beide die Veranda erreicht hatten, stellte Crystal sie einander vor. »Marty, Arden Maxwell. Arden, meine Mitbewohnerin Marty Camp.«

Sie begrüßten sich, und Crystal ergänzte: »Arden kennt Ledge bereits.«

»Ach so?« Marty musterte sie von Kopf bis Fuß, wandte sich dann an ihn und zog eine rabenschwarze Braue hoch.

»Du kommst spät«, meinte er.

»Ich hab unterwegs was vom Chinesen geholt.« Marty hob die Tüte an.

»Und?«

Sie zog einen versiegelten Briefumschlag aus dem Außenfach ihrer Umhängetasche und überreichte ihn mit einem ironischen »Gern geschehen«.

Ohne den Umschlag auch nur anzusehen, faltete er ihn zusammen und schob ihn in die Jeanstasche. »Wie hast du ...«

»Frag nicht. Ich habe sowieso keinen Schimmer, wovon du sprichst.«

»Danke, Marty. Ich bin dir was schuldig.«

»Allerdings. Das wird teuer.« Dann sah sie alle drei der Reihe nach an. »Für mich sieht das aus wie eine dieser peinlichen Situationen, in die man unerwartet hineinplatzt und bei der es wahrscheinlich für alle das Beste ist, wenn man einfach weitergeht. Wenn ihr mich entschuldigen würdet?« Sie trat ins Haus, ließ die Tür aber angelehnt.

Crystal seufzte. »Das ist nicht nur peinlich, sondern albern. Ich werde wohl die Erwachsene spielen müssen. Du«, wandte sie sich an Ledge, »warst gestern Abend hier und wolltest über dasselbe Thema reden – oder darum herumreden – wie Arden heute. Sie will Dinge wissen, die ich nicht beantworten kann. Ich glaube, es ist an der Zeit, dass ihr beide irgendwohin geht und euch offen und ehrlich unterhaltet, während Marty und ich unseren Abend gestalten wie geplant, nämlich uns aufs Sofa kuscheln, chinesisches Essen mampfen und uns eine Serie über Vampire reinziehen. Schönen Abend.«

Sie trat ins Haus und schloss entschieden die Tür.

Arden war auf dem Weg zu ihrem Auto, doch Ledge blieb ihr dicht auf den Fersen. »Was sind das für *Dinge*?«

»Lass mich in Ruhe.« Sie hatte ihr Auto erreicht, riss die Fahrertür auf und stand dann in der offenen Tür, den Blick auf das Haus gerichtet. »Das fühlt sich absolut falsch an.«

»Worüber hast du mit Crystal geredet?«

Sie wandte sich an ihn. »Warum wohnt ihr nicht zusammen?«

»Gehörte das zu den Dingen, die du von ihr wissen wolltest?«

»Nein!«

»Um welches Thema habt ihr dann herumgeredet?«

»Vergiss es.« Sie wollte einsteigen, aber er hakte seine Hand in ihre Ellenbeuge.

»Du fährst erst, wenn du mir erklärt hast, warum du bei Crystal warst und ihr Fragen gestellt hast, die du mir offenbar nicht stellen konntest.«

»Weil ich dir nicht vertraue.« Sie riss ihren Arm los. »Und dass Crystal dir so vertraut, ist ein großer Fehler.«

»Aha. Du hast ein schlechtes Gewissen.«

»Wenn jemand Crystal hintergangen hat, dann du. Ich habe keinen Grund, ein schlechtes Gewissen zu haben.«

Er senkte das Kinn und sah sie vielsagend an.

»Hör auf«, flüsterte sie panisch. »Ich fühle mich schrecklich. Sie war so unglaublich nett zu mir. Ich habe nachgebohrt, aber sie war unerschütterlich loyal dir gegenüber. Ich kann nicht fassen, dass sie dich sogar ermuntert hat, mit mir wegzugehen, während sie zu Hause bleibt und gemütlich mit...«

Die Erkenntnis traf sie wie ein Hammerschlag. Plötzlich kapierte sie, warum Crystal Ardens Auseinandersetzungen mit Ledge ohne jede Feindseligkeit oder Eifersucht verfolgte. »Mit *Marty*«, sagte sie. »Die beiden sind ein Paar.«

Die Tatsache, dass er nicht sofort widersprach, war ihr Bestätigung genug.

»Wie lange weißt du das schon?«

Er nahm wieder ihren Arm. »Ich finde, du und ich sollten tatsächlich das offene Gespräch führen, zu dem Crystal uns geraten hat. Bei dir oder bei mir?«

»Weder noch. Irgendwo in der Öffentlichkeit.«

»Angst, mit mir allein zu sein?«

»Exakt. Wenn wir allein wären, würde ich dich ziemlich sicher umbringen.«

Kapitel 27

Ledge bestand darauf, dass sie Ardens Auto stehen ließen und seinen Pick-up nahmen. Er fuhr ein paar Meilen aus der Stadt hinaus zu einer Ampelkreuzung, an der sich zwei Highways trafen. Es war kein Ort, nur eine Ansiedlung, obwohl in einem Containerbau an der Straßenecke eine Postfiliale untergebracht war. Schräg gegenüber gab es ein Restaurant.

»Es sieht nicht nach viel aus, aber sie grillen verdammt gute Steaks.« Er stieg aus und kam auf die Beifahrerseite, um ihr beim Aussteigen zu helfen, doch als er dort ankam, war sie schon aus dem Wagen gesprungen. Sie hatte kein Wort gesprochen, seit sie losgefahren waren.

Als sie das Restaurant betraten, begrüßte die Kellnerin ihn strahlend mit Namen. Dann bemerkte sie Arden und musterte sie kurz. Ihr Lächeln verlor an Strahlkraft, und ihr ausladender Busen senkte sich in Normallage zurück.

Er ließ sich nicht anmerken, dass ihm das aufgefallen war. »Hey Angie. Wir haben was Geschäftliches zu besprechen und brauchen ein ruhiges Plätzchen. Ist der Tisch hinten frei?«

Angie war offensichtlich skeptisch, was das Geschäftliche anging, führte sie aber zu der gewünschten Sitznische. Unterwegs ließ Ledge den Blick über die vereinzelten anderen Gäste wandern. Ihm fiel niemand Bekanntes auf.

Er und Arden setzten sich einander gegenüber. Er nahm

die Bank mit dem Rücken zur Wand, damit er den Speiseraum im Blick hatte. Angie legte zwei laminierte Speisekarten vor sie hin. »Ich bin heute für euch zuständig. Wie wär's mit deinem üblichen Bourbon vorab, Ledge?«

»Bitte.«

»Einen doppelten?«

»Einfach.«

Arden bestellte Eiswasser. Angie schniefte missbilligend. »Kommt sofort.«

Arden drehte den Kopf und sah Angie nach. Dann sah sie ihn wieder an und fragte: »Eine Freundin?«

»Nicht so, wie es dein Tonfall andeutet.«

»Eine Möchtegernkandidatin?«

»Vergiss sie.« Er beugte sich über den Tisch. »Warum willst du mich am liebsten umbringen?«

Ihre Tasche lag neben ihr auf der Bank. Sie öffnete sie und zog einen braunen Umschlag heraus, legte ihn auf den Tisch und nagelte ihn mit dem Zeigefinger fest. »Kopien der Ermittlungsberichte über zwei Verbrechen. Die angeblich mein Vater begangen hat. Ich dachte, es wäre ein origineller Einfall, danach zu fragen.«

Er stieß eine Fluchtirade aus, deren Abschluss auch Angie mithörte, die in diesem Moment an ihren Tisch zurückkam. Sie zog eine Braue hoch, während sie die Drinks abstellte und fragte, ob sie bestellen wollten. Beide verzichteten auf eine Vorspeise und beschränkten sich auf das Hauptgericht. Dennoch schien die Bestellung übertrieben viel Zeit in Anspruch zu nehmen.

Arden war offensichtlich genauso ungeduldig wie er. Sobald Angie außer Hörweite war, schnellte ihr Oberkörper nach vorn, als wäre sie von der Leine gelassen worden.

»Wenn ich gewusst hätte, dass du diese Berichte hast, hätte ich dich gefragt, ob du sie mir leihen kannst, und mir heute Morgen die Fahrt in die Stadt erspart.«

»Wer hat gepetzt?«

»Der Detective, der sie mir ausgehändigt hat. Aber das war kein Petzen. Er wusste nicht, dass ich dich kenne.« Sie sah ihn scharf an. »Und ich bin nicht sicher, ob ich es tue.«

Er ließ das vorerst auf sich beruhen. »Wozu wolltest du die Berichte?«

»Das ist doch offensichtlich und nachvollziehbar. Ich wollte prüfen, was oder ob überhaupt etwas gegen meinen Vater vorlag.«

»Nichts. Es sei denn, mir ist ein Hinweis entgangen, der nur einer nahen Angehörigen auffallen würde.«

Sie schüttelte den Kopf. »Ich habe beide Berichte zweimal Wort für Wort studiert. Ich habe nichts entdeckt. Lisa hatte mir schon erklärt, dass es Zeitverschwendung sei.«

»Sie hat sie also auch gelesen?«

»Schon damals. Als Zehnjährige hätte ich kaum etwas von dem verstanden, was in den Berichten stand. Und als ich alt genug war, waren Jahre vergangen. Ich bin nie auf den Gedanken gekommen, danach zu fragen. Nicht bis gestern Abend.«

»Als du mir erklärt hast, dass du anderswo nach Antworten suchen würdest.«

»Was der ideale Zeitpunkt gewesen wäre, mir zu beichten, dass du dich auch als Schnüffler versucht hast.«

»Du hast mir keine Gelegenheit mehr gelassen, auch nur einen Ton zu sagen.«

»Hättest du es denn erzählt, wenn ich dir nicht die Tür vor der Nase zugeschlagen hätte?«

»Wahrscheinlich nicht.«

»Das ›Wahrscheinlich‹ kannst du streichen, Ledge.«

Sie nahm den Umschlag und steckte ihn wieder in die Handtasche. Oder versuchte es wenigstens. Er sträubte sich. Schließlich stopfte sie ihn ungeduldig hinein.

Dann nahm sie einen Schluck Eiswasser. Er schob ihr sein Whiskyglas zu, sie schob es zurück, und zwar so heftig, dass es überschwappte.

»Schon gut. Du bist sichtbar sauer. Leg los.« Er lehnte sich zurück und verschränkte die Arme.

Seine Selbstzufriedenheit brachte sie offenbar noch mehr auf. »Tu nicht so herablassend. Du lässt mich im Dunkeln tappen, sprichst in Halbwahrheiten und Rätseln oder lügst mich dreist an. *Warum?* Wann bist du endlich ehrlich zu mir?«

»Was willst du wissen?«

»Wieso hast du um Kopien dieser Ermittlungsberichte gebeten? Wieso sollten sie jetzt, nach zwanzig Jahren, plötzlich von Bedeutung sein?«

»Jemand fährt jede Nacht an deinem Haus vorbei.«

»Ach ja. Richtig. Was das angeht: Wie sich herausgestellt hat, ist das dein Erzfeind, der District Attorney. Überraschung!«

Er nahm einen Schluck Whisky. »Außer dass du es jetzt weißt, ist nichts daran überraschend.«

Ihr Mund klappte auf. »Du hast gewusst, dass er es ist?«

»Ich hatte ihn unter Verdacht.«

»Von Anfang an?«

»Seit der Sekunde, in der du es erzählt hast.«

»Warum hast du nichts gesagt?«

»Weil ich ihn nicht auf frischer Tat erwischt hatte. Ich hab's aber versucht.«

»Der Abend in Tarnkleidung und Kriegsbemalung.«

»Ich habe kein Geheimnis daraus gemacht, dass ich ihn gern geschnappt hätte.«

»Nein, aber du hast nicht verraten, wen du *unter Verdacht* hattest. Noch eine Unterlassungslüge.«

Er verübelte ihr nicht, dass sie sauer war. Im umgekehrten Fall wäre er es auch gewesen. »Wann hast du das herausgefunden?«

»Heute.«

»Bitte sehr.« Angie schien sich heimlich zu freuen, dass sie die beiden überrascht hatte. Keiner hatte sie kommen sehen. »Ein Filet für die Lady. T-Bone für Ledge.« Sie stellte zwei Teller auf den Tisch und fragte Arden: »Ich weiß, wie Ledge sein Fleisch mag. Möchten Sie Ihres kurz anschneiden und nachsehen, ob es so recht ist?«

»Ist es bestimmt.«

Angie erkundigte sich, ob sie noch etwas brauchten, und verschwand, als Ledge verneinte. Er griff nach Messer und Gabel und gab Arden ein Zeichen, es ihm gleichzutun.

»Ich bin zu wütend zum Essen.«

»Zwing dich.« Er säbelte ein Stück Fleisch ab, spießte es auf, schob es in den Mund.

»Warum?«

»Um den Anschein zu wahren.«

»Willst du gar nicht wissen …«

»Doch. Aber nicht jetzt. Nicht hier.«

Er sah sich um. Niemand schien besonders auf ihn und Arden zu achten, aber Rustys Netz reichte weit.

Sein Steak war so gut wie immer, aber er aß es methodisch, ohne wirklich etwas zu schmecken, so als müsste er sich nur mit neuer Energie versorgen. Sein Interesse galt viel mehr der Frau ihm gegenüber, die zierliche Bissen von ihrem zierlichen Filet abschnitt. Sie wirkte verwirrt, verunsichert, verstört und verärgert zugleich.

Er hätte ihr gern erklärt, dass alles gut werden würde. Aber er wusste nicht, ob das stimmte. Außerdem hätte ihn das zu einem beschissenen Heuchler gemacht.

Sie verzichteten auf Dessert und Kaffee. Statt lange eine Kreditkarte zu bemühen, ließ er das Geld bar auf dem Tisch liegen. Angie wirkte enttäuscht, als sie gingen.

Auf der Rückfahrt Richtung Penton hielt er im Rückspiegel Ausschau, ob ihnen jemand folgte, doch er konnte niemanden entdecken.

»Okay. Jetzt erzähl«, sagte er. »Woher weißt du, dass es Rusty ist?«

»Ich hatte die Berichte bekommen und war gerade auf dem Weg zu meinem Auto. Er hielt mit seinem Wagen hinter mir auf dem Parkplatz, ich habe das Motorengeräusch wiedererkannt.« Sie beschrieb die Szene und ließ auch ihren Wortwechsel nicht aus. »Wenn ich es so erzähle, klingt es absolut harmlos. Aber so hat es sich nicht angefühlt. Ich hatte eine Gänsehaut.«

»Mit gutem Grund. Er wurde nicht erst durch diesen Detective auf dich aufmerksam. Er hat dich schon im Visier, seit du zurückgekommen bist.«

»Aber warum?«

»Dazu kommen wir gleich.«

Ein gutes Stück vor der Stadtgrenze von Penton bog er auf eine schmale Landstraße, die nur ein besserer Feldweg war. Wer sie nicht kannte, wäre vorbeigefahren, ohne sie auch nur zu bemerken.

Arden fragte: »Wohin fahren wir?«

»Zum Ort des Verbrechens.«

Selbst bei hellem Tageslicht wäre die Gegend unheimlich gewesen. Jetzt, nach Sonnenuntergang, verstärkte die Dunkelheit die bedrohliche Atmosphäre noch. Die Bäume, die tagsüber um einen Platz an der Sonne rangen, bildeten nun ein dichtes Dach, durch das kein Mondlicht drang. Die Insekten schwiegen eingeschüchtert. Nachttiere gingen klammheimlich ihren Geschäften nach. Vögel suchten Schutz in ihren Nestern. Alles wirkte geradezu unheilschwanger.

Als die Straße abrupt endete, sprach Arden ihn nervös mit Namen an.

»Du solltest den Fleck nach der Beschreibung im Polizeibericht wiedererkennen«, erwiderte er.

Sie löste den Sicherheitsgurt, beugte sich vor und spähte durch die Windschutzscheibe. Hätten die Scheinwerfer sich nicht im schlammigen Wasser gespiegelt, das sich um die knorrigen Knie der Zypressen schlängelte, hätte sie nicht geahnt, dass der See direkt vor ihnen lag. Als Ledge die Scheinwerfer ausschaltete, verschwand das Wasser.

»Hier haben sie Brian Foster gefunden«, flüsterte sie.

»Ein paar Körperteile von ihm. Zwischen diesen Zypressen.« Er deutete auf eine Gruppe von Bäumen, die aus dem See aufragte.

Sie drehte sich zu ihm und sah ihn an. »Was hat das mit Rusty zu tun?«

»Rusty hat ihn umgebracht.«

Kapitel 28

Judy Dyle rief ihre Familie an den Esstisch.

Alle drei Kinder betrieben Sport und waren außerhalb der Schule aktiv. Ihre Freizeittermine zu koordinieren war aufwendiger, als die Invasion in der Normandie zu planen. Außerdem änderten sich die Termine ständig, wodurch eine feste Abendessenszeit unmöglich wurde. An den meisten Abenden aß die Familie darum in Schichten, was Rusty nur recht war.

Aber Judy bestand darauf, dass sie mindestens einmal in der Woche ein Familienessen machten.

Heute war der Abend dafür. *Wie schön für mich,* dachte Rusty säuerlich. Er nahm seinen Platz am Kopfende des Tisches ein. Auf Judys Aufforderung hin leierte ihre Tochter ein kurzes Tischgebet herunter.

Gerade als sie das Amen sprach, läutete Rustys Handy. *Rettung!* Er schob den Stuhl zurück.

»Wir hatten vereinbart, dass am Essenstisch keine Handys erlaubt sind«, tadelte ihn Judy.

»Ich habe gar nichts vereinbart.« Ohne ihren finsteren Blick zu beachten, stand er auf. Erst nachdem er in seinem Arbeitszimmer war und die Tür hinter sich geschlossen hatte, sah er aufs Display und nahm das Gespräch an. »Angie, Baby. Bist du scharf auf mich?«

»Träum weiter. Hör zu, hier ist viel los, ich muss es kurz

machen. Ich hätte heiße Neuigkeiten im Austausch gegen einen kleinen Gefallen.«

»Du verwechselst da was, Süße. Du tust mir die Gefallen. Und dafür verrate ich deinem Boss nicht, dass du regelmäßig in die Kasse greifst.«

»Das weiß er längst. Wir beide haben unseren eigenen Deal. Du musst dich schon anstrengen, Rusty. Denn das wirst du bestimmt hören wollen.«

Ihre dreiste Forderung ärgerte ihn, aber andererseits war das Steakhouse immer gut besucht. Angie hatte die Pärchen, Gruppen und Einzelgänger, die sich dort einfanden, im Blick, und wenn sie jemanden oder etwas bemerkte, was ihr ungewöhnlich und für ihn interessant erschien, gab sie das zuverlässig weiter. Sie war eine seiner besten Informantinnen.

»Okay«, sagte er. »Was soll ich für dich tun?«

»Meine kleine Schwester wirft Opiattabletten ein, als wären es M&Ms.«

»Woher hat sie die?«

»Von ihrem neuen festen Freund. Er ist ein Blindgänger, Blutsauger und geiler Bock. Schaff ihn weg. Meine Familie wird sich dann um ihren Entzug kümmern.«

Sie sagte ihm, wie beide hießen und wo sie untergekrochen waren. Rusty versprach, das Drogendezernat des Sheriff's Office auf den Jungen zu hetzen. »Jetzt bist du dran. Was hast du für mich?«

»Ledge war heute Abend hier.«

»Das ist nicht direkt eine Sondermeldung.«

»Nein, aber sonst kommt er immer allein. Heute Abend hatte er eine Frau dabei.«

»Aber nicht Crystal.«

»Nicht Crystal.«

Obwohl Rusty davon ausging, dass er die Antwort bereits kannte, fragte er, wie die Frau ausgesehen hatte.

»Um die dreißig. Blond. Bambi-Augen. Keine Speckröllchen. Ich sag's nur ungern, aber ich hätte ihr am liebsten die Augen ausgekratzt. Es sieht Ledge gar nicht ähnlich, Crystal zu betrügen, jedenfalls nicht öffentlich.«

»Du weißt das, weil du es bei ihm probiert hast.«

»Spar dir die billigen Sprüche. Jedenfalls weiß ich, wie ihr drei zueinander steht, darum dachte ich, du hörst bestimmt gern, dass er streunen geht. Er wollte mir weismachen, es wäre eine geschäftliche Besprechung, aber du kennst das. Er sah ausgehungert aus, und nicht nach seinem Steak.«

»Austausch von Zärtlichkeiten?«

»Nein. Aber sie haben viel geredet, vielleicht war es doch was Geschäftliches. Sie haben die Köpfe über einem offiziell aussehenden Umschlag zusammengesteckt. Ob was draufstand oder was darin war, habe ich nicht erkennen können.«

Rustys Gesicht wurde heiß. Er wusste, was in dem Umschlag war. »Danke, Angie.«

»Meiner Schwester passiert nichts. Nur dem Arschloch.«

»Geht in Ordnung.« Er drückte das Gespräch weg, ließ das Handy auf den Schreibtisch fallen, wirbelte auf dem Absatz herum und trat mit voller Kraft gegen die Ottomane vor dem Sessel. Die Stahlkappe seines Stiefels hinterließ eine Macke im Leder.

Ledge und die kleine Maxwell steckten die Köpfe über den Ermittlungsberichten zusammen.

Judy öffnete die Tür, ohne zuvor anzuklopfen. »Kommst du jetzt wieder an den Tisch oder nicht?«

»Nicht!«

Sie knallte die Tür wieder zu.

Zu jedem anderen Zeitpunkt wäre er ihr hinterhergeschossen und hätte ihr eine Lektion erteilt, doch das konnte warten. Erst musste er sich Burnets Aufmerksamkeit sichern. Durch Angst und Schrecken.

Er ging um seinen Schreibtisch herum und öffnete die unterste Schublade. Darin lag ein kleiner Safe mit Tastenfeldschloss. Er öffnete ihn und holte eines von mehreren nicht registrierten Handys heraus, die er für genau solche Anrufe bereithielt.

Es läutete viermal, ehe eine näselnde Stimme griesgrämig fragte: »Wer ist dran?«

»Dein schlimmster Feind oder dein bester Freund, je nachdem.«

»Ach so. Sie.«

»Ja, ich. Wie schnell kannst du loslegen?«

»Wenn Sie auf mich warten, hinken Sie hinterher. Sagen Sie wo.«

»Halt dich bereit. Ich gebe dir Bescheid.«

Kapitel 29

Arden sah Ledge mit großen Augen an, aber er wollte ganz sichergehen, dass sie ihn verstanden hatte: »Rusty hat Brian Foster umgebracht.«

Sie lehnte sich zurück, bis ihr Rücken gegen die Beifahrertür drückte. Ihr Mund ging auf, wieder zu, wieder auf. »Im Ermittlungsbericht steht nichts, was dafürsprechen würde.«

»Es steht auch nichts drin, was dafürsprechen würde, dass Joe es getan hat.«

»Aber Rustys Name steht nicht mal im Bericht. Der von Dad dagegen mehrfach. Wie kommst du darauf, ausgerechnet Rusty zu verdächtigen? Willst du dich dafür rächen, dass er dich in dieser Nacht verhaften ließ? Falls er überhaupt dahintergesteckt hat.«

»Hat er.« Ihr zweifelnder Blick machte ihn wütend. »Scheiß drauf. Crystal war auch nicht überzeugt.«

»Du hast mit ihr darüber gesprochen?«

»Gestern Abend. Sie hat mir was erzählt, was ich bisher nicht wusste und was...«

»Du warst gestern Abend noch bei Crystal?«

Ihre Stimme war dünner geworden, und ihm gefiel das eifersüchtige Beben darin. »Ja. Ich bin direkt von dir zu ihr gefahren.« Er labte sich ein, zwei Sekunden an ihrer verschnupften Miene, dann kehrte er zum Thema zurück. »Sie hat mir eine unglaubliche Geschichte über die Nacht erzählt, in der Foster getötet wurde.«

»Die Nacht, in der er starb. Laut dem Bericht steht bis heute nicht fest, ob er getötet wurde oder einen Unfall hatte.«

»Na schön. An dem Abend, an dem Foster *starb,* tauchte Rusty bei Crystal auf.«

»Zu einer romantischen Nacht?«

»Entscheide selbst.« Er gab alles wieder, was Crystal ihm über Rustys bizarren Besuch erzählt hatte, und endete mit den Worten: »Im ersten Moment war ich sauer auf sie, weil sie das all die Jahre vor mir geheim gehalten hat. Aber ich weiß, wie Rusty vorgeht, wie *überzeugend* er sein kann. Er hat ihr eingeredet, dass ich es auf schlimmste Weise ausbaden müsste, falls sie ihn verraten sollte.«

»*Hast* du ihren Stiefbruder zusammengeschlagen?«

»Ich verweigere die Aussage.«

»Aber *warum*?«

»Ich hatte meine Gründe. Aber darüber reden wir jetzt nicht. Wir reden darüber, warum Rusty in dieser Nacht ein Alibi brauchte.«

»Du hast nicht mit ihm gekämpft?«

»Nein. Aber seine Verletzungen waren garantiert nicht vorgetäuscht.« Er hob die Hüfte an und zog aus der hinteren Hosentasche den Umschlag, den Marty ihm ausgehändigt hatte.

»Ich habe mich schon gefragt, was darin ist«, sagte Arden. »Es wirkte alles ungeheuer geheimnisvoll.«

»Rustys Aufnahmebogen. Sie hat ihn aus seiner Krankenakte stibitzt. Ich hatte noch keine Gelegenheit, ihn anzusehen.«

»Ich will ihn auch sehen.«

Er schaltete die Innenbeleuchtung ein und breitete die zusammengefalteten Blätter auf dem Armaturenbrett aus. »Ankunftszeit in der Notaufnahme fünf Uhr zweiundfünfzig. Das passt zu der Zeit, zu der er Crystals Haus verließ.«

Er fuhr mit dem Zeigefinger über das Blatt. »Röntgenaufnahme des linken Armes zeigt einen Bruch von Elle und Speiche. Prellungen im Gesicht, an Hals und Unterbauch.«

»Unterbauch?«

»Verstehe ich auch nicht«, sagte er stirnrunzelnd. »CT-Aufnahme des Rumpfes. Keine Organverletzungen, keine inneren Blutungen, aber ein stumpfes Trauma an der Milz.«

»Was soll das bedeuten?« Arden fixierte blinzelnd eine Notiz. »Holzsplitter?«

»Aus den Handflächen entfernt«, las Ledge den Kommentar des Arztes ab. »Desinfektion von Schürfwunden an Armen und Händen.« Er sah Arden an. »Klingt, als hätte er sich verteidigen müssen.«

Sie beugten sich erneut über das Papier. Rusty war aufgenommen und erst am Dienstagmorgen wieder entlassen worden, mit der Anweisung, mehrere Tage das Bett zu hüten, die verschriebenen Schmerzmittel zu nehmen und viermal täglich antibiotische Salbe auf die Abschürfungen aufzutragen.

»Ich frage mich, wie er den Ärzten seine Verletzungen erklärt hat. Und seinen Eltern.«

»Er ist ein begnadeter Lügner.« Ledge faltete die Blätter zusammen und steckte sie wieder in die Hosentasche. »Er hatte bestimmt keine Probleme damit, sich eine Ausrede einfallen zu lassen.«

Er sah zum See hin, beugte sich dann über Ardens Knie, öffnete das Handschuhfach und holte eine große Taschenlampe heraus. »Kommst du mit, oder wartest du hier?«

»Wo willst du hin?«

»Da ich vor ein paar Tagen den Ermittlungsbericht gelesen habe, war ich tagsüber hier und habe mich umgesehen. Aber so wie jetzt hätte Brian Foster damals den Platz gesehen. Im Dunkeln.«

»Vielleicht war damals Vollmond.«

»Nein.«

Sie sah ihn fragend an.

»Ich weiß noch genau, wie mich diese Deputys aus dem Wagen holten. Während ich gefilzt wurde, schaute ich zum Himmel, so wie in ›Das soll wohl ein Witz sein‹. Es war bewölkt. Kein Mond zu sehen. Ab und zu nieselte es. So ähnlich wie heute Abend.«

Sie schaute durch die Windschutzscheibe auf die gespenstische Umgebung, öffnete dann mutig die Tür und sprang hinunter. Sie kam jedoch nur bis zum Kühlergrill, bevor Ledge ihre Hand festhielt. Er richtete den Lichtstrahl der Taschenlampe auf den Boden und sagte: »Keine Ahnung, ob nachts die Wassermokassinottern rauskommen. Aber pass auf alle Fälle auf, wohin du trittst.«

Sie zögerte, ging dann aber los, so dicht an seiner Seite, dass sich ihre Hüften im Gehen berührten. »Warum sollte Foster oder überhaupt jemand ganz allein hierherkommen?«

»Ich glaube nicht, dass es so war.«

»Aber im Bericht stand, dass nur sein Wagen am Highway gefunden wurde.«

»Am Straßenrand, nahe der Abzweigung.«

»In und außen an seinem Wagen wurden nur seine Fingerabdrücke gefunden. Es deuteten auch keine Fußabdrücke auf einen Beifahrer hin.«

»Er kam allein hierher, aber er traf sich hier mit jemandem.«

»Die Ermittler konnten nur einen einzigen Schuhabdruck in der Nähe des Wassers finden. Und sie kamen zu dem Schluss, dass er Fosters Schuhgröße hatte.«

»Das Wasser ist hier so flach, dass jemand an die Stelle gewatet sein und ihn überfallen haben könnte.«

»Trotz der Wassermokassinottern?«

»Und der Alligatoren«, ergänzte er grimmig. »Jemand war fest entschlossen, es zu diesem Treffen zu schaffen.«

»Mein Dad?«

»Ich habe in dem Bericht gelesen, dass man dich und Lisa nach einem Boot gefragt hat.«

»Es war noch älter als er. Ein Plastikkahn. Er war damit nie wieder auf dem See, nachdem unsere Mutter gestorben war, ich bin also nicht sicher, ob der Rumpf noch gehalten hätte.«

»Kannte er den See gut?«

Sie lachte leise. »Besser als seinen Handrücken. Er war hier aufgewachsen. In seiner Jugend wurde er oft um Hilfe gebeten, wenn sich jemand verirrt hatte.« Plötzlich ging ihr auf, was das bedeutete. »Aber er war kein junger, belastbarer Mann mehr. Die Trinkerei hatte an seiner Ausdauer gezehrt. Ich kann mir nicht vorstellen, dass er genug Kraft hatte, um bis hierher zu rudern, dann an Land zu waten, einen viel jüngeren Mann zu überwältigen und ihn anschließend zu ertränken.«

»Es erscheint unwahrscheinlich, nicht wahr? Rustys Verletzungen deuten auf einen schweren Kampf hin.« Er lenkte den Lichtstrahl auf den rauen Stamm eines nahen Baumes. »Holzsplitter.«

Sie waren so weit wie möglich gegangen, ohne durch das

undurchsichtige Wasser waten und über die daraus aufragenden Zypressenknie steigen zu müssen. »Man kann sich leicht den Arm brechen und die Milz stoßen, wenn man auf einem dieser Wurzelknoten landet. Ich glaube, dass Foster sich hier mit Rusty getroffen hat.«

Arden zog an seiner Hand, damit er sie ansah. »Wie hast du diese Verbindung hergestellt? Auch wenn er sich die Milz verletzt hat, ist es ein gigantischer Sprung zu der Schlussfolgerung, dass Rusty was mit Fosters Tod zu tun hatte.«

»Ich habe die Akten im Rathaus durchforstet. Während des Osterwochenendes gab es genau einen Todesfall. Brian Foster. Und Rusty hat sich mit jemandem einen erbitterten Kampf geliefert, einen Kampf auf Leben und Tod.«

»Fosters Leichnam oder wenigstens die Überreste wurden aus einem Tierkadaver geborgen, und der Gerichtsmediziner erkannte daraufhin auf Tod durch Ertrinken.«

»Das war die Todesursache«, sagte Ledge. »Foster könnte ertrunken oder auch ertränkt worden sein, bevor ihn die Alligatoren erwischt haben. Die ziehen ihr Opfer unter Wasser. Vielleicht war er da noch am Leben, allerdings bestimmt nicht lang.«

Arden legte die Fingerspitzen an die Lippen. »Mein Gott, das ist ja grauenvoll.«

»Ja.« Fosters grausiger Tod war schlimmer als vieles, was er während der Schlachten im Nahen Osten miterlebt oder gehört hatte. »Seine Eltern überließen es dem County, die Überreste zu bestatten. Reizende Leute, wie?«, fragte er. »Ganz egal, wie der Mann starb, er hat es verdient, dass sein Tod aufgeklärt wird.«

»Ich will *unbedingt*, dass er aufgeklärt wird«, erklärte sie. »Woher kannten sich die beiden überhaupt?«

»Rusty hat es sich zum Prinzip gemacht, jeden zu kennen.«

»Ja. Das Gefühl hatte ich heute auch. Er macht auf plump vertraulich.«

»Richtig.«

»Hast du Foster gekannt?«

»Nicht besonders gut. Ich bin ihm begegnet. Mehrere Male.«

»Bei Welch's?«

Er drohte in tiefes Wasser zu geraten und antwortete darum mit einem Schulterzucken, das man als vages Ja auslegen konnte. »Bei Welch's traf man damals bei jedem Einkauf auf Leute, die man vom Sehen oder auch persönlich kannte.«

»Warum hat Welch's aufgegeben?«

»Die Kinder und Enkel hatten nicht den Unternehmergeist des Alten. Als er starb, starb der Laden mit ihm. Er wurde geschlossen, während ich im Auslandseinsatz war.«

»Selbst unter anderen Umständen hätte mein Dad dort keine große Zukunft gehabt.«

»Wohl eher nicht.«

»Wie war Brian Foster so?«

»Ein Nerd. Schüchtern. Ein Anti-Rusty. Und genau darum hat Rusty wohl auf ihm herumgehackt.« Er beruhigte sein Gewissen, indem er sich selbst versicherte, dass nichts von dem, was er erzählte, tatsächlich gelogen war. Sie dachte über seine Antwort nach. Er hoffte, dass ihre gerunzelte Stirn auf Konzentration und nicht auf Zweifel hindeutete.

»Ich kann nicht sagen, wie oder in welchem Ausmaß Rusty an Fosters Tod beteiligt war«, fuhr er fort. »Ich kann nichts beweisen. Aber in derselben Nacht, in der Foster einen grausigen Tod starb, tauchte Rusty schwer verletzt bei Crystal auf, weil er dringender ein Alibi als einen Arzt brauchte.«

»Das sind bestenfalls lose Indizien, Ledge.«

»Genau wie alles, was sie gegen deinen Dad in der Hand hatten.«

»Richtig, aber lass uns noch mal über das Motiv reden. So wie du es erzählst, war Rusty ein Tyrann, der sich einen Nerd zum Piesacken ausgesucht hatte. Aber was soll ihn dazu getrieben haben, ihn zu töten?«

Verflucht. Sie hatte ihm eine weitere perfekte Gelegenheit gegeben, ihr alles zu erklären. Aber wenn sie von dem gemeinsamen Einbruch und von Rustys möglichem Mordmotiv erfuhr, wäre sie eine echte Bedrohung für Rusty. Und wen Rusty für eine Bedrohung hielt, dem drohte das Schlimmste.

»Vielleicht hatte Foster den Druck satt und hat sich gewehrt. Aber wie ich Rusty kenne, brauchte er kein Motiv. Er würde jemanden umbringen, nur um auszutesten, ob er damit durchkommt.«

»So wie ich ihn heute erlebt habe, könnte ich das fast glauben. Fast.« Sie schaute über die Wasserlandschaft, tastete blind nach Ledges Taschenlampe und nahm sie ihm aus der Hand. Sie schwenkte den Strahl über das Sumpfland. »Diese monotone Landschaft hat mir immer Angst gemacht. Alles sieht hier gleich aus. Wie soll man sich da zurechtfinden? Mein Dad hat sich nie auf dem See verirrt. Er wusste immer genau, wo er war.«

Ledge sagte nichts dazu.

»Er hatte ein Boot. Er hatte ein Motiv. Eine halbe Million Motive, genau gesagt.«

Ihr ausgestreckter Arm senkte sich, als würde ihr die Taschenlampe zu schwer. Behutsam nahm Ledge sie aus ihrer schlaffen Hand. Arden drehte sich um und kehrte eilig zum Pick-up zurück, auch wenn sie dabei immer wieder über Wurzeln und Äste stolperte.

»Arden.« Er folgte ihr und griff nach ihrer Hand, doch sie schüttelte ihn ab und ging weiter.

Er überholte sie, war vor ihr am Pick-up und öffnete die Beifahrertür. Sie griff nach dem Handgriff über der Tür, aber er breitete seine Hand über ihren Hintern und schob sie hoch. Dann ging er um das Auto herum, und nachdem er wieder hinter dem Lenkrad saß und den Motor angelassen hatte, sagte sie: »Bring mich bitte zu meinem Auto.«

Er wendete und fuhr zurück in Richtung Highway. »Zieh keine voreiligen Schlüsse, Arden.«

»Wieso hast du mich denn sonst hergebracht? Damit ich mit eigenen Augen sehe, wie naheliegend es ist, dass mein Vater diesen Mann umgebracht hat? Meinetwegen hättest du mich besser im Dunkeln gelassen, mir weiter was vorgespielt und dir Sachen ausgedacht.«

»*Ausgedacht?*«

»Diesen Mist über den District Attorney.«

»Das ist kein Mist. Du hast die Krankenakte gesehen.«

»Aus der nur hervorgeht, dass Rusty Dyle als junger Hitzkopf in eine Schlägerei geraten ist.«

»Mit Foster.«

»Du wünschst dir nur wegen eurer albernen Fehde, dass es Rusty war.«

»Und was soll meine alberne Fehde mit Rustys Interesse an dir zu tun haben? Erklär mir das.«

»Erklär mir *deines*.«

»Mein was?«

»Dein Interesse an jenem Abend. Dein manisches Interesse an Rusty, an Foster, an meinem Dad, der ganzen Geschichte. Falls jemand unerklärte Motive für seine Taten hat, dann bist das *du*.«

Der Pick-up rumpelte von der ungeteerten Straße auf den Highway. Sobald der Wagen Asphalt unter den Rädern hatte, drückte Ledge das Gaspedal durch. Er raste zur Stadt zurück, ohne noch ein Wort mit ihr zu wechseln. Die großen Durchgangsstraßen wurden öfter von Streifenwagen kontrolliert, darum hielt er sich abseits und brachte sie über ein paar Nebenstraßen zu Crystals Haus.

Kurz vor dem Ziel lenkte er den Wagen an einem unbebauten Grundstück an den Straßenrand, schaltete den Motor und die Scheinwerfer aus.

»Warum hältst du an?«, fragte sie. »Wo sind wir hier?«

»Ein paar Blocks von Crystals Haus entfernt.«

»Bring mich zu meinem Auto, Ledge. Jetzt.«

»Wir können das nicht vor Crystals Haus machen.«

»Was denn?«

»Entweder streiten oder ficken. Du hast die Wahl.«

Kapitel 30

»Dann lass uns streiten«, sagte sie.

»Okay. Du fängst an.«

Sie blinzelte. Atmete kurz ein. Zögerte zu lang.

Er beugte sich über den Sitz und drückte seinen Mund auf ihren.

Mehrere Herzschläge lang blieb sie steif und reglos sitzen, dann wurden ihre Lippen weich, ihre Zunge begann mit seiner zu spielen, und ihr heißer, süßer Körper schien mit dem Sitzpolster zu verschmelzen.

Er legte den rechten Arm um ihre Schulter, den linken um ihre Taille und zog sie so dicht zu sich her, wie es die Mittelkonsole erlaubte. Sie griff mit allen zehn Fingern in sein Haar, legte den Kopf zur Seite und hielt sich an ihm fest, während ihr Kuss immer begehrlicher und aufrüttelnder wurde, ein Kuss, der eine umwerfende Ahnung davon vermittelte, wie es sein würde, mit dieser Frau zu schlafen.

Er spürte bei diesem Kuss keine unerfahrene Schüchternheit. Aber sie küsste auch nicht mit der unterschwelligen Langeweile einer Frau, die schon viele Liebhaber gehabt hatte. Ganz zu schweigen davon, dass sie ein eingeübtes Ritual durchführte und einen Schritt nach dem anderen abhakte. Sie war mit Leib und Seele dabei und zeigte dabei ganz offen ihre Lust am Kuss selbst und das Verlangen nach mehr.

Er hob den Kopf, sah ihr in die Augen, zog seinen Arm hinter ihrer Schulter hervor und fuhr mit dem Daumen über ihre volle, feuchte Unterlippe. »Du willst wissen, warum ich mich so für dich interessiere? Das hat eine Menge hiermit zu tun.«

»Taten sagen mehr als Worte.«

Ohne den Blick von ihr zu nehmen, schob er die Linke unter den Saum ihres Tops, legte die Handfläche auf ihren Bauch und strich dann aufwärts, bis er ihre Brust nach oben hob und sie aus der Schale des BHs drückte, während er gleichzeitig den Kopf darauf senkte.

Er rieb sein Gesicht an diesen so qualvoll süßen Brüsten, die er schon seit Tagen – sein ganzes Leben, hätte man meinen können – küssen wollte. Seine Zunge benetzte durch die Kleider ihre Nippel.

Sie seufzte seinen Namen. Ihre Finger wühlten sich tiefer in seine Haare.

Sein Mund kehrte zu ihrem zurück, während sein Daumen ihre Brustwarze streichelte, dass ihr der Atem stockte. Sein Mund hatte feuchte Flecken auf ihrem Top hinterlassen. Das Tier in ihm wollte sie endlich ganz in Besitz nehmen.

Seine Hand glitt von ihrer Brust an ihre Taille und dann tiefer zwischen ihre Schenkel. Mit einem unauffälligen Zurechtrücken gewährte sie ihm Erlaubnis und Zugang. Er drückte und streichelte. Sie murmelte etwas Unverständliches, aber was sie auch sagte, es klang sehnsüchtig. Sie wollte ihn spüren, ganz und gar.

Sie trug eine Stretch-Jeans, die wie eine zweite Haut anlag. Vorhin hatte er es genossen, wie sich die Hose um ihren unglaublichen Hintern schmiegte, aber jetzt frustrierte ihn der eng anliegende Stoff. »Wie komme ich da rein?«

»Hier, lass mich…«

Ein Handy bimmelte und ließ sie erstarren.

Es läutete ein zweites Mal. »Meins ist lautlos gestellt«, sagte er. »Das muss deins sein.«

Offenkundig genauso frustriert wie er ließ sie den Kopf an die Lehne sinken. »Es steckt im Außenfach meiner Handtasche. Kannst du nachsehen, wer es ist?«

Er tastete im Fußraum herum, bis er ihre Handtasche, das Außenfach und schließlich ihr Handy gefunden hatte. Er hob es hoch und las, gerade als es zu läuten aufhörte, den Namen des Anrufers im Display.

Er richtete sich über der Mittelkonsole auf und nahm seinen Platz auf dem Fahrersitz wieder ein. Während sie sich mühsam aufsetzte, reichte er ihr das Handy. »Ein gewisser Jacob.«

»Ach.« Sie sah ihn sekundenlang an, dann nahm sie ihr Handy und schaute starr durch die Windschutzscheibe. »Ich rufe ihn später zurück.«

Brodelnd vor Zorn ließ Ledge den Motor an und fuhr los.

»Das hört sich nach Ledges Pick-up an.« Crystal griff nach der TV-Fernbedienung und drehte den Ton leise. »Offenbar bringt er Arden zu ihrem Wagen.«

Marty stand vom Sofa auf und trat an eines der Fenster zur Straße.

»Spionierst du die zwei etwa aus?«, fragte Crystal. »Die beiden sind keine Teenager.«

»Ich spioniere nicht. Ich schau nur mal aus dem Fenster.« Marty hob eine Lamelle der Jalousie an. »Ja, das ist sein Monstertruck. Sie steigt allein aus.« Sie drehte sich kurz zu Crystal um und meldete: »Kein Gutenachtkuss.«

»Hm. Ich bin enttäuscht. Ich war sicher, dass da im Geheimen ein Feuer lodert.«

»In der halben Minute, die ich dabei war, hatte ich denselben Eindruck. Vielleicht haben sie sich im Auto geküsst. Vielleicht haben sie mehr getan, als sich nur zu küssen, und ein Kuss wäre jetzt irgendwie ... unangebracht.«

»Aber es sieht Ledge gar nicht ähnlich ...«

Marty fiel ihr ins Wort. »Was zum ...?«

»Was ist?«

»Crystal?«

»Was ist denn?«

»O mein Gott.«

Crystal hörte das Entsetzen in Martys Stimme, sprang auf und rannte zum Fenster. »Was ist denn los?«

»Sind das *Hunde?*«

Sie waren die zwei Blocks zu Crystals Haus gefahren, ohne dass Arden ein Wort der Erklärung abgegeben hätte, und daraus schloss Ledge, dass Jacob niemand war, der sich mit einem kurzen Satz erklären ließ, etwa der achtzigjährige Nachbar, der zu Hause in Houston im Haus gegenüber lebte, oder ihr Cousin oder der halbwüchsige Sohn ihrer besten Freundin, der Tickets für ein Fundraising-Konzert verkaufte.

Als er hinter ihrem Wagen hielt, kochte er innerlich. Er schob den Schalthebel in Parkstellung, ließ den Motor aber laufen, legte die Handgelenke oben aufs Lenkrad und starrte durch die Windschutzscheibe, wohl wissend, dass er sich wie ein Idiot aufführte. Aber er war ein Mann, der seit drei Tagen hart war, und einfach stinksauer.

Er fragte: »Jacob?«

»Geht dich nichts an.«

»Nein?« Er sah sie an. »Da unten ist jemand anderer Meinung. Er wünscht sich, wir hätten wirklich gestritten.«

Sie bedachte ihn mit einem Blick, der töten konnte, öffnete die Beifahrertür, knallte sie zu und ging um die Haube herum. Im Scheinwerferlicht wühlte sie in ihrer Handtasche, wahrscheinlich auf der Suche nach ihrem Autoschlüssel.

Er bemerkte eine Bewegung im Augenwinkel und drehte den Kopf. Auf der anderen Straßenseite jagten zwei dunkle Schemen über den Rasen, dicht gefolgt von einem dritten.

Er begriff praktisch sofort, was das für Schatten waren, welche Gefahr sie darstellten, riss die Fahrertür auf und sprang heraus: »Zurück ins Auto, Arden! Schnell, steig wieder ein!«

Seine Panik erreichte sie offenbar, denn sie blieb sofort stehen und drehte sich zu ihm um, wurde allerdings von den Scheinwerfern geblendet. Gerade als sie die Hand hob, um ihre Augen abzuschirmen, setzte ein Hund zum Sprung auf ihn an.

Er brachte sich mit einem Satz auf die Motorhaube in Sicherheit und zog gerade noch rechtzeitig die Beine hoch. Der Hund krachte laut und mit solcher Wucht gegen den Kotflügel, dass der Wagen schaukelte.

Arden schrie auf.

»Rüber, los, rüber! Steig wieder ein!« Ledge krabbelte im Krebsgang zur Front der Kühlerhaube und sprang hinunter. Er packte Ardens Hand, zog und zerrte sie hinter seinen Rücken, gerade als das nächste Tier angriff. Ledge wehrte es mit einem Tritt ab.

»Rein mit dir!« Er ließ ihre Hand los, schubste sie zur Beifahrerseite und hoffte bei Gott, dass sie ins Auto flüchten würde.

Er kletterte wieder auf die Haube. Die Hunde griffen weiter an, sprangen hoch, schnappten nach seinen Beinen. Sie knurrten und bellten in einer Kakofonie. Dicke Geifertropfen flogen aus ihren Lefzen. Sein Stiefelabsatz krachte in eine Schnauze und schickte einen Hund zu Boden. Das Tier landete rücklings auf dem Pflaster und blieb liegen, aber nur eine Sekunde. Dann sprang es wieder auf und warf sich wieder und wieder in rasender Wut gegen den Pick-up.

Er sah hinter sich und stellte fest, dass es Arden in den Wagen geschafft hatte, aber eines der Tiere sie attackieren wollte und immer wieder wild geifernd gegen die Beifahrertür sprang.

Bei Crystal flog die Haustür auf. Sie und Marty kamen die Stufen heruntergelaufen. Crystal schrie nach ihm. Er brüllte ihnen zu, wieder ins Haus zu laufen.

Dann ertönte ein lautes Hupen, das ihn, die Hunde und Marty und Crystal erstarren ließ.

Der ohrenbetäubende Lärm wollte kein Ende nehmen. Schließlich hörte Ledge durch das Tuten ein hohes Pfeifen.

Genau wie die Hunde. Wie auf Kommando rasten sie los in die Richtung, aus der sie gekommen waren.

Ledge verlor keinen Gedanken daran, sie zu verfolgen, er dachte an gar nichts außer an Arden. Ohne auch nur Atem zu holen, rutschte er von der Motorhaube und eilte zur Beifahrertür, deren Fenster mit Hundesabber verschmiert war. Er zog sie auf.

Sie lehnte über der Mittelkonsole, ihm den Rücken zugewandt. Er brüllte nicht gegen den Lärm an. Stattdessen sagte er ganz ruhig: »Du kannst aufhören, Arden. Sie sind weg.«

Sie drehte sich um und sah ihn mit betäubtem Blick an, aber seine Worte drangen zu ihr durch. Er zog ihre Hand von der Hupe. Die plötzlich eintretende Stille war fast so ohrenbetäubend wie das Hupen zuvor.

Den Blick immer noch fest auf ihn gerichtet, setzte sie sich im Beifahrersitz auf. Er legte eine Hand auf ihr Knie. Es zitterte. »Alles in Ordnung?«

»Ja.«

»Dir ist nichts passiert?«

»Nein.« Dann kopfschüttelnd: »Nein.« Sie sah ihn an. »Und dir?«

»Nein, aber es war knapp. Die Hupe hat mich gerettet. Danke.«

»Gern geschehen.« Ihre Zähne begannen zu klappern.

Crystal kam zu ihnen gerannt. »Seid ihr verletzt?«

»Nein«, sagte er. »Wir sind total erledigt, aber unverletzt.«

»Guter Gott, Ledge.« Crystal legte die Hand auf ihre Brust. »Die hätten dich umbringen können.«

»Ich glaube, das war der Plan.«

Sie sah ihn schockiert an.

In dem Moment stieß Marty zu ihnen. Sie hatte geistesgegenwärtig den Nachbarn, die der Lärm nach draußen gerufen hatte, erklärt, dass alles unter Kontrolle war. Sie las auch Ardens Handtasche auf, die bei der Attacke auf dem Boden gelandet war. Sie war unter die Pfoten der Hunde geraten.

»Alles lag verstreut auf dem Boden«, erklärte Marty. »Ich habe alles aufgesammelt, was ich finden konnte. Das Portemonnaie ist auch noch da.«

»Danke.« Arden nahm die Tasche an sich, schien aber das zerkratzte Äußere gar nicht wahrzunehmen und auch nicht zu wissen, was sie damit anfangen sollte.

Ledge nahm sie ihr ab und stellte sie in den Fußraum.

»Sollen wir die Polizei rufen?«, fragte Marty.

»Das bringt nichts«, sagte er.

»Aber so ein Rudel herrenloser Hunde…«

»Habt ihr die Pfeife gehört?«, fragte er. »Das waren keine herrenlosen Hunde, und sie waren nicht auf der Jagd nach Futter.« Er wandte sich an Crystal. »Kann Arden bei euch übernachten? Sie sollte jetzt nicht allein zu Hause sein.«

»Wo willst du hin?«

»Ich muss was erledigen.«

Die drei Frauen waren nicht dumm. Sie sahen sich an.

»Natürlich, Arden kann so lange bleiben wie…«, begann Crystal.

»Danke, Crystal, aber ich lasse mich nicht bei euch parken.« Sie sah ihm in die Augen. »Ich fahre mit Ledge.«

»Auf keinen Fall. Du zitterst wie Espenlaub.«

»Das habe ich. Aber der Schock ist schon überstanden. Ich bin okay. Siehst du?« Sie streckte die Arme vor, mit den Handrücken nach oben, um ihm zu beweisen, dass sie ihre Hände ruhig halten konnte. Sie konnte es nicht.

»Du bleibst hier.«

»Nein. Tue ich nicht.«

Marty stupste Crystal an. »Vielleicht sollten sie das unter sich klären.«

Crystal sah unentschlossen erst ihn, dann Arden an und murmelte: »Passt auf euch auf«, bevor sie Marty folgte.

Ledge wartete ab, bis beide im Haus waren. »Arden, ich will keine Zeit mit Streiten vergeuden.«

»Dann hör auf zu streiten.«

»Du könntest verletzt werden.«

»Das sagst du die ganze Zeit, aber bisher wurde ich es nicht.«

»Du kannst auf keinen Fall mit mir kommen.«

»Wohin denn?«

»Das weiß ich selbst nicht. Ich weiß nicht, was mich erwartet, wenn ich dort ankomme. Fast sicher wird es gefährlich werden. Du kannst nicht mitkommen. Basta.«

Sie starrte ihn nieder. Oder versuchte es. Er gewann. Sie kapitulierte.

»Na gut.« Sie nahm ihre Tasche und kletterte aus dem Pick-up. Aber sie ging nicht in Richtung Haus, sondern zu ihrem Auto.

»Was soll das werden?«

»Entweder fahre ich mit dir oder ich fahre dir hinterher.«

Er stieß einen Schwall obszöner Flüche aus, die nicht den geringsten Eindruck auf sie machten.

»Du glaubst, dass Rusty dahintersteckt, oder?«, fragte sie.

»Das trägt seine Handschrift.«

»Wenn das stimmt, was du mir heute Abend erzählt hast, wenn er tatsächlich Brian Foster umgebracht und danach allen zwei Jahrzehnte lang vorgegaukelt hat, mein Vater hätte es getan, dann habe ich verdammt noch mal das Recht, mich zu wehren.«

Er ließ den Kopf hängen. Schnaufte energisch aus. Starrte auf den Boden und zählte bis zehn.

»Ich habe dich gewarnt«, sagte er, als er wieder aufsah.

Kapitel 31

Sobald sie von Crystals Haus wegfuhren, griff Ledge zum Handy und rief Don an. »Neulich, als Rusty mich in der Bar überfallen hat, war auch ein Typ mit ein paar Kumpeln an den Billardtischen. Ich hab mich nicht mal umgedreht, als Rusty ihn wegen seiner Hundekämpfe anging. Rusty hat ihn mit Namen angesprochen. Dawkins?«

Auf dem Beifahrersitz hörte Arden Don antworten: »Hawkins. Dwayne Hawkins.«

»Weißt du, wo er wohnt? Oder wo er seine Kämpfe veranstaltet? Rusty hat was von einer alten Scheune gesagt.«

»Bist du auf der Suche nach einem neuen Hobby?«

»Komm schon.«

»Wieso fragst du dann?«

»Ein Freund von mir hatte eine Begegnung mit einem beißwütigen Streuner. Er dachte, dass er vielleicht diesem Hawkins gehört.«

Don gab nach. »Ich höre mich um und melde mich.«

»Mein Freund braucht die Auskunft sofort.«

»Wieso so eilig?«

»Der Streuner könnte immer noch die Nachbarschaft unsicher machen. Und hier sind Kinder.«

»Dann sollte er den Tierfänger rufen.«

»Ich brauche die Info, Don. Bitte.« Er legte auf und ließ das Handy in den Tassenhalter fallen.

»Du hast geschwindelt«, sagte sie.

»Ich habe die Wahrheit ein bisschen zurechtgerückt.«

»Eine Fähigkeit, die du zur Perfektion gebracht hast.«

Er kommentierte das nicht.

Ihr fiel auf, dass sie zum zweiten Mal an demselben Wasserturm vorbeikamen. »Wir fahren im Kreis, richtig?«

»Vorerst ja.«

»Warum?«

»Weil ich feststellen will, ob uns jemand folgt.«

»Und?«

»Nicht, soweit ich erkennen kann, aber jemand muss Hawkins verraten haben, wo ich zu finden bin. Rusty hat jeden Deputy im ganzen Department in der Tasche. Sie haben für ihn Ausschau gehalten. Irgendeiner hat deinen Wagen bei Crystal stehen sehen. Irgendwann musstest du ihn holen kommen.«

»Ich hätte auch im Haus sein können.«

»Du hättest rauskommen müssen, um zu deinem Auto zu gelangen.«

»*Ich* soll das Ziel gewesen sein?«

»Gut. Allmählich begreifst du.« Er bog auf den Parkplatz eines geschlossenen Geschäfts und hielt an. »Wir warten hier, bis Don zurückruft. Ich vergeude nur Benzin, und ich weiß nicht, wie weit wir später fahren müssen.«

Er schaltete den Motor aus, lehnte sich zurück und starrte auf die Ziegelmauer vor der Kühlerhaube. Sie tat es ihm gleich. Keiner sagte etwas.

Jetzt, da sie sich halbwegs von ihrem Schock erholt und wieder gefasst hatte, kehrten ihre Gedanken zu dem Streit zurück, den sie vor der Hundeattacke gehabt hatten. Das Thema lag zwischen ihnen wie eine Granate mit gezogenem

Zündstift. Gerade als sie sich fragte, wer wohl zuerst danach greifen würde, fragte er grummelnd:

»Dieser Jacob war der Vater?«

Sie sah ihn kurz an und dann wieder nach vorn. »Jacob Greene mit einem e am Ende.«

»Wo habt ihr euch kennengelernt?«

»Ich arbeitete als Einkaufsberaterin bei Neiman's. Jacob war einer meiner Kunden. Ein guter. Er gab viel Geld bei mir aus. Später wurde ich seine Patientin.«

»Patientin? Er ist Arzt?«

»Ja, aber als ich ihn beruflich aufsuchte, waren wir längst über die traditionelle Arzt-Patienten-Beziehung hinaus.«

»Ganz offensichtlich weit darüber hinaus. Wie kommt es, dass ihr nicht zusammen seid?«

»Also, zum einen ist er verheiratet.«

»Ah ja. Ein Manko. Ein großes. Die Ehefrau erfährt von der schwangeren Geliebten und ...«

»Hältst du endlich die Klappe?« Jetzt drehte sie sich zu ihm um. »Jacob ist Spezialist für AR. Assistierte Reproduktionstherapie, auch künstliche Befruchtung genannt. Ich bin bei ihm schwanger geworden, das ist richtig. Aber mit dem Sperma eines anonymen Spenders.«

Er hielt ihrem Blick ein paar Sekunden stand, dann ließ er den Kopf sinken und rieb sich mit dem Daumen über die Braue. »Ich komme mir vor wie der letzte Arsch.«

»Ich kann mir gar nicht vorstellen, wieso.« Sie machte keinen Hehl aus ihrem Sarkasmus.

Er sah sie fragend an. »Und warum hast du mir das nicht erzählt, als ich dich nach dem Vater des Babys fragte?«

»Weil ich es nicht mal meiner Schwester erzählt habe. Es ging sie nichts an, und es geht dich erst recht nichts an.«

»Richtig. Hast du gesagt.«

Ehe sie wieder streiten konnten, vibrierte sein Handy so heftig, dass das Kleingeld im Tassenhalter zu klirren begann. Ohne den Blick von ihr zu nehmen, holte er es heraus und ging dran.

»Okay. Ich kenne den Weg zu seinem Haus«, hörte sie Don sagen.

»Verrat ihn mir.«

»Ungern.«

»Dann tut es mir leid, dass ich dich belästigt habe. Ich hole mir die Info woanders.«

»Der Junge ist kein Chorknabe, Ledge.«

»Dachte ich mir.«

»Du suchst Ärger.«

»Nein, *er* hat Ärger gesucht, und jetzt hat er ihn bekommen.«

Don zögerte und murmelte dann: »Teufel auch.«

Das Haus wirkte fast zu verfallen, um real zu sein, sondern eher wie eine Bühnen- oder Filmkulisse voller Requisiten, die es so trostlos wie möglich aussehen lassen sollten. Die in einem großen Halbkreis aufgestellten Flutlichter an ihren hohen Metallmasten leuchteten das Grundstück aus und ließen es umso mehr wie eine Filmkulisse wirken.

Das Haus war genauso baufällig wie die verschiedenen Nebengebäude, bei einem war sogar das Dach eingefallen. Die ausgeweideten, verrosteten Fahrzeuge im Gras waren ein Klischee. Zwei nicht zueinander passende Sessel kauerten unter dem Vordach der Veranda. Arden wollte sich lieber nicht ausmalen, welches Ungeziefer darin nistete.

Neben dem ungeteerten Weg sah sie eine Reihe von Zwingern, dilettantisch zusammengehämmert aus verwittertem Altholz und Maschendraht. Sie waren verdreckt und vollgepfercht mit scharfen Hunden.

Sobald Ledge den Pick-up auf die Lichtung lenkte, veranstaltete die Hundemeute ein so lautes Tohuwabohu, dass Arden das Blut in den Adern gefror. Sie hatte gleichzeitig Mitleid mit den misshandelten Tieren und Todesangst vor ihnen.

Ledge hielt an und nahm die Szenerie in Augenschein. Dann griff er unter seinen Sitz und zog einen Lederholster hervor. Die Pistole darin sah aus, als hätte Wyatt Earp sie besitzen können. Er kontrollierte die Trommel, überzeugte sich, dass alle Kammern geladen waren, und legte sie auf die Konsole.

Dann beugte er sich nach hinten und hob ein Gewehr aus dem Fußraum vor dem Rücksitz. Ernst und konzentriert durchlief er eine Vorbereitungsroutine, bei der er mehrere bewegliche Teile kontrollierte und mal diesen Mechanismus klicken, mal jenen klacken ließ. Jede Bewegung führte er mit Präzision und Vorsicht und langer Erfahrung aus, was gleichzeitig beruhigend und beunruhigend wirkte.

»Du verriegelst die Türen, sobald ich draußen bin.« Sein Gesicht war wie gemeißelt. »Ich lasse den Motor laufen, falls du abhauen musst. Und warte nicht. Das ist mein Ernst, Arden. Falls mir hier alles um die Ohren fliegt, verschwindest du. Was auch passiert, du steigst auf keinen Fall aus diesem Wagen. Wenn du den hier einsetzen musst«, dabei nickte er zu dem Revolver hin, »dann ziel und drück ab. Das Ding ist die reinste Kanone. Irgendwas triffst du auf jeden Fall.« Er sah sie ein letztes Mal ernst an. »Dieser Hurensohn wollte uns umbringen und will es wahrscheinlich immer noch. Wenn er auf uns losgeht, wartest du nicht. Du legst den Rückwärtsgang ein und haust ab.«

Damit öffnete er die Fahrertür, stieg aus, wartete, bis er das Klicken der Zentralverriegelung hörte, und ging dann auf das Haus zu, das Gewehr mit dem Lauf nach unten an seiner Seite. Sie bewunderte ihn für die Ruhe, die er ausstrahlte. Ihr Herz hingegen pochte wie wild. Sie bekam kaum noch Luft.

Die Fliegentür des Hauses flog auf, und ein junger Mann mit strähnigem, schulterlangem Haar trat barfuß auf die Veranda. Er trug ein verdrecktes weißes T-Shirt und schmutzige Jeans, die schief über seinen dürren Hüften hingen. In der Hand hielt er eine doppelläufige Schrotflinte.

Als er sie hochzog und damit auf Ledge zielte, stieß Arden einen kleinen Angstlaut aus, den nicht einmal sie selbst über dem ohrenbetäubenden Kläffen aus den Hundezwingern hören konnte.

Dwayne Hawkins trat an den windschiefen Rand der Veranda. »Du bist Burnet, oder?«

Ledge sagte nichts, sondern ging weiter seelenruhig und mit abgemessenen Schritten auf das Haus zu.

»Bist du taub oder was?«

Ledge ging weiter.

Hawkins trat von der Veranda und kam auf Ledge zu, blieb dann stehen und baute sich streitlustig auf. »Willst du etwa meine Hunde erschießen?«

»Nein, dich.«

Es geschah zu schnell, als dass man etwas erkennen konnte. Ledge schwang das Gewehr auf Hüfthöhe. Das Feuergewitter dauerte nur ein paar Sekunden, aber für Arden schien es nicht aufhören zu wollen. Genau wie der Nachhall. Die Hunde drehten völlig durch.

Dwayne Hawkins lag auf dem Rücken im Dreck. Die Flinte war mehrere Meter von seiner ausgestreckten Hand entfernt gelandet.

»Omeingottomeingottomeingott.« Arden hatte Ledges eindringliche Warnungen und nachdrückliche Anweisungen vergessen. Die Tür schwang auf, als sie am Griff zog, und sie stürzte praktisch aus dem Auto. Während sie über den Hof rannte, presste sie die Hände auf die Ohren, um das Gekläffe aus den Zwingern auszublenden.

Ledge schien weder die Hunde noch sie noch sonst etwas wahrzunehmen. Er ging zu Hawkins und setzte die Gewehrmündung an dessen Stirn. Entsetzt taumelte sie auf ihn zu und rief seinen Namen. Er reagierte nicht.

Erst als sie nur noch wenige Schritte entfernt war, erkannte sie, dass Hawkins nicht tot war. Er blutete nicht einmal. Er war unverletzt und lag zwischen den Schenkeln eines großen V, das Ledges Kugeln in den Dreck gezeichnet hatten. Seine Augen waren weit aufgerissen und blinzelten hektisch. Seine Brust hob und senkte sich in Panik. Ansonsten war er vor Angst erstarrt.

»Du hast deine Hunde auf uns gehetzt?«, fragte Ledge nun.

»Ich hab nichts gegen euch. Ehrlich. Ehrenwort. Bring mich nicht um«, flehte Hawkins, dann begann er zu heulen.

»Wer hat dich auf uns angesetzt?«

»Dieses Arschloch von District Attorney. Dyle.«

»Was hat er dir gezahlt?«

»Nichts. Wir hatten einen Deal.«

»Was hat er dir dafür versprochen, Dwayne?«

»Dass er mich davonkommen lässt, obwohl … ich hab da so ein Hobby.«

»Hundekämpfe. So was ist kein Hobby, Dwayne.«

»Du hast kein Recht...«

»Hat Dyle dir erzählt, warum er Miss Maxwell aus dem Weg räumen wollte?«

Dwayne rührte sich nicht, richtete seinen Blick aber auf sie. »Ist sie das?«

»Hat er dir erzählt, warum...«

»Nein, nein«, plapperte er. »Er hat bloß gesagt, ich soll die Hunde auf euch hetzen. Mehr nicht.«

»*Euch?* Auf uns beide?«

»Er hat gesagt, dass ihr zusammen sein würdet.«

»Woher wusste er das?«

»Keinen Schimmer. Er hat gesagt, früher oder später würdet ihr zwei bei dem Haus hinter dem Schönheitssalon auftauchen, und ich soll dort auf euch warten. Ich wollte doch nicht...«

»Und wie du wolltest, Dwayne. Du wolltest uns in Stücke reißen lassen.«

»Ich hab nichts gegen dich«, beteuerte er. »Gegen sie auch nicht.«

»Aber ich was gegen dich.« Ledges Stimme war spröde wie ein Eiszapfen. »Hast du mitbekommen, was ich in der Army war?«

»Ich hab gehört, du warst im Krieg, aber...«

»Scharfschütze.«

Dwayne winselte. Sein Adamsapfel hüpfte auf und ab.

»Ganz recht, Dwayne. Ich könnte dir aus einer Meile Entfernung ein Auge rausschießen. Jederzeit. Und ich schwöre bei Gott, dass ich genau das tun werde, wenn du nicht den Abflug machst.«

»Den Abflug? Du meinst, ich soll von hier verschwinden?«

»Genau das.«

»Das geht nicht. Dyle hat gesagt, er bringt mich um, wenn ich ihn hängen lasse.«

»Dann steckst du bis zum Hals in der Scheiße, Dwayne.«

»Dyle kennt Mexikaner, die für ein Kartell gearbeitet haben.«

»Und ich habe ein Scharfschützengewehr mit Teleskopvisier. Du wirst tot sein, bevor du den Schuss hörst, falls dir das ein Trost ist. So betrachtet ist es wahrscheinlich wirklich besser, du bleibst hier und kriechst Dyle in den Arsch, bis – also, bis es mir reicht.«

Hawkins schluchzte hicksend, und Schnodder rann aus seiner Nase.

Ledge nickte zu den Zwingern hin. »Eigentlich sollte ich dich Tierquäler gleich hier und jetzt erschießen. Aber falls du in der Nähe, falls du irgendwo in diesem Staat bleibst, läuft deine Uhr ab.«

Ledge nahm die Mündung von Hawkins Stirn, ging zu dessen Flinte, nahm die Patronen aus der Kammer und steckte sie in seine Brusttasche. Dann bedachte er Arden mit einem furchteinflößenden Blick und nickte zum Pick-up hin.

Eilig ging sie los. Ledge ging rückwärts, den Blick fest auf Hawkins gerichtet, und sammelte unterwegs die leeren Patronenhülsen auf. Als er beim Wagen angekommen war, stieg er ein, verstaute das Gewehr wieder im Fußraum vor dem Rücksitz und legte den Rückwärtsgang ein.

»Rusty hat ihn angestiftet, Arden, du hast es selbst mit angehört, oder?«

»Ja.«

»Glaubst du mir jetzt? Er hat Brian Foster umgebracht.« Er hieb mit der Faust aufs Lenkrad. »Ich weiß es einfach.«

Kapitel 32

Jene Nacht im Jahr 2000 – Rusty

Rusty hätte im Leben nicht damit gerechnet, dass dieses Würstchen von Buchhalter ausgerechnet in der kurzen Zeitspanne, die ihm nach dem Telefonat geblieben war, Rückgrat entwickeln könnte.

Noch vor einer halben Stunde hatte Foster wie üblich reagiert, als Rusty ihm berichtet hatte, wie gefährlich ihnen Ledge werden konnte, der festgenommen worden war. Nämlich unsicher und zögerlich und halb hysterisch vor Angst und Panik.

Genauso, wie er Rusty am liebsten war.

Aber dann musste Rusty von seinem Versteck am anderen Ufer eines schmalen Kanals aus sehen, dass Foster längst nicht so zaghaft wie erwartet durch den dunklen Wald stapfte. Der Strahl der Taschenlampe tanzte durch die Bäume und sprang über den weichen Boden, so energisch marschierte er voran, ganz anders als der übliche Angsthase.

Foster wurde erst langsamer, als er an ein Geflecht von Zypressenknien geriet, das aus dem flachen Wasser aufragte. Er blieb stehen und leuchtete mit der Taschenlampe herum. Dann richtete er den Strahl auf die Gruppe von Picknicktischen in der Nähe, offenbar in dem Glauben, dass Rusty dort auf ihn warten würde, genau wie an dem Tag, als Foster erstmals mit einem kalten Sixpack Bier aufgetaucht war, so wie Rusty es verlangt hatte.

»Rusty?«

Die dunkle, schwüle Stille verschluckte Fosters Stimme wie ein samtener Schalldämpfer. Er räusperte sich. »Rusty?«

Beim zweiten Versuch hörte Rusty einen Anflug von Unsicherheit in Fosters Stimme. Er lächelte und dachte: *Schon besser.* Er trat unter den tief hängenden Ästen hervor, zwischen denen er sich versteckt hatte, legte die Hände an den Mund und rief im Bühnenflüsterton: »Hier!«

Foster lenkte den Taschenlampenstrahl über den Kanal und schwenkte ihn, bis er Rusty erfasst hatte, der daraufhin die Hand hob und eine abwehrende Bewegung machte, um Foster anzuzeigen, dass er an Ort und Stelle warten solle.

»Wo ist das Geld?«

»Psst!« Wusste der Idiot nicht, dass Schall über Wasser besonders weit trug?

Rusty löste die Leine von dem Schössling, an dem er sein Kanu angebunden hatte, obwohl kaum Gefahr bestand, dass das Boot abgetrieben wurde. Die Strömung war hier bestenfalls träge.

Das Kanu schaukelte, als er einstieg, aber er hielt das Gleichgewicht. Er kniete sich auf den Boden und paddelte zu der Stelle, an der Foster stand und immer noch mit der Taschenlampe auf ihn zielte.

So leise, dass nur Foster ihn hören konnte, ermahnte Rusty ihn, die Lampe auszuschalten. »Du wirst noch jemanden auf uns aufmerksam machen.«

»Hier ist keiner.«

»Mach die Lampe aus!«

Foster schaltete sie aus. Rusty paddelte so lautlos wie

möglich und tauchte das Paddel dabei nur ganz langsam ins Wasser. Als er näher kam, fragte Foster flüsternd: »Siehst du überhaupt, wohin du steuerst?«

»Meine Augen haben sich an die Dunkelheit gewöhnt. Fang die Leine.«

Er wollte sie gerade werfen, als Foster fragte: »Moment. Wo ist das Geld?«

»Hier bei mir.«

Rusty deutete auf die Tasche im Boot. Er grinste zu Foster auf. »Kommt dir die bekannt vor?«

»Mach sie auf.«

»Zeitverschwendung, aber wenn du darauf bestehst.«

Rusty seufzte schwer, als wäre das eine unnötige und lästige Prozedur, aber das war nur gespielt. Er hatte damit gerechnet, dass Foster die Beute sehen wollte, bevor er sich auf Rustys Plan einließ. Er beugte sich zurück, tastete nach der Tasche, zog den Reißverschluss auf und öffnete sie.

Foster schaltete die Taschenlampe wieder ein und leuchtete in die Tasche.

»Zufrieden?«

»Ja, okay.«

»Dann mach das gottverdammte Licht aus.«

Foster stellte sich höchst ungeschickt an, als er die Lampe ausschalten wollte, und hätte sie um ein Haar fallen lassen.

Rusty konnte der Versuchung, ihn damit zu ärgern, nicht widerstehen. »Wieso bist du so nervös? Fürchtest du dich etwa im Dunkeln?«

»Tagsüber sieht es hier ganz anders aus. Ich war noch nie nachts hier.«

»Tja, das werden wir ändern müssen.« Jetzt, wo er Foster wieder ihre Komplizenschaft ins Bewusstsein gerufen und sein Vertrauen wiedergewonnen hatte, musste er ihn ins Boot holen. »Das hier ist der ideale Fleck, um alle möglichen Arten von Spaß zu haben.«

»Wie zum Beispiel?«

»Das erzähl ich dir gleich, aber du wirst es für dich behalten, klar?«

»Ja.«

»Meine Kumpel und ich kommen manchmal hierher und rauchen uns die Birne zu.«

»Ach.«

»Nächstes Mal musst du auch mitkommen.« Er machte eine Kopfbewegung. »Diese Picknicktische? Eignen sich super zum Vögeln, wenn du eine Decke dabeihast. Aber auch, wenn du keine hast. Diese Crystal?« Rusty schmatzte übertrieben. »So oft, dass ich es nicht mehr zählen kann, mein Freund.«

»Crystal, sagst du?«

Auf Fosters überraschten Tonfall hin wurden Rustys Augen schmal. »Ja, Crystal. Wieso?«

»Ich habe ein paar Kolleginnen über eine Crystal reden hören. Der Sohn von einer hat ein Auge auf sie geworfen, aber eine andere sagte, er könnte aufhören zu schmachten. Er hätte keine Chance gegen diesen Ledge Burnet.«

In Rusty stieg Wut auf. »Zwischen ihm und Crystal ist es aus. Sie ist jetzt mit mir zusammen. Aber genug gequatscht. Wir sollten los. Pass auf beim Einsteigen.«

»Einsteigen? In das Kanu?«

»Ich kenne den perfekten Fleck, um die Tasche zu verstecken.« Er deutete mit dem Daumen über die Schulter. »Die Bäume stehen da drüben so dicht zusammen, dass man sich wie der dämliche Daniel Boone fühlt. Du hättest andere Schuhe anziehen sollen.«

»Gibt es eine Straße dorthin?«

»Klar. Wir sind schon drauf. Man nennt so was Wasserstraße.«

»Mir gefällt nicht, wie das klingt. Was ist mit einer normalen Straße?«

»Wir sind hier in der Wildnis, Foster. In einem beschissenen Sumpf. Darum ist es ja das ideale Versteck.«

Foster sah sich nervös um. »Hier stehen die Bäume auch dicht. Und man kommt über die Straße hierher. Warum verstecken wir das Geld nicht hier in der Nähe? Wenigstens vorübergehend. Hier könnten wir es leichter holen, falls wir ein neues Versteck suchen müssen.«

»Und es könnte leichter gefunden werden. Zufällig. Wie gesagt, die Picknicktische werden durchaus benutzt. Wäre doch zu blöd, wenn ein paar Kiffer unsere Geldtasche finden und sich damit aus dem Staub machen. Oder wenn irgendein Gutmensch sie zur Polizei bringt.«

»Ich habe hier noch nie irgendwen bemerkt. Nicht ein einziges Mal bei unseren vielen Treffen hier.«

Der Buchhalter hatte seinen Mut entdeckt *und* so etwas wie Eigensinn entwickelt, und beides nervte. Hatte er einen verdammten Zaubertrank getrunken oder was? Rusty ließ sich seinen Ärger anmerken. Er stellte sich hin, die Ruderbank zwischen den Beinen, damit das Kanu nicht kenterte. »Was ist mit dir los?«

»Nichts. Ich finde nur, wir sollten das alles genauer planen.«

»Ich habe alles geplant.«

Foster schaltete die Taschenlampe wieder ein und ließ den Strahl vom Bug zum Heck des Kanus gleiten. »Wo hast du das Kanu her?«

»Der alte Wellblechschuppen an dem Dock weiter unten an der Straße? Da lagern sie die Boote ein, die vom Sheriff's Office beschlagnahmt werden. Meistens, weil jemand besoffen damit rumgefahren ist. Jedenfalls hat der Besitzer, wer immer das auch ist, das Kanu nie abgeholt, darum hat mir mein Daddy erlaubt, es rauszuholen, wann immer ich will.« Er hielt immer noch das Paddel in der Hand und winkte Foster damit einzusteigen. »Ich weiß, was ich tue. Du brauchst keinen Schiss zu haben. Setz dich nach vorn in den Bug.«

Foster rührte sich nicht. Er blieb wie angewurzelt stehen und blökte plötzlich: »Ich habe Mr. Maxwell angerufen und ihm alles erzählt.«

Rustys Blut begann in Sekundenschnelle zu kochen. »Was hast du?«

»Du hast mich schon verstanden. Ich brauche es nicht zu wiederholen. Mr. Maxwell weiß, dass du ihn zum Sündenbock abstempeln willst.«

Rusty zögerte nicht, überlegte auch nicht lang, sondern reagierte in rasendem Zorn. Er zog das Paddel in einem waagerechten Bogen durch. Wäre es eine Klinge gewesen, hätte es Foster geköpft. So hingegen traf es mit solcher Wucht auf seinen Hals, dass Rusty sicher war, die Luftröhre zertrümmert zu haben. Foster ließ die Taschenlampe fallen, griff sich mit beiden Händen an die Kehle und versuchte, einen Laut hervorzubringen. Was aus seinem Mund drang, war schmerzvoll anzuhören.

Rusty schaute seelenruhig zu, wie Foster ein paar Schritte vorwärtstaumelte, dann zwischen einer verästelten, knorrigen Skulptur von Zypressenwurzeln vornüber ins trübe Wasser kippte und reglos liegenblieb. Absolut reglos.

Die Taschenlampe war im flachen Wasser gelandet. Sie

war noch eingeschaltet und glühte gespenstisch unter Wasser. Selbst Rusty gruselte es, aber er holte die Taschenlampe nicht heraus. Es war besser, sie dort zu belassen.

Er hatte von Anfang an geplant, Brian Foster umzubringen. Der Buchhalter hätte diese Nacht auf keinen Fall überlebt. Allerdings hatte Rusty nicht vorgehabt, ihn hier auszuschalten, wo seine Leiche leicht von jemandem auf einem Osterausflug gefunden werden konnte.

Bei näherer Betrachtung war diese unerwartete Wendung aber gar nicht so schlecht. Tatsächlich war es besser als das, was er ursprünglich geplant hatte, nämlich mit ihm an eine der tiefsten Stellen im See zu fahren, ihm dort das Paddel über den Schädel zu ziehen und ihn über Bord zu werfen.

Jetzt erkannte er die Lücken in seinem Ursprungsplan. Wenn die Leiche sich aufgebläht hätte und wieder an die Oberfläche gestiegen wäre, hätte ein Gerichtsmediziner feststellen können, dass Foster ermordet worden war. Natürlich würde niemand den Sohn des Sheriffs als Mörder verdächtigen, aber die Sache hätte einen unnötigen Aufruhr verursacht, auf den Rusty lieber verzichtete.

So hingegen sah es aus wie ein tragischer Unfall. Das ließ sich leicht verkaufen. Foster war neu in der Gegend. Er stammte aus dem Norden, kannte sich im Sumpfland nicht aus. Er war so dumm gewesen, seinen Wagen an der Straße stehen zu lassen und – noch dazu in Lackschuhen – nachts in den Wald zu spazieren, ohne zu ahnen, welche Gefahren dort und im Sumpf drohten. Der Einfaltspinsel war gestolpert, hatte sich beim Aufprall die Luftröhre zerschmettert, war bewusstlos geworden und ertrunken, direkt neben seiner noch leuchtenden Taschenlampe.

Er brauchte den Leichnam weder wegzubringen noch loszuwerden. Ihn hier an Ort und Stelle zu belassen war viel effizienter und weniger anstrengend. Er konnte einfach weg-paddeln. Womit er sich auch noch Zeit sparte. Weil er jetzt eine weitere Komplikation namens Joe Maxwell aus der Welt schaffen musste.

Er richtete sein Abschiedswort an Fosters reglose Leiche: »Fick dich.«

Er drückte mit dem Paddel gegen eine Baumwurzel, um das Kanu vom Leichnam wegzuschieben, wendete es und nahm Kurs auf das Dock mit dem Bootsschuppen, um das Kanu wieder abzustellen.

Er hatte das Platschen kaum gehört, da schoss Foster schon aus dem Wasser und schlug mit einem abgebroche-nen Ast gegen Rustys Schädel. Der Prügel traf ihn knapp unter dem Ohr am Kinn. Rusty war wie betäubt. Außerdem tat es beschissen weh.

Instinktiv brüllte er vor Schmerz auf und griff nach dem rissigen Holz, ehe Foster erneut zuschlagen konnte. Aber er konnte den Ast nicht halten und kratzte sich nur die Hand-flächen an der rauen Rinde auf.

Die Zähne gebleckt und fest zusammengebissen, holte Foster erneut aus und erwischte Rusty diesmal mit seinem Prügel knapp unter dem Rippenbogen. Jaulend krümmte Rusty sich zusammen, als wollte er instinktiv seinen Bauch vor einem weiteren Schlag bewahren. Foster nutzte Rustys Wehrlosigkeit aus, packte ihn am Nacken und zerrte ihn aus dem Kanu ins Wasser.

Rusty versuchte das schaukelnde Kanu festzuhalten, aber Foster beförderte es mit einem Tritt außer Reichweite und schickte es übers Wasser davon, ehe er zu einer weiteren Attacke auf Rusty ausholte.

Sie prügelten, kickten und kratzten sich im spritzenden Wasser und suchten dabei beide immer wieder nach einem festen Stand in dem Geflecht knorriger Wurzeln, die sich ober- und unterhalb der Wasseroberfläche befanden. Rustys Stiefelsohlen fanden keinen Halt auf dem schleimigen Seeboden, und er stürzte ungebremst in eine verschlungene Formation von Zypressenwurzeln. Der Schmerz schoss wie ein brennender Blitz von seinem linken Arm aufwärts durch seine Brust und direkt ins Hirn.

Doch als Foster ihn von hinten attackieren wollte, kämpfte er sich mit aller Kraft wieder hoch, trotz der grauenvollen Schmerzen in seinem reglosen linken Arm. Sein rechter Arm funktionierte immer noch, und damit rammte er den Ellbogen rückwärts gegen Fosters verletzte Kehle.

Er spürte, wie die Knie des Mannes einknickten, und sah im Umdrehen, wie Foster zusammensackte. Foster versuchte vergeblich, sich auf den Füßen zu halten. Er taumelte mit wild wedelnden Armen rückwärts und kippte nach hinten. Das Gesicht nach oben, geriet er unter Wasser.

Rusty blieb reglos stehen und blinzelte die Tränen zurück, die ihm bei jedem angestrengten Atemzug vor Schmerz einschossen.

Foster war noch nicht erledigt. Er wollte noch einmal aufstehen.

»Stirb, du Arschloch!«, brüllte Rusty.

Foster kämpfte weiter darum, sich aus dem Wasser zu ziehen.

Und dann bemerkte Rusty im Augenwinkel eine Bewegung.

Zwei dunkle Schatten bewegten sich lautlos und tödlich unter der Wasseroberfläche auf Foster zu, nur ihre Reptilienaugen fingen das Leuchten der Taschenlampe ein. Sie glitten mit todbringender Zielstrebigkeit auf den Mann zu, der sich wild fuchtelnd vor dem Ertrinken zu bewahren versuchte. Der arme Bastard war bereits tot, ohne es zu ahnen.

Wie versteinert vor Ehrfurcht stand Rusty da.

Ein Alligator schoss vor, klemmte sich Fosters Leib zwischen seine schartigen Kiefer und zerrte ihn unter Wasser. Im nächsten Moment war Foster verschwunden. Nur ein paar Wellen an der Oberfläche, Zeugnisse seines Todeskampfes, deuteten darauf hin, dass er je hier gewesen war.

Rusty blieb schwer keuchend stehen, bis sich die Wasseroberfläche kaum noch kräuselte. Er besaß die Geistesgegenwart, nicht ans Ufer zu klettern, wo er Fußabdrücke hinterlassen konnte. Er würde im Wasser bleiben und zu Gott beten müssen, dass die Alligatoren so lange mit Foster beschäftigt waren, bis er in sein Kanu geklettert war.

Er hatte gesehen, in welche Richtung es getrieben war. Er watete hinterher, pflügte durch den knietiefen Bayou. Jeder Schatten auf der Wasseroberfläche sah aus wie ein Alligator oder eine Giftschlange, jeder Schatten an Land wie ein schwarzer Panther, der eine geschwächte Beute wittert.

Seinem Gefühl nach war er Meilen gewatet, als er das Kanu endlich entdeckte, das sich zwischen einigen Wasserpflanzen verfangen hatte. Es war immer noch ein Stück entfernt. Er hatte Angst, dass der Schock einsetzen könnte, bevor er es erreichte.

Den pochenden linken Arm gegen den Bauch gepresst, der ebenfalls vor Schmerz pulsierte, stapfte er durchs flache Wasser, jeder Schritt beschwert durch die klobigen Stiefel, seine durchtränkten Kleider und vor allem durch die

bange Frage, was er wegen seiner Verletzungen unternehmen sollte.

Und wegen Maxwell.

Vielleicht schlotterte der betrunkene Joe in diesem Moment vor Angst, dass Rusty Pläne schmiedete, ihn verhaften
zu lassen. Oder aber, was genauso gut möglich war, er hatte
sich bereits bei der Polizei gemeldet und einen eigenen Deal
mit den Behörden ausgehandelt.

Allerdings war Joe kein kompletter und absoluter Narr
und würde sich darum nicht an das Sheriff's Office wenden,
das unter Mervins Kommando stand. Nein, er würde eine
andere Behörde informieren. Die Texas Rangers. Das FBI.

Bei diesem Gedanken musste Rusty noch heftiger schnie-
fen als Foster.

Ein rationalerer Teil seines Hirns beharrte allerdings darauf, dass ein Säufer wie Maxwell so etwas nicht tun würde.
Bevor er einem Polizisten sein Herz ausschüttete, würde er
eine Garantie einfordern, dass er nicht angeklagt würde, und
die würde ihm niemand gewähren, ohne sich zuerst anzuhören, was Rusty zu sagen hatte. Er konnte nichts sagen,
ohne zu riskieren, dass der Himmel über seinen Töchtern
einstürzte – über Lisa und der Jüngeren. Ihre Zukunft zerstören? Nein, das Risiko wäre zu groß für den armen alten
Joe. Das würde er keinesfalls eingehen.

Das wollte Rusty wenigstens glauben.

Trotzdem nagte die Angst an ihm. Ihm graute bei dem Gedanken, dass ein paar Bullen, die grundsätzlich kein Auge
zudrückten und keine Angst vor dem Namen Dyle hatten,
ihm schon jetzt auf den Fersen sein könnten.

Eines stand jedenfalls fest: Sie durften ihn nicht mit dem
Geld erwischen. Es zu verstecken hatte allerhöchste Priori-

tät. Wenn die Tasche mit dem Geld erst in Sicherheit war, konnte er alles abstreiten, was man ihm vorwarf. Sein Dad würde alles bezeugen, was er sagte.

Aber für den unwahrscheinlichen Fall, dass er unter Verdacht geriet und sein alter Herr sich gegen ihn stellte, sollte sich Rusty ein zusätzliches Alibi sichern. Für den Einbruch. Und die Sache mit Foster.

Er hatte den Flachwichser zwar nicht wirklich getötet, aber die Sache konnte zu juristischen Spitzfindigkeiten führen, falls er je unter Anklage stehen sollte. Sicherer war es, sich ein felsenfestes Alibi für die ganze Nacht zu sichern und dadurch allem Ärger aus dem Weg zu gehen.

Bis er das Kanu erreicht hatte, hatte er sich einen neuen Plan zurechtgelegt. Dieser Plan mit Crystal als zentraler Figur war aus vielerlei Gründen genial, und alle davon kamen ihm zupass. Er konnte es kaum erwarten, ihn in die Tat umzusetzen, und watete mit neu erwachter Energie zu seinem Kanu.

Mit nur einem Arm in das verdammte Ding zu steigen würde nicht einfach werden, und er war nicht sicher, wie er das am besten anstellen sollte. Erleichtert stellte er fest, dass das Paddel nicht herausgefallen war, als Foster das Kanu zur Seite gekippt und ihn ins Wasser gezogen hatte.

Das Paddel lag noch im Boot.

Sonst aber nichts.

Die Tasche mit dem Geld war verschwunden.

Kapitel 33

Ledge setzte den Pick-up rückwärts von Hawkins' Grundstück auf die Straße.

Dwayne bewegte währenddessen keinen Finger. Er lag immer noch unter dem Gleißen der Flutlichter, Arme und Beine von sich gestreckt.

Arden warf einen letzten Blick auf ihn. »Du wirst ihn nicht wirklich erschießen, oder?«

»Das wird nicht nötig sein.« Er warf ihr einen vielsagenden Blick zu. »Es reicht, dass er es glaubt.«

Sie fuhren ein kurzes Stück, dann rief Ledge bei Don an, der gleich beim ersten Läuten antwortete. »Sag mir, dass mit dir alles okay ist.«

»Mit mir ist alles okay.«

»Und mit Hawkins?«

»Der flennt, ist aber unverletzt und froh, noch am Leben zu sein. Aber hör zu, diese miese Ratte hält da draußen Dutzende Hunde in seinen Zwingern. Unter kriminellen Bedingungen. Ich rechne fest damit, dass er sich noch heute Nacht absetzt, und höchstwahrscheinlich lässt er die Tiere zurück. Es wäre gefährlich, sie freizulassen. Kennst du irgendwen beim Tierschutzverein?«

»Mehrere Leute.«

»Melde es. Wahrscheinlich ist er längst über alle Berge, und jemand muss sich um die Tiere kümmern.«

»Wird erledigt.«

»Danke, Don. Bis später.«

»Moment. Wo bist du? Was tust du?«

»Ich fahr nach Hause.«

»Pass auf dich auf. Hawkins hat Brüder, vergiss das nicht.«

»Er wird keinen Mucks sagen.«

»Bist du sicher?«

»O ja. Ich hab ihm eine höllische Angst eingejagt.«

Er legte auf.

Der Nieselregen, der ihre Windschutzscheibe besprenkelt hatte, seit sie von Hawkins weggefahren waren, war inzwischen stärker geworden. Ledge war so in seine Gedanken versunken, dass er es gar nicht bemerkte, bis Arden vorschlug, dass er die Scheibenwischer einschalten sollte.

»Was geht dir im Kopf herum, Ledge?«

»Rusty und die Überlegung, was ich jetzt unternehmen soll.«

»Das habe ich mich auch gerade gefragt. Dass er mir nachstellt, ist zwar widerlich, aber nicht illegal. Falls er sich dafür rechtfertigen müsste, würde er auf meinen Vater verweisen, und ich möchte nicht, dass diese Büchse der Pandora noch einmal geöffnet wird.«

»Das lässt sich nicht vermeiden, Arden.«

»Das fürchte ich auch.« Sie seufzte. »Falls Brian Fosters Tod noch einmal untersucht wird, werden alle Fragen, die dabei aufkommen, direkt zu Joe Maxwell führen.«

»Du kannst sicher sein, dass Rusty das ausnutzen wird.«

»Wir unternehmen also gar nichts?«

»Ich spiele mit dem Gedanken, direkt im Büro des Attorney General vorzusprechen.« Er spürte ihren überraschten Blick, sah aber weiter nach vorn. »Rusty muss aus dem Verkehr gezogen werden, und das kann nur der oberste Staatsanwalt.«

»Trotzdem wäre das ein großer Schritt. Wie wäre es, mit einer anderen Polizeibehörde irgendwo außerhalb des Countys anzufangen?«

»Bei den State Troopers oder den Texas Rangers? Auch das habe ich überlegt. Aber die haben schon genug unaufgeklärte Fälle am Hals. Fosters Tod wurde damals nicht als Mord eingestuft. Damit hätte er keine Priorität. Bis jemand dazu käme, sich damit zu beschäftigen, hätte Rusty alle Spuren verwischt. Ich kann nicht tatenlos abwarten und ihm die Zeit dazu lassen.« Er sah sie an und ergänzte: »Offenbar spürt er den Druck bereits, denn heute Abend hat er eine Eskalationsstufe höher geschaltet. Das war nicht mehr nur eine böse Warnung, das war ein Mordversuch. Wir dürfen keine Zeit mehr vergeuden.«

»Dass ich hierhergezogen bin, hat alles wieder aufgewühlt, oder?«

»Ich schätze, du warst das Streichholz an der Lunte.«

»Das tut mir leid.«

»Quatsch, das braucht dir nicht leidzutun. Mir tut es jedenfalls nicht leid. Es stand seit vielen Jahren fest, dass wir unseren Streit irgendwann austragen müssen. Ich bin froh, dass es endlich passiert.« Er kam an eine Weggabelung, bremste und sah sie wieder an. »Ich fahre dich nicht nach Hause. Du solltest heute Abend nicht allein sein. Also zurück zu Crystal?«

»Hast du immer noch die Flasche Whisky?«

Er stand auch im übertragenen Sinn an einer Weggabelung. Er glaubte nicht, dass er mit ihr an einem Ort mit mehreren horizontalen Flächen allein sein und der Versuchung widerstehen konnte.

Aber sein Gewissen würde es ihm nicht erlauben, sie noch einmal zu berühren, solange er ihr nicht gestanden hatte, dass er ein Dieb und außerdem ein Lügner war.

»Auf einen einzigen Drink.« Er bog links auf die Straße, die zu ihm nach Hause führte. Nach einem Whisky würde sein Geständnis vielleicht milder aufgenommen, aber das bezweifelte er stark.

Dwayne lag im Dreck, ohne sich zu rühren, bis er Burnets Pick-up nicht mehr hörte, dann stand er auf und rannte ins Haus. Dyle konnte einen einschüchtern, aber hinter seiner großen Klappe steckte nicht viel, das wusste jeder. Dyle brauchte Leute, die für ihn die Dreckarbeit erledigten.

Burnet andererseits. Das war kein Mann, mit dem man sich anlegen wollte. Falls Dwayne das je anders gesehen hatte, hatte Burnet ihm heute Abend das Licht gezeigt. Er war bekehrt. Wenn er überleben wollte, musste er abhauen. Und zwar sofort.

Er durchwühlte den Unrat im Haus, bis er die Reisetasche fand, in die er seine wenigen Besitztümer gepackt hatte, als er damals aus Huntsville entlassen worden war.

Er stapfte durch die Zimmer, sammelte Kleidungsstücke auf, die überall verstreut lagen, und stopfte sie in die Tasche, ganz gleich, welches Körperteil die jeweiligen Stücke bedecken sollten und wie sauber oder schmutzig sie waren. Er stieg mit nackten Füßen in ein Paar abgelegte Stiefel, die ihm die Zwillinge überlassen hatten, als er auf Bewährung freigekommen war.

Seine Jeans saß zu locker, als dass sie die Pistole gehalten hätte, darum steckte er die Waffe in die vordere Hosentasche. Im eingebauten Kleiderschrank zog er eine Diele aus dem Boden und bekam so Zugriff auf den Zwischenboden, wo er mehrere Einweckgläser mit Bargeld verstaut hatte. Sie wanderten als Letztes in die Reisetasche, dann wurde der Reißverschluss zugezogen.

Er war schon fast an der Haustür, als sein Handy das Gitarrenriff von *Bat Out of Hell* spielte.

Er ließ die Reisetasche fallen und zog das Handy aus der anderen Jeanstasche. Auf dem Display stand keine Nummer, aber er hatte eine vage Ahnung, wer ihn da anrief, und sofort wurden ihm die Knie weich. »Jesus.«

Falls er nicht antwortete, würde Dyle wissen, dass irgendwas im Busch war. Darum wischte er sich mit dem Unterarm über die schweißige Stirn und nahm das Gespräch an. Ärgerlich, als würde er gestört, fragte er: »Wer ist da?«

»Wie ist es gelaufen, Dwayne?«

Er riss sich zusammen und antwortete scheinbar entspannt: »Ach, hey. Alles gut gelaufen.«

»Du hast die beiden gefunden?«

»Genau dort, wo Sie gesagt haben.«

»Haben sie was abgekriegt?«

»Keine Ahnung. Die Hunde sind auf sie los, aber in dem ganzen Durcheinander konnte sich die Kleine in den Pick-up flüchten. Sie hat sich auf die Hupe gelegt. Das Ding hat sich angehört, als würde ein verfluchter Güterzug einlaufen. Also hab ich die Hunde zurückgepfiffen und mich vom Acker gemacht, bevor mich irgendwer sehen konnte. Keine Ahnung, ob die beiden was abgekriegt haben oder nicht, aber ich hab ihnen jedenfalls einen Höllenschrecken eingejagt. Und es reicht, wenn sie sich vor Angst in die Hose machen. Das haben Sie selbst gesagt.«

»Danke, dass du mich daran erinnerst, Dwayne, aber ich

weiß selbst, was ich gesagt habe. Du bist unerkannt wegge-
kommen?«

»Ja, Sir. Null Problemo.«

»Du hast mit niemandem über die Sache gesprochen?«

»Nein, nein. Kein Wort.«

»Denn das darf man auf keinen Fall zu mir zurückverfol-
gen können.«

»Ich hab mit niemandem geredet. Nicht mal mit meinen
Brüdern.«

»Okay, dann sind wir quitt, Dwayne. Gute Arbeit. Und
gute Nacht.«

Der Staatsanwalt hatte aufgelegt, ehe Dwayne sich verab-
schieden konnte. Erleichtert atmete er auf und wischte sich
noch einmal über die Stirn. Er hatte sich umsonst Sorgen
gemacht.

Das Handy in der Hand, war er kurz davor, trotz alledem
die Zwillinge anzurufen und sie über seine überstürzte Abreise zu informieren. Doch dann überlegte er sich, dass er
lieber erst irgendwo unterkommen sollte, wo ihn weder Dyle
noch Burnet finden konnte, ehe er seinen Verwandten von
seinem spontanen Umzug und dem Anlass dazu erzählte. Sie
würden ihn bestimmt verstehen.

Er nahm die Reisetasche hoch, schaltete beim Hinausgehen die Flutlichter aus und machte sich gar nicht erst die
Mühe, die Tür abzuschließen. Er würde nicht wiederkom-
men. Der nächste Bewohner konnte gern alles haben, was
er im Haus und drum herum fand.

Es hatte angefangen zu regnen. Er trottete über den Hof,
vergaß aber nicht, seine Flinte aufzuheben. Burnet hatte
nicht die ganze Munition mitgenommen. In seinem Wagen
lag noch eine Schachtel Patronen.

Als er seinen Pick-up erreicht hatte, warf er einen sehnsüchtigen Blick in Richtung der Zwinger, wo die Tiere immer noch blutrünstig geiferten. Tolle Einnahmequellen, diese Hunde. Zum Killen abgerichtet. Er bedauerte schmerzlich, dass er so viel Talent zurücklassen musste.

»Fick dich doch, Burnet«, murmelte er.

Er öffnete die Fahrertür, warf die Reisetasche auf den Beifahrersitz und kletterte hinein. Gerade, als er die Hand zum Zündschloss ausstreckte, erklang vom Rücksitz eine samtweiche Stimme.

»Wenn ich was nicht ausstehen kann, dann einen feigen Lügner.«

Sie mussten durch den Regen zur Veranda laufen. Ledge schloss die Haustür auf, schob Arden ins Haus und beugte sich dann an ihr vorbei, um die Alarmanlage auszuschalten.

»Das ist ja eine echte Beförderung«, stellte sie fest. »Letztes Mal musste ich durch die Hintertür ins Haus.«

»Letztes Mal warst du auch nicht eingeladen. Du bist von selbst ins Haus gekommen.«

»Du wolltest nicht, dass ich dir ins Haus folge?«

»Nein, wollte ich nicht. Aber nicht, weil ich dich nicht im Haus haben wollte.«

Sie sah ihn frustriert an. »Das nächste Rätsel. Was soll das heißen, Ledge?«

»Schwer zu erklären.«

»Probier's.«

»Erst trinken wir was.« Er drehte sich zur Küche, aber sie hielt ihn am Ärmel zurück.

»Der Drink kann warten, erst will ich das geklärt haben. Geht es dabei um Crystal oder nicht?«

»Nicht.«

»Du liebst sie.«

»Ja. Aber es geht nicht um Sex. Das ging es nie.«

»Ist es so eine Art unerwiderte Liebe bei euch, so wie bei Lancelot und Guinevere? Crystal ist unerreichbar für dich, also weichst du auf andere Frauen aus?«

»Wenn ich mich recht erinnere, ging ein Königreich zugrunde, weil Lancelot und Guinevere sich um den Verstand vögelten.«

»Du weißt genau, wie ich es meine. Verzehrst du dich nach der unerreichbaren Liebe deines Lebens?«

»Ja, ich weiß, wie du es meinst. Und nein, ich verzehre mich nicht nach Crystal.«

Sie sah ihn stirnrunzelnd an. »Es gibt eine Geschichte dazu, stimmt's? Etwas in ihrer Vergangenheit?«

»Diese Geschichte zu erzählen bleibt Crystal vorbehalten.« Niemand würde von ihm etwas über Morg erfahren. Selbst bei seinem Onkel hatte er nur gerade so viele Andeutungen fallen lassen, dass Morg aus dem Verkehr gezogen werden konnte.

Sie holte tief Luft und atmete langsam wieder aus. »Du bist sehr gut darin, Geheimnisse zu hüten.«

Das war er allerdings. Und er war besonders gut darin, seine eigenen Geheimnisse zu hüten.

»Du bist nass geworden.« Er deutete an ihr vorbei. »Das Bad ist hinten im Gang, hinter der zweiten Tür links. Hol dir ein Handtuch; nein, hol zwei, für mich auch eins. Ich schenke dir währenddessen einen Whisky ein.«

Er schaffte es in die Küche, bevor sie ihn noch einmal aufhalten konnte, holte die Whiskyflasche aus der Speisekammer, nahm zwei Gläser aus dem Schrank und überlegte kurz, ob er mogeln und sich mit einem Schluck aus der Flasche Mut antrinken sollte, ließ es dann aber sein.

Er schenkte in jedes Glas einen Fingerbreit Whisky und gab ein paar Eiswürfel dazu. Dann nahm er die Gläser in beide Hände und kehrte ohne die Flasche ins Wohnzimmer zurück. Arden war noch nicht aus dem Bad zurück. Er trat in den Flur. »Hast du dich verlaufen?«

Die Tür zum Bad stand offen, und Licht brannte. »Arden?«

Er bekam keine Antwort und ging darum den Flur hinunter. Als er an der offenen Schlafzimmertür zu seiner Rechten vorbeikam, hörte er: »Hier drin.«

Sie stand am Fenster und schaute in den Regen. »Von hier aus kann man den See sehen.«

Als er sie so in der Dunkelheit stehen sah, begann sein Herz in einer Mischung aus Furcht und Vorfreude zu pochen. Er ignorierte die Furcht. Offiziell hatten sie noch nichts getrunken. Er hatte sich geschworen, ihr alles zu erzählen, aber erst »nach einem Drink«.

So trat er ins Zimmer und stellte sich zu ihr ans Fenster. »Ich habe das Haus genau wegen dieses Ausblicks gekauft. Wenn der Nebel über dem See aufsteigt, sieht es hier aus wie im Märchenland.«

»Hmm. Ganz und gar nicht wie im Irak oder in Afghanistan.«

»Wie auf einem anderen Planeten.«

»Hast du das hier vermisst, als du drüben warst?«

»Höllisch.« Er reichte ihr ein Glas, aber keiner von beiden trank.

»War das Haus schon so, als du es gekauft hast?«

»Nein, es war eine Ruine. Ich habe es wiederaufgebaut.«

»Ganz allein?«

»Hat ein paar Jahre gedauert.«

»Das war bestimmt mühsam.«

»Ja, aber dadurch hatte ich reichlich Zeit zum Nachdenken und konnte so ein paar Nachkriegsprobleme verarbeiten. Das war meine Psychotherapie.«

Sie lehnte sich an die Wand. »Erzähl mir etwas, was du noch niemandem erzählt hast.«

»Aus dem Krieg?«

Sie nickte leise.

»Arden…«

»Nur eine Sache. Tragisch oder komisch. Teile mit mir einen Augenblick, der aus irgendeinem Grund heraussticht.«

Er wandte das Gesicht ab und starrte nachdenklich aus dem Fenster.

»Einmal, also, einmal marschierten wir in ein afghanisches Dorf ein, in dem es ein Massaker gegeben hatte. Wir gingen die Häuser ab, suchten nach Überlebenden und Verletzten, ob unter unseren Leuten oder Sympathisanten mit den Taliban. Ich kam in dieses – man kann es nicht mal Haus nennen. Vielleicht Hütte. Der Anblick war grauenvoll. Ein Gemetzel. Alle waren tot bis auf eine junge Frau. Eigentlich noch ein Mädchen. Sechzehn, siebzehn Jahre alt. Sie stillte gerade ein Baby, einen Säugling. Ich wollte zu ihr und ihr helfen, aber sie war unverschleiert. Mir schoss durch den Kopf, dass keiner der Überlebenden aus diesem Dorf erfahren sollte, erfahren durfte, dass ich sie so gesehen hatte. Das hätte übel für sie ausgehen können. Wir sahen uns also nur an, wie erstarrt, dann trat ich rückwärts aus dem Haus, ohne ein Wort zu sagen. Die ganze Episode spielte sich in höchstens zehn Sekunden ab, aber von allen Dingen, die ich da drüben gesehen habe, ist mir das Bild von ihr mit dem Baby am deutlichsten im Gedächtnis geblieben. Nicht, weil es das Schlimmste war, was ich gesehen habe, bei Weitem nicht, sondern weil es der menschlichste Moment war.«

»Weißt du, was aus ihr wurde?«

Er sah Arden wieder an. »Bevor wir uns zurückzogen, sah ich, wie sie und das Baby von afghanischen Sanitätern versorgt wurden. Beide waren wohlauf.«

»Hat sie dich wiedererkannt?«

»Nein. Auf keinen Fall. Selbst wenn, hätte sie sich nichts anmerken lassen, aber in Uniform sehen wir alle gleich aus. Sie hätte mich nicht von den anderen unterscheiden können.«

Sie sah kurz zu ihm auf und flüsterte dann: »Sie hat dich wiedererkannt.« Dann stellte sie das Glas auf dem Fensterbrett ab, griff nach seiner freien Hand, drehte seine Handfläche nach oben und fuhr mit den Fingerspitzen über die Schwielen in seiner Handfläche.

»Als du an diesem Morgen *uneingeladen* in *mein* Haus kamst, hast du mit deiner Hand – dieser Hand – über das Geländer und über den Kaminsims gestrichen. Wohlgefällig. Beinahe zärtlich. Wahrscheinlich hast du das gar nicht gemerkt. Aber es war eine so sinnliche Geste, dass mir dabei der Atem stockte. Und seither habe ich mir ausgemalt, dass du mich genauso streicheln würdest.«

Lust durchströmte ihn, heiß wie Lava, die alles unter sich begräbt. Sie wälzte sich über Gewissensfragen, Moral und Ehre hinweg und ließ alles in flammender Begierde aufgehen.

Das Whiskyglas noch in der Hand, legte er den Arm um ihren Hals, hakte sie in seine Ellenbeuge und knurrte: »Deine Fantasie ist unglaublich unschuldig, verglichen mit meiner.«

Kapitel 34

Er nahm ihren Mund in Besitz.

Arden bekam zwar mit, dass er sie kurz losließ, um sein Glas neben ihres auf das Fensterbrett zu stellen, aber er ließ erst kurz von ihr ab, als er ihr das Top über den Kopf zog. Er griff in ihren Rücken, löste den BH-Verschluss, ließ die Träger über ihre Arme gleiten, bog dann seinen Oberkörper zurück und betrachtete ihre Brüste mit unverhohlener Lust.

Ganz kurz sah er ihr ins Gesicht. In seinen Augen spiegelten sich die Regentropfen, die die Fensterscheibe sprenkelten, doch dahinter brannte eine heiße blaue Flamme. Nur einen Sekundenbruchteil lag sein Blick auf ihrer Brust, aber sie las darin, dass ihm gefiel, was er sah.

Er schob die Arme unter ihre, breitete beide Hände über ihren Rücken und zog sie an seinen Körper. Er senkte den Kopf. Diesmal dämpfte kein Stoff die feuchte Hitze seines Kusses. Er sog innig, aber liebevoll an ihren Brustwarzen. Sie hielt sein Gesicht mit beiden Händen fest und strich dabei über seine rauen Wangen, genoss das Kratzen unter ihren Fingern als Kontrast zu den schnellen, nassen Liebkosungen seiner Zunge.

Genau, wie sie es sich so oft ausgemalt hatte, streichelte er ihren Rücken von den Schulterblättern abwärts, über die Mulde in ihrer Taille bis zu ihrem Hintern, dann wieder aufwärts. Ihr stockte kurz der Atem, als sie die rauen Handflächen auf ihrer Haut spürte. In seinen riesigen Händen fühlte sie sich klein, weiblich, begehrt. Vor allem begehrt.

Er schob die Hände unter den Bund ihrer Jeans. Sie wollte ihm helfen, sie nach unten zu schieben, indem sie sich in seinen Händen wand, aber er hielt sie fest, sodass sie ihre Hüften nicht mehr bewegen konnte. Seine Lippen spielten um ihr Ohr. »Ist das okay für dich? Bist du schon bereit?«

Sie tauchte lang genug aus dem Nebel ihrer Lust auf, um sein raues Flüstern zu übersetzen, und drückte lächelnd ihre Lippen auf seine. »Ja.«

Er murmelte etwas, vielleicht sogar ein Gebet, und stürzte sich dann in einen weiteren Kuss, der ihre kurz unterdrückte Lust sofort wieder anfachte. Gemeinsam befreiten sie ihn von seinem Hemd und sie von ihrer Stretch-Jeans. Sie löste seinen Gürtel; er öffnete die Knöpfe darunter. Dann hob er sie hoch und trug sie zum Bett.

Er legte sie auf der Decke ab. Sie rutschte zurück bis zum Kopfende. Er zog den Gürtel aus den Schlaufen und ließ ihn auf den Boden fallen. Dann streifte er die Stiefel von den Füßen. Als der zweite mit einem dumpfen Schlag auf dem Boden landete, hakte sie beide Daumen in ihr Höschen.

»Nein. Das mache ich.«

Er kletterte aufs Bett und kniete sich zwischen ihre Beine. Jedes Mal, wenn sie ihn gesehen hatte, hatte ihr Körper mit einem leisen, wohligen Kräuseln auf seinen reagiert, aber Ledge ohne Hemd löste eine wahre Flutwelle aus.

Er hatte den Körper eines Kriegers. Unten an seinem Bizeps trug er ein Tattoo. Seine Bauchmuskeln bildeten ein festes, hartes Sixpack. Nicht zu viele und nicht zu wenig Haare ringelten sich auf seinen Brustmuskeln. Unterhalb des

Nabels lockte eine dunkle Haarspur, denn in der offenen, tief hängenden Jeans war nichts als Ledge selbst.

Er stemmte die Hände links und rechts neben sie, beugte sich herab, als wollte er Liegestütze machen, neigte den Kopf über ihre Brust und setzte erneut seine Lippen an ihre Brustwarzen. Als er sich wieder löste, waren ihre Nippel prall und gerötet, und ihre Brüste hoben und senkten sich nervös unter flachen Atemzügen.

Er arbeitete sich genüsslich zu ihrer Körpermitte vor. Er legte eine Spur feuchter Küsse vom Brustkorb und um ihren Nabel bis zu der Stelle, an der sein Mund auf den seidigen Spitzenstoff ihres Höschens traf.

Aber nicht lang. Er beseitigte die hauchdünne Barriere und ließ sie über die Bettkante segeln. Sein Atem wehte über sie, sie hörte ihn »blond von Kopf bis Fuß« flüstern, dann setzte er den süßesten Kuss auf ihre Locken.

Seine Daumen wanderten die Mulde an ihren Schenkeln entlang, bis sie sich in der Mitte trafen. Er deckte den so unendlich weichen, unendlich empfindsamen Punkt auf und strich mit der Zungenspitze darüber. Sie hauchte seinen Namen und wühlte mit den Fingern durch sein Haar.

Dann begann er sie abwechselnd zu quälen und zu verwöhnen. Es trieb sie zum Wahnsinn, wie er sie reizte, wie er intuitiv und instinktiv auf die kleinste Bewegung, auf jedes flehende Wimmern, jedes genussvolle Seufzen reagierte.

Ohne Widerstand oder Zögern folgte sie dem Druck seiner Hände, wenn sie ihre Position ändern sollte. Er drehte sie auf den Bauch, küsste sie knapp über der Taille auf den Rücken, dann die kleinen Grübchen zu beiden Seiten des Beckens und dann tiefer …

Er drehte sie wieder auf den Rücken und hielt inne, um

feuchte Küsse auf die Innenseite ihrer Schenkel zu pressen. Dann schob er die Hand unter ihren Hintern, hob sie an und setzte ihr mit Lippen und Zunge zu, bis sie kam, ekstatisch und ohne jene Hemmung, während er abwartete, leicht mit den Lippen über ihre Haut strich und dazu Worte murmelte, die sie nicht verstand, aber auch nicht verstehen musste, um sie zu erfassen.

Während sie sich kurz entspannte, hatte er seine Jeans ausgezogen. Nun drückte er mit seinem Schwanz gegen ihren Unterleib. »Wir sind noch nicht fertig.«

»Gott sei Dank.«

Sein Lächeln wirkte angestrengt, und sein Blick war düster vor Lust. »Führ mich.«

Sie schob die Hand zwischen ihre Körper und umfasste sein Glied. Ihre Augen wurden groß, als sie den dicken Schaft umgriff, und er stöhnte leise, während sie auf und ab und wieder nach oben strich.

Dann widmete sie sich der Eichel. Sie war voll und prall und schon feucht. Mit langsamen Kreisbewegungen verstrich sie den köstlichen Saft, bis er unter einem leisen Zischen die Augen schloss. »Bitte, Arden. Mach.«

Sie gewährte ihm die Bitte und zeigte ihm den Weg. Er drang langsam in sie ein und sog scharf die Luft ein, als er spürte, wie eng sie war. »Jesus. Bist du sicher, dass du ...«

»Ja.« Sie umklammerte seinen Hintern und drückte die Hüfte nach oben.

Er hauchte einen Fluch und drang dann, immer schneller atmend, mit jedem leichten Stoß ein bisschen weiter vor, bis ihr der Atem stockte. Als er ganz in ihr war, hielt er inne, als wollte er das Gefühl, von ihr umgeben zu sein, in Ruhe auskosten, dann übermannte ihn der animalische Instinkt.

Er richtete den Oberkörper auf, sodass jeder Stoß perfekt platziert war und sie dem nächsten Höhepunkt näherbrachte. Als die Lust schließlich über sie hinwegrollte, klammerte sie sich an ihm fest und rief seinen Namen.

Er drückte sein Gesicht in ihre Halsbeuge, rieb sich an ihr und bewegte sich weiter, bis auch er sich nicht mehr zurückhalten konnte.

Arden fühlte sich atemlos und aufgelöst. Wohlig entspannt sank sie in eine köstliche Lethargie und gab sich, in die Matratze gedrückt, ganz dem Gefühl hin, seinen wärmenden Körper wie ein sicheres Gewicht auf ihrem Körper zu spüren.

Schließlich stand er auf, verschwand im Bad, wusch sich und brachte ihr einen feuchten Waschlappen mit. Er strich ihr damit über den Bauch. »Ich hätte ein Kondom überziehen sollen.«

»Ich hätte nicht zugelassen, dass du zwischendrin aufhörst.«

»Ich auch nicht.«

»Ich war nicht sicher, ob das letzte Aufstöhnen Ekstase oder Furcht war.«

»Definitiv Ekstase. Mit einer Prise Furcht.«

»Ich nehme wieder die Pille.«

»Das wusste ich nicht; du solltest in den nächsten Monaten nicht wieder schwanger werden. Ich habe mich schlaugemacht.«

Sie sah ihn überrascht an. »Du hast dich schlaugemacht?«

»Nur für den Fall, dass ich Glück habe.«

»Das war kein Glück. Ich habe praktisch darum gebettelt.«

»Wie auch immer. Du hast das genial angestellt.«

Nachdem er alle Spuren beseitigt hatte, faltete er den Waschlappen zusammen und legte ihn auf den Nachttisch, dann legte er einen Arm über ihre Brust und die Hand hinter ihr auf die Matratze.

Er hatte die Tür zum Bad angelehnt gelassen. Es war hell genug, dass er sie sehen konnte, aber nicht so hell, dass das Licht gestört hätte. Stattdessen erhellte es ihre Haut und brachte sie zum Leuchten. Noch mehr faszinierten ihn allerdings die Bereiche, die im Schatten blieben.

Seine freie Hand ging auf Erkundung. Ihr Haar war wild über das Kissen gebreitet. Die Locken wollten sich um seine Finger schlingen. Er löste sich aus dem Gewirr, fuhr mit dem Finger die Silhouette ihres Ohres nach, zupfte liebevoll an der samtigen Haut des Ohrläppchens, wanderte einmal mit der Fingerspitze um ihre Lippen und unternahm dann einen Streifzug über die feine Klippe ihres Schlüsselbeins. Er umfasste ihre Brust und kniff leicht in die Brustwarze. Ihre prompte Reaktion weckte sein Glied aus seiner Ruhelage.

Ihre Hand suchte danach und streichelte es gemächlich.

Obwohl sie mit ihrer Berührung einen Flächenbrand auslöste, setzte er seine Erkundung genauso genüsslich fort wie zuvor. Nur langsam arbeitete er sich dabei in noch verführerisches Terrain vor, das er aber keinesfalls zu schnell erobern, sondern in aller Ruhe auskosten wollte.

Sie seufzte leise, als er mit den Fingern durch die Haare zwischen ihren Schenkeln strich. Ihre Beine waren entspannt und leicht geöffnet. Auf der Innenseite eines Schenkels entdeckte er einen Fleck, den er im ersten Moment für ein Muttermal hielt. Dann begriff er, was es war.

»Ach Mist. Das tut mir leid. Ich habe nicht geahnt, dass ich so grob war.«

»Du warst nicht grob, du warst stürmisch«, sagte sie leise.

»Tut es weh?«

»Habe ich mich beschwert, oder beschwere ich mich jetzt?«

In den dunkelsten, schlichtesten Tiefen seiner Männerseele war er stolz, dass er sie gezeichnet hatte, und sei es nur vorübergehend. Er massierte den roten Fleck mit seinem Daumenballen. »Stürmisch?«

»Hmm?«

»Ich bin kein Poet, also werde ich es einfach aussprechen.«

»Ich höre.«

»Es gefällt mir, wenn du nackt und frisch gefickt vor mir liegst.«

»Mir auch.« Sie lachte, legte eine Hand unter ihren Kopf und studierte ihn nachdenklich. »Tief drinnen habe ich es von Anfang an gewusst.«

»Was denn?«

»Dass wir, dass *das hier* passieren würde. Als du dich umgedreht und die Schutzbrille in die Stirn geschoben hast, da spürte ich… Es war wie ein Pulsieren. Hier drin.« Sie legte die Hand auf ihren Bauch. »Auch wenn du mich mit deiner griesgrämigen Art einschüchtern wolltest.«

»Ich wollte dich nicht…«

»O doch.«

Er nickte schuldbewusst.

»Warum?«, fragte sie.

»Weil es bei mir ein bisschen tiefer ›pulsierte‹ als bei dir.«

»Hier?« Ihre Finger drückten zu.

Er kniff die Augen zu und atmete aus. »Ja, genau da. Ich hatte dich schon gesehen, klar, aber auf das enge T-Shirt und den Jeansrock war ich nicht vorbereitet. Mein Schwanz wurde augenblicklich so hart, dass ich einen Nagel hätte einschlagen können. Das machte mir eine Höllenangst.«

»Du hast also so unhöflich reagiert, weil du dich vor dieser unerwarteten Anziehungskraft schützen wolltest?«

»Nicht vor der Anziehungskraft selbst, sondern vor der Unwahrscheinlichkeit, dass sich irgendwas daraus entwickeln könnte.«

»Und weil sich sowieso nichts daraus entwickeln würde, bist du zu dem Schluss gekommen, dass du gar nicht erst höflich sein musst, sondern dich gleich wie ein Idiot aufführen kannst.«

»Muss wohl so was gewesen sein, ja.«

»Das klingt glaubhaft«, sinnierte sie, »denn ich habe ziemlich bald etwas in dir erkannt, was auch mir oft zum Fluch wird.«

»Und das wäre?«

»Einsamkeit«, flüsterte sie. »Deine Macho-Allüren machten mich zwischendurch wahnsinnig. Aber irgendwie ließ mich der Gedanke nicht los, dass hinter der Cowboy-Fassade ein einsamer Mensch stecken könnte und dass du dir diese Einsamkeit womöglich selbst auferlegt hast. Ich glaube, mein Gefühl hat mich nicht getrogen.«

Sie nahm die Hand wieder weg, legte sie knapp über dem Knie auf seinen Schenkel und massierte ihn sanft. Und irgendwie war diese Zärtlichkeit weitaus intimer als die erste. Sie tröstete ihn und machte ihm Mut.

Was er weiß Gott nicht verdient hatte und was sie bestimmt nicht getan hätte, wenn sie gewusst hätte, wie rücksichtslos er sie hinterging. Das durfte er nicht zulassen. Er nahm ihre Hand von seinem Bein und küsste sie in die Handfläche.

Sie stupste seinen linken Bizeps an. »Was ist das?«

Er drehte den Arm, damit sie das Tattoo im Halbdunkel betrachten konnte. Mit der Fingerspitze fuhr sie die vertraute liegende Acht nach. »Wieso das Unendlichkeitssymbol?«

Auch nachdem sie den Finger weggenommen hatte, starrte er auf die Zeichnung, die ihm so viel bedeutete. »Was wir auch tun, bleibt uns erhalten. Wir können es nicht abschütteln, wir können es nicht hinter uns lassen. Es bleibt für alle Zeiten, selbst nach unserem Tod.«

Sie runzelte die Stirn. »Moment mal. Hast du mir nicht geraten, ich sollte mich mit der Vergangenheit abfinden, ihr dann den Rücken zukehren und einen Neuanfang machen?«

»Ich habe dir später erklärt, dass das Bockmist war.«

Aber seine Bemerkung wurde nicht mit einem Lächeln beantwortet. Sie sah ihn ernst und eindringlich an. »Was kannst du nicht abschütteln oder hinter dir lassen, Ledge?«

Sag es ihr. Sag es ihr gleich jetzt.

Er sah zum Fenster, wo ihre Whiskygläser unangetastet auf dem Fensterbrett standen. Die Eiswürfel waren geschmolzen.

Er war ein egoistischer Dreckskerl und wollte noch ein letztes Zwischenspiel genießen, ehe er in ein paar Minuten ihr Bild von ihm ruinierte.

Es regnete immer noch, aber nicht mehr so stark wie zuvor. »Ich habe eine Idee.«

»Sehr gut.«

»Du weißt doch gar nicht, was mir vorschwebt.«

»Muss ich mich bewegen?«

»Kaum.«

Er stand auf, stieg in seine Jeans, machte sich aber nicht

die Mühe, sie zuzuknöpfen. Kurz darauf hatte er Arden in die Tagesdecke gewickelt und trug sie durchs Haus auf die Veranda, die wegen des Vordachs vor dem Regen geschützt war.

Er ließ sich in seinem Schaukelstuhl nieder, behielt sie dort auf dem Schoß und legte die Arme um sie.

Sie rutschte sich zurecht und kuschelte sich an ihn. »Hast du den Stuhl selbst gebaut?«

»Vor ein paar Jahren.«

»War es auch eine deiner Fantasien, hier mit mir zu sitzen?«

»Die einzige, die nichts mit Sex zu tun hatte.«

Sie lachte und legte den Kopf an seine Brust. Sie zupfte an den Haaren auf seinem Bauch. »Das ist wunderschön. Das Regentrommeln auf dem Dach. Der Geruch.«

»M-hm.«

Nach kurzer Stille sagte sie: »Ledge? Als du heute Abend Hilfe gebraucht hast, hast du Don angerufen und nicht deinen Onkel. Warum?«

Offenbar spürte sie, wie er sich anspannte, denn ihre Finger kamen zur Ruhe, und sie hob den Kopf. »Ich weiß, dass er dich aufgezogen hat, trotzdem sprichst du kaum über ihn.«

Er legte den Kopf an die Rückenlehne und setzte den Stuhl in Bewegung. »Mein Dad war Henrys Bruder, ein knappes Jahr älter als er. Dad war in der Navy und in San Diego stationiert. Er war auf ein Schiff abkommandiert worden, das im Persischen Golf Patrouille fuhr. Ich war damals noch keine zwei Jahre alt, darum erinnere ich mich nicht, aber man hat mir erzählt, dass er und meine Mom zusammen mit ein paar Freunden ein letztes Mal einen draufmachen wollten, bevor die Männer in See stachen. Sie fuhren mit einem Typen heim, der nicht mehr hätte fahren sollen. Er setzte den Wagen gegen einen Brückenpfeiler. Alle Insassen starben.«

Sie ließ den Kopf wieder auf seine Brust sinken. »Im Gegensatz zu dir kann ich mich wenigstens gut an meine Mutter erinnern. Auch wenn ich nicht weiß, ob das besser oder schlimmer ist.«

»Ich kann es dir nicht sagen. Mein Onkel Henry und meine Tante Brenda holten mich damals aus San Diego ab und brachten mich nach Penton, wo sie gerade ihre Bar eröffnet hatten. Ich kann mich an kein Leben davor erinnern. Sie behandelten mich wie ihr eigenes Kind, vielleicht auch deshalb, weil sie selbst nie Kinder hatten. Als ich sechs oder sieben war, irgendwas um den Dreh, wurde Tante Brenda praktisch über Nacht schwer krank und starb drei Monate nach der Diagnose an Magenkrebs. Ab da musste Onkel Henry mich allein durchbringen. Aber falls ich ihm eine Last war, dann hat er das nie gezeigt, nicht ein einziges Mal. Als ich aus der Armee entlassen wurde und nach Hause kam, war er fröhlich wie eh und je. Mit jedermann gut Freund. Aber mir fiel auf, dass er manchmal mitten in einem seiner unterirdischen Witze die Pointe vergaß, und meist waren es Witze, die er schon hundertmal erzählt hatte.«

»O nein«, murmelte Arden. Wieder hob sie den Kopf und sah ihn an. »Alzheimer?«

»Irgendwann musste ich ihn in ein Heim in Marshall geben. Zu seiner eigenen Sicherheit. Es ist ein gutes Heim. Er wird gut versorgt. Die Leute …«

Sie beugte sich vor und brachte ihn mit ihren Lippen zum Schweigen. »Du musst dich nicht für etwas rechtfertigen, was für euch beide am besten ist.«

»Du klingst wie George.«

»Wer ist das?«

Er erzählte es ihr. »Er passt für mich auf Onkel Henry auf.«

Sie legte den Kopf wieder an seine Brust, und sie schaukelten weiter, bis sie irgendwann fragte: »Du bist seinetwegen in Penton geblieben, stimmt's? Statt deine Ziele zu verfolgen.«

»Das war der Hauptgrund. Er hat mich nicht im Stich gelassen, als ich hilflos war. Ich werde ihn auch nicht im Stich lassen.«

»Das ist aufopferungsvoll. Wie man es von einem Helden erwarten würde.«

»Ich bin kein Held, Arden. Hör zu. Ich muss dir etwas sagen.« Er hob ihren Kopf an, damit sie ihn ansah. »Als du gestern Abend sauer auf mich warst, weil ich etwas unterbrochen hatte, was wir auf der Treppe angefangen hatten, da dachtest du, ich hätte wegen Crystal so reagiert. Jetzt weißt du es besser.«

»Es war wegen Jacob.«

Er war so darauf konzentriert, was er ihr erklären wollte und wie er es am besten ausdrückte, dass ihm der Name im ersten Moment nichts sagte. »Wie bitte?«

»Du hast angenommen, dass es in meinem Leben einen Mann gab oder gegeben hatte, denn immerhin war ich schwanger.«

Er schüttelte den Kopf. »Nein. Glaub mir, von einem unsichtbaren Ex hätte ich mich nicht aufhalten lassen.«

»Warum dann? Hat es was mit Rusty Dyle, Foster, meinem Dad und der ganzen Sache zu tun?«

Er holte tief Luft und atmete langsam wieder aus. »Ja. Mit allem.«

»Kann es dann nicht warten?«

»Nein.«

»Nur bis morgen früh.«

»Wir müssen reden.«

»Na schön. Aber nicht heute Abend. Bitte? Es ist zwanzig Jahre her, Ledge. Ein paar Stunden machen da keinen Unterschied. Der Schaukelstuhl ist mit uns beiden voll genug. Da passt sonst nichts mehr rein.«

Sie öffnete die Decke, legte ein Bein über seines und setzte sich rittlings auf seinen Schoß. Dann öffnete sie den untersten Knopf seiner Hose, fasste hinein und begann ihn zu streicheln.

»Herr im Himmel, Arden.«

Er sollte sie stoppen, aber er wusste, dass er es nicht tun würde. Er würde den Augenblick nicht ruinieren. Wenn er sie jetzt stoppte, wäre das ihr gegenüber genauso unfair wie ihm gegenüber. Das war als Erklärung reiner Quatsch, das wusste er genau, trotzdem…

Er schaltete den Verstand aus und ließ sich von den Wellen der Lust treiben. Ihre kleine Hand drückte, pumpte, dirigierte ihn. Als sie kleine Lusttröpfchen melkte, kapitulierte er endgültig. Und gab sich der Verdammung hin.

Er hob sie hoch und brachte sie in Position. Sie senkte sich quälend langsam auf ihn, bis er ganz und gar in ihre enge, feuchte Wärme getaucht war. Er küsste ihren Mund mit rasendem, immer noch ungestilltem Hunger, gab dann ihre Lippen frei und ließ Küsse auf ihre Stirn, ihre geschlossenen Lider, ihre Wangen regnen.

Als sie den Kopf in den Nacken legte und ihre Kehle entblößte, küsste er sich daran abwärts bis zu ihren Brüsten und machte sich dann auf den Rückweg. Seine offenen Lippen fanden ihre, und ihr Atem ging im Einklang.

»Ich habe dich angelogen, Arden. So oft. Ständig.«

»Ich verzeihe dir«, seufzte sie, während er den Stuhl zu schaukeln begann.

Er schlug ein gemächliches Tempo an, aber bei jedem Vor- und Zurückschaukeln drang er ein bisschen tiefer vor, in bislang unerreichte Zonen, und als sie seinen Namen schluchzte, drückte er sie so fest an sich, dass kein Blatt mehr zwischen sie gepasst hätte. Nichts existierte mehr außer ihnen beiden, außer seinem harten, unnachgiebigen Körper und ihrem weichen, einladenden, in den sie ihn in perfektem Einklang aufgenommen hatte.

Der Stuhl wippte langsam vor und zurück; und sie verloren sich in einem Strudel der Lust.

»Aber heute Abend habe ich dir die größte Lüge überhaupt erzählt«, murmelte er an ihren Lippen.

Sie war kurz davor zu kommen und keuchte: »Sag schon.«

»Bei dieser Fantasie ging es sehr wohl um Sex.«

Nach einer längeren Dusche, bei der Münder und Hände nicht zur Ruhe kamen, landeten sie in Löffelchenstellung im Bett. Er legte den Arm über sie und drückte sie an sich.

»Ich hab dich zwar immer wieder Baby genannt, aber das war ich nicht. Da hat mein Unterleib gesprochen.« Er setzte den Daumen an ihre Lippen und öffnete sie. »Wer könnte schon geradeaus denken, solange du so was tust?«

»Hast du mich wirklich Baby genannt?« Sie nahm den Daumenballen zwischen die Zähne und strich mit der Zunge darüber.

»Kannst du dich nicht erinnern?«

»Ich war beschäftigt.«

»Dann habe ich mich umsonst entschuldigt?«

»Nein«, sagte sie, und ihre Schultern zuckten unter ihrem lautlosen Lachen. Sie nahm seine Hand und drückte sie zwischen ihre Brüste. »Ich weiß deine Aufrichtigkeit zu schätzen. Du bist ein Held.«

Seine Euphorie löste sich in Luft auf. Verzweiflung drückte von allen Seiten auf ihn nieder. Fiebrig flüsterte er in ihren Nacken: »Ich bin kein Held, Arden.« Aber sie hörte ihn schon nicht mehr. Ihr Atem ging gleichmäßig und ruhig, ihr Körper lag weich und anschmiegsam an seinem.

Über ihre Schulter starrte er durch die Dunkelheit auf die zwei vollen Whiskygläser, die sich vor dem regennassen Fenster abzeichneten.

Kapitel 35

Als Arden erwachte, war sie allein.

Sie und Ledge hatten die Nacht noch einmal unterbrochen für ein kurzes, aber heißes und leidenschaftliches Zwischenspiel, bei dem kein einziges Wort gewechselt wurde. Weil auch keines nötig war.

Leicht vergrämt, weil sie gern an seiner Seite aufgewacht wäre, stand sie auf, duschte im Bad neben dem großen Schlafzimmer.

Sie zog sich an und folgte dem Kaffeeduft in die Küche, wo Ledge, einen dampfenden Becher in der Hand, am Tisch saß und auf die ausgebreiteten Seiten des Ermittlungsberichts starrte. Er hatte den Kopf gesenkt, die Finger im Haar vergraben und die Stirn in die Handfläche gestützt.

»Was studierst du da so aufmerksam?«

Er sah auf, sagte jedoch nichts, doch sein Blick zog sie unwiderstehlich an. Als sie noch ein, zwei Schritte von ihm entfernt war, griff er nach ihr, zog sie zwischen seine Beine, legte die Arme um sie und drückte sein Gesicht in ihren Bauch. Ihre Finger wühlten sich, wie zuvor seine, durch sein dichtes Haar. Sie senkte den Kopf. Eine Weile hielten sie sich einfach nur fest.

Als er sie aus der Umarmung entließ, legte er den Kopf in den Nacken und schaute zu ihr auf. »Guten Morgen.«

»Guten Morgen.«

»Wie war die Nacht?«

Sie zuckte mit den Achseln und spielte ein Gähnen. »Ganz okay, schätze ich.«

Er lächelte, aber gleichzeitig strahlte er etwas Distanziertes aus, das sie sofort gespürt hatte, als sie den Raum betreten hatte.

»Der Kaffee ist noch heiß«, sagte er.

»Ich glaube, ich schenke mir etwas davon ein. Willst du noch mehr?«

»Mehr von dir, und wie.«

Ihr Bauch begann frei zu schweben.

Doch sein sexy rauchiger Tonfall, der suggestive Blick aus den leicht zusammengekniffenen Augen waren nur ein Zwischenspiel. Dann kehrte die unerklärliche Reserviertheit zurück. »Ich weiß nicht, wie du deinen Kaffee trinkst«, sagte er. »Ich habe Zucker und Milch.«

»Das genügt vollkommen.«

»Möchtest du frühstücken?«

»Nicht gleich.«

Sie trat an die Küchentheke und füllte den bereitgestellten Kaffeebecher, ging damit zum Kühlschrank und gab direkt aus dem Karton einen Schuss Milch hinzu.

Als sie sich umdrehte, sah sie durch das große Fenster einen Wagen hinter Ledges Pick-up halten. Sie erkannte das Surren des Motors sofort. Sie stellte den vollen Kaffeebecher auf der Theke ab. »Ledge?«

»Hm?«

»Rusty ist hier.«

Er sah von den Papieren auf, die er wieder studiert hatte. »Was ist?«

Sie nickte zum Fenster hin und ging gleichzeitig darauf zu.

Ledge stand auf und trat neben sie. Irgendwann in der Nacht hatte es aufgehört zu regnen, aber im Hof waren immer noch Pfützen. Rusty umging sie sorgsam auf seinem Weg zur Tür.

Sie und Ledge sahen sich fragend an, dann trat Ledge an die Tür und zog sie auf, ehe Rusty anklopfen konnte. Arden stellte sich neben Ledge. Es überraschte sie, dass er Rusty nicht gleich wegschickte, aber sie nahm an, dass seine feindselige Haltung und das gebieterische Auftreten genug sagten.

Rusty bedachte sie beide mit einem Schmunzeln. »Guten Morgen, die Herrschaften.«

»Was tust du hier? Was willst du?«

»Ins Haus gebeten werden, Ledge. Der Kaffee riecht gut.« Noch ein Schmunzeln. »Es sei denn, ich komme ungelegen.«

Ledge sprach keine Einladung aus, sondern blieb in der Tür stehen, unüberwindbar wie eine Betonmauer.

»Na gut«, seufzte Rusty. »Ich kann nicht behaupten, dass mich dein Mangel an Manieren überrascht. Jeder weiß, dass du keine hast. Kein Wunder bei dieser Abstammung.«

»Verschwinde.« Ledge sagte es nur leise und klang dadurch umso gefährlicher. »Lass dich hier nie wieder blicken.«

Rusty ließ sich nicht einschüchtern. »Was für Unfug treibst du hier, von dem der District Attorney nichts wissen soll? Abgesehen davon, dass du sie fickst, meine ich.« Er nickte zu Arden hin.

Sie wollte losstürmen, doch Ledge hielt sie mit seinem ausgestreckten Arm zurück. »Lass dich nicht provozieren.«

»Sie sind widerlich«, sagte sie zu Rusty.

»Ich? *Ich* bin widerlich? Ich bin nicht derjenige, der hier seine Freundin betrügt. Und wo wir gerade dabei sind, Crystal hat mir erzählt, dass ihr ihr viele interessante Fragen über längst vergangene Zeiten gestellt hättet.«

Arden spürte, wie Ledge sich anspannte. »Wann hast du mit Crystal gesprochen?«

»Habe ich das gar nicht erwähnt? Wenn du mich auf einen Kaffee ins Haus gebeten hättest, hätte ich …«

»Wann hast du mit Crystal gesprochen?«

»Ich habe heute Morgen auf dem Weg hierher bei ihr vorbeigeschaut.« Er beugte sich vor und raunte Ledge zu: »Von Mann zu Mann, nur damit du darauf gefasst bist, sie vermutet schon so was …« Er wackelte mit dem Zeigefinger zwischen Ledge und Arden hin und her.

»Du lügst«, sagte Ledge. »Falls du Crystal heute Morgen tatsächlich gesehen hast, dann hat sie dir rein gar nichts erzählt.«

»Nein? Vielleicht war es auch jemand anderes.« Er kratzte sich an der Schläfe. »Dabei hätte ich schwören können …«

Ledge griff nach der Tür und wollte sie Rusty ins Gesicht schlagen, aber Rusty streckte den Fuß vor und stoppte sie mit der Stahlspitze seines Cowboystiefels. Er drückte die Tür so heftig wieder auf, dass sie an der Küchenwand anschlug.

Ledge baute sich vor ihm auf. Beide starrten sich über die Türschwelle an und forderten sich stumm heraus, den ersten Schritt zu wagen. Arden hielt den Atem an.

Rusty gab zuerst nach. Er entspannte sich. »Es geht um Folgendes«, sagte er betont. »Mir wurde zur Kenntnis gebracht, dass ihr beide alles über den Einbruch bei Welch's und die bizarren Ereignisse danach erfahren wollt. Also, da frage ich mich als oberster Gesetzeshüter in diesem County natürlich, woher dieses plötzliche Interesse kommt. Vor allem bei dir«, sagte er und sah dabei Ledge an. »Vielleicht bist du ja doch nicht so schlau, wie man überall herumer-

zählt. Besuche im Gerichtsgebäude, Kopien der Ermittlungsberichte und so weiter. Ein befremdliches Verhalten, vorsichtig ausgedrückt. Vor allem, da es für dich doch offensichtlich
andere, angenehmere Dinge gäbe, denen du deine Freizeit
widmen könntest.«

Keiner von beiden sagte etwas.

»Nichts? Keine Erklärung für diese Amateur-Schnüffe-
leien?« Sein Blick wechselte zwischen beiden hin und her
und kam auf Arden zu liegen. »Weiß Ihre große Schwester
von diesem neuen Hobby?«

»Dass mein Vater verschwand, hat mein ganzes Leben ge-
prägt. Und dieses Verschwinden wurde nie aufgeklärt. Lisa
versteht das.«

»Wirklich? Ich nämlich nicht. Ich weiß nicht, was es bringen soll, alte Verbrechen aus der Mottenkiste zu zerren. Es
sei denn, die Angehörigen des Täters würden mit dem Geld
hier auftauchen.« Er fixierte Arden kalt und kalkulierend.
»Tatsächlich könnte die ganze Schnüffelei auch nach hinten
losgehen und jemandem sehr schaden.« Er verstummte kurz,
um seine Worte wirken zu lassen, dann ergänzte er leise:
»An Ihrer Stelle würde ich das lieber lassen.«

»Bist du extra hergekommen, um uns das zu sagen?«,
fragte Ledge.

Rusty nickte. »Mehr oder weniger.«

»Gut, du hast es gesagt, jetzt verschwinde von meinem
Grund und Boden.«

Rusty tat so, als zöge er einen Hut, drehte sich um und
ging ein paar Schritte, dann schnippte er mit den Fingern
und drehte sich wieder um. »Fast hätte ich es vergessen. Ich
hab gehört, ihr beide wärt gestern Nacht beinahe von ein
paar wilden Hunden zerfleischt worden. Direkt vor Crystals

Haus. Muss verflucht knapp gewesen sein. Ihr hattet verdammtes Glück, dass ihr ihnen entkommen seid.«

Wieder schnappte keiner von beiden nach seinem Köder.

»Wie habt ihr nach dieser Attacke«, fuhr Rusty fort, »eigentlich heute früh die Neuigkeit aufgenommen?«

Eine düstere Vorahnung beschlich Arden, aber Ledge fragte schon: »Was für eine Neuigkeit?«

»Die über Dwayne Hawkins. Du erinnerst dich? Diesen Versager, den ich wegen seiner Hundekämpfe einsperren ließ? Er wurde heute Morgen tot aufgefunden, über das Lenkrad seines Pick-ups gebeugt. Hatte eine gepackte Tasche auf dem Beifahrersitz stehen. Sah ganz so aus, als wollte er von der Müllhalde türmen, auf der er lebte.«

Arden schob sich an Ledges Seite. Er rückte seine Schulter vor ihre.

»Gestern Nacht hat eine Gruppe von Tierschützern einen Tipp bekommen, dass Dwayne seine Hunde misshandeln würde«, fuhr Rusty fort. »Im Morgengrauen haben sie sein Grundstück gestürmt. Und den Schock ihres Lebens gekriegt. Dwayne hat ein böses Ende genommen, so wie die meisten seiner Art.«

»Wie ist er gestorben?«, fragte Arden heiser.

»Durch ein Würgehalsband.«

Ihr stockte der Atem.

Rusty grinste kurz. »Ich weiß. Grässlich, wie? Es war eines dieser Stacheldinger, mit denen Hundekämpfer ihre Tiere in Kampfmaschinen verwandeln.« Er lachte, als fände er das lustig.

»Dwaynes letzter Anruf auf seinem Handy dauerte nur wenige Minuten. Sie werden versuchen, die Nummer zurückzuverfolgen, aber ich wette, dass sie nie herausfinden werden, mit wem er telefoniert hat. Was ich glaube? Wer ihn auch angerufen hat, hat Dwayne so in Angst versetzt, dass er abhauen wollte, und ihn dann noch vor seiner Abreise überrascht. Der Detective hat erzählt, es sähe so aus, als hätte der Mörder auf dem Rücksitz von Dwaynes Pick-up gewartet, dann das Halsband um Dwaynes Hals geschlungen und zugezogen, bis er starb. Er sagte, rund um den dürren Hals hätten sie tiefe Einstichwunden von den Stacheln gefunden.« Er zog eine Linie um seinen eigenen Hals.

Arden wurde schlecht. Nur mit größter Mühe schaffte sie es, unbeteiligt zu wirken und sich ihren Ekel nicht anmerken zu lassen, nicht nur ihren Ekel vor der beschriebenen Szene, sondern auch vor Rusty. In Ledge spürte sie ähnlichen Abscheu und heißen Zorn pulsieren.

»Mit einem Werkzeug seines verbotenen Gewerbes getötet. Das nenne ich poetische Gerechtigkeit.« Rusty zwinkerte und lächelte verschlagen. Wieder tat er so, als wollte er gehen, blieb dann stehen und hob den Zeigefinger.

»Ach ja, eines noch. Es sähe wahrscheinlich nicht gut für euch zwei Hobbydetektive aus, wenn die Detectives, die den Mord an Dwayne bearbeiten, zwei und zwei zusammenzählen würden. Ihr beide wurdet immerhin in derselben Nacht, in der ein Kampfhundebesitzer zu Tode gewürgt wurde, von mehreren Hunden attackiert. Ihr versteht, worauf ich hinauswill? Wenn ihr auf die Idee kommen würdet, gegenüber der Polizei anzudeuten, ein unbekannter Dritter könnte Dwayne angestiftet haben, seine Hunde auf euch zu hetzen, dann sähe ich mich wohl gezwungen, den Detectives zu erzählen, dass ihr kurz nach dieser potenziell tödlichen Attacke in der Nähe von Dwaynes Farm gesehen wurdet.«

»Und von wem?«, fragte Ledge.

Rustys Augen funkelten. »Von jemandem, der anonym bleiben möchte.«

Er ließ seine Bemerkung kurz wirken, bevor er weitersprach. »Aber bevor ich diese Information ans Sheriff's Office weitergeben würde, würde ich sie mit Dwaynes Zwillingsbrüdern teilen, dazu würde ich mich verpflichtet fühlen. Zwar haben die beiden zusammengenommen kaum genug Grips für einen, aber sie sind hundsgemeine Typen, und wie ich von dem armen Deputy gehört habe, der ihnen heute Morgen die traurige Nachricht vom grausamen Ableben ihres kleinen Bruders überbringen musste, kochen sie vor Wut.« Er musterte Ledge. »Ich weiß nicht… worauf sie so stehen. Vielleicht sind sie sich zu gut, um sich euch beide vorzunehmen.« Sein Blick schwenkte auf Arden. »Aber mir schaudert bei dem Gedanken, wie sie sich mit ihr amüsieren würden.«

Ledge packte ihn an der Krawatte und schubste ihn rückwärts, ließ ihn dann los und versetzte ihm dabei einen Stoß. Rusty konnte sich zwar auf den Beinen halten, aber nur mit äußerster Mühe das Gleichgewicht wahren.

Als er sich wiederaufgerichtet hatte, sah er sie beide an und lachte. »Wir sehen uns.« Dann drehte er sich um und schlenderte zu seinem Auto.

Kapitel 36

Ledge schloss die Tür, stützte sich mit der Hand daran ab und schaute durchs Fenster, bis Rustys Wagen außer Sichtweite war. Dann drehte er sich zu Arden um. »Hol deine Handtasche. Sie liegt…«

»Ich weiß, wo sie liegt. Was tun wir jetzt?«

»*Du* wirst von hier verschwinden. Wir holen dein Auto bei Crystal ab. Ich fahre dir hinterher, du packst zu Hause ein paar Sachen ein, schließt alles ab, dann eskortiere ich dich bis zur Interstate.«

»Ich werde auf keinen Fall verschwinden.« Sie schwenkte die Hand zu den auf dem Tisch verstreuten Berichten. »Nicht, solange das alles…«

»Rusty hat den Mann umgebracht, Arden.« Er fuhr sich mit den Fingern durchs Haar. »Jesus. Ich wollte Hawkins Angst einjagen, nachdem er uns so übel mitgespielt hatte, aber ich wollte ihn auch genau vor diesem Ende bewahren und dafür sorgen, dass er von hier und damit aus Rustys Einflussbereich verschwindet. Er war nicht schnell genug.«

»Gib dir nicht die Schuld daran, was Rusty getan hat.«

Er gab ihr mit einer ungeduldigen Geste zu verstehen, dass sie ihren Atem vergeudete.

»Wir müssen Rusty anzeigen, Ledge.«

»Tue ich. Werde ich. Aber erst, wenn du weg bist.« Sie sah aus, als wollte sie widersprechen, aber als er mit dem Kinn in Richtung Schlafzimmer nickte und ihr erklärte, dass sie sich beeilen müsse, verschwand sie.

Er rief Crystal an. Noch bevor sie »Hallo« sagen konnte, fragte er sie, ob Rusty ihr einen Besuch abgestattet hätte.

»Von wem hast du das gehört?«

»Von ihm selbst. Er sagte, du hättest ihm erzählt...«

»Ich habe ihm einen feuchten Dreck erzählt. Ich habe ihn nicht mal gesehen.«

»Dachte mir schon, dass er lügt.«

»Wann hast du mit ihm gesprochen?«

»Gerade eben.«

»Was ist da los? Ist alles in Ordnung? Was ist passiert, nachdem du gestern Abend mit Arden weggefahren bist?«

»Das erzähle ich dir später.«

»Wir machen uns beide Sorgen. Ich wünschte, du hättest Marty oder mich angerufen und...«

»Stopp, Crystal. Hör zu.« Er holte kurz Luft. »Dass wir uns so für Fosters Tod interessieren, hat Rusty nervös gemacht. Es könnte sein, dass er dir wegen dieses Alibis von damals zusetzt und dir noch mal ins Gedächtnis ruft, wozu du dich damals bereiterklärt hast.«

»Bei mir wird er nichts erreichen. Ich werde schon mit ihm fertig.«

»Nein, wirst du nicht, Crystal. *Das wirst du nicht.*«

»Okay, beruhige dich. Ich habe die Warnung verstanden. Ich werde aufpassen.«

»Das reicht nicht. Jetzt wäre ein exzellenter Zeitpunkt für ein verlängertes Wochenende mit Marty.«

»Erstens haben wir nicht Wochenende. Zweitens können wir nicht einfach so...«

»Diese Hundeattacke gestern Abend? Rustys Idee.« Das

brachte sie zum Schweigen. »Und dann hat er den Typen umgelegt, der für ihn die Drecksarbeit übernommen hat.«

Er hörte sie ausatmen. »Guter Gott, Ledge.«

»Genau. Also fang bitte nicht an zu streiten. Kann Marty sich freinehmen?«

»Ich denke doch. Ansonsten behauptet sie, sie sei krank.«

»Mach ihr klar, dass ich nicht leicht die Nerven verliere und dass dies bestimmt kein blinder Alarm ist. Sag deine Kundentermine ab. Denk dir was aus, weshalb du deinen Laden ein paar Tage schließen musst. Und dann verschwindet beide aus der Stadt.«

»Und wie lange?«

»Bis ich das Gefühl habe, dass ihr gefahrlos zurückkommen könnt.«

»Dafür müsste Rusty schon tot sein.« Als er nichts darauf sagte, mahnte sie: »Das sollte ein Witz sein, Ledge!«

»Ich ruf dich an, wenn sich alles beruhigt hat.«

»Was ist mit Arden?«

»Im Moment ist sie bei mir, aber ich schicke sie ebenfalls weg.« Er spürte, dass sie zögerte. »Crystal, du weißt genau, wie Rusty agiert. Er wird sich nicht an mir selbst rächen. Er wird den Menschen wehtun, die mir wichtig sind.«

Sie klang immer noch unschlüssig, sagte aber: »Ich schreibe dir, wo wir sind.«

Er warnte sie, vorsichtig zu sein; sie riet ihm dasselbe. Sie verabschiedeten sich. Er ließ sich ein paar Sekunden Zeit, dann rief er Don an, der sofort lospolterte: »Ledge, was muss ich da hören? Dwayne Hawkins ...«

»Ich habe es schon gehört, aber nicht ich habe ihn umgebracht, das schwöre ich. Das war Rusty. Er ist extra raus zu meinem Haus gefahren, um mir die Nachricht persönlich zu überbringen.« Er fasste Rustys Besuch in knappen Worten zusammen.

Don atmete ein und wieder aus. »Mit Arden ist alles in Ordnung?«

»Woher weißt du...?«

»Ein paar von Crystals Nachbarn, die die ganze Geschichte mitbekommen haben, haben erzählt, dass ›das Maxwell-Mädel‹ euch gerettet hat, indem sie wie wild gehupt hat. Ihr wurdet gesehen, als ihr zusammen weggefahren seid, und ihr Wagen stand die ganze Nacht vor Crystals Haus. Was willst du noch wissen?«

»Gottverdammt«, knurrte Ledge.

»Die Neuigkeit verbreitet sich so schnell, dass die Handymasten glühen. Die Leute wissen nicht, was sie davon halten sollen, immerhin bist du mit Crystal befreundet.«

»Ich habe größere Sorgen als meinen guten Ruf. Arden geht es gut, aber sie war hier, als Rusty mehr oder weniger damit prahlte, dass er Hawkins ermordet hat, und darum ist sie in Gefahr. Ich bringe sie sicherheitshalber aus der Stadt.«

»Ledge«, sagte Don langsam, »früher oder später wird selbst der dümmste Detective darauf kommen, dass ihr in exakt jener Nacht von ein paar Kampfhunden attackiert wurdet, in der ihr Besitzer erwürgt wurde.«

Ledge schnaubte ein trockenes Lachen. »Das hat Rusty mir auch erklärt. Sobald ich Arden aus der Stadt geschafft habe, fahre ich zu Onkel Henry. Nur für den Fall, dass ich länger nicht abkömmlich sein werde.«

»Du glaubst ernsthaft, dass Rusty dir das in die Schuhe schieben wird?«

»Höchstwahrscheinlich. Schließlich war ich wirklich draußen bei Hawkins.«

»Gegen meinen Rat.«

»Sag jetzt nicht, du hättest mich gewarnt.«

Don seufzte. »Das besprechen wir später. Was soll ich für dich tun?«

»Vor allem eins: Pass auf dich auf. Mach weiter, als wäre nichts passiert, aber ruf ein paar Stammgäste zusammen, auf die du dich verlassen kannst. Ein paar vertrauenswürdige Jungs.«

»Jungs mit Waffen.«

Ledge war Don dankbar, dass er es nicht aussprechen musste. »Niemanden, der irgendwelche Verbindungen zu Rusty oder zum alten Sheriff hat.«

»Es gibt da ein paar Texas Rangers im Ruhestand, von denen jeder einzelne die beiden liebend gern aufs Korn genommen hätte.«

»Gut. Aber sie sollen nichts unternehmen, solange es nicht nötig ist. Sie sollen nur ein paar Tage und Abende in der Bar sein, Augen und Ohren offen halten und diskret über das Grundstück patrouillieren.«

»Kapiert.«

»Und leg dir die Schrotflinte ins Bett.«

»Ich würde mit dieser alten Knarre nicht mal ein Scheunentor treffen, das weißt du doch.«

»*Ich* weiß das vielleicht, aber nicht derjenige, auf den du sie richtest.«

»Was hast du vor, nachdem du Henry besucht hast?«

»Dann ziehe ich Rusty aus dem Verkehr.«

»Und wie willst du...«

»Ich muss Schluss machen.« Er legte auf, ehe Don ihn fragen konnte, wie er das anstellen wollte.

Arden hingegen konnte fragen. Er hörte ihre Stimme in

seinem Rücken: »Willst du das auf offizielle oder inoffizielle Weise tun?«

»Das weiß ich noch nicht. Ich muss erst sehen, wie sich alles entwickelt. Bist du bereit?«

Sie warf ihm einen rebellischen Blick zu, drängte sich an ihm vorbei und ging durch die Hintertür nach draußen. Er schaltete die Alarmanlage ein, rätselte aber noch im Hinausgehen, ob sein Haus und seine Werkstatt noch stehen würden, wenn er heimkehrte. Vielleicht würde Rusty seine Drohung wahr machen, aber lieber sein Haus niederbrennen als der Bar.

Bis er den Pick-up erreicht hatte, war Arden bereits eingestiegen. Sie saß starr wie ein Holzpfahl neben ihm und starrte durch die mit Regentropfen besprenkelte Windschutzscheibe.

Ledge ließ sie köcheln und machte den nächsten Anruf.

George antwortete mit einem fröhlichen: »Hallo, Captain. Wie…«

»Ich komme sofort zum Punkt, George.«

George reagierte augenblicklich auf Ledges Tonfall. »Was liegt an?«

»Der Typ?«

»Mit den Stiefeln?«

»Er macht Ärger.«

»Sagen Sie, wo. In einer Stunde bin ich da.«

Das war ein wahrer Freund. Ledge spürte ein leises Ziehen im Bauch. »Danke, aber ich brauche Sie, wo Sie sind. Das mit diesem Arschloch und mir reicht weit zurück. Er könnte mich empfindlich treffen, aber das wird er nicht direkt tun. Üblicherweise sucht er sich ein wehrloses Opfer.«

»Wie Ihren Onkel Henry.«

»Ich besuche ihn, sobald ich kann. Dann erkläre ich Ihnen

auch die Hintergründe, aber bis dahin dürfen Sie ihn nicht aus den Augen lassen, George. Falls die Pflicht Sie ruft, beauftragen Sie bitte einen vertrauenswürdigen Kollegen, bei ihm Wache zu halten. Niemand darf ohne Ihre Erlaubnis sein Zimmer betreten.«

»Wird gemacht. Was noch?«

»Sagen Sie mir Bescheid, falls der Kerl oder sonst jemand auftaucht, der nicht dorthin gehört. Das muss ich sofort wissen.«

»Wird erledigt.«

»Danke, Mann. Bis später.« Er beendete das Gespräch.

»George war früher auch beim Militär?«, fragte Arden.

Er nickte. »Im Kampfeinsatz.«

»Man erkennt es daran, wie ihr miteinander gesprochen habt.«

»Wieso?«

»Wie Soldaten im Gefecht.« Sie deutete auf das Handy, das jetzt im Becherhalter ruhte. »Ich glaube, damit hast du alle abgedeckt.«

»Ich habe niemanden *abgedeckt*. Aber wenigstens sind jetzt alle auf der Hut, bis ich alles mit Rusty geklärt habe.«

»Und was heißt *alles*, Ledge?«

Er spürte ihren ernsten Blick und antwortete: »Das erkläre ich dir, wenn wir bei dir sind.«

Der Regen blieb aus, aber die tief hängenden, bläulichen und dickbäuchigen Wolken schufen eine unzeitige Dämmerung. Arden schloss die Tür zur Küche auf und trat ein, schaltete das Deckenlicht aber nicht an, sodass der Raum im Zwielicht blieb.

Sie stellte die Handtasche auf dem Tisch ab und drehte sich zu ihm um.

»Willst du dich setzen?«, fragte er.

»Nein.«

»Also, ich mich schon.« Er zog einen Stuhl heraus, drehte ihn und nahm rittlings darauf Platz. Er faltete die Hände auf der Rückenlehne und sprach eher seine Finger an als sie. »Ich war bei dem Einbruch bei Welch's dabei.«

Sie schnappte erschrocken nach Luft, sagte aber nichts.

»Zusammen mit Rusty. Es war seine Idee. Er hat uns alle als Helfer rekrutiert, um seinen Plan in die Tat umzusetzen. Darum dreht er so durch, wenn wir die alten Geschichten aufwärmen.«

Erst jetzt sah er zu ihr auf, und sie sah aus, als sei sie kurz vor dem Explodieren. Ihr Brustkorb hob und senkte sich wie ein Blasebalg. Ihre Augen waren geschlossen. Als sie sich wieder öffneten, standen Tränen darin, Zornestränen.

»Du... du...«

»Ich bin kein Held. Das habe ich dir schon gesagt.«

»Aber ansonsten hast du mich nur angelogen.«

Sie kehrte ihm den Rücken zu und ging zum Waschbecken. Die Hände am Rand abgestützt, beugte sie sich vor. Er fürchtete schon, sie würde sich übergeben, aber ihr Schweigen sagte ihm, dass sie ihre Emotionen mit aller Macht unterdrückte, und das war fast schlimmer als Würgen oder Toben.

Ein Donner wie ein Kanonenschlag erschütterte das Haus. Fette Regentropfen klatschten gegen das Fenster über der Spüle. Seine Armbanduhr tickte laut und ermahnte ihn, dass er schon längst auf dem Weg nach Marshall sein sollte. Aber er konnte diese Geschichte unmöglich auf ihr abladen und dann verschwinden. Sie hatte etwas Zeit verdient, um sein Geständnis zu verdauen und um zu erfassen, wie unehrlich er ihr gegenüber gewesen war. Sie hatte eine Gelegenheit verdient, ihrem Zorn Luft zu machen.

Wie ihr Zorn sich auch entladen mochte, er wäre bestimmt nicht so heftig, wie er es verdient hatte.

Schließlich drehte sie den Hahn auf und schöpfte sich mehrere Handvoll kaltes Wasser in den Mund. Mit wütenden, abgehackten Bewegungen riss sie ein Küchentuch von der Rolle, tupfte sich den Mund und trocknete ihre Hände ab. Sie ließ das Tuch zusammengeknüllt auf der Küchentheke liegen, kam zu ihm, zog einen Stuhl unter dem Tisch heraus und setzte sich ihm gegenüber.

»Du hast dich in mein Leben eingeschlichen.«

»Stimmt.«

»Warum?«

»Um dich vor Rusty zu beschützen.«

Sie lachte harsch. »Dabei hätte ich vor dir beschützt werden müssen.«

Er schüttelte den Kopf. »Rusty sitzt mir seit Jahrzehnten im Nacken wie ein Geschwür, genau wie ich ihm. Wir hätten uns ewig aneinander reiben können, ohne unsere Probleme je zu lösen, und wahrscheinlich hätten wir das auch getan. Das hat sich geändert, als du zurückgekehrt bist.«

»Ich bin also schuld?«

»Nicht absichtlich, aber durch die Umstände schon. Als du aus heiterem Himmel hier aufgetaucht bist, hat sich Rusty erinnert, dass er immer noch ein Hühnchen mit deinem Dad zu rupfen hat. Joe hatte ihn aufs Kreuz gelegt. Und zwar mächtig. Es war, als würdest du ihm eine lange Nase drehen …«

»Ich wusste nicht mal …«

»Das tut nichts zur Sache. So hat Rusty es wahrgenommen. Und er lässt so was nicht auf sich sitzen.«

Sie ließ sich das durch den Kopf gehen, köchelte aber weiter vor sich hin. »Was ist mit dir? Was hast du dir gedacht, als ich hier auftauchte?«

»Als ich es erfuhr, fragte ich mich natürlich, was dich hierhergetrieben hatte, aber ich hatte fest vor, Abstand zu halten.«

»Du hast zugegeben, dass du mir in den Supermarkt gefolgt bist.«

»Ja. Das war bizarr. An dem Tag hat das Schicksal uns beiden einen gemeinen Streich gespielt. Aber du kanntest mich nicht, darum dachte ich, dass es nicht weiter von Bedeutung wäre. Zwei Monate vergehen, und plötzlich ist da zu meinem Entsetzen deine Nachricht auf meiner Mailbox. Ich traute meinen Ohren nicht, und ich hätte dich auf gar keinen Fall zurückgerufen. Am nächsten Tag stehst du in meiner Werkstatt. Gott, du hast unglaublich ausgesehen. Du hast mich absolut umgehauen, aber … Wie ich dir schon gestern Abend erklärt habe, konnte ich nicht zulassen, dass das zu irgendwas führt. Also dachte ich mir, Ledge, führ dich wie ein Arschloch auf, dann willst du bestimmt nichts mit mir zu tun haben.« Er atmete tief ein und seufzte. »Noch am selben Abend tauchte Rusty in der Bar auf. Er hat mich dort abgepasst.« Er schilderte ihr in knappen Punkten ihren Wortwechsel. »Er hatte dich schon im Visier, und ich hatte Angst, dass er dich als leichtes Ziel für seine Vergeltungswünsche an Joe ansehen würde. Wie sich herausgestellt hat, lag ich richtig.«

Sie wandte den Kopf ab, zog die Lippen nach innen und überdachte, was er ihr erzählt hatte. Dann sah sie ihn wieder an. »Am nächsten Morgen warst du hier. Warum hast du mich nicht gleich vor Rusty gewarnt, als ich dir von dem

Auto erzählte, das jede Nacht hier vorbeifährt? Warum hast du mir nicht gleich reinen Wein eingeschenkt? Hattest du Angst, dass ich dich einsperren lassen würde?«

»Ich hatte Angst, dass du mich aussperren würdest«, erwiderte er genauso hitzig wie sie. »Und dann wärst du völlig schutzlos gewesen.«

»Stattdessen hast du mir vorgemacht…« Sie schlug die Hände vors Gesicht und sprach durch die Finger. »Du hast mir alles Mögliche vorgemacht.«

»Nicht alles war gelogen.«

Sie senkte die Hände. »Ach nein? Was davon war aufrichtig?«

»Das weißt du genau.«

»Wehe, du sprichst jetzt von der letzten Nacht.« Ihre Stimme brach. Sie schoss aus ihrem Stuhl und verschwand in ihrem Zimmer. »Du findest selbst raus.«

Er eilte ihr nach und stieß mit der Schulter die Tür auf, die sie ihm vor der Nase zuschlagen wollte.

»Raus hier! Ich habe die Nase voll von dir und deinem endlosen Krieg mit Rusty Dyle. Wenn du mich fragst, seid ihr beide füreinander geschaffen.«

»Würdest du dich bitte beruhigen und mir zuhören?«

»Wieso?«

»Weil Rusty noch nicht fertig ist. Frag dich doch, wieso er praktisch gestanden hat, dass er Hawkins getötet hat, und wieso er gedroht hat, uns das anzuhängen? Hör mich an. Bitte.«

Sie zögerte, wich dann ans Bett zurück und setzte sich.

Ledge senkte den Kopf und fuhr sich mit der Hand über das Genick. »Ein paar Wochen vor Ostern 2000 fing Rusty mich an einem Samstagmorgen in einem Diner ab. Er erzählte mir von seinem Plan, den Supermarkt auszurauben. Ich traute meinen Ohren nicht und sagte ihm ins Gesicht, dass er total irre sei und sich verziehen solle. Ich wollte gerade gehen, als er mir schwere Konsequenzen androhte, falls ich nicht mitmachen würde. Es war eine hinterhältige und subtile Drohung, aber sie traf mich wie ein Hammerschlag. Ich galt zwar als harter Typ, aber ich hatte Angst, dass er es mir nicht verzeihen würde, falls ich nicht mitmachte, und dann würde ich mit dem Wissen leben müssen, dass ich jemandem, der mir sehr am Herzen lag, großen Schaden zugefügt hätte. Auf einmal lag die Bar, *das Leben* meines Onkels in der Waagschale, und darum entschied ich mich, ein Verbrechen zu begehen. Das entschuldigt nichts, aber nur deshalb habe ich damals mitgemacht. Ich wünschte, ich könnte es ungeschehen machen. Aber das kann ich nicht.«

Sie schaute auf die Stelle an seinem Oberarm, wo das Hemd sein Tattoo verbarg. »Unendlichkeit.«

»Genau. So etwas vergeht nicht.«

Sie dachte nach und sah ihn schließlich scharf an. »Wie konnte mein Dad mit dem Geld abhauen?«

»Ich schwöre dir beim Leben meines Onkels, das weiß ich nicht.« Er erzählte ihr, wie Rusty sich selbst zum Wächter über das Geld ernannt hatte und dass er es angeblich nach sechs Monaten aufteilen wollte. »Nur ein paar Minuten nachdem wir uns getrennt hatten, wurde ich verhaftet. Ich weiß nicht, was danach passierte, aber irgendwie muss Rusty die Tasche verloren haben, denn er hat es bis heute nicht verwunden, dass er um das Geld betrogen wurde. Er ist immer noch verbittert genug, um Rache zu üben.« Er ging zu ihr ans Bett. »Du kannst mich ruhig hassen. Du hast jedes Recht dazu. Aber du darfst ihn nicht unterschätzen. Du hast am eigenen Leib erfahren, wozu er fähig ist. Ich glaube, er hat noch Schlimmeres auf Lager. Und darum fürchte ich um deine Sicherheit.«

In diesem Moment mischte sich zu ihrem Entsetzen eine weitere Stimme ins Gespräch. »Wie rührend.«

Kapitel 37

Lisa Maxwell stand in der offenen Tür und betrachtete die Szene, die Stirn in missbilligende Falten gelegt. »Ich habe geklopft, aber offenbar war der Sturm zu heftig.«

Ledge hätte nicht sagen können, ob sie das wörtlich oder im übertragenen Sinne meinte. Er sah Arden an und versuchte ihre Reaktion abzuschätzen. Sie war aufgestanden, blieb aber reglos stehen, statt ihre Schwester mit einer Umarmung oder auch nur einem Lächeln zu begrüßen.

»Ich habe dich nicht erwartet«, sagte sie nun gestelzt.

Lisa sah kurz auf ihn. »Ganz offensichtlich.«

Arden deutete auf ihn. »Das ist...«

»Oh, ich weiß, wer er ist. Offenbar ist er so um dich besorgt, dass er dich nicht mal im Schlafzimmer allein lässt.«

»Mit wem ich in meinem Schlafzimmer bin, geht dich nichts an«, sagte Arden. »Obwohl mir zu Ohren gekommen ist, dass du das seit gestern anders siehst.«

Ledge wusste nicht, wovon sie sprach, aber Lisa wusste es anscheinend sehr wohl. Sie hob das Kinn leicht an.

»Jacob hat mich gestern Abend angerufen«, sagte Arden. »Er hat eine Nachricht auf meine Mailbox gesprochen, die ich aber erst heute Morgen abgehört habe. Er hat erzählt, dass du gestern unangekündigt bei ihm zu Hause aufgetaucht bist und eine ziemliche Szene gemacht hast, weil du wissen wolltest, in welcher persönlichen Beziehung ich mit ihm stehe.« Arden gab Lisa Zeit, das zu kommentieren, doch Lisa schwieg.

»Er sagte, du seist so aggressiv gewesen, dass seine Frau gedroht habe, die Polizei zu rufen. Jacob konnte sie davon abhalten, aber letztendlich musste er dich von seinem Grundstück jagen.«

»Na schön, ja«, sagte Lisa. »Ich habe ihn besucht.«

»Nachdem du meine Post abgefangen und gelesen hast. Wer hat dir das Recht dazu gegeben?«

Ledge kam zu dem Schluss, dass Arden die Nachricht abgehört haben musste, bevor sie am Morgen zu ihm in die Küche gekommen war. Vielleicht hätte sie ihm davon erzählt, wenn Rusty nicht aufgetaucht wäre. Aber jetzt war ihm klar, warum sie nicht besonders erfreut war, Lisa zu sehen, die ihrerseits die Fassung wahrte, auch wenn sie so zur Rede gestellt wurde.

»Wir sollten diese Unterhaltung unter vier Augen führen«, sagte Lisa jetzt.

»Mach dir wegen Ledge keine Gedanken«, widersprach Arden. »Er weiß über Jacob Bescheid.«

Während Arden erläuterte, in welcher Beziehung sie zu Dr. Jacob Greene stand, konnte Ledge mitansehen, wie sich Lisas überhebliche Arroganz in Luft auflöste, und dieser Anblick freute ihn insgeheim.

Und Arden kannte keine Gnade. »Als du Jacob unterstellt hast, er sei mit mir fremdgegangen, hast du damit mich, ihn, seine Frau, aber vor allem dich selbst blamiert. Du hast dich zur Idiotin gemacht.«

»Nein, *du* hast mich zur Idiotin gemacht«, feuerte Lisa zurück. »Warum hast du mir nicht erzählt, dass du dich so einer Behandlung unterzogen hast?«

»Weil ich dazu nicht dein Einverständnis brauchte und

weil ich mir nicht tausend Gründe anhören wollte, warum so etwas keine gute Idee sei.«

»Du hast mich in dem Glauben gelassen, du hättest etwas mit einem verheirateten Mann.«

»Nein«, erwiderte Arden gedehnt. »Diesen Schluss hast du ganz allein gezogen, und ich hatte keine Lust, mich gegen eine haltlose und gemeine Unterstellung zu wehren.« Sie verstummte und schluckte schwer. »Meine Tochter, nach der ich mich so gesehnt hatte, war tot. Dir zu erklären, wie ich sie empfangen hatte – ganz gleich, wie es dazu gekommen war –, war mir nicht mehr wichtig. Es war mir egal, ob du damit einverstanden warst oder nicht.«

Wie um diese Erklärung zu bekräftigen, erhellte ein Blitz den Raum. Dem Licht folgte ein Donnerschlag, der die Fenster zum Klirren brachte und Lisas Blick auf den rissigen Lack der Fensterbretter lenkte. Sie nahm den ganzen Raum in Augenschein und richtete den Blick dabei auch kurz auf Ledge, bevor sie sich wieder an Arden wandte: »Ich dachte, du hättest ihm erklärt, dass seine Dienste nicht mehr benötigt werden.«

Er hatte absichtlich lässig an der Kommode gelehnt. Jetzt löste er sich. »Du brauchst Arden nicht als Dolmetscherin. Du kannst direkt mit mir sprechen.«

Endlich ließ Lisa sich dazu herab, ihn offen anzusehen, und musterte ihn kühl. »Du hast dich verändert, seit ich dich zuletzt gesehen habe.«

»Du dich nicht. Du bist noch genauso wie damals.«

Er hatte das nicht als Kompliment gemeint, und sie fasste es auch so auf. Sie zog eine Braue hoch. »Deine Schultern sind breiter als damals, aber die Komplexe hast du trotzdem nicht abgeschüttelt.«

»Ich habe inzwischen erheblich mehr zu schultern.«

»Ach ja? Was belastet dich denn noch? Bringt die Absteige, die dein Onkel betreibt, nicht mehr genug ein?«

Arden mischte sich ein. »Das war unangebracht, Lisa. Was ist eigentlich mit dir los?«

Ledge hob abwehrend die Hand. »Schon okay. Sie kann nicht noch schlechter von mir denken, als sie es ohnehin tut. Nicht dass ich einen feuchten Dreck darauf geben würde, was sie von mir hält. Meinetwegen kannst du ihr erklären, was ich dir kurz vor ihrem Auftritt erzählt habe, dann siehst du ja, wie sie darauf reagiert.«

Arden sah ihn ängstlich an und schüttelte knapp den Kopf. »Darüber sprechen wir nachher weiter. Du musst nach deinem Onkel sehen.«

»Tatsächlich würde ich gern hören, was er zu sagen hatte«, mischte Lisa sich ein. »Wieso fürchtet er um deine Sicherheit? Hat er Angst, dass das Dach einstürzen könnte oder dass eine Windbö…«

»Rusty hat es auf Arden abgesehen.«

Seine gepresste Erklärung brachte sie zum Schweigen. Ihre Arroganz löste sich weiter auf. »Rusty Dyle?«

»Genau der.«

Sie wandte sich an Arden. »Als wir gestern früh über ihn sprachen, hatte ich den Eindruck, dass du ihn nicht kennst.«

»Ich habe ihn erst eine halbe Stunde vor unserem Telefonat kennengelernt.«

Ledge sah die beiden Schwestern abwechselnd an. »Ihr habt über Rusty gesprochen?«

»Hauptsächlich, weil ihr beide um Crystal konkurriert habt«, erklärte Arden.

»Crystal«, wiederholte Lisa, als hätte sie eine Erleuchtung. »So hieß sie damals.«

»So heißt sie immer noch«, sagte Ledge.

»Und ihr habt diese Rivalität noch nicht beigelegt?«

»Sie ist erbitterter als je zuvor.«

»Seid ihr beide nicht ein bisschen zu alt für eine Fehde um ein Mädchen?«

»Crystal ist eine Frau, und sie steht nicht mehr im Zentrum unserer Fehde. Jetzt ist Rusty hauptsächlich über Kreuz mit mir, weil er das Geld verloren hat, das wir aus Welch's Safe geholt haben.«

Lisas Gesicht erstarrte.

»Du hast richtig gehört«, fuhr Ledge fort. »Ich habe Arden gestanden, dass ich bei dem Einbruch dabei war.«

Arden sah ihn strafend an. »Das hättest du ihr nicht erzählen müssen.«

Er sah sie an und sagte leise: »Doch, das musste ich. Seit zwanzig Jahren nagt das an mir. Ich bin froh, dass es heraus ist.« Sie wechselten einen Blick, aus dem viel Ungesagtes sprach, dann wandte er sich wieder an Lisa.

»Rusty hatte mich dazu erpresst. Ich hätte mich damals weigern sollen. Ich habe es nicht getan. Die Tat ist zwar längst verjährt, trotzdem fühle ich mich bis heute schuldig.«

»Und wieso bekennst du dich ausgerechnet jetzt dazu?«, wollte Lisa wissen.

»Weil es gut für meine Seele ist. Außerdem will ich Rusty aus dem Verkehr ziehen, bevor noch mehr Blut fließt.«

»Noch mehr Blut fließt?« Lisa sah Arden an. »Wovon redet er?«

»Rusty ist derjenige, der jede Nacht hier vorbeifährt. Das weiß ich seit gestern.« Sie erzählte Lisa von ihrer verstörenden Begegnung vor dem Gerichtsgebäude. »Wir, also Ledge und ich, glauben, dass er und nicht Dad Brian Foster umgebracht hat.«

Lisa wirkte noch erschrockener. »Was?«

»Damals sicherte sich Rusty noch in derselben Nacht über Crystal ein raffiniertes Alibi«, erläuterte Arden. »Möglicherweise für den Einbruch, aber wahrscheinlich, weil er für etwas anderes ein Alibi brauchte, nämlich für eine gewaltsame Auseinandersetzung.«

»Einen Kampf auf Leben und Tod mit Foster«, ergänzte Ledge. »Außerdem will sich Rusty bis heute an eurem Vater rächen. Und weil der nicht da ist, hält er sich an Arden.«

»Und wie?«, wandte Lisa sich wieder an Arden.

Sie beschrieb den Angriff durch die Kampfhunde und den Showdown mit Hawkins. Sie beschönigte nichts und ersparte ihrer versnobten Schwester kein noch so widerliches Detail.

Als sie zum Ende kam, ergänzte Ledge: »Es gibt noch eine Fußnote. Hawkins wurde heute Morgen tot aufgefunden. Du kannst dir denken, wer ihn zum Schweigen gebracht hat, und dieser erste Blutrausch hat Rusty nur noch wilder gemacht. Er hat uns die Tat praktisch gestanden.«

Lisa war blass geworden und musste sich an der Wand abstützen. »Er ist District Attorney, um Himmels willen.«

»Was für ihn ein Freibrief ist, alles zu tun, wonach ihm der Sinn steht«, bekräftigte Ledge.

»Deine Angst um Arden ist also gerechtfertigt.«

»Vielen Dank dafür, aber ich brauche deine Bestätigung nicht. Für gar nichts, aber schon gar nichts für etwas, das Arden und mich betrifft.«

Lisa sah ihn verächtlich an und wandte sich dann erneut

an Arden. »Ich habe dir immer wieder erklärt, dass es eine wirklich schlechte Idee ist hierherzuziehen. Du wolltest nicht auf mich hören.«

»Weil ich keine Ahnung hatte, was mich hier erwarten würde!«, rief sie aus. »Ich wusste nicht, dass ich hier einen Erzfeind habe. Wusstest du das?«

Lisa hielt ihrem Blick ein paar Sekunden stand; dann sackten ihre Schultern nach unten, und sie nickte kleinlaut.

Arden sah sie fassungslos an. »Du hast das mit Rusty gewusst und welche Rolle er bei dem Einbruch gespielt hat? Du hast alles gewusst?«

»Ja. Alles.«

»Wie lange?«

»Seit dem Abend, an dem es passierte.«

Arden blieb der Mund offen stehen. »Du hast zugelassen, dass ich blindlings in diese Geschichte hineinstolpere, Lisa. Warum hast du nicht einfach mit offenen Karten gespielt, als du mich aufhalten wolltest?«

»Das ging nicht so ›einfach‹. Ich konnte dich nicht vor Rusty warnen, ohne… ohne dir zu erzählen, dass ich Dad in dieser Nacht gesehen hatte. Mit dem gestohlenen Geld.«

Lisa floh aus dem Zimmer und in die Küche, wo sie sich eine Limonadendose aus dem Kühlschrank nahm. Ledge und Arden folgten ihr, nahmen sich aber nichts zu trinken.

Ledge stellte sich so hin, dass er den Hof überblickte, aber auch die Haustür jenseits des leeren Ess- und Wohnzimmers im Auge hatte.

Auch Arden hatte er von dieser Position aus im Blick. Er wollte genau studieren, wie sie auf das, was Lisa ihr erzählen würde, reagierte. Sie musste alles erfahren. Endlich.

Trotzdem graute ihm davor, was ihr in den nächsten Minuten bevorstand. Offenbar war ihr genauso bange. Arden saß Lisa am Tisch gegenüber und starrte ihre Schwester an, als sei sie eine Fremde, der sie noch nie begegnet war.

Lisa spielte nervös mit ihrer Getränkedose und drehte sie unruhig auf der Tischplatte. Ledge fragte sich, ob sie Zeit schinden wollte, um sich eine plausible Teilwahrheit zurechtzulegen, die Arden ihr abkaufen würde. Oder suchte sie nach Worten, um die harten Fakten abzumildern?

»Ich dachte, inzwischen hätte Rusty es aufgegeben, die Beute zurückhaben zu wollen«, begann sie.

»Hat er nicht«, sagte Ledge, ehe Arden antworten konnte. »Seit Arden wieder hergezogen ist, hat Rusty sie im Fadenkreuz. Wenn du irgendwas darüber weißt, wie Joe an das Geld kam und damit entkommen konnte, wäre jetzt der richtige Zeitpunkt, uns davon zu erzählen.«

»*Uns?* Was ich meiner Schwester erzähle, erzähle ich ihr unter vier Augen.«

»O nein«, widersprach er. »Ich will es auch hören.«

»Was mit unserem Vater zu tun hat, geht nur Arden und mich etwas an.«

»Lisa, Rusty hat gedroht, Ledge den Mord an Hawkins anzuhängen«, sagte Arden. »Er hat es verdient zu erfahren, was du über diese Nacht weißt. Er bleibt hier.«

Lisa gab sich geschlagen. »Na gut. Wo soll ich anfangen?« Sie nahm einen Schluck Limonade. »Direkt nach dem Abendessen machte Dad sich auf den Weg, weil er zum Friedhof wollte.«

»Ich kann mich erinnern.«

»Wir beide schauten einen Film. Als es Schlafenszeit war, brachte ich dich ins Bett, schloss alle Türen und Fenster und ging in mein Zimmer. Ich arbeitete an einer Schulsache und ging erst ins Bett, als Dad schon wieder zu Hause war. Da habe ich ihn allerdings nicht gesehen. Er verschwand geradewegs in sein Zimmer, und ich nahm an, dass er schlafen gegangen war.«

»Wie spät war es da?«, fragte Ledge.

»Das weiß ich nicht mehr«, fuhr sie ihn an. »Damals ahnte ich nicht, dass das wichtig sein könnte.«

Er starrte sie an, sagte aber nichts.

»Stunden später wachte ich von einem Geräusch unten auf«, fuhr sie fort. »Ich stand auf und schaute kurz in dein Zimmer. Du schliefst tief und fest. Ich ging nach unten, und als ich in die Küche kam, sah ich zu meinem Erstaunen Dad. Ich hatte gedacht, er sei noch oben.« Sie schluckte und schwieg kurz. »Aber er hatte nicht nur sein Zimmer verlassen, sondern das Haus, ohne dass ich etwas gemerkt hatte. Seine Schuhe waren schlammig, die Hosenbeine nass. Zweige und Blätter hingen daran. Außerdem war sein Gesicht gerötet und verschwitzt. Vom Friedhof war er bestimmt nicht so zurückgekommen. Dann fiel mir eine Leinentasche auf, die direkt hinter der Tür auf dem Boden stand. ›Wo warst du?‹, fragte ich. ›Und was ist das?‹ Und er antwortete: ›Das ist das Geld, das heute Nacht aus Welch's Supermarkt gestohlen wurde.‹ Einfach so. Ich war sicher, dass das ein Albtraum sein musste. Aber nein, der Korb mit den gefärbten Ostereiern stand noch auf dem Tisch. Der Wasserhahn tropfte genau wie immer. Ich konnte den Whisky in Dads Atem riechen. Alle meine Sinne waren geschärft, überwach. Sosehr ich mir auch wünschte, ich könnte so tun, als würde das alles nicht passieren, war es viel zu real, um ein Traum zu sein.«

Ledge beobachtete Arden. Sie saß gebannt da, atmete kaum, lauschte jedem einzelnen Wort.

»Ledge hat erzählt, dass Rusty das Geld mitnahm, als sich die Gruppe trennte«, sagte Arden. »Wie hat Dad es ihm abnehmen können?«

Lisa sah sie nacheinander an. »Ich kann dir nur das berichten, was Dad mir damals sagte, nämlich dass Brian Foster ihn angerufen und gewarnt hatte. Rusty wollte Dad zum Sündenbock machen. Foster erzählte ihm, dass du«, sagte sie mit einem Blick auf Ledge, »mit Gras im Kofferraum verhaftet worden warst und dass Rusty Angst hatte, du würdest verraten, was du über den Einbruch wusstest, wenn dafür die Anzeige wegen der Drogen fallen gelassen würde.«

Arden zwang sie mit erhobener Hand, eine Pause einzulegen. »Du wusstest also all die Jahre nicht nur, dass Rusty bei dem Einbruch dabei war, du wusstest auch, dass auch Ledge dabei war?«

»Sie hat dich gewarnt, dass ich nur Ärger bedeute«, meinte Ledge.

Lisas Kopf fuhr herum. »Das war schon damals so und hat sich nicht geändert. Wenn du dich von Arden ferngehalten hättest, wäre Rusty nie auf sie aufmerksam geworden.«

»Weiß der Himmel, was passiert wäre, wenn ich mich von ihr ferngehalten hätte.«

»Hört auf, alle beide«, ging Arden dazwischen. »Erzähl weiter, Lisa. Von dem Anruf. Was hatte Foster Dad noch erzählt?«

»Dad meinte, dass Foster völlig außer sich gewesen wäre. Er hatte sich bereiterklärt, sich mit Rusty zu treffen und das Geld zu verstecken, doch dann hatte er kalte Füße bekommen. Dad überredete ihn, zu dem Treffen zu gehen, damit

Rusty nichts von seinem Verrat mitbekam. Um die Situation nicht noch zu verschlimmern, schlich Dad aus dem Haus, lief zu dem Zypressenhain und ruderte von dort aus mit unserem alten Boot zum Treffpunkt. Aber er kam zu spät. Die beiden waren schon vor ihm da. Rusty stand in einem Kanu. Foster am Ufer. Dad hörte, wie Foster – dieser Idiot – Rusty beichtete, dass er Dad eingeweiht hatte und dass die Katze damit aus dem Sack war. Daraufhin schlug Rusty Foster einfach so«, sie schnippte mit den Fingern, »mit einem Paddel nieder. Dad glaubte in diesem Augenblick, dass Rusty ihn umgebracht hatte. Offenbar glaubte Rusty das auch.«

Sie schilderte, wie Foster wieder aus dem Wasser aufgetaucht war und Rusty aus dem Kanu gezerrt hatte. »Dad sagte, sie hätten auf Leben und Tod gekämpft. Foster wehrte sich, so gut er konnte, aber er hatte im Grunde keine Chance.« Leise ergänzte sie: »Schon gar nicht gegen die Alligatoren.«

Ein paar Sekunden sagte niemand etwas; dann fuhr Lisa fort: »Während die beiden kämpften, trieb Rustys Kanu zu der Stelle, an der Dad mit seinem Boot wartete. Er sah die Tasche im Kanu liegen, packte die Gelegenheit beim Schopf, schnappte sie sich und ruderte davon.«

»Ohne dass Rusty ihn bemerkte?«, fragte Ledge.

»Nichts deutete darauf hin, dass er ihn bemerkt hatte. Dad sagte, er sei nicht über offenes Wasser gerudert, sondern hätte sich am Ufer, im Schatten, unter den Bäumen gehalten. Er kannte den See und jedes einzelne Bayou in- und auswendig. Selbst stockbetrunken fand er sich dort zurecht.«

Drückende Stille senkte sich über die drei. Arden rührte sich länger nicht, dann stand sie unvermittelt auf, ging um ihren Stuhl herum und stützte sich mit beiden Händen auf der Lehne ab, als müsste sie ihre Wut zügeln. Sie kochte.

»Warum hast du mir das nie erzählt, Lisa? Erst diese Woche war ich in deinem Büro und habe dich gefragt, ob du Dad zugetraut hättest, so ein Verbrechen zu begehen, und du hast, statt zu antworten, nur um den heißen Brei herumgeredet. Mutmaßungen angestellt. Spekuliert.«

»Arden verabscheut Lügner«, mischte Ledge sich ein.

»Falls ich gelogen habe«, fuhr Lisa ihn an, »dann nur, um meine Schwester vor der hässlichen Wahrheit zu beschützen.«

»Sie ist noch viel hässlicher«, sagte er.

»Du bist ein Schwein.«

»Und du eine Lügnerin.« Er sah Lisa wütend an.

Arden sah frustriert vom einen zur anderen. Dann fragte sie Ledge: »Wieso lügt sie?«

Lisa holte abrupt Luft, atmete zischend wieder aus und erklärte Arden: »Nicht Dad war bei dem Einbruch dabei. Sondern ich.«

Kapitel 38

Jene Nacht im Jahr 2000 – Lisa

»Hey Ledge, was meinst du, wieso trinkt Joe eigentlich nie etwas in eurer Bar? Gönnt er deinem Onkel den Verdienst nicht? Er glaubt doch wohl nicht, dass niemand weiß, dass er ein Alki ist?«

Rustys Beleidigung war der Tropfen, der das Fass zum Überlaufen brachte.

Lisa wollte nicht noch Wasser auf Rustys Mühlen geben, darum sagte sie nichts, sondern öffnete stumm die Tür hinter dem Beifahrersitz, auf dem er saß. Dafür knallte sie die Tür so heftig zu, dass ihm hoffentlich die Zähne aus dem Kiefer flogen.

Es war ihr zutiefst zuwider, sich von diesem Dreckschwein herumkommandieren zu lassen. Rusty wusste genau, wie widerlich sie ihn fand, und darum ließ er keine Gelegenheit aus, sie zur Weißglut zu treiben.

Aber was hatte sie schon erwartet, als sie sich einverstanden erklärt hatte, bei dieser Kamikazeaktion mitzumachen? Höflichkeit und Respekt? Sie war jetzt auf derselben moralischen Ebene wie Rusty Dyle, wie dieser rückgratlose Buchhalter und dieser jugendliche Straftäter. Wenn sie nicht so verzweifelt gewesen wäre…

Aber das war sie. Ihr Vater war hilfloser und unzuverlässiger als je zuvor. Seit er bei Welch's gefeuert worden war, hatte er keinen Job länger behalten. Aufgrund der vielen Anrufe und Mahnschreiben diverser Inkassobüros hatte sie schon gewusst, dass ihre finanzielle Situation mehr als wacklig war, aber wie verschuldet sie tatsächlich waren, hatte sie erst erfahren, als Rusty sie aufgeklärt hatte. Unerträglich herablassend hatte er sie darüber belehrt, wie prekär die Lage ihrer Familie tatsächlich war.

Er hatte sie am Nachmittag eines windigen Wochentages angesprochen. Lisa hatte Arden von der Schule abgeholt und ihre Schwester an der Bibliothek abgesetzt, wo sie unter dem wachsamen Auge der Bibliothekarin schmökern konnte, während sie ein paar Besorgungen erledigte. Sie wollte Arden gerade wieder abholen, als Rusty aus heiterem Himmel auf dem Gehweg auftauchte und ihr den Weg versperrte.

»Hey, Süße.«

Sie hatte ihn so gut wie nicht mehr gesehen, seit sie die Highschool abgeschlossen hatte, aber natürlich erkannte sie ihn wieder. Diesen lachhaften Haarschnitt konnte niemand vergessen, und ein derart penetranter Mensch wie er war unmöglich zu ignorieren. Rusty ließ es nicht zu, dass man ihn ignorierte.

»Hallo, Rusty.«

Sie zwängte sich an ihm vorbei, aber er heftete sich an ihre Seite. »Wie läuft's am College?«

»Gut.«

»Mann, du bist schon halb durch.«

»Nach diesem Semester.«

»Ich wette, du bist die Beste im Jahrgang.«

»Ich komme so durch.«

»Ist bestimmt hart, jeden Tag so weit zu pendeln und trotzdem gute Noten zu schreiben.«

Woher er wusste, dass sie pendelte, war ihr ein Rätsel, aber sie wollte ihn nicht fragen, weil das die Unterhaltung verlängert hätte. »Nett, dich zu sehen, aber ich hab's eilig.« Sie steigerte das Tempo, um ihn abzuhängen, aber er hielt Schritt.

»Hab gehört, dein alter Herr wurde wieder mal gefeuert.«

Das ließ sie anhalten. »Was weißt du schon, und was geht dich das überhaupt an?«

»Autsch! Die Klauen werden ausgefahren.« Er rollte die Finger ein und machte eine Tatze, wie eine Katze.

»Du warst schon immer ein Arschloch, Rusty, und wirst immer eins bleiben.«

Sie wollte weitergehen, aber er hielt sie am Ellbogen zurück. »Du lässt mich nicht so einfach stehen, Klugscheiße-rin.«

Sie riss sich los. »Meinetwegen könnte dein Daddy der verdammte Gouverneur sein. Wenn du mich noch einmal anfasst, schreie ich die ganze Stadt zusammen.«

»Du hast recht. Tut mir leid.« Er wich übertrieben meh-rere Schritte zurück. »Ich will dich nicht auf dem falschen Fuß erwischen. Wo wir doch bald Geschäftspartner sind und so.«

»Geschäftspartner?«

»Genau. Wir haben eine Menge zu bereden, du und ich.«

»Da täuschst du dich gewaltig.«

»Unser erstes Treffen ist heute Abend.«

»Bist du total irre geworden? Ich treffe mich weder heute Abend noch irgendwann mit dir.«

»O doch. Und zwar schon *heute Abend.* Du kannst es dir

gar nicht leisten, dieses Treffen zu verpassen.« Er beugte sich zur Seite und sah an ihr vorbei in Richtung Bibliothek. »Offenbar hast du sie zu lange warten lassen. Ich habe mir gemerkt, wann du sie abgesetzt hast.«

Lisa drehte sich um und sah Arden vor dem Eingang zur Bibliothek stehen, unter den wachsamen Augen der Bibliothekarin hinter dem Fenster. Arden drückte einen Stapel Bücher gegen ihre Brust. Sie winkte. Lisa erwiderte das Winken, aber das war nur ein bedingter Reflex. Rustys letzte Bemerkung ging ihr nicht aus dem Kopf. Als sie ihn wieder ansah, grinste er überheblich.

»Heute Abend um neun. Auf der Zuschauertribüne am Sportplatz. Ein netter und nostalgischer Fleck für dich als ehemalige Ballkönigin.« Er beugte sich vor und flüsterte: »Deine kleine Schwester wird mal ein heißes Ding. Die ist jetzt schon total süß.«

Damit drehte er sich um und spazierte über den Gehweg davon.

Der Tonfall, mit dem er über Arden gesprochen hatte, schlug Lisa auf den Magen. Den restlichen Nachmittag versuchte sie, den Kommentar zu vergessen, und schalt sich, weil sie immer wieder darüber nachdachte. Rusty hatte genau wie sein Vater den Ruf, die Menschen geschickt und gnadenlos zu manipulieren. Er wusste genau, welche Knöpfe er drücken musste. Sie würde sich keinesfalls seinem Willen beugen.

Nichtsdestoweniger saß sie um Punkt neun Uhr neben ihm auf der Tribüne.

Er eröffnete das Gespräch mit bedeutungslosem Geplauder. »Du warst doch dauernd bei Welch's, als Joe noch dort gearbeitet hat, stimmt's? Du kennst dich dort bestimmt aus, hast hinter die Kulissen geschaut und mitbekommen, wie der Laden läuft.«

»Worum geht es denn, Rusty?«

»Um einen Haufen Asche.« Er zwinkerte.

Dann erzählte er ihr von seinem Plan.

»Ich weiß, was du gleich fragen wirst. Wozu willst du mich dabeihaben? Also, verstehst du, Lisa, du musst für mich die Informationen überprüfen, die Foster uns liefert. Du kennst doch Brian Foster? Den Trottel, mit dem sich dein Dad angelegt hat, als er gefeuert wurde. Die Pussy. Versteh mich nicht falsch. Foster kann mit Zahlen umgehen, und er ist eine ehrliche Haut, aber ich muss sicher sein, dass er mich nicht mit falschen Infos versorgt. Es wäre echt peinlich, wenn die Alarmglocken losschrillen, während wir die Geldsäcke rausschleppen.«

Sie lauschte ungläubig. Gegen ihren Willen faszinierte sie seine Frechheit, außerdem amüsierte sie sich über seine Anmaßung. »Du redest nur Blödsinn. Mir ist kalt. Ich verschwinde jetzt. Und sprich mich nie wieder an.«

Als sie aufstand und gehen wollte, packte er ihre Hand, als hätte sie ihn nicht gewarnt, sie nie wieder anzufassen, und zerrte sie zurück auf die Holzbank.

»Du wirst mitmachen, Lisa. Und weißt du auch, warum?«

Damit zog er Kopien mehrerer überfälliger Rechnungen heraus, die ihr Vater nicht bezahlt hatte. Sie blätterte sie durch, mit wachsender Verzweiflung und einem anderen, ihr bis dahin unbekannten Gefühl: Scham. Die Gebühr für ihr Frühjahrssemester war zwei Monate überfällig.

»Irgendwann in nächster Zeit wird dein Daddy im Rinnstein landen und nicht wieder aufstehen«, sagte Rusty. »Und wo landest du dann?«

Wissentlich oder nicht hatte er damit ihre schlimmste Befürchtung angesprochen. Wenn ihrem Vater keine wundersame Wandlung widerfuhr – wofür es keinerlei Anzeichen gab –, würde sie schon bald selbst für sich aufkommen und ganz allein für Arden sorgen müssen.

Dann aber würde sie alle Hoffnungen aufgeben müssen, ihre Ausbildung abzuschließen und ihr heimliches Ziel umzusetzen, dieses trostlose Kaff zu verlassen und etwas Besseres aus ihrem Leben zu machen.

Aber ein *Einbruch*? »Und wo lande ich, wenn ich ein Verbrechen begehe, Rusty? Im Knast.«

»Wir werden aber nicht erwischt.«

»Du spinnst doch. Dein Plan ist total verrückt. Selbst wenn meine Situation noch so aussichtslos wäre, bei so was mache ich nicht mit, und schon gar nicht mit dir und diesen beiden anderen Versagern. Mir wird schon etwas einfallen, wie ich auf andere Weise, auf ehrliche Weise unsere Rechnungen bezahlen kann.«

»Nicht so hastig, Pupsi. Du bist schon dabei, ob du willst oder nicht. Du bist eingeweiht, also machst du auch mit.« Er schenkte ihr ein scheinbar gütiges Lächeln und erklärte: »Denk nicht nur an dich selbst. Denk auch an die süße kleine Arden.«

Wieder wurde ihr bei seinem Tonfall, in dem kaum verhohlen ein Anflug von Pädophilie mitschwang, ganz schlecht. Und bange. Ganz offensichtlich kannte er ihren Tagesablauf genau. Er war ihnen heute zur Bibliothek gefolgt. Sonst hätte er nicht gewusst, wo und wie lange sie dort waren.

Sie erklärte ihm, dass sie sich die Sache überlegen würde. Aber noch während sie vom Sportplatz wegfuhr, wurde ihr klar, dass ihr Schicksal eine unerwartete Wende zum

Schlechteren genommen hatte. Sie hatte einen unwiderruflichen Pakt mit dem Teufel geschlossen.

Und jetzt war sie hier, auf dem Parkplatz von Burnet's Poolbar, wo die Gummisohlen ihrer Sneakers den Kies zum Knirschen brachten und Dreck aufwirbelten, während sie ihre drei Komplizen hinter sich ließ. Genau wie das Geld.

Rusty hatte sich getäuscht, falls er glaubte, sie würde sechs Monate still abwarten, während er den Wachhund über die Beute spielte. Foster und dieser mürrische Burnet waren vielleicht gutgläubig genug, um auf Rustys Ehrlichkeit zu vertrauen, aber sie würde das auf keinen Fall.

Und auf keinen Fall würde sie darüber nachdenken, dass sie zur Schwerverbrecherin geworden war. Selbst ihre Mutter hätte ihre drastische Tat gebilligt. Schließlich hatte Lisa nur mitgemacht, um für Arden und sich ein besseres Leben zu sichern.

So oder so ließ sich nichts mehr ungeschehen machen. Jetzt musste sie überlegen, wie sie diesen Psychopathen ausmanövrieren konnte, ohne dass sie dabei selbst unter die Räder kam. Schon wenige Sekunden nachdem sie aus dem Auto gestiegen war, suchte sie nach Wegen, ihn mit seinen eigenen Waffen zu schlagen und sich ihren Anteil zu sichern.

Als ihr Haus in Sichtweite kam, sah sie schon aus der Ferne, dass drinnen kein Licht brannte, genau wie bei ihrer Abfahrt. Kein Polizeiauto weit und breit. Als sie näher heranfuhr, schaltete sie die Scheinwerfer aus, bog behutsam in die Einfahrt und näherte sich dem Haus im Schneckentempo.

Die Tür zur Garage stand offen. Erleichtert stellte sie fest, dass der Wagen ihres Vaters noch drinstand. Sie hatte warten müssen, bis er vom Friedhof heimgekommen war, bevor sie aus dem Haus schleichen und sich mit den drei anderen hatte treffen können. Sie war gerade noch rechtzeitig gekommen.

Als sie aus dem Haus geschlichen war, war ihr der Gedanke gekommen, dass ihrem Dad vielleicht der Alkohol ausgehen könnte und er das Haus auf der Suche nach einer nicht angebrochenen Flasche verlassen würde, wobei Arden dann allein zu Hause wäre. Dieses Risiko hatte sie eingehen müssen, allerdings hatte sie darauf gebaut, dass der Friedhofsbesuch ihren Vater völlig deprimiert und er sich daraufhin bewusstlos getrunken hatte.

Die Hintertür war immer noch verschlossen. Auch das war ein gutes Zeichen. Sie schloss auf, schlüpfte ins Haus und lächelte, als sie den Korb mit bunten Ostereiern auf dem Tisch stehen sah. Sie hatte Arden versprochen, dass sie morgen zusammen eine Kokostorte backen würden, nach einem handgeschriebenen Rezept ihrer Mutter.

Bitte, lieber Gott, lass Dad für Arden einen Tag lang nüchtern bleiben.

Unter diesem Gebet war sie leise die Treppe hinaufgestiegen und in ihrem Zimmer verschwunden. Es hätte nicht besser laufen können, trotz dieses dämlichen Schwätzchens, das Rusty im Straßengraben führen wollte. Sie war unentdeckt aus dem Haus gekommen und unentdeckt zurückgekehrt.

Sie musste sich zwar noch überlegen, wie sie ihr Geld von Rusty zurückholen konnte, aber bisher war alles glattgegangen.

Kapitel 39

Als Lisa verstummte, waren Ardens Knöchel weiß vor Anspannung, und sie konnte kaum ihre Finger von der Stuhllehne lösen. Sie sah auf Ledge. Auch er hatte sich während Lisas Schilderung nicht bewegt.

Mit leicht bebender Stimme sagte sie zu ihm: »Das hättest du mir erzählen müssen.«

»Das hätte *sie* dir erzählen müssen.«

»Aber nachdem sie das nicht hat…«

»Ich wollte es weiß Gott.«

»Aber das konntest du nicht, ohne dich selbst zu verraten.«

»Das war nicht der Grund.« Es schien ihn zu schmerzen, dass sie ihm das zutraute. »Du hast gerade dein Baby verloren. Du hast sonst keine Familie. Ich wollte nicht derjenige sein, der das zerstört, was euch verbindet.«

Sie sah ihm lange in die blauen Augen, ehe sie sich Lisa zuwandte, die mit gesenktem Kopf dasaß. Falls sie den Wortwechsel mitbekommen hatte, war ihr das nicht anzumerken. »Was hast du dir nur dabei gedacht, Lisa?«, fragte Arden.

Lisa schob beide Hände in ihr Haar und hielt es mehrere Sekunden mit den Fingern zurück, ehe sie es wieder fallenließ. Wie ein Vorhang rahmte es ihr Gesicht ein. Ihre steinerne Miene verriet, dass sie sich nichts vorwarf.

»Ich habe mir gedacht, wie dringend wir das Geld brauchen würden, um aus den roten Zahlen zu kommen. Ich habe gedacht, wie hilfreich es wäre, das Geld in einem sicheren Versteck zu haben, wenn ich irgendwann allein für dich verantwortlich sein würde, was unausweichlich war, so wie es mit Dad bergab ging. Ich habe gedacht, dass ich dich auf diese Weise vor Rustys schmierigen Fingern bewahre und dir eine bessere Zukunft sichere.«

»Genau wie *dir*.«

»Na schön, genau wie mir!«, fauchte sie. »Und warum auch nicht?« Dann zügelte sie ihren Zorn und ihre Stimme. »Dad sorgte nicht mehr für uns. Ich war eine Collegestudentin ohne eigenes Einkommen. Womöglich hätte dich der Staat in Obhut genommen. Wärst du lieber in einer Pflegefamilie gelandet?«

Arden kam hinter ihrem Stuhl hervor und setzte sich wieder. »Hast du das mit Fosters Anruf erfunden und dass du Dad mit der Tasche überrascht hast?«

»Nein!«, rief Lisa. »Unsere Begegnung in der Küche hat sich exakt so abgespielt. Alles, was Dad nach Fosters Anruf tat, geschah genauso, wie ich es euch erzählt habe, nur dass er nicht seinetwegen, sondern meinetwegen Schadensbegrenzung betrieb. Nachdem er mit dem Geld zurückgekommen war, beschwor er mich, mich zu stellen. Wenn ich das Geld zurückgeben und als Kronzeugin aussagen würde, könnte ich vielleicht einer Anklage entgehen. Außerdem wäre das der richtige und ehrliche Weg, sagte er. Und er fühlte sich verpflichtet, den Behörden Fosters Tod zu melden, nachdem er ihn hatte sterben sehen. Natürlich hatte er mit allem recht. Aber ehrlich gesagt wurde meine Entscheidung weniger durch Gewissensappelle beeinflusst als durch die Erkenntnis, dass Rusty für Fosters Tod verantwortlich war, selbst wenn er ihn nicht direkt umgebracht hatte. Das hat mich bis ins Mark erschüttert, denn das machte seine Drohungen gegen dich glaubwürdiger. Er war nicht bloß ein schmieriger, verwöhnter Flegel. Er war krank. Ein Psychopath. Durch und durch böse. Meine schlimmste Verfehlung, schlimmer als der Einbruch, war die Tatsache, dass ich damals nicht erkannt habe, wie verdorben er tatsächlich war. Also war ich einer Meinung mit Dad. Allerdings waren wir beide nicht so dumm, im Sheriff's Office anzurufen. Dad erklärte mir, er würde die Texas Rangers, vielleicht sogar das FBI einschalten. Aber er schlug vor, bis zum Morgen zu warten. Er wollte sich waschen, nüchtern werden und einen klaren Kopf bekommen. Er sagte, wir müssten uns in eine möglichst gute Verhandlungsposition bringen, um ein mildes Urteil für mich herauszuschlagen; ich solle nach oben gehen und mich schlafen legen. Dann nahm er mein Gesicht zwischen beide Hände und bat mich um Verzeihung. Er machte sich Vorwürfe, dass er mich dazu getrieben hätte, ein Verbrechen zu begehen, und er erklärte mir, er würde dafür sorgen, dass die Behörden verstehen würden, wie verzweifelt ich gewesen war. Schließlich küsste er mich auf die Stirn, und gehorsam ging ich auf mein Zimmer. Ich war nervös und verängstigt. Selbst wenn ich mich stellte und mich der Gnade des Gesetzes auslieferte, war es gut möglich, dass ich ins Gefängnis kommen würde.«

Ein paar Sekunden schwieg sie versonnen, dann schüttelte sie die Erinnerung ab und setzte sich in ihrem Stuhl zurecht. »Ich habe Dad nie wiedergesehen. Er wirkte so zerknirscht. In seinen Augen standen Tränen. Ich wäre nie auf den Gedanken gekommen, dass sein *mea culpa* nur eine Finte sein könnte.«

Eine Weile sagte niemand etwas. Dann räusperte sich Ledge.

»Wann hast du entdeckt, dass er verschwunden war?«

Lisa sah erst ihn, dann Arden an. »Als Rusty nach ihm suchte und dabei fast unsere Tür einschlug.«

»Du lügst.«

»Rusty war in dieser Nacht hier?«, fragte Arden.

Sie und Ledge hatten gleichzeitig gesprochen, aber Lisa wehrte sich vor allem gegen seine Anschuldigung: »Ich lüge nicht! Ich war in meinem Zimmer, aber der Gedanke, dass ich ein Auge zutun könnte, war lächerlich. Als unten jemand gegen die Tür hämmerte, dachte ich schon, es wäre die Polizei und ich würde verhaftet.« Sie sah Ledge an. »Ich dachte, du hättest vielleicht genau das getan, was Rusty befürchtet hatte, und uns alle verraten, um deine eigene Haut zu retten.«

Er sah sie finster an, sagte aber nichts weiter.

Sie wandte sich wieder an Arden. »Ich hatte Angst, dass du aufwachen und dich fürchten könntest. Ich nahm mir nicht mal Zeit zum Anziehen, sondern lief im Pyjama nach unten und öffnete die Tür. Es waren keine uniformierten Männer. Es war Rusty, und er war fix und fertig. Seine Sachen waren verdreckt. Er sah völlig zerschlagen aus, hatte offensichtlich Schmerzen und konnte kaum noch aufrecht stehen, aber er platzte ins Haus, wollte Dad sprechen und drohte, er würde ihn umbringen. Ich musste so tun, als wäre ich entsetzt über seinen Zustand, als wüsste ich nichts von seinem Kampf mit Foster und dessen Ausgang. Ich fragte ihn immer wieder, was passiert sei, wer ihn so zugerichtet hätte, was Dad damit zu tun hätte. Er sagte: ›Foster hat deinem alten Herrn von dem Einbruch erzählt. Er wusste, wo ich mich mit Foster treffen wollte. Er hat uns beide reingelegt und sich das Geld geschnappt. Wo ist er?‹ Er sagte, er würde Dad umbringen, wenn er ihn finden würde, und ich glaubte ihm aufs Wort. Er stieß mich zur Seite und humpelte in die Küche. Die war leer bis auf Dads schlammige Fußabdrücke und einen feuchten Fleck, wo die Tasche gestanden hatte. Ich starrte beides an, als könnte ich nicht begreifen, was das bedeuten sollte.« Sie verzog ironisch das Gesicht. »Ich hatte in diesem Moment tatsächlich noch nicht begriffen. Ich dachte, dass Dad vielleicht Rustys Auto gesehen hatte und aus dem Haus geschlichen war. Etwas in der Richtung. Ich war froh, dass er und das Geld außer Reichweite dieses tobenden Irren waren. Rusty humpelte durch die Hintertür hinaus und zur Garage. Ich folgte ihm, weil ich Angst hatte, dass Dad sich dort versteckt haben könnte. Aber er war nirgendwo zu sehen. Rusty gab keine Ruhe, er fluchte, er würde ihn finden, und wenn er das ganze Haus auseinandernehmen müsste. Als wir wieder zurückkamen, ging er von einem Zimmer zum anderen. Ich versuchte ihn immer wieder abzulenken und fragte, wo er sich so verletzt hatte. Er grunzte und stöhnte vor Schmerzen, aber er schleppte sich trotzdem nach oben. Er schaute in dein Zimmer«, sagte sie zu Arden, »während ich hinter ihm darum bettelte, dich nicht aufzuwecken. Wenn du aufgewacht wärst und ihn in diesem Zustand gesehen hättest, dann hätte dich das bestimmt traumatisiert.«

»Ohne jeden Zweifel«, kommentierte Arden sarkastisch.

Lisa ließ sich nicht beirren. »Rusty durchsuchte mein Zimmer. Damit blieb nur noch Dads Zimmer. Es war leer. Aber in diesem Moment begriff ich, dass Rustys schlammige Schuhabdrücke auf der Treppe und im Flur die einzigen im

Haus waren, mal abgesehen von denen an der Hintertür. Dad war also nicht weiter als bis zur Küchentür gekommen, wo er voller Reue, händeringend und mit Tränen in den Augen gestanden hatte. Mit der Geldtasche zu seinen Füßen. In diesem Moment spürte ich einen fetten Kloß in der Magengrube.«

Lisa schien sich kurz in ihrer Erinnerung zu verlieren. Ledge und Arden sahen einander an.

»Wie hat Rusty darauf reagiert, dass Joe weg war?«, wollte Ledge schließlich wissen.

Lisa rüttelte sich wach. »Er war wie von Sinnen. Er hielt mir vor, dass Dads Auto noch in der Garage stand und meines in der Einfahrt. Immer wieder fragte er mich, wie Dad hatte abhauen können. Ich sagte lieber nichts von dem Boot. Stattdessen fragte ich ihn nach Foster.«

»Und ihrem heimlichen Treffen«, sagte Ledge.

Sie nickte. »In diesem stinkigen Graben hatte er uns noch eingebläut, dass wir uns wie Fremde verhalten sollten, falls wir uns begegneten. Wieso hatte er seinen eigenen Rat missachtet und sich noch in derselben Nacht mit Foster verabredet?«

»Was hat er darauf geantwortet?«

»Gar nichts. Aber es war, als hätte ich ihm einen Elektroschock verpasst.«

»In dem Moment wurde ihm klar, dass er ein Alibi brauchte«, sagte Ledge. »Und er fuhr zu Crystal.«

»Das hat er mir nicht erzählt«, sagte Lisa. »Es war mir auch egal. Ich wollte ihn nur aus dem Haus haben. Er zog unter Drohungen ab, die mir in den Ohren hallten. Er warnte mich, mit niemandem über dieses Treffen zu sprechen. Und er drohte, dass er mich umbringen würde, falls er je herausfinden sollte, dass ich mit meinem ›alten Herrn‹ unter einer Decke steckte. Dann humpelte er davon.«

»Was hast du getan, nachdem er weg war?«, fragte Arden.

»Ich brach noch an der Tür zusammen. Ich versuchte den Schock zu verarbeiten und zu überlegen, was ich jetzt tun sollte. Am wichtigsten war es, dich vor dem abzuschirmen, was bereits passiert war und was noch passieren konnte. Nachdem ich mich halbwegs gefangen hatte, wischte ich den Boden und räumte alles auf, was Rusty umgeworfen hatte. Am nächsten Morgen sah alles aus wie immer.«

»Nur dass Dad nicht zum Frühstück herunterkam. Du hast mich in sein Zimmer geschickt, obwohl du genau wusstest, dass er nicht da war.«

»Ich wartete immer noch darauf, dass er durch die Tür treten und erklären würde, wohin er so schnell verschwunden war.« Sie sah zur Hintertür und lachte freudlos. »Eigentlich warte ich bis heute darauf.« Sie brauchte eine Sekunde, dann fuhr sie fort: »Wir beide backten Kuchen und machten unser Osteressen, aber du warst todtraurig, dass Dad nicht da war. Du wolltest zum Friedhof fahren, und ich brachte dich hin. Dad war *tatsächlich* dort gewesen. Moms Grab war mit frischen Blumen geschmückt. Ich fand das erbärmlich und schrecklich. Wenn er sie wirklich so geliebt hatte, wenn er *uns* so liebte, warum hatte er mich dann allein Rustys Rache ausgeliefert? Ich malte mir aus, was ich ihm alles an den Kopf werfen würde, wenn er wieder angeschlichen kam. Ich hing immer noch der irrigen Idee an, dass er bald zurückkommen würde.«

Sie seufzte. »Am Montag tauchten mehrere Detectives aus dem Sheriff's Office bei uns auf. Von der ersten Sekunde an war klar, dass sie Dad verdächtigten, den Einbruch begangen zu haben und an Fosters Tod beteiligt zu sein. Kannst du dir ausmalen, was es für ein Gefühl war, von Rustys Vater verhört zu werden? Am liebsten hätte ich ihm geradeheraus erklärt, was sein psychotischer Sohn dem armen, rückgratlosen Brian Foster angetan hatte. Aber ich hatte Angst, dass Rusty seinen Schwur wahrmachen und dir etwas antun würde, wenn ich auch nur ein Wort ausplauderte. Und nach dem zu urteilen, was du mir über die jüngsten Ereignisse erzählt hast, sollte ich das immer noch fürchten. Genau wie du«, sagte sie mit Blick auf Ledge.

»Sie fanden Dads Boot zwischen einigen Zypressenknien in einem schmalen Bayou«, sagte Arden nach einer Weile. »Sie setzten eine Großfahndung an. Mit Hubschraubern. Suchhunden. Wohin war er verschwunden?«

Lisa hob hilflos die Arme. »Es ist mir bis heute ein Rätsel, wie er es geschafft hat, einfach vom Erdboden zu verschwinden.«

»Vielleicht hat er es ja gar nicht«, meinte Arden. »Geschafft, meine ich. Vielleicht hat er die Nacht gar nicht überlebt. Vielleicht ist er in seiner Hast, von hier wegzukommen, aus dem Boot gefallen und ertrunken.«

Ledge rief ihr in Erinnerung, dass der See nach seiner Leiche abgesucht worden war.

»Aber nur dort, wo sein Boot gefunden wurde, und später noch dort, wo Fosters Überreste entdeckt worden waren. Vielleicht hatte Rusty ihn doch noch eingeholt, umgebracht und seinen Leichnam versteckt, wo niemand ihn finden würde.«

»Das hätte aber blitzschnell geschehen müssen«, erwiderte Ledge, »sonst hätte er nicht kurz darauf bei Crystal auftauchen können.«

»Und er war schwer verletzt«, sagte Lisa. »Ich glaube, er wäre dazu nicht in der Lage gewesen.«

»Außerdem hätte Rusty«, ergänzte Ledge, »die Beute wieder einkassiert, wenn er Joe wirklich eingeholt hätte. Er würde ihr nicht bis heute nachjagen.«

»Er hätte mir nicht jahrelang im Genick gesessen.«

Lisas Bemerkung überraschte Arden und Ledge anscheinend auch. »Klär uns auf«, forderte Ledge.

»Ich hatte alles vorbereitet, damit Arden und ich umziehen konnten, sobald das Semester endete. Seit Ostern waren drei Monate vergangen, und wir hatten die ganze Zeit nichts von Dad gehört. Wenige Tage vor unserem geplanten Umzug stand Rusty plötzlich bei uns im Haus und bekräftigte seinen Racheschwur, falls er herausfinden sollte, dass Dad und ich uns zusammengetan hatten, um ihm ›den Fang abzunehmen‹, wie er es nannte. Auch als wir nach Dallas gezogen waren, tauchte er jahrelang regelmäßig auf und wiederholte seine Drohung. Allerdings bekam er dabei auch zu sehen, in welchen bescheidenen Verhältnissen wir lebten, wenigstens bis ich Wallace heiratete. Ich schätze, danach gab Rusty die Hoffnung auf. Seine Überraschungsbesuche jedenfalls hörten auf.« Sie griff nach Ardens Hand. »Die Heirat mit Wallace gab mir Sicherheit, trotzdem habe ich Rustys Drohungen nie vergessen. Ich wusste, dass auch er uns nicht vergessen hatte. *Darum* war ich so vehement dagegen, dass du hierherziehst. Ich geriet in Panik, als du mir erzähltest, dass du mit ihm«, dabei nickte sie zu Ledge hin, »über die Renovierungsarbeiten gesprochen hattest. Du hättest all das nie erfahren sollen.«

»Im Gegenteil, ich hätte es erfahren *müssen*, Lisa. Mein ganzes Leben habe ich gehofft, dass Dad das Geld vielleicht nicht genommen hat. Das hast du möglich gemacht. Du hast mir die Hoffnung gelassen, dass er unschuldig gewesen sein könnte.«

»Ich habe es nicht über mich gebracht, dir die Wahrheit zu sagen und dir die Illusion zu nehmen.«

»So zerbrechlich bin ich nicht. Ich habe inzwischen Übung darin, mir meine Illusionen zerstören zu lassen.« Sie sah Ledge an. Seine Augen leuchteten blau in dem halbdunklen Zimmer, doch seine Miene war nicht zu deuten.

Lisa nahm einen Schluck von ihrer Limonade, die inzwischen mit Sicherheit warm geworden war. »Was habt ihr jetzt vor, nachdem wir alle Karten auf den Tisch gelegt haben?«

»Rusty aus dem Verkehr zu ziehen«, sagte Ledge.

»Wir gehen zum Büro des Attorney General«, erklärte ihr Arden. »Mit allem. Foster. Dwayne Hawkins.«

»Dem Einbruch«, ergänzte Lisa mit resignierter Miene.

»Tut mir leid«, sagte Arden. »Aber damit hat alles angefangen.«

»Es wird Zeit, dass ich für einen schweren Fehler bezahle.«

»Kein Richter kann dich noch dafür büßen lassen.«

»Nein, aber jeder andere. Was«, sie holte tief Luft, »ich für meine Dummheit durchaus verdient habe.«

»Da sind wir beide schuldig«, sagte Ledge.

»Wusste Wallace davon?«, fragte Arden.

»Gott, nein.« Allein der Gedanke schien Lisa zu entsetzen. »Er hätte mir nie etwas Schlechtes zugetraut. Ich hätte seine Enttäuschung nicht ertragen, falls er je davon erfahren hätte.« Sie lächelte wehmütig. »Ich werde von allen meinen Posten in der Firma zurücktreten, bevor die Geschichte öffentlich bekannt wird. Geld habe ich genug, und wenn ich leiden muss, dann nur unter der Schande, eine Diebin gewesen zu sein.« Sie wandte sich an Ledge und betrachtete ihn länger. »Du überraschst mich.«

»Wieso?«

»Du hast den Pakt nicht gebrochen.« Sie lachte angespannt. »Ganovenehre?«

Ehe er etwas darauf erwidern konnte, läutete sein Handy. Er zog es aus der Hosentasche. »Hey, Don.« Er hörte kurz zu und sagte dann: »O Mist. Hat sie gesagt – warte, das könnte eine Falle sein. War die Nummer im Display? Bist du sicher?« Dann zischte er: »Verfluchter Dreck. Ja, ja, ich fahre sofort los.« Er sah Arden an, die schon aufgestanden war. »Sie hält sich. Ja, ja, mache ich. Versprochen. Ich muss Schluss machen.« Er drückte das Gespräch weg.

»Was ist?«

»Eine Angestellte aus dem Pflegeheim hat in der Bar angerufen und nach mir gefragt. Sie hat Don erzählt, dass George aus dem Gebäude gerannt sei und dabei einen Mann verfolgt hätte, der behauptet hatte, er sei ein Freund der Familie und wolle Onkel Henry besuchen.«

»Ich komme mit«, sagte Arden.

»Nein.« Sein Tonfall duldete keinen Widerspruch. »Diesmal nicht. Ihr beide bleibt hier und fahrt wie geplant. Und zwar so bald wie möglich.« Er sah Lisa an.

Ungerührt wie immer erklärte sie: »Ich passe seit zwanzig Jahren auf sie auf.«

Dann wandte er sich wieder an Arden. »Ich halte dich auf dem Laufenden, wenn ich kann. Wenn nicht, ruft Don dich an.«

»Ledge …«

»Ich muss los, Arden.«

»Verstehe. Beeil dich.«

Er ging durch die Hintertür hinaus, aber Arden folgte ihm. Jenseits der Stufen fiel der Regen in dichten Schleiern. Er blieb kurz unter dem Vordach stehen und angelte in seiner Hosentasche nach der Fernbedienung für das Auto. Dann klappte er den Kragen seiner Jeansjacke hoch. Arden stand dicht hinter ihm auf der obersten Stufe.

Er drehte sich um, nahm ihre Hand und drückte sie. »Falls du gestern Abend aufgepasst hast, weißt du alles, was du wissen musst.« Er besiegelte das mit einem festen Kuss, dann eilte er die Stufen hinunter und rannte durch den Sturzregen zu seinem Pick-up.

Arden blieb stehen und sah ihm nach, bis er außer Sichtweite war, dann kehrte sie ins Haus zurück.

Lisa stand am Spülbecken und schaute aus dem Fenster. »Es gießt wie aus Eimern.«

Arden schloss energisch die Tür. »Darüber reden wir jetzt? Das Wetter?«

Lisa drehte sich um und sah sie betreten an. »War es nicht besser für dich, nichts von alledem zu wissen?«

»Nein.«

»Was hätte es geändert, wenn du es gewusst hättest?«

»Dann hätte ich nicht ewig zweifeln müssen. Ich wäre längst über das Stadium hinaus, in dem ich jetzt bin.«

»Und welches Stadium ist das?«

»Rasend vor Zorn.«

Lisa schüttelte sich, als wollte sie ein zu enges Kleidungsstück abwerfen. »Wir haben eine Menge zu bereden. Das meiste davon wird schmerzlich für uns beide. Aber es wäre doch besser, wenn wir als geeinte Front auftreten, falls wir die ganze Geschichte dem Generalstaatsanwalt oder sonst jemandem vortragen. Meinst du nicht auch?«

Arden wandte das Gesicht ab, kämmte sich mit den Fingern durch die feuchten Haare und murmelte: »Pragmatisch wie immer.«

»Und du impulsiv wie immer.«

Sie drehte sich wieder zu Lisa. »Ja. Ich nehme mir Dinge zu Herzen, ich habe Gefühle, und ich werde mich nicht dafür entschuldigen.« Weil nichts weiter zu sagen blieb, drehte sie sich weg. »Ich gehe packen.«

»Ich war nicht mehr oben, seit du zurück bist. Ich schaue mich kurz um.«

Es war Arden egal, ob es spitz klang, was sie nun sagte. »Fühl dich wie zu Hause.«

Sie ging in ihr Zimmer, holte den Koffer aus dem Schrank und öffnete ihn auf dem Bett. Sie packte nur für ein paar Tage, denn sie hatte keinesfalls vor, länger bei Lisa zu bleiben.

Nachdem sie Wechselkleidung in den Koffer gepackt hatte, öffnete sie den Schrank und bückte sich, um ein Paar Schuhe herauszuholen. Als sie sich aufrichtete und umdrehte, stand sie vor Rusty, der sie schmierig angrinste.

Ehe sie auch nur einen Laut von sich geben konnte, holte er mit einer Hand aus, und im nächsten Moment wurde ihr schwarz vor Augen.

Kapitel 40

Ledges Fahrstil wäre schon auf trockener Fahrbahn gefährlich gewesen. Auf nasser Fahrbahn war er selbstmörderisch.
Seine Scheibenwischer arbeiteten mit Höchstgeschwindig-
keit, trotzdem war es, als würde er durch eine Waschan-
lage rasen. Er lenkte mit der linken Hand, während er mit
der rechten George auf dessen Handy anzurufen versuchte,
allerdings machte er sich kaum Hoffnungen, dass jemand
reagieren würde.

Dann hörte er erleichtert und entsetzt Georges Stimme:
»Jupp. Captain. Alles in Ordnung?«

»Schon, aber wie läuft es bei Ihnen?«

»Alles unter Kontrolle.«

»Sie haben ihn erwischt?«

»Wen?«

Ledges Herz setzte einen Schlag aus. Er bremste so energisch, dass der Pick-up erst ins Schwimmen und dann ins
Schleudern geriet. Mit knapper Not manövrierte er ihn an
den Straßenrand und hielt an. »Jemand aus dem Heim hat in
der Bar angerufen und behauptet, Sie wären irgendwem auf
den Fersen, der im Gebäude war und ...«

»Captain, ich sitze hier bei Ihrem Onkel Henry. Wir
schauen die Wiederholung eines Basketballspiels auf ESPN.«

»*Fuck!* Ich meine, verdammt, ich bin froh, dass Sie beide
okay sind. Aber, *shit*, George.«

»Man hat Sie drangekriegt.«

»Und wie. Der Typ hat jemanden vom Personal überredet, einen falschen Notruf abzusetzen.«

»Ich finde raus, wer das war, und dann wird derjenige nach seiner Mama heulen.«

»Bleiben Sie vorerst bei meinem Onkel. Lassen Sie ihn nicht aus den Augen, bis Sie von mir persönlich hören.«

»Wird gemacht.«

Ledge ließ sich weder von seinem Zorn noch seinen Selbstvorwürfen ablenken. Er schaltete auf Kampfmodus und konzentrierte sich ganz auf den Einsatz, der vor ihm lag.

Er wendete den Pick-up, wobei er um Haaresbreite im Graben auf der anderen Straßenseite gelandet wäre, und raste zurück in die Richtung, aus der er gekommen war.

Er drückte mit dem Daumen die Wahltaste für Don, der augenblicklich am Telefon war. Ohne weitere Vorrede fragte Ledge, ob ein paar der ehemaligen Texas Ranger in Rufweite wären.

»Alle.«

»Schick sie zum Haus der Maxwells. *Sofort.* Ich brauche Zeugen, die belegen können, dass ich keine andere Wahl hatte.«

»Als?«

»Als Rusty zu töten.«

»Arden?«, rief Lisa.

Arden lag mit dem Ohr auf dem Boden und hörte und spürte die Schritte ihrer Schwester, als Lisa aus dem Wohnzimmer in die Küche kam.

Arden hievte sich hoch und versuchte sich aufzusetzen, aber ihr wurde sofort schwindlig, und sie konnte nicht das

Gleichgewicht halten. Dyle hatte ihr die Hände auf dem Rücken gefesselt. Mit Plastikhandschellen, dachte sie.

»Oben sieht es noch schlimmer aus, wenn das überhaupt möglich ist«, sagte Lisa, als sie in die Küche trat.

Arden wollte sie warnen, konnte aber nur noch ihren Namen krächzen.

»Hast du…« Lisa öffnete die Tür zu Ardens Zimmer, erstarrte auf der Schwelle und hielt sich erschrocken am Türknauf fest.

»Hi, Lisa.«

Ardens Synapsen arbeiteten nur in Zeitlupe. Sie sah vom Boden hoch und blinzelte, um Rusty weniger verschwommen wahrzunehmen. Er trug Einweghandschuhe. Ihre Neun-Millimeter lag dunkel und bedrohlich in dem knallblauen Latex an seiner rechten Hand.

Ihre eigene Pistole war auf sie gerichtet? Wie und wann hatte Rusty sie in die Finger bekommen?

»Nicht, Rusty. Bitte nicht«, sagte Lisa.

»Nicht abdrücken, meinst du?«

»Bitte.«

»Sieh dir das an, Arden.« Er stieß mit der stählernen Stiefelspitze gegen ihre Hüfte. »Hättest du gedacht, dass du die Schlampe eines Tages betteln hören würdest?«

Er beugte sich zu Arden herab, hakte die freie Hand in ihre Ellenbeuge und zerrte sie so rücksichtslos auf die Füße, dass ihr übel wurde. Dann schubste er sie aufs Bett. Schwankend saß sie da, hob aber das Kinn und sah ihn so zornig an, wie sie nur konnte.

»Ledge ist auf dem Weg hierher. Wenn du uns was antust, wird er dich umbringen.«

»Ledge rast gerade in die entgegengesetzte Richtung, um

seinen armen senilen Onkel Henry zu retten.« Er bohrte die Mündung zwischen ihre Brüste. »Eine Bewegung, und du bist tot.«

Lisa hob die Finger an den Mund und wimmerte: »Arden hat dir nichts getan.«

»Noch nicht, aber sie und Burnet wollen mich fertigmachen. Ich habe sie nur noch nicht umgebracht, weil ich ihr erst vor Augen führen will, was für eine falsche Schlange du bist.«

Dabei griff er in seine Hemdtasche und öffnete danach die Hand, damit sie sehen konnte, was darin lag. »Diese kleinen Dinger sind die beste Erfindung überhaupt. Du klebst sie irgendwohin, zum Beispiel unter den Küchentisch, und kannst glockenklar alles hören, was geredet wird. Also nicht direkt *glockenklar*, schon gar nicht bei diesem Mistwetter. Aber klar genug. Leider konnte ich das Ding hier nicht früh genug hier platzieren, um alles mitzuhören, was Arden und Burnet in den letzten Tagen zu bereden hatten, aber ich schätze, sie träumen immer noch von meinem Untergang. Allerdings war ich gestern Nacht hier, nachdem ich ein paar andere, ziemlich dringende Dinge erledigt hatte.« Er zwinkerte Arden zu, als würden sie ein amüsantes Geheimnis teilen. Dwayne Hawkins. »Und weil ich schon mal hier war, habe ich die gleich mitgenommen.« Er zeigte die Pistole vor. »Wenn ich sie also umbringe«, er deutete dabei auf Lisa, »wird es so aussehen, als hättest du sie umgelegt, bevor du dich selbst erschossen hast.«

»Was für ein idiotischer Plan«, sagte Arden. »Kein Mensch wird glauben, dass ich meine Schwester umgebracht habe. Ich hätte doch gar keinen Grund dazu.«

»Doch, den hast du. Du kennst ihn nur noch nicht.« Er grinste breit. Dann sah er wieder Lisa an. »Wo war ich? Ach ja, die Wanze.« Er ließ sie in der Hand hüpfen und dann wieder in die Tasche gleiten. »Zum Glück habe ich die gestern Nacht hier angebracht. Denn so habe ich dich heute dabei erwischt, wie du dich um Kopf und Kragen gelogen hast.«

»Ich habe gestanden, dass nicht unser Dad, sondern ich bei dem Einbruch dabei war.«

»Ich weiß. Ich hab's gehört. Wie rührend. Wirklich. Aber nein, was ich meine, kam erst später in eurem Gespräch auf, du weißt schon, als du den beiden erzählt hast, dass ich hier gewesen wäre und wie ein Irrer getobt und gezetert hätte. Und so weiter.«

»Willst du das etwa abstreiten?«

»Nein. Gar nicht. Wenn ich Joe mit dem Geld in dieser Nacht gefunden hätte, hätte ich ihn wahrscheinlich umgebracht und dich dazu, mir dann die Kohle geschnappt und mich vom Acker gemacht.« Er kniff die Augen zusammen und sah Arden stirnrunzelnd an. »Wäre kein besonders schönes Ostern für die kleine Arden geworden, wie?« Dann sah er wieder auf Lisa, mit bösartig verzerrtem Gesicht. »Hast du auch nur eine Sekunde an deine kleine Schwester gedacht, als du ihren Dad ermordet hast?«

Ardens Magen krampfte sich zusammen. Sie musste schlucken, um sich nicht zu übergeben.

Lisa wich einen Schritt zurück und prallte so fest mit dem Rücken gegen den Türrahmen, dass es deutlich zu hören war. »Du bist ja irre.«

»Ich bin ein verrückter Hund, das stimmt. Ich kriege so einiges mit. Zum Beispiel, dass du deiner gespannten Zuhörerschaft erzählt hast, ich wäre in die Küche gekommen, um nach Joe zu suchen, und von ihm wären nur noch die schlammigen Fußabdrücke an der Tür zu sehen gewesen und ein feuchter Fleck, wo die Tasche mit dem Geld gestanden hatte.«

»Und?«

»Da waren keine Schuhabdrücke. Kein feuchter Fleck.«

Arden sah Lisa an, deren Lippen genauso weiß waren wie die Finger, mit denen sie immer noch den Türknauf umklammerte.

»Als ich das hörte«, fuhr Rusty fort, »kam mir der Gedanke, dass deine ganze schöne Geschichte – wie du ihn hereinkommen gehört hast, wie du ihn in der Küche mit dem Geld erwischt hast und wie er dir erzählt hat, dass du aufgeflogen seist, blablabla –, dass das alles reiner Blödsinn war. Er hatte es in dieser Nacht nicht mehr nach Hause geschafft, habe ich recht?«

Lisa musste schlucken. »Ich habe Arden die Wahrheit erzählt. Dad...«

»Meinetwegen«, schnitt er ihr das Wort ab. »Wie du willst. Aber in einer Beziehung hast du tatsächlich die Wahrheit gesagt: Ich habe dich tatsächlich gewarnt, dass ich dich zusehen lassen würde, wenn ich sie umbringe.«

»Nein!«, schrie Lisa und streckte den Arm nach ihm aus.

Arden sprang auf und zog ein Knie hoch, um die Pistole aus Rustys Hand zu schlagen, aber sie war noch zu benommen, um ihn zu treffen. Sie erwischte Rusty kaum. Er packte sie mit der freien Hand um die Taille, zog sie an seine Brust und rammte ihr die Pistole unter das Kinn.

»Mir ist es egal, dass du den alten Säufer umgelegt hast«, schrie er sie an, »ich will nur das Geld!«

»Es ist weg, du Idiot! Ich habe es ausgegeben!«

Als Arden das aus Lisas Mund hörte, knickten ihre Knie ein. Sie sackte gegen Rusty, wodurch es schwer für ihn wurde, sie aufrecht zu halten. »Steh auf!«, verlangte er und drückte den Pistolenlauf energischer gegen ihr Kinn.

Mit letzter Kraft hielt sie sich auf den Beinen, aber diese Anstrengung war nichts verglichen mit dem Versuch, zu begreifen und zu akzeptieren, dass Lisa tatsächlich getan hatte, was Rusty ihr vorwarf. Das konnte doch unmöglich wahr sein. Oder?

Doch. Die Schuldgefühle standen ihrer Schwester ins Gesicht geschrieben. Man konnte sie in ihrer zusammengesunkenen Haltung lesen, sie leuchteten aus ihren Augen. Sie strömten von ihr aus. Wie hatte Lisa es nur geschafft, all das jahrelang geheim zu halten?

»Es war ein Unfall«, erklärte sie heiser. »Ich schwöre es.«

Arden konnte sie nur stumm ansehen. Was hätte sie auch sagen sollen?

Lisa fuhr sich mit der Zunge über die Lippen. »Ich war so erleichtert, dass ich es zum Haus geschafft hatte, ohne dass irgendetwas Schreckliches passiert war. Ich ging tatsächlich ins Bett. Und wachte erst wieder auf, als Dad durch die Hintertür aus dem Haus ging. Ich schlich nach unten, um nachzusehen, was er machte. Durch das Fenster sah ich ihn in der Ferne zum Zypressenwäldchen gehen. Er ist besoffen, dachte ich und beschloss, ihn gehen zu lassen. Aber inzwischen war es neblig geworden. Es regnete leicht, und es war stockdunkel. Ich hatte Angst, dass er sich verletzen könnte, wenn er so allein da draußen herumstolperte. Also redete ich mir selbst Mut zu, zog mich an und ging ihm nach. Er hatte das Boot schon ins Wasser geschoben, als ich ihn einholte und fragte, was zum Teufel er sich dabei dachte, mitten in der Nacht auf den See zu fahren. Da erzählte er mir, dass Brian Foster ihn angerufen hatte.« Sie rieb sich über die Stirn.

»Er wusste, dass ich bei dem Einbruch mitgemacht hatte. Er schimpfte nicht, aber er sagte, er müsse alles unternehmen, damit die Situation nicht noch schlimmer würde. Nachdem ich uns all das eingebrockt hatte, konnte ich ihn unmöglich alleine fahren lassen. Ich musste Wiedergutmachung leisten. Und so folgte ich ihm heimlich und stieg zu ihm ins Boot.«

»Du warst dabei?«, fragte Arden.

»Ich habe gesehen, wie Rusty und Foster kämpften.«

Arden spürte, wie sich Rusty hinter ihr anspannte. Ehe sie Lisa warnen konnte, nicht weiterzureden, fuhr ihre Schwester schon fort: »Tatsächlich war ich es, die Rustys Kanu unter ein paar tiefen Ästen entdeckte. Dad und ich paddelten hin. Ich hob die Tasche mit dem Geld heraus. Wir kamen unentdeckt davon und machten uns auf den Rückweg. Ich drängte Dad, sich zu beeilen. Mir war klar, dass Rusty nach unserem Vater suchen würde, sobald er entdeckte, dass das Geld weg war. Wir mussten vor ihm zu Hause ankommen. Du warst alleine«, sagte sie und stellte sich dabei Ardens Blick. »Ich hatte solche Angst um dich.«

Arden ging nicht darauf ein. »Was hast du mit Dad gemacht?«

Lisa versagte beinahe die Stimme. »Die ganze Rückfahrt über redete er davon, dass er alles unternehmen würde, damit ich nicht ins Gefängnis musste. Wir würden das Geld zurückgeben und im Gegenzug ein mildes Urteil für mich heraushandeln.«

Rusty feixte. »Aber du dachtest, ich habe das Geld gefunden, also behalte ich es auch.«

Sie ignorierte ihn und sah weiter Arden an. »Ich schlug Alternativen vor.«

»Wie das Geld zu behalten«, mischte Rusty sich ein.

Lisa warf ihm einen bösen Blick zu. »Ich meinte zu ihm, dass wir die Konsequenzen bedenken sollten, falls ich gestehen würde. Und wenn der Schuss nach hinten losging? Dad drehte allmählich durch. Innerhalb weniger Stunden hatte er erfahren, dass seine Erstgeborene ein schweres Verbrechen begangen hatte. Dann hatte er Foster auf brutale und grässliche Art sterben sehen. Er hatte dieses Boot weiß Gott wie weit gerudert. Als wir unter den Zypressen ankamen, stritten wir immer noch darüber, was wir jetzt tun sollten. Ich hielt die Tasche mit dem Geld, während Dad das Boot auf festen Boden zog. Als er am Ufer stand, wollte er mir die Tasche abnehmen. Wir zerrten von beiden Seiten daran.«

»Du hast gewonnen«, stellte Arden fest.

»Er stürzte, landete auf dem Rücken und schlug sich den Schädel an ein paar Zypressenwurzeln an. Ich dachte, er würde bald wieder zu sich kommen. Bis dahin musste ich schon im Haus sein. Ich rannte zurück, lief nach oben und zog meinen Pyjama an. Kaum hatte ich das geschafft, da stand auch schon dieser Irre vor dem Haus.« Sie sah Rusty wutentbrannt an.

»Vergiss ihn«, sagte Arden. »Erzähl mir von Dad.«

»Nachdem Rusty weg war, lief ich zurück zum Wäldchen. Ich war völlig erschöpft.«

»Das interessiert mich nicht!«, fuhr Arden sie an. »*Erzähl mir von Dad.*«

»Er war tot.« Sie sagte es mit betäubender Endgültigkeit. »Er lag noch genauso da wie zuvor. Ich konnte es nicht glauben, aber …« Sie hob hilflos die Arme. »Ich konnte nichts mehr tun, Arden.«

»Aber du konntest es so hindrehen, dass wir alle über ihn schlecht denken und nicht über dich.«

»Genau! Das schien die ideale Antwort zu sein. Die perfekte Lösung.«

»Kein Aufsehen, kein Geschrei.«

»Was wäre denn aus dir geworden, wenn ich ins Gefängnis gekommen wäre?«

Darauf konnte Arden nichts erwidern. »Was hast du mit ihm ... gemacht?« Sie schluckte schwer.

»Ich habe ihn ins Boot gelegt. Beschwert. Und dann ...«

»Hör auf. Ich will es gar nicht wissen.«

Lisa sah aus, als wollte sie protestieren, und sagte dann leise: »Er liebte den See.«

Nach einer angespannten Sekunde pfiff Rusty leise durch die Zähne. »Das war ja eine anstrengende Nacht für dich, Kleine. Erst musstest du eine Leiche loswerden und dann noch eine Tasche voller Geld verstecken.«

»Du bist direkt daran vorbeispaziert, Rusty. Du warst so nah dran.« Sie hielt Daumen und Zeigefinger dicht nebeneinander. »Mir stockte der Atem.«

Arden hatte den Eindruck, dass innerhalb weniger Sekunden seine Körpertemperatur hochschoss. »Und später? Was hast du später damit gemacht?«

»Habe ich dir doch gesagt. Ich habe es ausgegeben.« Sie lächelte. »Bis auf den letzten Cent.«

Er riss den Arm hoch und schoss.

Entsetzen machte sich auf ihrem Gesicht breit.

Arden begriff erst, was passiert war, als ihre Schwester vornüberkippte und auf den Boden fiel.

Dann schrie Arden auf.

Ledge war rücksichtslos über die Straße gerast und hatte dabei immer wieder Arden auf dem Handy angerufen. Jedes

Mal war er auf der Mailbox gelandet. Darum war er nicht überrascht, als er bei der Ankunft an ihrem Haus Rustys Wagen in der Einfahrt stehen sah, wo er sowohl Ardens als auch Lisas Auto blockierte.

Am liebsten wäre er mit seinem Pick-up die Zufahrt entlanggerast und ins Haus geplatzt. Aber da er nicht wusste, was sich drinnen abspielte und ob Arden vielleicht in Gefahr schwebte, ließ er den Pick-up an der Straße stehen. Beim Aussteigen sah er mehrere Fahrzeuge, die aus verschiedenen Richtungen auf das Grundstück zurasten.

Die Kavallerie. Gott segne Don.

Er wartete nicht auf die Verstärkung, sondern marschierte mit gezogenem Revolver die Zufahrt entlang. Die Waffe war noch geladen, nachdem er sie letzte Nacht Arden überlassen hatte, während er sich um Hawkins gekümmert hatte.

Im Haus war es dunkel, nur in Ardens Zimmer war noch Licht. Geduckt rannte er darauf zu und näherte sich dann vorsichtig, froh über den prasselnden Regen, der ihm Schutz bot.

Durch das Fenster sah er die drei in einem Arrangement stehen, bei dem ihm das Herz stockte. Rusty hielt Arden umklammert und hatte eine Neun-Millimeter unter ihr Kinn geschoben. Sie konnte sterben. Jede Sekunde.

Aber kaum hatte Ledge diesen grauenvollen Gedanken gefasst, da richtete Rusty die Waffe plötzlich auf Lisa und zog ab. Ledge reagierte so, wie ihn sein Training konditioniert hatte. Er feuerte. Die Kugel durchschlug das Fenster und tat genau das, was er beabsichtigt hatte: Sie erschreckte Rusty so, dass er Arden freigab.

Kaum sah Ledge einen winzigen Zwischenraum zwischen den beiden, feuerte er erneut. Auch dieser Schuss traf genau ins Ziel.

Rusty war neutralisiert.

Ledge hechtete durch die zersplitterte Fensterscheibe.

Rusty ließ Arden so abrupt los, dass sie gegen die Wand prallte und sich den Ellbogen stieß. Aber sie spürte den Schmerz kaum; auch die beiden weiteren Schüsse, die in dem kleinen Zimmer widerhallten, das Splittern der Fensterscheibe und das Donnern der Schritte bekam sie nur verschwommen mit.

Sie stolperte zu Lisa und sank auf die Knie, konnte sie aber nicht berühren, weil ihre Hände gefesselt waren. In dem verzweifelten Versuch, sich zu befreien, riss sie wie wild an ihren Fesseln.

Hinter ihr mahnte eine inzwischen vertraute Stimme: »Halt still.« Sie schaute über ihre Schulter. Ledge kniete hinter ihr. Er durchtrennte die Fesseln mit seinem Taschenmesser.

Dann drehten Arden und er Lisa behutsam auf die Seite. Als Lisa blinzelte, schluchzte Arden erleichtert auf.

Ledge nahm Lisas Wunde in Augenschein und sah daraufhin Arden an, und was sie in seinen Augen las, ließ sie frösteln.

Sie sah wieder auf Lisa, die rastlos nach Ardens Hand tastete, bis sie ihre Finger zu fassen bekam. Arden begriff, was ihre Schwester wollte, und hakte ihre kleinen Finger ineinander. Lisa schloss kurz die Augen, schlug sie dann wieder auf und zog sanft an Ardens Finger.

Arden beugte sich herab, legte ihr Ohr an Lisas Lippen, aber ihre Schwester brachte kein verständliches Wort heraus. Arden richtete sich auf und sah Lisa ins Gesicht, aber Lisas Augen waren bereits halb geschlossen und starrten ins Leere.

Arden spürte eine Bewegung in ihrem Rücken, und im selben Moment legte Ledge die Hände auf ihre Schulter und zog sie hoch. »Mach ihnen Platz.«

Rettungssanitäter drängten ins Zimmer. Einer beugte sich über Lisa und setzte sofort zu einer Herzdruckmassage an.

»Lisa?« Arden schluchzte abgehackt. »Lisa?«

Ledge legte den Arm um sie und zog sie an seine Brust. Die Herzdruckmassage wurde fortgesetzt, während Lisa auf die Trage geschnallt und zum Rettungswagen gerollt wurde. Jemand reichte Arden eine Hand, damit sie ebenfalls in den Wagen klettern konnte. Die Türen wurden geschlossen, und der Krankenwagen raste über die Zufahrt in Richtung Straße.

In den Augen des Sanitäters, der Lisa versorgt hatte, hatte Ledge gesehen, was er ohnehin wusste. Es war ein Bauchschuss gewesen. Die Überlebenschancen waren gering. Er wollte an Ardens Seite sein.

Aber vielleicht wollte sie ihn nicht an ihrer Seite haben.

Der Regen hatte aufgehört. Die Männer, die Don sicherheitshalber geschickt hatte, standen in einem Kreis im Hof und unterhielten sich darüber, was passiert war, oder sie machten ihre Aussage bei den Polizisten und Deputys, die zusammen mit dem Krankenwagen eingetroffen waren. Einige davon, stellte Ledge erleichtert fest, gehörten anderen Polizeibehörden an. Sie würden den Fall unvoreingenommen untersuchen.

Einer der pensionierten Rangers bemerkte Ledge und tippte sich an die Hutkrempe. Ledge nickte ihm zu, stellte sich aber nicht zu der Gruppe. Er blieb auf den Stufen vor der Hintertür.

Bald wurde Rusty aus dem Zimmer durch die Küche und dann durch die Tür getragen, an der Ledge wartete.

Rustys rechte Schulter war zertrümmert. Die Sanitäter hatten die schweren Blutungen gestoppt, doch Ledge war sicher, dass die Schmerzen kaum zu ertragen waren. Sterben würde Rusty nicht. Das hatte Ledge nicht gewollt.

Er sah Rusty nicht in die Augen.

Rusty verfluchte Ledge, als er ihn sah, und versuchte, sich unter den Sicherungsgurten aufzurichten. »Fick dich, Burnet. Du hast mich zum Krüppel geschossen.«

»Vielleicht.«

»Wir sind noch nicht fertig.«

»O doch, du bist fertig, Rusty.«

»Ich bringe dich noch um.«

In diesem Moment tat Ledge etwas, das er sich in Rusty Dyles Nähe nie hatte vorstellen können. Er lächelte. »Das glaube ich kaum.«

Epilog

Zwei Scheinwerferstrahlen schwenkten über die Fenster des Wohnzimmers und erloschen. Eine Autotür wurde zugeschlagen. Schritte näherten sich über die Veranda, dann wurde das neue Schloss an der Haustür mit einem entschlossenen Schnappen entriegelt, und die Tür schwang auf.

Ledge stand als Silhouette vor dem halbdunklen Himmel.

Arden blieb auf der zweiten Treppenstufe sitzen, die nackten Zehen um die unterste Stufenkante gekrallt. Die hochhackigen Pumps hatte sie abgestreift und auf dem Boden liegen lassen. Die Dunkelheit im Haus wurde nur von zwei Kerzen durchbrochen, die sie links und rechts auf dem Kaminsims aufgestellt hatte.

»Hi.«

»Woher hast du den Schlüssel?«

»Ich habe den Fensterbauer bestochen.« Er sagte das ohne jede Verlegenheit oder Reue.

Sie ging nicht weiter darauf ein. »Woher hast du gewusst, dass ich hier bin?«

»Ich hab's mir einfach gedacht.«

Vier Tage waren vergangen, seit Lisa bei der Ankunft im Krankenhaus für tot erklärt worden war. In diesen Tagen hatten Formalitäten, amtliche und anderweitige, verhindert, dass sie und Ledge sich sahen. Sie hatte ihn nicht kontaktiert. Er hatte keinen Versuch unternommen, sie zu sehen. Sie hatten nicht einmal telefoniert.

Offenbar hatte er gespürt, dass sie Zeit und Abstand brauchte, um alles zu verarbeiten, was in Lisas letzter Stunde ans Licht gekommen war.

Heute waren die polizeilichen Absperrbänder rund um das Haus entfernt worden. Man hatte ihr erklärt, dass sie zurückkehren dürfe, und sie hatte tatsächlich das Gefühl gehabt, hierherkommen zu müssen. Doch nachdem sie die Kerzen aus der Küchenschublade geholt hatte, war sie damit ins Wohnzimmer gegangen, obwohl es der ungemütlichste Raum im Haus war, ohne jede Sitzgelegenheit.

Das Zimmer neben der Küche würde sie nie wieder betreten.

Als sie mit Lisa im Rettungswagen weggefahren war, hatte sie nichts als ihre Handtasche mitgenommen. Alles, was sie jetzt am Körper trug, hatte sie neu kaufen müssen. Das neue schwarze Kleid war ein angemessenes Trauerkostüm.

Ledge schloss die Haustür und kam auf sie zu. Als er vor ihr stand, merkte sie, dass er auf ihre Beine sah. Der Saum endete eine Handbreit oberhalb ihrer angewinkelten Knie, aber sie wollte ihn nicht nach unten ziehen und dadurch noch mehr Aufmerksamkeit auf ihre Beine lenken.

Er setzte sich neben sie auf die Stufe. Eine volle Minute sahen sie einander nicht an und sprachen auch nicht; dann fragte er: »Du hast sie heute beerdigt?«

»Du hast das gehört?«

»In dieser Stadt kannst du kein Geheimnis für dich behalten.«

»O doch. Du konntest es. Und Lisa erst recht.«

Er atmete tief aus. »Ich habe von ihrem schlimmsten Geheimnis gehört. Gott, es tut mir so leid, Arden.«

Er hatte ihr entsetzliches Geständnis um Sekunden verpasst, ehe er die Fensterscheibe durchschossen hatte. »Wer hat es dir erzählt?«, fragte Arden.

»Der Detective, der meine Aussage aufgenommen hat. Er hatte auch deine aufgenommen.« Er sah sie von der Seite an. »Willst du darüber reden?«

»Nein. Ich habe das alles so satt.«

»Kein Problem für mich.«

Schweigend saßen sie da.

»Unser Treffen mit dem Attorney General …«, begann sie schließlich.

»Wurde vertagt. Ein Staatsanwalt in Rustys Behörde – jung, idealistisch und ein erbitterter Feind von Rusty Dyle – betreibt die öffentliche Demontage seines ehemaligen Chefs wie einen Kreuzzug. Er hat ihn bereits zweier Morde angeklagt – an Lisa und Hawkins. Von Brian Foster war noch gar nicht die Rede. Er sagte, Rusty besäße eine moralische Verkommenheit unbekannten Ausmaßes, und er hat versprochen, dass im Sheriff's Office und im Gericht Köpfe rollen werden. Und das ist nur der Anfang. Infolgedessen steht der Einbruch bei Welch's im Jahr 2000 ganz unten auf seiner Liste.«

»Er und der Attorney General würden diese Geschichte wahrscheinlich am liebsten stillschweigend begraben.«

»Wahrscheinlich. Aber ich will mein Geständnis amtlich machen, selbst wenn es nur für die Akten ist. Außerdem will ich mich offiziell bei dir entschuldigen. Hier und jetzt.« Er sah ihr tief in die Augen. »Arden, es tut mir leid, dass ich dir nicht früher erklärt habe, welche Rolle ich bei dem Einbruch gespielt habe. Ich hätte gleich an dem Tag, an dem du in meine Werkstatt kamst, reinen Tisch machen sollen. Ich hatte nur gute Absichten, aber meine Urteilsfähigkeit war lausig.«

Durch das Spiel von Kerzenlicht und Schatten auf seinem Gesicht wirkte seine Miene umso ernster. »Ja, das hättest du tun sollen«, sagte sie leise. »Aber wenn du nicht rechtzeitig hier gewesen wärst und eingegriffen hättest, dann hätte Rusty auch mich getötet. Du hast mir das Leben gerettet, da kann ich dir wohl alles andere verzeihen.«

Er sah aus, als wollte er noch etwas sagen, aber er hatte sich entschuldigt, sie hatte seine Entschuldigung angenommen, darum wechselte sie das Thema, ehe er es vertiefen konnte. »Danke, dass du die Abrissfirma angerufen hast.«

»Sie haben sich schon bei dir gemeldet?«

»Heute Morgen. Der Vorarbeiter kommt morgen vorbei und macht eine Begehung mit mir, bei der wir festlegen, was alles gemacht werden soll. Die Möbel und alle meine Sachen werden gespendet. Ich will nichts mehr davon haben. Ich hatte sowieso nicht viel hier.«

Er fixierte sie wie so oft mit leicht zusammengekniffenen Augen. »Es ist noch nicht zu spät, du kannst es dir noch anders überlegen.«

»Nein, es muss alles weg.«

Er sah zum Klavier. »Was ist damit?«

»Ich habe schon eine Tagespflegestätte informiert, dass sie es abholen können.«

»Nett.«

Sie holte tief Atem und klang nun doch ziemlich erschöpft. »Außerdem muss ich mich um Lisas Nachlass in Dallas kümmern. Es ist noch so vieles zu regeln.«

»Dafür sind die angestellten Anwälte da.«

»Ich weiß. Aber es gibt auch vieles, was ich selbst erledigen muss. Ihre persönlichen Sachen durchgehen, außerdem das, was Wallace hinterlassen hat. Das Haus muss verkauft werden. Ich kann Helena weiter beschäftigen, damit sie mir zur Seite steht, aber zum großen Teil werde ich selbst entscheiden müssen, wie alles veräußert werden soll. Ich fühle mich schon wie gerädert, wenn ich nur daran denke.«

»Dann denk nicht daran. Das wird sich alles regeln. Um deine monatlichen Ausgaben brauchst du dich nicht mehr zu sorgen. Du bist jetzt reich.«

»Ja.«

»Nicht ganz so überschwänglich.«

Natürlich meinte er das ironisch. »Lisa war diejenige, die immer reich werden wollte, nicht ich. Ich bin froh über die finanzielle Sicherheit, aber ich will es mir zur Aufgabe machen, das meiste davon weiterzugeben.«

»Und wie?«

»Ich werde eine Stiftung gründen, die eine Reihe von Wohltätigkeitsorganisationen unterstützt.«

»Ach ja? Super. Darf ich gleich die Hilfsorganisationen für Kriegsveteranen ins Spiel bringen?«

»Mach mir eine Liste. Ich werde sie zuallererst in Betracht ziehen.« Sie lächelte ihn an, aber in Gedanken blieb sie ernst. »Ich werde viel lernen müssen. Das wird ein Vollzeitjob, aber zufällig brauche ich einen Vollzeitjob, und so etwas zu organisieren fände ich toll. Es fühlt sich einfach richtig an, fast als hätte ich genau nach so etwas gesucht, als hätte mir, ohne dass ich es wusste, genau so etwas vorgeschwebt.« Ihre Kehle wurde eng. »Ich wünschte nur, diese Erkenntnis wäre auf andere Weise über mich gekommen.«

Er ließ ihr ein paar Sekunden Zeit. »Also, bevor du dein ganzes Vermögen verteilst, vergiss nicht, dass du mir noch hundert Mäuse schuldest.«

»Fünfundachtzig.«

»Wieso das?«

»Fünfzehn ziehe ich dir für den Hausschlüssel ab, den du eigenmächtig hast anfertigen lassen.« Sie lächelte. »Genug von mir. Hast du deinen Onkel besucht?«

»Gestern für etwa eine Stunde. Ich habe ihm einen Becher Blue Bell mitgebracht, aber er hat mir keinen einzigen Löffel abgegeben. Wenn es um Eiscreme geht, kann er sehr geizig werden.«

»Was ist mit dem falschen Alarm?«

»George hatte sofort herausgefunden, welche Angestellte ihn ausgelöst hat. Sie ist jung und unerfahren. Rusty hatte an dem Morgen, als er bei Onkel Henry war, mit ihr geflirtet und Eindruck bei ihr geschunden, und als er dann anrief und ihr erklärte, er bräuchte ihre Hilfe bei einem kleinen Streich…«

»Einem *kleinen Streich*?«

»Na, sie wusste es nicht besser und wollte niemandem etwas Böses. Aber sie hat ihre Lektion gelernt. George drängt im Heim darauf, die Sicherheitsmaßnahmen zu verstärken.«

»Ich bin sicher, dass George das auch durchsetzen wird.«

»Darauf kannst du dich verlassen.«

Sie zögerte.

»Was ist?«

»Ich wünschte, ich hätte deinen Onkel Henry früher kennenlernen können.«

»Ich auch. Du hättest ihn gemocht. Jeder mochte ihn. Ich vermisse ihn.«

Seine Miene war sehnsüchtig und traurig, und sie litt mit ihm. Sie wandte den Blick ab und lockerte die Nacken- und Schultermuskeln. Sie war so unendlich müde. »Sind Crystal und Marty schon zurück? Wissen sie, dass Rusty Geschichte ist?«

»Allerdings. Sie feiern es in New Orleans.«

»Ist New Orleans auf Marty vorbereitet?«

»Das bezweifle ich. Sie hat sich ein Piercing stechen lassen.«

»Wo denn?«

»Ich habe lieber nicht gefragt.«

»Hast du ihnen das von Lisa erzählt?«

»Ja.«

»Alles?«

»Ja. Ich dachte, es wäre dir lieber, wenn sie es von mir erfahren, als dass sie über hundert Ecken eine verzerrte Version erzählt bekommen.«

»Ja, ist es mir. Danke.«

»Sie lassen dir ihr Beileid ausrichten.«

Sie nickte und schaute wieder auf die flackernden Kerzen auf dem Kaminsims. Das Bild erinnerte sie an einen Kirchenaltar und verleitete sie zu der Bemerkung: »Vielleicht hätte ich heute einen Geistlichen dabeihaben sollen. Aber unter diesen Umständen erschien mir das unangemessen.«

»Ich glaube, es gibt keine Regeln, was in so einer Situation angemessen ist und was nicht. Und selbst wenn, war es allein deine Entscheidung.«

»Wir waren nur zu dritt. Helena, der Angestellte des Bestattungsinstituts und ich. Für das beliebteste Mädchen der ganzen Schule.«

Ihre Stimme brach, und sie sank an seine Seite. Seine

Arme umfingen sie, zogen sie an seine Brust und drückten ihren Kopf unter sein Kinn. »Du hast dich jetzt nach allen anderen erkundigt. Und wie geht es *dir*?«

»Ich bin so froh, dass du gerade jetzt aufgetaucht bist.«

»Wirklich?«

»Ja.«

»Ich wusste nicht, ob du mich noch mögen würdest. Wo du jetzt alles weißt.«

»Ich mag dich sehr, Ledge.« Sie drückte ihn.

»Ja?«

»Und wie.«

»Dem Himmel sei Dank.«

Er legte ihren Kopf in den Nacken, strich mit dem Daumen über ihre Unterlippe und küsste sie dann, als hinge sein Leben davon ab. Sie legte den Arm um seinen Hals und flüsterte, als sie ihren Mund wieder befreit hatte: »Ich will mich hinlegen, Ledge.«

Sie legten sich auf den Boden. Er schob ihren Rock über die Hüften und schälte sie aus dem Höschen. Als er seine Knöpfe zur Hälfte geöffnet hatte, schob sie ungeduldig seine Hände beiseite und vollendete den Job.

Sie vereinten sich hastig und fiebrig, und als sie seinen Namen lauthals herauskeuchte, stieß er ein letztes Mal zu und verschmolz dann mit ihr.

Erschöpft ließ er sich auf sie sinken. Langsam kamen sie wieder zu Kräften und zu sich. Ihre Finger wühlten sich in sein Haar und schlossen sich um seinen Hinterkopf.

»Bin ich ein schrecklicher Mensch?«, flüsterte sie.

Er hob den Kopf, um ihr ins Gesicht zu sehen, und strich dabei ein paar Haarsträhnen beiseite, die ihr an den Wangen klebten. Auf frischen Tränen. »Was ist denn?«

»Ich habe heute meine Schwester beerdigt. Aber das hier wollte – brauchte – ich mehr als alles andere.«

»Sex.«

Sie begann wirklich zu weinen.

Er nahm sie fest in den Arm und wälzte sich mit ihr zur Seite, bis sie auf ihm lag. »Das hier hast du auch gebraucht.«

Und er hielt sie an seiner Brust und streichelte sie mit seinen großen, geschickten Händen, während sie trauerte.

Eine Stunde verging, bevor sie endlich aufstanden und sich wieder anzogen. Sie sammelte Handtasche und Schuhe ein, stellte sich auf die Zehenspitzen und gab ihm einen liebevollen Kuss. »Danke.«

Besitzergreifend legte er die Hand in ihren Nacken und strich mit dem Daumen über ihren Kiefer. »Es war mir ein Vergnügen.«

Sie legte die Hand auf seine Brust. »Ich habe dein Hemd nass gemacht.«

»Jederzeit wieder.«

Wieder legte sie die Wange an seine Brust. »Lisa hat etwas Furchtbares getan, aber andererseits hat sie für mich so viel Wunderbares getan. Im Grunde hat sie ihre Jugend für mich geopfert. Ich habe sie geliebt, und ich weiß, dass sie mich auch geliebt hat.«

»Das würde niemand bestreiten.« Er küsste sie auf den Scheitel und richtete sich dann auf. »Wie gefällt dir die Blockhütte, in der du gerade wohnst?«

»Woher weißt du…« Sie lachte. »Vergiss es.«

»Darf ich dich nach Hause – zu mir nach Hause – mitnehmen, damit du einen Bourbon und ein Bad bekommst? Meine Wanne reicht für zwei.«

»Deine Wanne reicht für zwanzig.«

»Ist das ein Ja?«

»Mit Ausrufezeichen.«

Er zog lässig eine Schulter hoch. »Wenn es dir heute Abend gefällt, könntest du dort auch wohnen bleiben.«

Sie zog beide Brauen hoch. »Ist das eine Einladung?«

»Ohne jede Verpflichtung. Es ist nur so, dass du so schnell kein Dach über dem Kopf haben wirst.« Er sah zum Essbereich. »Ich hoffe, sie reißen zuallererst diesen Kronleuchter ab.«

Sie lachte wieder, gelöster als seit Ewigkeiten. »Eigentlich gefällt mir der Gedanke an weitere Verpflichtungen.«

»Gut. Mir auch. Dann fangen wir an.« Die Arme umeinandergelegt, gingen sie in Richtung Haustür. »Ach, die Kerzen.«

Er ging zum Kamin und fuhr mit der Hand über den geschnitzten Holzsims. »Und den hier willst du ganz bestimmt nicht behalten?«

»Du vielleicht? Wenn ja, gehört er dir.«

»Danke. Ich baue gerade ein Haus um, dem er vielleicht mehr Charakter verleihen würde.« Er trat zurück und nahm den schlichten Backsteinkamin in Augenschein. »Alles andere hat keinen.«

Arden hatte ihm bewundernd zugesehen, doch plötzlich wurde sie aus ihrer verliebten Verträumtheit gerissen. »Kamin!« Ledge hatte eine Hand um eine der Kerzen gelegt und wollte sie gerade ausblasen. »Warte! Ledge. Sie hat ›Kamin‹ gesagt.«

»Wer?«

»Lisa. Kurz bevor sie starb, weißt du noch? Sie hat mir etwas zugeflüstert, aber ich habe sie nicht verstanden.« Sie

442

legte die Fingerspitzen an die Lippen. »Sie hat ›Kamin‹ gewispert.«

Sie sahen sich an, und zwischen ihnen stand ein großes Fragezeichen.

»Mach das Licht an«, sagte er.

Sie tat es. Er ging auf der Feuerstelle auf die Knie, öffnete unter einem Rußregen die Klappe im Kamin und spähte das Abzugsrohr hinauf. »Hast du eine Taschenlampe?«

»In der Küche.«

Arden lief in die Küche und holte sie aus der Schublade. Sie gab sie Ledge, der damit das Abzugsrohr ausleuchtete.

»Ist da oben irgendwas?«

Er sagte nichts, verlagerte seine Position, schob sich tiefer über den Feuerrost und streckte dann, die Zähne vor Anstrengung zusammengebissen, den rechten Arm in den Kamin. Er zog mehrmals kraftvoll, nahm dann die Hand zurück und rutschte von der Feuerstelle, gerade als eine Leinentasche auf den Rost fiel.

Er klopfte sich die Hände ab, richtete sich langsam auf und sagte halblaut: »Ich will verdammt sein.«

»Ist sie das?«, fragte Arden flüsternd.

»Das ist sie, und sie ist immer noch voll.«

Gemeinsam starrten sie die Tasche an, als würden sie darauf warten, dass sie zu atmen begann.

»Sie hat Rusty gesagt, sie hätte das Geld ausgegeben. *Bis auf den letzten Cent*«, imitierte Arden Lisas hasserfüllten Tonfall.

»Da hat er rotgesehen.«

»Allerdings. Er hat sie auf der Stelle erschossen.« Sie starrte weiter auf die Tasche. »Hat die Versicherung Welch's den Betrag erstattet?«

»Ja. Damals hat das mein Gewissen sehr erleichtert«, sagte er.

»Und was passiert mit gestohlenem Geld, das wiedergefunden wurde?«

»Das wird dieser junge, heißblütige Staatsanwalt bestimmt wissen.«

»Hmm.« Nach ein paar Sekunden ergänzte sie: »Stell dir nur vor, wie viel Papierkram das bedeutet, und dabei hat er schon so viel zu tun.«

Ledge sah sie von der Seite an. »Was denkst du gerade?«

Sie atmete tief ein und langsam wieder aus. »Ich denke gerade, dass dies eine wirklich passende Spende zur Gründung meiner Stiftung wäre. Dass etwas, das so viel Kummer verursacht hat, zu etwas Gutem verwendet wird. Es sollte für ein besonders wertvolles Anliegen eingesetzt werden. Wie beispielsweise für die Forschung an der Alzheimerkrankheit.«

Er schluckte und meinte rauchig: »Mir gefällt es, wie du denkst.«

»Gut. Dann sind wir uns einig.«

Er legte den Arm um sie und zog sie an seine Seite. »Das erklärt auch, warum Lisa keine Umbauten an eurem Haus wollte.«

»Es erklärt mehr als nur das.«

Er sah sie neugierig an.

»Das letzte Wort, das sie zu mir sagte, habe ich nicht richtig verstanden, und selbst wenn, wäre es mir ein Rätsel geblieben. Bis jetzt.«

»Und was war das für ein Wort?«

»Buße.«

Hollywood-Glamour trifft auf gefährliche Rache

624 Seiten. ISBN 978-3-7645-0752-7

Cate Sullivan entstammt einer Familie von berühmten Schauspielern. Auch sie ist mit neun Jahren bereits ein Star, am liebsten tobt Cate aber durch den Garten und spielt Verstecken. Doch dann verschwindet sie bei einem dieser Spiele spurlos – sie wurde entführt. Und schafft, was niemand erwartet hat: Sie entkommt ihren Peinigern und sucht sich Hilfe bei Dillon Cooper und seiner Familie, die sie wieder mit ihren Lieben zusammenbringen. Aber noch Jahre später ist Cate erschüttert von den schrecklichen Ereignissen der Vergangenheit und muss erkennen: Diese Nacht war nur der Beginn – der Beginn einer großen Liebe und der einer schrecklichen Rache …

Lesen Sie mehr unter: **www.blanvalet.de**

Eine gefährliche Killerin lässt die New Yorker Männerwelt zittern. Eve Dallas und ihr Team müssen zu allen Mitteln greifen, um sie zu stoppen …

544 Seiten. ISBN 978-3-7341-1383-3

Eve Dallas wird zu einem neuen Tatort gerufen. Der Tote ist Nigel McEnroy, ein reicher Unternehmer. Nicht nur in der Geschäftswelt galt er als äußerst skrupellos, er nutzte auch seine Macht und seine Stellung ohne Bedenken, um sich Frauen gefügig zu machen. Nun haben ihn seine Sünden blutig eingeholt, denn zur Tat bekennt sich eine geheimnisvolle Lady Justice. Sie scheint zu allem entschlossen, um Männer wie McEnroy zur Rechenschaft zu ziehen: Erst verführt sie den Auserwählten, dann tötet sie ohne Gnade. Können Eve und ihr Team sie stoppen, bevor sie das nächste Opfer zu sich lockt?

Lesen Sie mehr unter: **www.blanvalet.de**

Für ihre Tochter würde eine Mutter alles tun. Wirklich alles?

384 Seiten. ISBN 978-3-8090-2756-0

Der brutale Mord an einer Bostoner Krankenschwester hält Detective Jane Rizzoli und Gerichtsmedizinerin Maura Isles in Atem. Noch in ihrer Arbeitskleidung wurde ihr bei der Heimkehr der Schädel eingeschlagen. Hat sie einen Dieb überrascht, oder hat jemand auf sie gewartet? Was Jane da gar nicht gebrauchen kann, ist eine Mutter, die sie permanent wegen einer vermeintlich entführten Nachbarstochter anruft – eine, die schon mehrmals weggelaufen ist. Zudem sind da noch diese unfreundlichen Neuen in der Straße, die kürzlich eingezogen sind. Mit denen ist etwas nicht koscher, glaubt Angela. Jane wischt die Warnungen ihrer Mutter beiseite. Doch Angelas Bauchgefühl trügt nicht und bringt sie in höchste Gefahr …

Lesen Sie mehr unter: **www.limes-verlag.de**